海峡两岸语言与语言生活研究

周荐 董琨 主编

U0109097

商务印书馆

海峡两岸语言与语言生活研究

主　　编：周　荐　董　琨
出　　版：商务印书馆(香港)有限公司
　　　　　香港筲箕湾耀兴道 3 号东汇广场 8 楼
　　　　　http://www.commercialpress.com.hk
印　　刷：美雅印刷制本有限公司
　　　　　九龙观塘荣业街 6 号海滨工业大厦 4 楼 A
版　　次：2008 年 12 月第 1 版第 1 次印刷
　　　　　© 2008 商务印书馆(香港)有限公司
　　　　　ISBN 978 962 07 6412 7
　　　　　Printed in Hong Kong

目　　录

扩大交流　减少分歧——序《海峡两岸语言与语言生活研究》

··· 李宇明（i）

谈《普通话异读词审音表》················· 曹先擢（1）

以词语标记为主轴的语言典藏 ················· 郑锦全（11）

汉语拼音正词法的现状及问题 ················· 董　琨（26）

台湾学术网络的闽客语资源现况 ················· 罗凤珠（33）

试论现代汉语规范化与认同性 ················· 邵朝阳（49）

关于澳门语言规划的思考 ················· 黄　翊（54）

全国科技名词委的两岸科技名词对照工作 ········· 刘　青（62）

规范词语、社区词语、方言词语 ················· 田小琳（68）

两岸词汇比较研究管见 ················· 李行健、王铁琨（77）

取长补短，求同存异，异中求通——试论两岸语词差异之融合

··· 黄丽丽（89）

海峡两岸异形词处理的比较 ················· 晁继周（103）

海峡两岸词语的歧异和减少歧异的设想 ········· 韩敬体（112）

不能"以今律古"，也不要"以古限今"——谈古语词在现代

汉语中的理解和运用 ················· 苏宝荣（121）

如何看待两岸的词语差异 ················ 刘叔新（129）

言分普粤 字分简繁——纪念香港回归十周年 ··· 程祥徽（134）

近年来台湾新词语发展之特色——论"子"后缀

················ 竺家宁（140）

从"ㄉㄨㄞㄉㄨㄞ"（duaiduai）看新象声词进入台湾现代汉语的书
写问题 ················ 许长谟（160）

试评汉语词缀的判断方式 ················ 高婉瑜（179）

论《现代汉语词典》与《重编国语辞典》的词汇比较研究

················ 苏新春（188）

《国语辞典》和《现代汉语词典》收条、释义等问题例析

················ 周　荐（206）

从《国语辞典》（删节本）看现代汉语早期词汇的特点

——以"B"字母所辖词条为例

················ 白　云（212）

《重编国语辞典修订本》中的"大陆词语"

················ 刘扬涛、苏新春（230）

略论《现代汉语词典》收录的社区词 ·········· 李志江（257）

《新编两岸现代汉语常用词典》研究及其影响 ····· 何景贤（268）

两岸口语语流韵律比较初探——以音强及音节时程分布为例

··········· 郑秋豫、李岳凌、郑云卿（280）

台湾国语与普通话的单字调对比研究

··········· 熊子瑜、李爱军（313）

两岸汉语的差异与普通话水平测试的标准 ········ 郭　熙（333）

台湾南投方言词汇的语音变化——方言接触的音类竞争

·················· 陈淑娟(346)

新加坡华语和普通话的差异与处理差异的对策

·················· 周清海(360)

全球华语视角下的华语词汇 ·················· 汪惠迪(373)

后记 ·················· 周　荐(386)

附录:(1)首届海峡两岸现代汉语问题学术研讨会集体照

　　　(2)第二届海峡两岸现代汉语问题学术研讨会集体照

扩大交流　减少分歧

——序《海峡两岸语言与语言生活研究》

　　海峡两岸，同种同文。因时空阻隔及其他一些因素，语言文字方面出现了一些分歧。这些分歧，影响到两岸的信息沟通，并进而影响到全世界华人社区的交际，也不利于汉语的国际传播。在世界一体化、信息化的今天，应积极探讨减少这些分歧的途径。

　　语言分歧在语音、词汇、语法等方面都程度不同地存在，应通过对照来明了差异，避免误解。语言分歧以人名、地名、机构名和科技语等专有名词为最突出，比如世界上的国家名和首都名，两岸的差异就相当显著。专有名词的分歧，主要源自翻译的方式方法上；若能有翻译的协调机制，协商统一的翻译原则，梳理已有译名，新译之时及早协调，分歧就会大大降低。

　　汉字简繁是两岸语文生活的一大问题。简繁分歧难以轻易消除，孰优孰劣的争论似乎也于事无补。现实的做法是，在相互尊重书写、印刷习惯的同时，提倡相互识认。由繁识简不难，由简识繁也不太难。另应研制高精度的简繁汉字自动转换系统，用技术辅助两岸文字的沟通。

　　利用计算机网络交流，两岸还存在着编码不一致的问题。GB和 Big5 两套编码系统的流畅转换，需要达成技术协定。

解决两岸语文生活的分歧，贵在交流。大众在语言使用上的交流，学者在语言研究上的交流，执权柄者在语言规划上的交流。语言本为交流而设，分歧本由阻隔而生。通过交流相互了解和理解，通过交流形成各种公约与协定，通过交流扩大同与通，减少异与歧。

李宇明

2007 年 7 月 10 日于荷兰莱顿大学

谈《普通话异读词审音表》

国家语言文字工作委员会　曹先擢

一　《审音表》的来历

1953 年新中国开始了第一个五年计划,文教建设为适应经济建设的需要,也蓬蓬勃勃地开展起来。1955 年 10 月,中国科学院在北京召开了"现代汉语规范问题学术会议"。陈毅、郭沫若亲临这次会议。罗常培、吕叔湘作了《现代汉语规范问题》的报告,向全国语言文字工作者提出了推进汉语规范化的具体任务。会议通过了六项决议,其中第一项是普通话的审音问题,第二项是编纂现代汉语词典问题,在我们今日语言文字生活中起重要作用的《普通话异读词审音表》和《现代汉语词典》便是这两个决议实施的成果。

审音工作有两个主要特点,一是具有很强的学术性,二是具有广泛的群众性。1956 年 1 月成立普通话审音委员会,成员有罗常培、丁声树、魏建功、吴文祺、周祖谟、高名凯、陆志韦、陆宗达、徐世荣等,都是第一流的语言文字学家。同年 4 月,审音委员会确定了审音的原则和工作步骤:以北京话作标准,以词为审音的对象。工作上则采取分批审查、分期发表的方式。

1957 年公布《普通话异读词审音表初稿》，收异读词 666 条；1959 年公布《普通话异读词审音表初稿·续编》，收异读词 569 条；1962 年公布《普通话异读词审音表初稿·三编》，收异读词 600 条，并对以前发表的两个表中的某些地方作了一些修改。到 1963 年将这三个表汇总，成为《普通话异读词三次审音总表初稿》，历时八年的异读词审音工作的成果都集中于此编中。

为什么总是称"初稿"呢？这不是一个字眼儿问题。这是因为审音工作关系千百万人的说话：做得好，有利于普通话的推广；做得不好，会给人们的工作、生活带来不便。"初稿"二字反映了审音委员会谨慎而负责的态度。

审音工作收到很好的社会效果。此举一例。中央人民广播电台以前因为"暴露"的"暴"是读 pù 还是读 bào，几经"折腾"。读 bào，一位老先生来信反对，于是改读 pù，可是绝大多数听众又不同意，真是两难（见《现代汉语规范问题学术会议文件汇编》第 144 页）。审音后，诸如此类的问题便得到初步解决。在《审音表》先后公布的同时，辞书中的注音，多按审音的要求作了改动，如"癌"，过去读 yán，与"炎"相混，后就改为 ái。由审音带来的便利是实实在在的。

"审音总表"的公布，一方面便于人们应用，另一方面在应用中听取意见，以便进一步修改以臻完美。但不久，"文化大革命"开始了，审音工作停顿下来，一下子就是十年。"文革"结束，审音工作重新启动，1982 年 6 月重建普通话审音委员会，德高望重的王力先生，不顾年迈，任审音委员会主任，委员有曹乃木、方伟、傅兴岭、高景成、陆宗达、徐世荣、徐仲华、俞敏、张志公、周有光、周祖谟、夏青、孙德宣、孙修章等。新建的审音委员会对《普通话异读词三次审音总表初稿》进行修订，历时三年，于 1985 年 12 月公布了《普通话异读词审音表》（由国家语言文字工作委员会、国家教育委员会、广播电视部联合公布，简称"审音表"），并同时发布《关于〈普通话异读词审音表〉的通知》，明令"自公布之日起，文教、出版、广播等部门及全国其他部门、行业所涉及的普通话异读词的读音、标音，均以本表为准"。1956 年开始的普通话审音工作至此画上了句号。

二　《审音表》的特点

《审音表》所审的音，一共 840 条，是按汉语拼音的音序排列的，这个排列便于我们查检，不便于我们考察其审音的要求与内容特点。这种排列次序不如《简化字总表》做得好。我们知道，《简化字总表》中分了三个表，第一表为不作简化偏旁用的简化字，第二表为可作简化偏旁用的简化字和简化偏旁，第三表为应用第二表类推出来的简化字。三个表实际上告诉了我们简化字的类型和特点。

了解《审音表》，应该从内容上进行分类，840 条审音项目，实际包括三类：

a. 统读类。《审音表》注明"统读"的，都属这一类，共 586 条。《审音表》的"说明"指出："在字后注明'统读'的，表示此字不论用于任何词语中只读一音。"统读类的读音具有排他性。例如"法"统读 fǎ。此字本来读 fǎ，一般人不存在问题，但老北京人则不然，他们"法儿"读 fà，"法子"读 fá，"法国"读 fà。"统读"是针对其他三个声调说的。又如"导"统读 dǎo。"导"在古代是去声字,为徒到切,现在许多方言仍读去声。在二十世纪五十年代以前,北京的知识分子用在口语时读上声 dǎo,用在书面语时读去声 dào。dǎo 是新产生的口语音,为什么会产生这个音呢?这是因为"导"的繁体字"導"从寸,道声。而"道"字本应读 dǎo,按浊上变去的规律,"道"在北京话中变成 dào,从而把"导"挤到上声里了。现在承认这种字调上由历史演变造成的"换防","导"不再遵古读 dào,避免了"导、道"同音。方言区人学习普通话时,需要改去声声调为上声声调。

我们联系统读排他性的特点,就把审音的要求具体化了,就会翻出许多内容,从而加深对"统读"审音要求的认识。

b. 一音类。指审定一个读音的,如"缥 piāo 缈"。一般来说,这种方式意味着这个字还有其他读音。如"缥",在表"颜色(淡青色)"义时读 piǎo,不读 piāo。这一类审音的特点是具有兼容性。这一类共 133 条,要在兼容性的"兼"上下工夫。

c. 多音类。指审定两个或两个以上读音的,共 121 条。此类审音的特点是具有相互性。汉字有许多多音字,为什么要提出这些多音字来审定呢?因为这些字在音义上常有纠缠,容易产生误读,审音的目的在于明确其相互性,消除歧读。如"阿"(一)ā,~訇、~罗汉、~木林、~姨;(二)ē ~谀、~附、~胶、~弥陀佛。表面审定的是字音,实际上是讲的字义,即什么样的字义应读什么样的音,我们把音义关系分辨清楚了,自然就不会发生误读。《审音表》提供的例词,正是为了帮助我们去了解它们音义上的分工。

有的字,音义上的分工在某些地方很不容易分辨,即使《审音表》提供了例词,也还得作必要的钻研。如"冠"(一)guān(名物义)～心病;(二)guàn(动作义)沐猴而～、～军。名词义读 guān,好理解,如"皇冠、冠巾、挂冠而去"等。这里"冠心病"的"冠",与帽子义的联系不易知晓。原来这里的"冠"是西方的帽子。冠心病指冠状动脉硬化造成的心脏病。外国人的帽子特点为环状,他们"冠"引出"环状"的意义,是一种具有民族性的联想,咱们缺乏这种联想。冠状动脉,西语里是 coronary(像帽子环状形的动脉),我们按意译借入,用时难以想到名物义,而容易误读成 guàn 状动脉。

以上分为三类,是就《审音表》本身对字音的三种处理而言的。实际上是两类:甲,单音字,统读 586 条都属于单音字,在现代汉语字典里,只注一个音;乙,多音字,b、c 两类都属于多音字,字典里按多音字处理。

三 《审音表》的研究

《审音表》的研究可以从三个方面去开展:1.从语言文字本体出发,主要研究多音字问题;2.从语言文字应用出发,主要研究异读问题的字与词的关系问题;3.从语言规划出发,主要研究普通话超方言性质与异读审定时取舍标准。

下面分别作简要的说明。

1. 关于多音字。《审音表》b、c 两类共 254 条,属多音字。多音字在音义上要进行辨析难度较大,为此《审音表》常有简要的说明,工作做得是仔细的,例如:

薄(一)báo(语)常单用,如"纸张很～"。

(二)bó(文)多用于复音词,～弱｜稀～｜淡～｜尖嘴

～舌｜单～｜厚～。

但是有些地方，说明欠允妥，实际上是审音欠当，如：

应（一）yīng ～届｜～名儿｜～许 提出的条件他都～了。是我～下来的任务

（二）yìng ～承｜～付｜～声｜～时｜～验｜～邀｜～用｜～运｜～征｜里～外合

我们知道"应"有 yīng/yìng 二音，在历史上有明确分工，读平声，指应当、应该。《说文》读 yīng（於陵切）在心部，作"應"，注为"当也"；读 yìng（於证切）在言部，注为"以言对也"（用话回答）。北京话发生了变异：表示回答的意义，也读 yīng 了。而《审音表》又肯定了这种变异，复合词"应届"本当读去声，现在审为阴平，而与"应届"的"应"语素相同的"应时、应声"等审为传统音读去声，从而形成矛盾。有的词典把"应允"注为阴平，"应诺"注为去声，真是乱了套。一位中学语文教师提出质疑："'应'的读音我们依据哪条原则来分辨？"（见《语文学习》2005 年 10 期）

北京话的特殊变异，在审音中可以置而不论，像"回应"的"应"读阴平，就属于这种情况，否则就会出现上述矛盾，打乱了历史上"应"字音、义的分工，人们难以学习和掌握。

统读所审定的是单音字，但有的（并非全部）与多音问题有关系。例如"傍"统读 bàng，在以前"傍"有三个读音：bàng，指（空间）依靠挨近，如"依山傍水"；读 bāng，指（时间上）挨近，如"傍晚、傍黑"，这是北京地区特有的读音；读 páng，通"旁"，指旁边（参见《国音字典》）。不了解 bāng、páng，就难以明白何以要统读 bàng。

又如"盾"，《审音表》："dùn，统读。"《国音字典》：1 shǔn，顺

上，战争时用以御兵刃之籐牌。②dùn，顿去，①又读。②人名，赵盾。

可见历史上以读 shǔn 指盾牌，读 dùn 是又音。到《新华字典》(1953 年版)注为："dùn(顿)shǔn(又)，古代打仗时防护身体的牌。"又音升为正式读音。到《审音表》则舍弃了 shǔn 音。不了解以上情况，对"盾"统读 dùn 就难以有全面的理解。对审音结果，不仅知其然，有时还应知其所以然。

对多音字的分析，也可循此发现审音中的问题。例如"厕：cè，统读"。联系历史，厕所的"厕"形、音都有变化：

廁：→厕①cè，通"侧"：厕身其间。②cì，厕所，茅厕。二音都有反切依据，读 cì，初吏切，读 cè，札色切。指厕所本作廁，读 cì（见《说文解字》），现统读 cè，在"厕所"一词已经积非成是，行得通，但"茅厕"必当读 cì，读 cè 是不存在的。因此审定统读"cè"，茅厕之"厕"的读音无着落了。

2. 字与词的关系。"普通话异读词"这个称说包括字、词两种意思。既为"异读词"，当然是指语言中的词了；既为"异读"，当然指书面语的表现形式"字"了：因为只有"字"才存在"读"的问题。审音的对象是词还是字呢？审音开始的时候明确提出"以词为审音的对象"，以后发表的《审音表》，都是以词为对象的。然而"词素"怎么办？《审音表总表初稿》在"危"下列了五个异读词："危害、危机、危急、危亡、危险"。这五个复合词中存在异读问题是词素"危"，而并非五个复合词本身。由词素"危"构成的复合词"危难、危局、危重、病危、濒危、垂危"等都有异读问题。因此说审音的对象是词，是不够严谨和准确的。应该提到词素。但用词素不如用语素这个名称好，因为当语素可以独立造句时是词，当语素只用来构词时是词素；语素可以包括词素。所以到 1985 年公布《普通话异读词审音表》时，对审音对象的表述有了改变："本表所审，主要是普通话有异读的词和有异读的作为语素的字（见文件《说明》）。"讲语素就要讲字，"汉语的语素和汉字，多数是一对一的关系。"（吕叔湘）《审音表》提出"作为语素的字"是科学的。

在审音中所审的字，大多数都是可以读的，如作为词的"癌"，异读 yán/ái，审定为 ái；作为词素的"危"，异读 wéi/wēi，审定为 wēi。但有的语素，作为字，是无法读的，如"匙"shi 是轻声字，怎么读？同样，"殖（一）zhí，繁～、生～、～民。（二）shi 骨～。""骨殖"的"殖"读 shi 的轻声。这两个字只有联系"钥～、骨～"才能念出音来。像"蓝"在"苤蓝"一词里读轻声，韵尾-n 脱落，读为 la，而《审音表》既定为轻声，又读 lan，欠当。

从语用讲，语素可分为两类，一类是可以自由造句或造词的，如"癌、危"，可称做自由音项。另一类是既不能造句，也不可自由造词，可称做黏着音项，如"仵"读 gù，只用于"仵衣"；"薄"读 bò，只用于"薄荷"。轻声字大多属于黏着的。

黏着音项使用面窄，如《论语》的"论"读 lún，不读 lùn，辞书中注音即可，不必去审定读音。

审音当以字作计算单位，如《审音表》所列为 840 字，但审音对象要考虑到词。《审音表》所列 840 字，均在常用字范围内，而所审的词有时超出了常用词范围，如"病革"，"革"读 jí。如果不考虑"病革"，那么《审音表》b 类的"革"gé，当入统读。现在入 b 类，实际包括 gé、jí 二音。如果有一个现代汉语常用词表，审音的对象应该以常用词表的范围为限。

3. 普通话超方言性质和审音的标准。普通话是民族共同语，它是超方言的，对这个超方言的性质，要有一个正确的认识和理解。在二十世纪初，确定国语（普通话）的语音标准的时候有两种意见，一种主张称为国音派。认为除采用"官话"的音外，要保留入声，区分尖团，采用吴方言的而北京话没有的三个声母。这是把普通话超方言的性质理解偏了。民族共同语只能以一种地点方言作为语音标准，超方言的性质不等于照顾方言的语音系统。在普通话异读词审音的时候，我们既然确定以北京话为标准音，那么，所审的异读都是属于北京话语音系统这个范围里的，这时，如果遇到异读，审音的标准应该以符合北京语音发展规律的为原则。如"侵"有 qīn/qǐn 两读，"帆"有 fán/fān 两读，则"侵"应取 qīn、"帆"应取 fān，因为二音符合发展规律。这样也实际上照顾了方言，便于方言区的人学习普通话。王力先生说："审音委员会关于异读词的审音原则有一条说：'一个字的读音在北京话里非常通行而不合北京语音的一般发展规律的，这个音还是可以采用，但是同时也要考虑到这个音在北方方言里应用得是否广泛。'"这个原则是值得商榷的。既是异读字，可见有一部分人读此音，另一部分人读彼音。读此音的人虽是少数，但是合乎语音发展规律，和全国各方言区域的人加起来还是占多数（如上所述，各地方言与北京话读音是有对应关系的）；读彼音的人虽是多数，但是对全国汉族人民来说还是少数。所谓北方方言里应用得广泛，也是不成其为理由的。姑且勿论我们的调查研究还很不够，即使调查清楚了，除北方方言以外，还应该连同西南方言、湘方言、江淮方言、吴方言、闽方言、粤方言、客家方言等一并考虑。这样考虑以后，自然应该以合乎语音发展规律的读法比较便利全国人民的学习，因为便于类推。例如上海"期"字与"其""旗""棋"等字同音，"帆"字与"凡""烦""繁"等字同音，类推起来很方便，如果"期"读

qī,"帆"读 fān,学起来就增加负担。更值得注意的是,除特别训练的人以外,一般人都只知道利用类推法,而不会对于每一个字都从字典里寻找它的读音。(《论审音原则》)

在审音的时候采取王力先生讲的原则才是正确的,所以 1985 年公布《审音表》时在《通知》中说:"(审音)以符合普通话语音发展规律为原则。"

以词语标记为主轴的语言典藏[①]

台湾中央研究院语言学研究所　郑锦全

提要：计算机无所不在,纸本典藏向数位典藏发展是必然的趋势,文本数位典藏须要断词的处理才能正确检索词语,词语须要标记语法词类才能进一步研究词组与句子结构,整个文本还要有诠释数据,呈现其体裁、作者、题目、出版年代等信息。中央研究院的语言典藏包括现代汉语、近代汉语、古代汉语、闽南与客家方言以及南岛语言。数位典藏的实用包括数位学习,以针对一词广泛阅读的模式,编出网上学习的接口,利用典藏文本让读者广泛阅读所检索的词语出现的大量句子,在阅读中理解词语的用法。语言在空间存活,语言地理分布也是典藏的重要项目,利用现代科技,分布微观细致到以家庭为单位,以卫星及向量化的低空航照图片画出家户的语言别,作为国土管理及语言政策决行的思辨资源。所有语言典藏以词语为主轴,贯穿时间与空间。

关键词：语言典藏　断词　词类标记　诠释数据　数位学习
语言分布微观　语言地理信息系统

① 本研究的一部分在 2004—2005 年得到了台湾行政院国家科学委员会数位学习国家型科技计划的资助,计划编号:NSC93-2524-S-001-003,计划名称:《兼具教学与研究功能的全球华语文数位教与学资源中心》。执行时间:2004.5.1—2005.12.31.其他部分得到国家数位典藏计划的资助。一并在此致谢。

一　数位典藏

过去,图书典籍放在图书馆保存或者供人利用,是图书典藏。现在,计算机无所不在,图书典籍走向数位化是必然的趋势。纸本的典藏改为数位典藏,在网络上流通,没有时间与空间的限制,全球共享。但是数位典藏有不同的内容,如果只把纸本改为图像,虽然是数位化,只能让人阅读或浏览而已,无法进一步用计算机来研究其中文字。例如,图1是数位化的《四库全书》中的《庄子》的影像,图像上有“鹏”字,但是无法用文字来检索,因为图像不是文字,不能逐字检查,因此,《四库全书》电子本还有全文检索版,可以查阅书中任何一个字(迪志1999)。

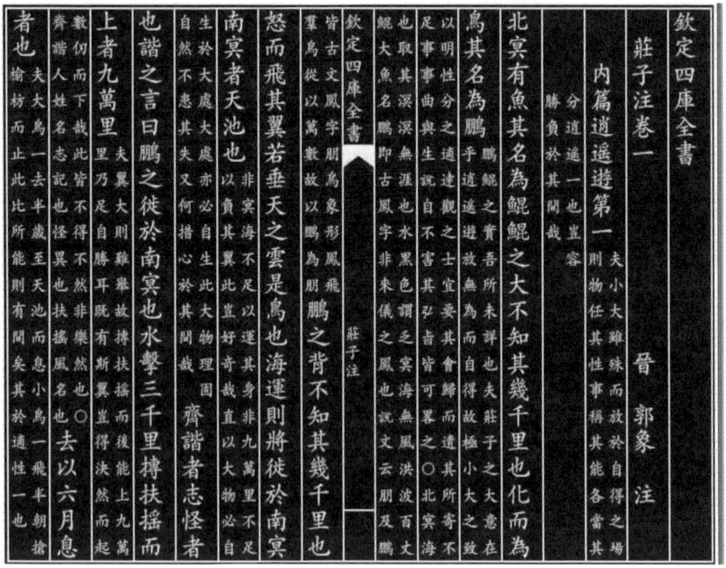
欽定四庫全書
莊子注卷一　晉　郭象　注
內篇逍遙遊第一　夫小大雖殊而放於自得之場則物任其性事稱其能各當其
分逍遙一也豈容勝負於其間哉
北冥有魚其名為鯤鯤之大不知其幾千里也化而為
鳥其名為鵬　鵬鯤之實吾所未詳也夫莊子之大意在乎逍遙遊放無為而自得故極小大之致
以明性分之適達觀之士宜要其會歸而遺其所寄不足事事曲與生說自不害其弘旨皆可略之○北冥海
也取其溟溟無涯也水黑色謂之冥海無風洪波百丈鯤大魚名鵬即古鳳字非來儀之鳳也說文云朋及鵬
欽定四庫全書　莊子注
皆古文鳳字朋鳥象形鳳飛羣鳥從以萬數故以鵬為朋　鵬之背不知其幾千里也
怒而飛其翼若垂天之雲是鳥也海運則將徙於南冥
南冥者天池也　非冥海不足以運其身非九萬里不足以負其翼此豈好奇哉直以大物必自
生於大處大處亦必自生此大物理固自然不患其失又何措心於其間哉　齊諧者志怪者
也諧之言曰鵬之徙於南冥也水擊三千里搏扶搖而
上者九萬里　夫翼大則難舉故摶扶搖而後能上九萬里乃足自勝耳既有斯翼豈得決然而起
數仞而下哉此皆不得不然非樂然也○齊諧人姓名也志記也怪異也扶搖風名也　去以六月息
者也　夫大鳥一去半歲至天池而息小鳥一飛半朝搶榆枋而止此比所能則有間矣其於適性一也

图1　《四库全书》中的《庄子》影像

不过，只有文字而没有其他标记，数位文本也还不能满足正确检索的要求。例如，要找"心服"这个词语，从没有经过语言处理的中央研究院的平衡语料库原始文本可以找到下面的例子：

（1）a. 而最令我感到心服口服的，莫过于肥皂雕刻了。

　　　b. 所谓公理是强者为欺负弱者又让被欺者心服而定的。

　　　c. 有兴趣者请填妥报名表，掷回计算中心服务组。

　　　d. 希望资助家境清寒、热心服务的高中以上学生完成学业。

显然，前两句的"心服"是正确的词语，第三句的"中心"与"服务组"构成的"心服"以及第四句的"热心"与"服务"连成的"心服"字符串，都不是词语。因此，比较理想的电子文本要有断词的标记，例如以空格键分词：

（2）a. 而 最 令 我 感到 心服口服 的，莫过于 肥皂 雕刻了。

　　　b. 所谓 公理 是 强者 为 欺负 弱者 又 让 被 欺 者 心服而 定 的。

　　　c. 有 兴趣 者 请 填妥 报名表，掷回 计算 中心 服务组。

　　　d. 希望 资助 家境 清寒 、热心 服务 的 高中 以上 学生完成 学业。

有了这样的断词标记，查"心服"就不会出现"中心"连"服务组"和"热心"连"服务"的句子。文本断词处理之后，要做进一步的研究，还需要有词组和句子的结构。结构的判定需要依据词类，因此词语需要有词类标记。中央研究院的语言典藏对每个词语都加上词类标记。上面的句子的标记如下：

（3）a. 而（Cbb）最（Dfa）令（VL）我（Nh）感到（VK）心服口服（VI）的（T），（COMMACATEGORY）莫过于（VG）肥皂（Na）雕刻（Na）了（T）。（PERIODCATEGORY）

　　b. 所谓（VK）公理（Na）是（SHI）强者（Na）为（P）欺负（VC）弱者（Na）又（D）让（VL）被（P）欺（VC）者（Na）心服（VB）而（Cbb）定（VC）的（T）。（PERIODCATEGORY）

　　c. 有（V_2）兴趣（Na）者（Na）请（VF）填妥（VC）报名表（Na），（COMMACATEGORY）掷回（VCL）计算（VC）[＋prop] 中心（Nc）服务组（Nc）。

　　d. 希望（VK）资助（VC）家境（Na）清寒（VH）、（PAUSECATEGORY）热心（VJ）服务（VC）的（DE）高中（Nc）以上（Ng）学生（Na）完成（VC）学业（Na）。（PERIODCATEGORY）

我们所用的词类有四十几个，另外每个标点符号也加以标记。词类以拉丁字母代表，如下：

（4）

A	非谓形容词	Caa	对等连接词，如：和、跟
Cab	连接词，如：等等	Cba	连接词，如：的话
Cbb	关联连接词	D	副词
Da	数量副词	DE	的，之，得，地
Dfa	动词前程度副词	Dfb	动词后程度副词
Di	时态标记	Dk	句副词
FW	外文标记	I	感叹词

Na	普通名词	Nb	专有名称
Nc	地方词	Ncd	位置词
Nd	时间词	Nep	指代定词
Neqa	数量定词	Neqb	后置数量定词
Nes	特指定词	Neu	数词定词
Nf	量词	Ng	后置词
Nh	代名词	Nv	名谓词
P	介词	SHI	是
T	语助词	V_2	有
VA	动作不及物动词	VAC	动作使动动词
VB	动作类及物动词	VC	动作及物动词
VCL	动作接地方宾语动词	VD	双宾动词
VE	动作句宾动词	VF	动作谓宾动词
VG	分类动词	VH	状态不及物动词
VHC	状态使动动词	VI	状态类及物动词
VJ	状态及物动词	VK	状态句宾动词
VL	状态谓宾动词		

每篇文本的词语有标记之外，还有对文章的诠释，这部分一般都称为后设数据。后设数据就是解释数据的数据。对文本的诠释包括文类（genre）、体裁（style）、模式（mode）、主题（topic）、媒体（medium）、作者（author）、题目（title）、句子（sentence）等等，以 HTML 语言的格式标出（Chang et al. 2004），举例如下：

（5）〈？ xmlversion＝"1.0"encoding＝"Big5"?〉

　　〈corpus〉

```
〈article〉
〈articleno〉1〈/articleno〉
〈genre〉报导〈/genre〉
〈style〉记叙〈/style〉
〈mode〉written〈/mode〉
〈topic〉卫生保健〈/topic〉
〈medium〉视听媒体〈/medium〉
〈author〉
〈name/〉
...
〈title〉全身性红斑性狼疮〈/title〉
〈text〉
〈sentence〉一（Neu）、（PAUSECATEGORY）高处（Nc）
不胜（VJ）寒（VH）：（COLONCATEGORY）〈/sen-
tence〉
〈sentence〉高血压（Na）是（SHI）一（Neu）种（Nf）很
（Dfa）普遍（VH）的（DE）慢性（A）疾病（Na），（COM-
MACATEGORY）〈/sentence〉
...
```

　　以上所说的语言数据的标记以及文本的典藏，是中央研究院语言学研究所与资讯研究所在过去十几年中合作研究的成果。这是一个平衡语料库，所谓平衡就是体裁和媒体各方面如新闻报导、学术著作、小说等，平衡取材，来反映过去十几年中文在台湾地区的实际情况。数年前完成了第一部分，有五百万词。过去五年继续收集新的五百万词，在 2006 年结束时就有一千万词有标记的文本。

平衡语料库是中央研究院机构计划下"语言典藏计划"的一部分,语言典藏的其他子计划都一样以词语为主轴,把近代汉语、上古汉语、金文简牍、闽、客方言以及南岛语重要语言数据经过断词和标记,汇整成以下的数位语料库:

(6) a. 二十世纪汉语平衡语料库与句法结构数据库——部分语料作为句子结构分析的数据,研究计算机自然语言处理(邱智铭等 2005)。

    b. 近代汉语词汇库——包含的文本有《红楼梦》《西游记》《水浒传》《儒林外史》《平妖传》《醒世姻缘》等早期接近口语的章回小说。

    c. 上古汉语语料库——文本包含《论语》《孟子》《大学》《庄子》《老子》等古籍。

    d. 先秦金文简牍词汇数据库——建构以殷周春秋青铜器铭文及战国出土简牍的数据库,对词语加以标记,作为研究汉语词语发展的重要一环。

    e. 新世纪语料库——以多媒体的记录收集现今汉语在台湾日常生活的使用情形,包括日常生活口语沟通的内容、讨论的主题、生活语言词汇的使用(Tseng 2005)。

    f. 闽南语典藏——历史语言与地理分布数据库,从十六世纪以闽南语写作的《荔镜记》开始,到二十世纪的闽南歌仔册为止,以这两种文体的文学作品为范围,建置闽南语语料库,可以取得最接近当时民间语言的语料。在地理分布方面,建立新竹县新丰乡闽、客杂居地区的语言地理信息系统。

g. 台湾南岛语典藏:建立多种台湾南岛语言长篇语料库。(Zeitoun and Yu 2005)

h. 网站:http://LanguageArchives. sinica. edu. tw/

词语这个主轴贯穿现代汉语、近代汉语、古代汉语、金文简牍、闽南与客家方言、南岛语等语言典藏。闽客方言典藏有历史文献及方言地理分布微观调查,词语仍然是主要的思考单位,闽南方言的主要历史文献《荔镜记》的校勘以及电子辞典编辑,也都是以近代的汉语对待,做断词及标记的工作,所包括的文献除了《荔镜记》之外,还有五百多本民间出版的闽南语歌仔册及客家话歌册。数位文本有断词、词类标记等的讯息可以提供句法分析,画出语法结构的树形图。我们现在的研究还缺少语义的标记。语义方面,已经开始在研究词汇语义学以及语言语义的本体论,只是现在的语言典藏刚刚开始在思考语义的标记问题,希望这方面的工作将来对自然语言的理解、人类语言的创造力以及词语的消长等方面的研究有更具体的贡献。

二 数位学习

中央研究院的语言典藏在建构的过程中就开始应用,尤其是平衡语料库,有不少研究生和学者上网检索各种数据,编写论文,但是一般人却不容易直接取用。在2004—2005年间,我们得到国科会数位学习国家型计划的资助,提出"针对一词广泛阅读"的词语学习模式(Cheng 2004,Cheng et al. 2004),用前文所说的各种语料库作为语言学习的资源,编写一般学生和教师都能使用的接口,在网络上让人针对个别词语,阅读大量的该词语出现的句子。一词泛读的理念认为人在成长的过程中阅读许多文字,在社会交际中又有许多语言互动,从而不自觉地学会词语的用法。对成人的外语学习来说,需要在两三年内学好一种语言,并没有十几年的成长时期来阅读许多文本,因此,需要提出一个不同于多年学习的模式,语言学习者可以利用计算机所收集的文本,针对一个词语,阅读该词语出现的许多句子。阅读了各种该词语和其他词语共同出现的情形,也就是语言环境,读者就更能掌握该词语的用法。泛读的资源除了现代、近代、古代汉语数据库之外,还有《唐诗三百首》和《宋词三百首》,包罗古今汉语散文与诗词(罗凤珠 2005,郑锦全等 2005)。

(7) a. "现代汉语语料库"一词泛读

b. "近代汉语语料库"一词泛读

c. "上古汉语语料库"一词泛读

d.《唐诗三百首》一词泛读

e.《唐诗三百首》全首阅读

f.《宋词三百首》全首阅读

g. 网址 http://elearning.ling.sinica.edu.tw

泛读的界面网页分为三区。第一区接受读者输入词语或任何字符串。第二区显示输入词语的词类、词语出现的频次、词意解释、共现词及相关词,同时还提供由简单的句子开始或随机阅读两个选择,读者也可以选择查看近义词。如果第一区所输入的字符串不是一个词语,一词泛读的计算机程序会自动断词。第三区是词语出现的句子显示的区域,一次显示三个句子。页面如图 2。

图 2　针对一词广泛阅读网页

　　读者的语文能力不可能完全一样,在接口中如果选择由简单的句子开始阅读,计算机就依照事先根据句子难易度安排好的次序呈现。平衡语料库一共有二十几万个句子,我们提出三个句子阅读难易度的计算方法排出由简入繁的次序。第一,越长的句子越难,长短由词语的数目计算。第二,词语数目相同的句子,词语的频次的总和高的句子比低的容易读,频次高就是词语常见,常见的比不常见的容易理解。第三,词语数目相同的句子,词语的语意种类多的句子的语意比种类少的句子复杂,不易理解(郑锦全 2005a)。语意种类用我们自己增补的《同义词词林》(梅家驹等 1984)的分类计算。这种句子阅读难易度的算法还有改进的余地,我们提出来作为句子可读性计算的初步尝试。

在学生模式下的泛读的句子不显示词类标记,免得干扰学生阅读。在教师模式下的阅读,每个词语都保留原来的标记,以便教师可以作为教学的参考。下面是学生模式下阅读"溺爱"举例。

(8) a. 比如说 过度 地 溺爱 小孩子,溺爱 跟 容忍 是 不 是 一样 的。

　　b. 这 不 像 一些 被 父母 溺爱 得 让 人 伤 透 脑筋 的 孩子,性情 一直 趋向 顽劣。

　　c. 我们 过度 地 溺爱 小孩子,让 小孩子 培养 一个 以 自我 为 中心 的 人格,对于 自己 的 挫折 容忍力 也 没有 帮助。

　　d. 但,这里 并 不 是 指 漫无章法 的 溺爱,爱 是 关心,而 非 放纵,更 不 是 是非 不 辨,乱爱 一 通 的。

　　e. 但是 这 个 世界 上,许许多多 的 事情,说来 容易 做来 难,鼓励 的 分寸,应该 怎么样 来 拿捏 才 不 会 变成 溺爱 呢？

　　f. 这 妈妈 很 iK 等于 说,很 尊重 她,很 溺爱 她,她 并 不 了解,学校 也 有 学校 的 规范,所以 我 想 小孩,我们 不要 小孩 说 不,或 我们 父母 不 说 不,但是 有 些 事情,我们 应该 告诉 孩子,稍微 用 价值 来 评量 一下。

从上面的例句可以看出"溺爱"用于家庭长辈对晚辈的过分爱护,大量阅读就能得到这样的结论,因此,学生就不会造出"学生溺爱老师"的句子。大量阅读是语言学习的重要过程,在一词泛读的学习模式中,学生可以针对需要理解的词语,阅读等于几百本书中该词语出现的句子，而不须要花费漫长的时间从头到尾阅读几百本书来理解一个词语的用法。

三 语言地理分布微观

语言在人们的交际中存活，人有居住和活动空间，因此语言典藏也包括语言的地理分布。语言的地理分布是母语教育、国土管理以及语言政策制定的重要思考因素。我们的语言地理分布调查，现阶段也是以词语为主轴，从词语的语音记录可以判别闽南话、客家话以及闽南方言内部的微细的差别，我们所用来调查方言的词语的一部分如下：

（9）a. 数位 1，2，3，4，5，6，7，8，9，10（即刻辨别闽南或是客家方言）

b. 金鱼（"鱼"字韵母发音可分辨闽南次方言）

c. 鸡公（"鸡"合口介音有无可分辨闽南次方言）

d. 短裤（"短"变调可分辨闽南次方言）

e. 杨桃（两字韵母可分辨闽南次方言）

f. 生日（"生"字韵母可分辨闽南次方言）

地理分布的调查现在主要的工作是以家户为单位辨别闽南或客家的家庭语言，以卫星定位、卫星照片及低空航照标明家户在地图上的位置，画出方言分布微观地图，现在已经完成新竹县新丰乡一万多户的调查（郑锦全 2004a，2004b，2005b），部分方言分布地图如图 3：

图 3　新竹县新丰乡方言分布航照地图(凤坑村上坑村重兴村交界部分)

四　愿景

以词语为主轴贯穿汉语及南岛语的典藏,在词语的时间演变、空间分布、社会交际各方面都能提供研究、学习与国土管理的资源。将来的发展会着重在语义的分析,从词汇语义到句子的意思,都是亟待研究的领域。语言空间分布现在虽然已经涵盖一万多户,但与全台湾户口数目相比,是微乎其微。这个语言地理分布微观的研究方法或许会带动许多语言学者共同建构全台湾的语言地理信息系统。

【参考文献】

1. 迪志文化出版有限公司及书同文计算机技术开发有限公司《文渊阁四库全书电子版—原文及全文检索版》,香港迪志文化出版有限公司及中文大学出版社 1999 年。

2. 罗凤珠《中研院全球华语文数位教与学资源中心(上、下)》,载《数位侨教专刊》2005 年第 4 期。

3. 梅家驹等《同义词词林》,上海辞书出版社 1984 年。

4. 邱智铭、蔡瑜方、陈克健《V-V 搭配类型与语料库语法之探讨》,载《第二届台湾华语文教学研讨会论文集》2005 年,第 288 - 297 页。

5. 郑锦全《闽南客家杂居邻里的地理信息系统》,国际中国语言学学会第十二届年会,天津,2004 年。

6. 郑锦全《语言与信息:厘清台湾地名厝屋》,载罗凤珠编《语言文学与信息》,第 1 - 24 页,台湾新竹:清华大学出版社 2004 年。

7. 郑锦全《词汇义与句子阅读难易度计量》,载《第六届汉语词汇语意学研讨会论文集》第 261 - 265 页,2005 年。

8. 郑锦全《台湾语言地理分布微观》,载《中央研究院 94 年重要研究成果》,第 90 - 93 页。台湾:中央研究院。

9. 郑锦全、黄居仁、罗凤珠、蔡美智、黄郁纯、陈芗宇、吕奇蓉、韩雅琪、李嘉真《殊读同归:全球华语文数位教与学资源中心》,第四届全球华文网络教育研讨会,2005 年。

10. Chang,Ru-Yng,Chu-Ren Huang,and Chin-Chuan Cheng. 2004. "Implementation of an OLAC-based Linguistic Metadata System over a Set of Heterogeneous Language Archives". *Proceedings of the Fourth Workshop on Asian Language Resources*. 79-86.

11. Cheng,Chin-Chuan. 2004. "Word-focused extensive reading with guidance". *Selected Papers from the Thirteenth International Symposium on English Teaching*. 24-32. Taipei:Crane Publishing Co.

12. Cheng,Chin-chuan,Chu-ren Huang,Feng-ju Lo,Xiang-yu Chen,Joyce Ya-chi Han,and Yu-chun Huang. 2004. "Extensive reading with guidance". *Proceedings of the International Workshop on Language e-Learning 2004:An Interactive Workshop on Language e-Learning* 25-34,Edited by

Laurence Anthony, Shinichi Fujita and Yasunari Harada. Tokyo: Wasada University.

　13. Tseng, Shu-Chuan. 2005. "Mandarin Topic-oriented Conversations". *International Journal of Computational Linguistics and Chinese Language Processing. Special Issue: Annotated Speech Corpora.* 10 (2): 201-218.

　14. Zeitoun, Elizabeth, and Yu, Ching-hua. 2005. "The Formosan Language Archive: Linguistic analysis and language processing". *International Journal of Computational Linguistics & Chinese Language Processing.* 10(2): 167-200.

汉语拼音正词法的现状及问题

中国社会科学院语言所　　董琨

一　进一步认识汉语拼音正词法在新时期的必要性

汉语拼音的正词法是伴随汉字改革、汉语拉丁文字化的思潮与实践而产生的。它的历史沿革，为诸多业内人士所熟知，不必在此赘述。

现在有必要重新审视汉语拼音正词法在新时期亦即进入二十一世纪的高科技信息时代的必要性问题。答案是依然有必要。诚然，在可见的时间阶段内，汉字将继续使用，由中华人民共和国第一届全国人民代表大会于 1958 年 2 月批准的《汉语拼音方案》将不会彻底取代汉字而成为汉语的拼音文字；但是，这个拼音方案于 1982 年经"国际标准化组织"全体会员国投票通过，已经成为汉语罗马字母拼写法的国际标准（ISO 7098），在汉字的电子计算机使用（输入输出）、信息处理以及电信通讯、中外人名地名的翻译、书刊目录索引的编制等诸多方面，都发挥着越来越重要的作用，可以说，《汉语拼音方案》早已大大超越了它为汉字注音的功能，客观上取得了仅次于汉字的记录汉语的工具的地位。这种作用和地位，在当前电脑国际网络高度普及、广泛应用的高科技信息时代，不但没有削弱，反而有所加强。在某些场合，例如在不会或不能使用英语（只能使用其他语种）的情况下，国际电子通邮的双方或一方缺乏汉字字库的支撑或汉字字库的系统不能兼容的时候，汉字失去用武之地而只能由汉语拼音奏其效了。

既然汉语拼音具有拼音文字的功能和作用，那么对于它记录汉语的拼写法即"正词法"的规定就是有必要的。

二　汉语拼音正词法与汉语的特点

王力先生曾经这样来描述汉语的特点："依我们看来，汉语有三个特性：第一，元音特别占优势；第二，拿声调作词汇的成分；第三，语法构造以词序、虚词等为主要手段。"① 根据这种归纳，汉语使用汉字或者拼音文字作为记录工具，似乎看不出二者有难度上的多少区别。不过，如果从制订正词法的角度来看待汉语，我们就不得不指出，汉语有若干特点使得拼音文字的应用增加了不少困难，也无妨归纳三条，即：

第一，无明显的形态标志，词与非词的界限难以确定；而"分词连写"是正词法的首要目标。

第二，一个语言片段可能具有或强或弱的离合性，② 跨越语

----

① 王力《语文讲话》第一章，商务印书馆 2002 年。

② 现在有学者对以"离合"法即运用扩展法判别词与词组的理论与操作提出了质疑，如沈怀兴：《"离合"说析疑》（载《语言教学与研究》，2002 年第 6 期）。但不管怎样，汉语词语具有离合性的现象是客观存在的，不可否认的。

素、词、词组(结构)等不同的层面;这就使得音节之间的分写或合写颇费斟酌。

第三,同音词(声母、韵母、声调全同)多,不但单音节词同音多,双音节词同音的也不少。这个难题汉字用上千上万不同的形体基本解决(虽然也有不能解决的时候,例如"杜鹃(花)"与"杜鹃(鸟)"),而对 26 个拉丁字母符号的拼音文字来说则相当棘手。

当然,看清困难,不是望而却步,更不是束手无策。根据汉语的特点制订针对《汉语拼音方案》的汉语拼音正词法,是语言文字工作者的一项光荣而艰巨的任务,也是义不容辞的神圣而重大的职责。

三 修订现行《汉语拼音方案》正词法的基础

现行《汉语拼音方案》的正词法,目前也已然存在着很好的基础。现在我们起码可以看到有关这个问题的三个比较正式的成文的材料:

(一)中国社会科学院语言研究所为编纂《现代汉语词典》而制订的《汉语拼音注音的分词连写条例》。[①]

这个材料标示的主要功能诚然是基于"注音",某些符号如离合词之间加双短斜横(//)更是意在揭示词语的结构;但是就其整

---

① 见金有景《〈现代汉语词典〉汉语拼音注音的分词连写条例》,载《语文现代化》丛刊 1980 年第 3 - 4 辑。

体来看，所体现的指导思想却是处在正词法层面的。例如对于"能够广泛结合"、"意义结合不紧密"、"中间能插入别的成分"、"补充成分能分析的"之类的词语或结构，都有"本词典一般不收"的申明；再如复合数词、数量词结构、多数的"不×"、"最×"以及人名、地名等等，皆非作为中型语文词典的《现汉》的收录对象，但是在该材料中都有相当详尽的考虑与说明。所以这个条例应该视同一份"汉语拼音正词法基本规则"的试用稿，可供未来修订有关国家规范标准时的参考。

（二）1982 年国家成立的"汉语拼音正词法委员会"于 1984 年所制订并公布的《汉语拼音正词法基本规则（试用稿）》[①]（以下简称"试用稿"）。

（三）由国家技术监督局 1996 年 1 月发布、标有"中华人民共和国国家标准"字样的《汉语拼音正词法基本规则》（ICS 01. 10 A14 GB/T 16159—1996）[②]（以下简称"标准稿"）。

由于本材料最后的"附加说明"中指出："本标准由汉语拼音正词法委员会负责起草"，所以它与上一个材料的承继关系不言自明，不过，二者的行文结构和作为规则的格式颇有所不同，如后者有"主题内容与适用范围"、"术语"、"制订原则"等项说明文字而前者阙如。更主要的是，后者描述的基本规则较为简明扼要，体现了"规则条目尽可能详简适中，便于掌握应用"（见"制订原则"3.3）的指导思想。这里不拟就条目的内容与行文展开具体讨论，仅将二者的规则条目的数量进行列表比较：

---

① 见《汉语拼音正词法论文选》，本书编辑组编，文字改革出版社 1985 年。
② 见《语言文字规范手册》1997 年重排本，语文出版社 1997 年。

内容项目	试用稿	标准稿
名 词	10	5
动 词	7	3
形 容 词	4	2
代 词	3	3
数词和量词	8	4
虚词(合)	12	7
成 语	2	2
大 写	4	3
移 行	1	1
标 调	1(见"总原则")	1
合 计	52	31

四 有关汉语拼音正词法的若干理论问题和技术问题

归纳起来,这些问题主要是:

(一)有否必要为正词法中的"词"重新定义(比如:"正词法中各自独立拼写的语言片段")?

(二)有否必要区分所谓"理论词"(语法词、词汇词、词典词……)与"形式词"?

(三)如何综合考虑语法、语义、语音、语用诸因素进行汉语的拼音书写?

(四)如何认识汉语拼音正词法的历史原则以及如何考虑识别原则?①

---

① 参见冯志伟《英德法语与汉语拼音正词法》,载《语文建设通讯(香港)》,2003 年 2 月,第 73 期。

（五）如何最大程度地解决同音词问题（语境分化、语音分化、语义分化、书写形式分化）？

（六）如何促进汉语拼音正词法与电子计算机自然语言信息处理的有机结合？

（七）特殊符号的采用（如"－""～"之类）。

几十年来，已经有许多前辈时贤在上述方面进行了艰苦而卓有成效的探索，取得了丰硕的成果。这些成果，主要地集中体现为上述关于汉语拼音正词法规则的材料以及大量相关的学术论文。这些，都值得我们很好地学习消化。我们的任务，是争取在已有成果的基础上前进一步。

五　认真做好汉语拼音正词法的修订工作

制订汉语拼音正词法的目标，是为了使《汉语拼音方案》能准确、顺畅地表达汉语（主要是现代汉语），成为汉字之外又一个记录汉语的工具；所以它的实践性很强，也必须具备最大的群众性。吕叔湘先生指出："一种正词法要取得群众的欢迎，需要满足三个条件：一是一致，二是易学，三是醒目。"①要使正词法同时满足这三个条件，不是一件容易的事，尤其是对汉语的正词法更是如此。所以，进一步的艰苦、认真、细致的努力工作是非常必要的。

目前所看到的上述有关汉语拼音正词法的材料，有一个共同的特点，就是专业性很强，处处都是语言学尤其是语法学的专门术

---

① 《一致 易学 醒目——关于汉语拼音正词法的意见》，载上述《汉语拼音正词法论文选》。

语,当然鉴于正词法的性质,这属于"题中应有之义",不可避免的;但是如上所述,正词法又是基于广大群众使用的,一般使用者未必能了解并判别正词法材料所涉及的复杂而繁多的语言现象和语言学术语,这种矛盾如何解决? 又,仅从已有的关于正词法规则的材料来看,可以说不断地注重了"简明性",在规则的数目方面的确表现为"后出转精"(精简,少而精),例如早年倪海曙先生的《中国拉丁化新文字的写法》一文,制订了拼写规则 68 条,①而上述"试用稿"的规则数目为 52 条,其后的"标准稿"则为 31 条。不过,在广大群众的掌握与应用上,是否还存在困难? 是否还存在进一步压缩的余地或空间?

现在,国家语委已经为汉语拼音正词法的修订专门立项,有关部门及领导对此期望甚殷。作为承担这一课题的科研人员,我们应当竭尽全力,合作攻关,争取拿出较能差强人意的成果。

---

① 同 30 页注①,但文中未说明倪文出处,经查《中国语言学家》第二分册(河北人民出版社,1982 年)"倪海曙"条,在其"语言学论著目录"中未见此文,而另有《中国拉丁化拼音文字的写法》一书(东方书店 1953 年),不知是否为同一著作?

台湾学术网络的闽客语资源现况

台湾元智大学中国语文学系　罗凤珠

　　台湾近年所执行的数位典藏国家型科技计划,迄今已迈入第五年,所建置的闽客语数位资源,内容方面包括小说、散文、戏曲剧本、歌谣、谚语;语音方面包含音标系统、语音数据;语料方面包括小说与戏剧语料、生活用语语料;网络教学方面,包括民歌谚语、台湾文学、生活会话、语音;字辞典工具书方面包含闽客语字辞典;语言调查之空间信息方面有新竹新丰乡闽客语分布地理信息系统。在网站功能方面,包含典藏、研究、教学与推广四种。

　　闽客语资源的建置者,或来自政府单位国家计划的推动,或由闽客语研究者、教学者、民间个人、民间团体自发性建置。台湾学术网络所建置的语文资源以国语文占大宗,闽客语资源的建置起步较晚,数量也比较少。正因为起步比较晚,所以建置的过程省去很多摸索的时间;但也因为投入的人力、经费等资源比较少,成果远不及国语文资源。

　　本文将介绍台湾学术网络所建置的闽客语资源以及建置的理念与方法。[①] 文中述及台湾话时,以"闽南语"或以"台语"叙述,完

---

① 本文完成于 2006 年 4 月,所有网站数据以这个时间所见为准。

全依照所介绍网站、所使用的名称。

一　推动及建置者

（一）数位典藏国家型科技计划①：因感于数位典藏的重要，台湾政府行政院于 2000 年 7 月通过"国家典藏数位化计划"，之后由国家科学发展委员会整编为国家型计划，于 2002 年 1 月 1 日正式展开，并将计划名称订为"数位典藏国家型科技计划"。在这个国家型计划之下，建置了"荔镜姻，河洛源—闽南语第一名著《荔镜记》数位博物馆"②、"闽南语典藏—历史语言与分布变迁数据库"③、"不惜歌者苦，但伤知音稀：诗词曲文三语吟唱读教学网站"④等三个网站。

（二）行政院侨务委员会：由侨委会建置的"全球华文网络教育中心"⑤提供台湾闽南语及客语教材。

（三）行政院客家委员会：建置"哈客语言馆"⑥、"（客家）文史天地馆"，内有"哈客网络学院"，提供客语网络教学教材。

（四）行政院文化建设委员会：建置国家文化数据库，内有"钟

---

① 数位典藏国家型科技计划：http://www.ndap.org.tw/

② 荔镜姻，河洛源—闽南语第一名著《荔镜记》数位博物馆：http://cls.hs.yzu.edu.tw/LM/Lm_home.asp

③ 闽南语典藏—历史语言与分布变迁数据库：http://southernmin.sinica.edu.tw/

④ 不惜歌者苦，但伤知音稀：诗词曲文三语吟唱读教学网站：http://cls.hs.yzu.edu.tw/CL_POEM/

⑤ 行政院侨务委员会全球华文网络教育中心：http://edu.ocac.gov.tw/

⑥ 行政院客家委员会哈客网络学院：http://www.hakka.gov.tw/

理和数位博物馆"①、"赖和数位博物馆"②。

（五）闽客语研究者：成功大学台湾文学研究所吕兴昌教授主持的台湾文学研究工作室③、大汉技术学院资讯工程学系杨允言教授主持的台语文 e 网站④、交通大学外文所暨语言学研究所郑良伟教授主持的台湾语文信息网站⑤。

（六）民间个人及团体：台湾大学客家研究社⑥以及吕兴昌、杨允言、王顺隆三位教授都曾投入多年心力。

二　网站内容

（一）文本网站

以文本内容为网站主要建置内容，文本的类别包含：

1. 语体文：吴浊流、龙瑛宗、钟理和、赖和、钟肇政、李乔、钟铁民等作家之全部或部分文学作品；

2. 戏曲剧本：荔镜记（万历、光绪、顺治、嘉靖本）、同窗琴书记、苏六娘、金花女、陈三五娘；

3. 歌谣：闽南语歌仔册、客家歌本；

4. 谚语：台湾谚语。

---

① 钟理和数位博物馆：http://cls.hs.yzu.edu.tw/ZHONGLIHE/

② 赖和数位博物馆：http://cls.hs.yzu.edu.tw/laihe/

③ 台湾文学研究工作室：http://www.ncku.edu.tw/~taiwan/taioan/

④ 大汉技术学院资讯工程学系杨允言教授主持的台语文 e 网站：http://203.64.42.21/taigu.asp

⑤ 交通大学外文所暨语言学研究所郑良伟教授主持的台湾语文信息网站：http://taigu.eic.nctu.edu.tw/

⑥ 台湾大学客家研究社：http://club.ntu.edu.tw/~hakka/

（二）教学网站

1. 行政院侨务委员会"全球华文网络教育中心"。"全球华文网络教育中心"的网络教学资源，台语教学包含台语开讲、俚谚俗语、乡土歌谣等文字及语音数据。客语教学包含四线与海陆腔客语日常用语教材之文字及语音、词语解释。

2. 行政院客家委员会"哈客网络学院"。网络教学资源包括"哈客语言馆"及台湾饶平、大埔、诏安客语教学资源中心，多数教材只提供声音数据，未提供文字数据。

3. 九年一贯乡土语言台语（闽南语）教材资源中心①。这是由杨允言教授整理的闽南语教材入口网站，提供教材相关讯息。

4. 九年一贯母语（闽南语）教材②。这是由萧平治老师编写建置的教学网站，内容分为：幼儿园、国小、台湾囡仔歌、囡仔故事、俗语等单元，教材内容包含文字以及生难词语的音标、批注。

5. 客语 e 学堂③。这是由台北市客家事务委员会所建置的网站，"客语 e 学堂"是网站内容的一部分，教学内容以客语会话为主，分为：客语 e 学堂（初级、中级课程）、日常问候语（饮食、生活、称赞三类）、客语师傅话。以上三类教材均提供文字及声音数据，声音数据含国语及海陆、饶平、四县、诏安四种腔调。

---

① 九年一贯乡土语言台语（闽南语）教材资源中心：http://203.64.42.21/iug/ungian/POJ/poj.asp

② 九年一贯母语（闽南语）教材：http://203.64.42.21/iug/Lahjih/kauchai/kauchai.htm

③ 客语 e 学堂：http://www.hakka.tcg.gov.tw/e_learning/e_learning.asp

6. 不惜歌者苦，但伤知音稀：诗词曲文三语吟唱读教学网站。这个网站是笔者受教育部及国科会委托所建置，主要目的是以历代诗词曲文为素材建立闽客语读书音吟读教学，教材内容包含文字及声音数据，声音数据提供闽客语的吟读唱，书面教材提供洪泽南老师撰写的闽南语传统八音，包括：说吟调、说平仄四声八音、说句法、说文音、说勾破、说韵目、说转调、说四声递用、说双声叠韵等，是学习读书音不可多得的教学资源。

（三）语音、文字及语料网站

1. 字辞典语料。"台文／华文线顶辞典"收有 62035 笔台语词条，台北市客委会"现代客语词汇汇编"收有 22600 余笔客语词条，台湾大学客家研究社建置的"在线客语有声字典"共收中文字 9837 个，四县腔 11784 个音、大埔腔 1119 个音，"客语小词典"共收大埔腔 1333 笔，四县腔 1098 笔，南部四县腔 33 笔。

2. 教育部闽南语字汇网站[①]。教育部委托台湾大学中文系杨秀芳教授搜集整理，严谨考证闽南语本字，建置"闽南语字汇"网站，提供部首、音序、词例索引；词例分为天文地理、人体、人事活动、物类、其他等五类，依类别列出国语用词、通俗写法、闽南语用词、词例出处对照表，每一笔词例列出衍生之词汇、读音、词义。

3. 海陆注音检定词汇[②]。收有 2148 笔客语海陆注音检定词汇，每一笔词条都加上国语词汇字义。

---

① 教育部闽南语字汇网站：http://www.edu.tw/EDU_WEB/EDU_MGT/MANDR/EDU6300001/allbook/taihtm/f13.html? open

② 海陆注音检定词汇：http://home.kimo.com.tw/hakkangin/frame.htm

4. 闽南语读书音数据库。闽南语及客语都可以分为读书音（文音、孔子白）及说话音，多数人能说说话音，但不熟悉读书音。笔者所建置的"荔镜姻，河洛源：闽南语第一名著《荔镜记》多媒体教学网站"，所收131段歌仔戏《陈三五娘》剧本歌词，以纯正闽南语读书音录制语音数据。笔者所建置的"不惜歌者苦，但伤知音稀：诗词曲文三语吟唱读教学网站"，以闽南语及客语之读书音录制的诗词曲文吟读资料，计有闽南语605篇，客语60篇。

5. 语料库建立搜集计划①。这是由大汉技术学院杨允言教授所主持的计划，广泛搜集台语语料，应用于台语文 Concordance、台语文词频统计、编写辞典（Lexicography），并公开提供台语文研究者使用。

6. 文学作品语料。由笔者与学界学者共同主持的研究计划，建立了一些闽客语文学文本，并且从这些文学文本里抽取闽客语语料，客语语料包含：《渡台悲歌》、钟理和文学作品客语语料（钟怡彦整理）；闽南语语料包含：《荔镜记》全文词汇种数17589笔，其中闽南语词汇种数4541笔。

7. 读音自动标注系统。笔者引用郑锦全院士"方言读音采集计划"所采集的厦门、潮州等闽南语读音及笔者研究计划所建置的客语读音，建立读音自动标注系统，提供在任何文本上自动标注闽客语读音音标的功能，以"陈三五娘歌仔戏剧本"为例，读音自动标注平台如图1，读音标注结果如图2：

---

① 语料库建立搜集计划：http://iug.csie.dahan.edu.tw/TG/guliaukhou/

图 1　读音自动标注平台接口图

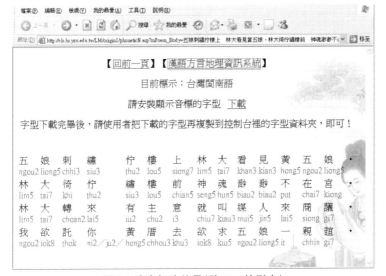

图 2　读音标注结果(陈三五娘剧本)

（四）台、客字辞典网站

1. 台文/华文线顶辞典①。总计搜集 62035 笔词条，其中使用者增加的词条有 195 笔，提供的查询字段包括台文（汉罗、罗马字）、华文、罗马字（无声调）三种；提供的查询方式包含：完全比对、部分比对、词头、词尾等四种。查询结果显示台语罗马字、汉罗、华文，所查询的华文词汇可以进一步连结中央研究院平衡语料库显示该词汇之出处，并标示其词类。以华文的"照顾"为例，选择"完全比对"，查询结果如下：

	台语罗马字	汉罗	华 文
1	chhiāⁿ	晟	照顾 / 养育
2	chiàu-kò	照顾	眷顾 / 照拂 / 照应 / 照顾
3	kàm-kài	感介	照顾 / 关照
4	khòaⁿ-kò	看顾	看管 / 看护 / 看顾 / 照料 / 照顾 / 护理
5	táⁿ-chah	打 chah	支援 / 打点 / 协助 / 照顾 / 帮助

任何一笔华文词汇，都可以连结中央研究院平衡语料库，显示文本出处及词类标记，以"照顾"为例，显示结果如图 3：

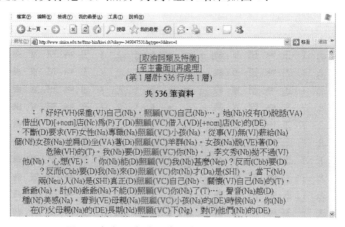

图 3　中央研究院平衡语料库显示查询结果

---

① 台文/华文线顶辞典：http://www.sinica.edu.tw/ftms-bin/kiwi.sh?kkey=349847531&qtype=3&kwc=l

2. 台语线顶字典①。总计收 22080 个字,其中 2726 个字没有台语音节。主要的用途是查询某一个汉字的台语读音,并可扩充查询该汉字的衍生词,其余用法、功能都与《台文/华文线顶辞典》相同。

3. 台大客家社客语有声字典②。共收中文字 9837 个,四县腔 11784 个音,大埔腔 1119 个音。提供"中文单字查其读音或读音查其文字"的查询功能,查询结果提供语音之声音数据。

4. 台北市客委会现代客语词汇汇编③。本词汇汇编收录二万二千六百余词条,编写方式为四县词汇、标音、海陆词汇、标音、国语词汇的对应,提供客语声韵表、客家造字表以及客语互动搜寻等功能。

(五)自动翻译系统

1. 国客语翻译系统④。输入一句国语的读书音或说话音,可以翻译为教会罗马音标或台湾客语音标的客语。

2. 台湾本土语言互译及语音合成系统⑤。这是台湾大学资讯工程研究所陈信希教授主持的"自然语言处理实验室"所建置的网站,以国、台、客语输入句子,即可自动发出国语读音、台语的漳州或泉州音的读音,客语的说话音或读书音之音标。

3. 华台转换系统⑥。由台语信望爱网站所开发的华台转换系统,可以汇入整段文字或整篇文章,系统自动转换为台文。

---

① 台语线顶字典:http://203.64.42.21/TG/jitian/tgjt.asp
② 台大客家社客语有声字典:http://home.ee.ntu.edu.tw/~r8921044/hdict/hdict.htm
③ 台北市客委会现代客语词汇汇编:http://www.hakka-lib.taipei.gov.tw/vocabulary/
④ 国客语翻译系统:http://club.ntu.edu.tw/~hakka/
⑤ 台湾本土语言互译及语音合成系统:http://nlg.csie.ntu.edu.tw/systems/TWLLMT/
⑥ 华台转换系统:http://taigi.fhl.net/ht/index1.html

（六）语言调查地理信息网站

由中央研究院郑锦全院士主持的"闽南语典藏：历史语言与分布变迁数据库"计划，全面调查郑院士故乡新竹新丰乡闽客语之分布与变迁，以新丰乡作为调查的目标，主要的考量，是当地闽客语及外省籍族群杂居的乡镇，随着经济环境的变迁、教育程度的普及等等因素，人口结构产生变化，连带使生活语言互有消长。该计划收录闽客语语音，并根据调查结果建立语言分布之地理信息系统，以作为未来全面调查语言分布之基础。这是目前在台湾将语言调查与地理信息结合的最大型计划。现已完成上坑、凤坑、埔和、中仑、松林、员山、福兴、坡头、后湖、新丰、青埔、瑞兴、重兴等十三个村落 13218 户的调查，使用客语计有四县 225 户，海陆5801户，总计6026户，占全乡的百分之五十。调查结果绘制语言分布地理信息系统如图 4（以不同颜色的圆点区别不同语言）：

图 4 语言分布地理信息网页

（七）综合及全文数据库型网站

1. 台语文 ê 网站①。由杨允言教授整理维护的台语文入口网站，有自建的资源，也有连外的资源。网站内容分为字辞典、语料库、生活、个人网站、blog 网志、教学、社团、台语运动、台语输入软件、研究、刊物等。

2. 台湾语文信息网站。由台湾交通大学外文所暨语言学研究所郑良伟教授建置的网站，内容包括台湾语言研究、台湾语言数据库、台语教育数据库等单元，有自建的内容，也有连外的内容。

3. 台湾文学研究工作室网站。由成功大学台湾文学研究所吕兴昌教授自力自费建置的网站，网站内容包含：台语软件、母语文学、民间文学、古典文学、原住民文学、郑辖时期、清领时期、日治时期、国统时期、台湾文学研究学者、学位论文、研究书目、研究刊物、学术会议、文学通论、出土资料。

4. 客家人母语教学百花园②。这是一个综合性的客家资源入口网站，从网站无法看到网站主持人。搜集的内容非常丰富，分为：教材园地、记音课程、词汇对照、字音研究、注音谚语、昔时贤文、三字经、注音四句、渡台悲歌、创作新诗、客家童谣、创作歌谣、网络客家、客语典藏等，是一个非常详备完整的客家资源入口网站。

5. 荔镜姻，河洛源：闽南语第一名著《荔镜记》多媒体教学网站。这是由笔者所主持的数位典藏国家型科技计划所建置的网站，以现存最早以闽南语撰写的剧本《荔镜记》为建置的内容，提供教学、研究、典藏的功能，内容包括原始文献、改写剧本、语料、语

---

① 台语文 ê 网站：http://iug.csie.dahan.edu.tw/taigu.asp
② 客家人母语教学百花园：http://home.kimo.com.tw/hakkangin/frame.htm

音、研究数据等。

6. 闽南语典藏：历史语言与分布变迁数据库。这是由郑锦全院士所主持的数位典藏国家型科技计划所建置的网站，延续"荔镜姻，河洛源：闽南语第一名著《荔镜记》多媒体教学网站"扩充建置，文本内容从嘉靖本《荔镜记》扩充到万历、顺治、光绪本，增加了《同窗琴书记》、《苏六娘》、《金花女》、闽南语歌仔册、客家歌本以及语言（闽客语）分布调查数据库。

7. 闽南语俗曲唱本"歌仔册"全文数据库①。由王顺隆教授建置，收有台湾及大陆地区出版的歌仔册闽南语俗曲唱本六百余种，数据库需经申请方可使用。

三　建置的理念与方法

台湾推行闽客语教学，所遭遇的最大困难是教学素材不足，多数老师只能以闽客语的歌谣及俗谚语当作教材，加上音标体系的混乱、用字无统一标准，更增添了教学及推广的困难。广泛阅读文学作品是培养语文能力的重要方法，学习中英文是如此，学习闽客语也是如此。但是以闽客语书写的文学作品比较少，建置在网络上的资源更少。以下以《荔镜记》网站为例，说明建置的理念与方法。

笔者与郑锦全院士、黄居仁、杨秀芳、曾淑娟三位教授选择《荔镜记》作为建置闽南语教学网站的素材，主要的考量是戏曲剧本保

---

① 闽南语俗曲唱本"歌仔册"全文数据库：http://www32.ocn.ne.jp/～sunliong/kua-a-chheh.htm

留了大量的口语语料，是建立方言教学最好的素材。《荔镜记》是现存文献之中最早以闽南语（潮州话、泉州话）写成的剧本，成书的年代在十六世纪。除了潮剧之外，《荔镜记》还被改编成高甲戏、黄梅戏、歌仔戏、梨园戏、南管等地方戏曲，不同时代的改编剧本，又加入了该时代、该语种的口语，因此保留了十六世纪以来闽南地区丰富的口语资料。

好的教学需要有好的研究作基础，《荔镜记》网站的建立兼顾典藏、研究、教学、传播的功能，主要的架构包含：原剧文献、表演艺术、儿童剧场、研究数据、语文教学区、使用者回馈区、系统简介等七部分。原剧文献分原剧书影和嘉靖本全文，并提供检索查询、标注字词意义、标注闽南语/潮州话/厦门话的读音等功能。表演艺术分剧本数据和演出数据，搜集了歌仔戏《陈三五娘》和南管汉唐乐府《荔镜奇缘》的演出资料。剧本数据也能标注上述各种读音，而且也请专人录制闽南语读书音。儿童剧场是《陈三五娘》的儿童故事改编本，计有国语、闽南语、英文、西班牙文等四种语文版。研究数据中包含相关研究论著目录数据、相关研究论著全文资料、相关研究网站、乡土语文教学参考工具书等，方便读者从事进一步的研究。语文教学区包含国语/闽南语同义词的对照、陈三五娘故事的语音教学、语言演进、潮州语言辞典、俗谚语等单元，提供异步远距多媒体语文教学环境，使用者回馈区提供使用者回馈数据的平台、系统简介等介绍系统相关讯息。

这个网站建置的目的是为了提供闽南语研究、教学及阅读闽南语文本使用，因此从文本整理出闽南语词汇，建立闽南语与国语同近义词对照、国语词义解释、原文例句之索引表，以供查检，如图 5。在系统功能的设计上，提供了闽南语词汇随选随译的功能如图 6，以降低阅读时因为不懂闽南语词汇语义而产生的阅读障碍。

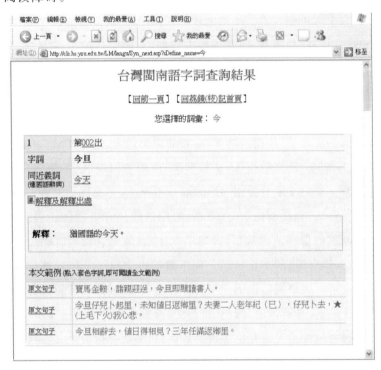

图 5 闽南语与国语同近义词网页

四 结 语

如前所言，闽客语相关资源的网站，多数由民间或学者、教师自费建置，因此首先遭遇的困难是经费人力的不足，只能建立简单的网页、提供简单的功能，且难以长期维持网站运作。再者，无论是政府单位、学校或民间个人，各自建置，内容难免重叠，纵有不重

叠处，也因各自建置，未能建立一些共同性的标准，致使数据无法
兼容、无法交换、无法从不同的使用需求作不同的加值应用。三者，
难有整体性的规划，资源与人力均无法整合，事倍功半。凡此种
种，都使得有限的资源与人力无法作最好的使用，使成果资源的累
积更缓慢、更困难。

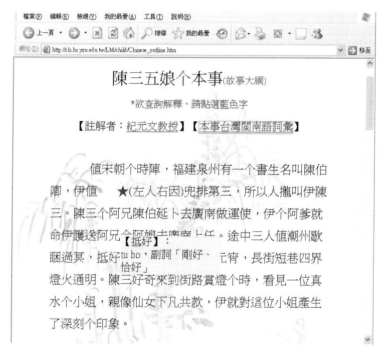

图 6　闽南语词汇随选随译功能接口

闽客语数位化资源的建置，无论从语言的学习、文献典藏、学
术研究等任何角度来看，都需要有完整的规划。例如，有音无字是
所有方言典藏所遇到的共通性问题，闽客语亦是。因此，建立闽客
语网络资源时，如何结合学术研究成果，将语料、音标、本字考订、
缺字处理等基本问题解决，是当务之急。

由国家型计划全面规划建置闽客语资源，建立文字、语音、音标、影像、图像等不同媒体资源的数位化典藏标准，优先建立字辞典等工具性的数据库，文字输入等工具软件，结合语言、文学、信息科技、图书信息四个领域的专业人才，结合政府与民间，学界与业界的力量，订定轻重缓急的顺序，以国家资源有计划的建立闽客语资源，才是长久之计。

试论现代汉语规范化与认同性

澳门大学　邵朝阳

提要：海峡两岸以及港澳、新加坡等地区的华语存在着一定的差异，这种差异的存在与各地的社会文化生活、方言的使用有着一定的内在联系。笔者认为，汉语应该像英语一样具有较大的认同性，首先我们应有一个大家认同的名称，比如说"华语"，不同地区的华语可以具有各自特有的语言信息，因为我们不能忽视语言与语言使用者的身份之间的关系；其次，目前所存在的差异实际上并不影响语言交际，只要扩大文化交流与沟通，采取一种开放包容的态度，把语言中，尤其是词汇中出现的差异看作语言内部的互补关系，那么，语言所显现的差异自然会逐渐缩小。

关键词：现代汉语 华语 规范化 认同性

2005 年以来，台湾几个政党领袖相继访问大陆，人们从中看到和平统一的曙光，于是想到在语言问题上作一些配合，希望从语音的统一着手，进而在词汇、公文行文等方面谋求统一。应当说这一愿望是良好的。可是几经研究，发觉有很多难点，而且这样的议题不可能在一次或几次研讨会上得出结论。如果几次研讨会都不能得出一些共识，如何衡量研讨会的成果？学术上配合不仅流于一句空话，而且可能会对国家的统一造成不良影响，人们会说：连个语音统一问题都不能解决，遑论国家统一、民族统一。因此这次研讨会定名为现代汉语问题研讨是科学的、明智的、有建设性的。

一

"现代汉语"问题是些什么问题？人们的惯性思维是：所谓现代汉语问题无非是语言统一或称"语言规范化"问题。规范化必有一个规范的标准，即符合标准就算规范了，不合标准就算不规范。那么，标准在哪里？哪里的汉语才算标准？为什么另一些地方的汉语就算不规范？这样争执下去，恐怕得出的结果会违背研讨会发起者的初衷，甚至会起相反的作用。因此，我们认为研讨会首先要审议一下会议的主题，捋一捋现代汉语究竟有哪些问题，有哪些问题要在这次会上研讨。

汉字统一问题的研讨为我们提供了一个很好的样板。东亚汉字文化圈（包括中、日、韩、新、马、泰等国家以及台港澳地区）都存在汉字运用的问题，这些地区的文字专家们多次讨论汉字的统一或整合，建立了良好的研讨机制，树立了良好的学术风气。他们首先不说什么统一不统一的事，特别不把中国大陆的用字作为统一汉字的基础，而是大家公平地讨论问题。可是语音的研讨却不是这样，许多人（包括学者和老百姓）公开或潜意识地认为，语音统一那还不简单，以北京语音为标准（或以北京语音为基础）就是啦，找找对应规律就行了，有什么可讨论的？事实不是这样。新加坡人会说：我们不是汉人，我们是华人，说的不是汉语而是华语，这种语言是与生俱来的，是我们的祖辈自然遗传下来的，不是从北京借过来的,我们有我们自己的标准,为什么要用北京的语言来规范我们,要我们说得跟北京人一样?台湾人也会说,1949 年以后台湾与大陆隔绝三十年,那三十年间彼此不相往来,语言各自发展,唯一往来的是上世纪五十年代厦门前线每天向金门喊话。大陆有大陆的规范,台湾有台湾的规范,例如"曝光"的"曝"念 pù,"你和我"的"和"念 hàn。这些都是规范过的。你嫌我说得不标准,我还说你讲得不地道呢!

从广义上说现代汉语包括了现代汉民族共同语(即普通话)和各地方言。在大陆,1949 年中华人民共和国成立以后,汉语共同语的推广是中央政府语言政策中的一项重要举措,到目前为止,中国大陆绝大部分地区的普通话推广工作成绩斐然,普通话已成为大陆真正的通用语。在台湾,台湾国语受闽南方言(所谓的台语)的影响,其语音、语法与大陆闽南地区人说的普通话类似,词汇上,除了一些反映两岸不同意识形态、文化生活的词语有较大的差异外,两岸的语言沟通目前并没有太大的障碍。在港澳,港澳人长期使用粤方言,随着港澳回归,内地开放政策的影响,普通话在港澳的使用越来越广泛,这与政治经济的发展、社会文化的交流是分不开的。

因此,考虑到大陆、台湾、港澳地区以及世界其他华人地区的特殊历史文化政治背景,我们应该客观地看待规范化问题。

二

英语有很大的认同性,美国、加拿大、新加坡、澳大利亚……都认同这个名称,区别只在"美国英语"、"加拿大英语"等等。大家拥有相同的地位,不因你把"中心"写成 center 而不是 centre 就被指责为不规范,也不因你把"色彩"写成 color 而不是 colour 就被视为错误。加拿大编辑出版有《加拿大英语与英国英语》之类的辞书,供学生使用,字典的解词没有谁对谁错的问题。

大陆一直提倡语言的规范化,大一统的思想在规范工作中表露无遗。然而规范是有地区性的,不是一个不可变更的模子。用科学一点的术语说,规范是具体的。具体不仅包含具体的时间(时代),还包括不同的空间。北京音在中国大陆是标准音,不代表它也是其他地方的标准音。各地都要按标准使用语言,混杂的语言现象应当遭到排拒,例如 Singlish、Chinglish 等等。

从另一个角度来说,语言是社会的一面镜子,是文化的载体,各地的社会文化生活存在着差异,反映在语言上自然会有差异,这种差异是正常的。同时,正是这种差异给各地区语言使用者加上了一种身份标记,这种标记使他们区别于其他地区的语用者。

在全球一体化趋势下,保持各地传统特色或多元化状态,才会使世界以至语言世界更为丰富多彩。对待所有华人语言使用的问题,我们首先应求取一个可共同接受的命名。现代汉语还是现代华语?普通话还是华语、国语、祖语?这些都是大家可以讨论的。我们最主要的目的是,使我们的这种语言能适应世界潮流的需要,适应华人世界沟通的需要。

三

如何对待语言内部出现的差异?笔者认为应该遵守一定的原则:

1. 包容性原则。语言内部呈现的各种差异是不可避免的,但从语言交际的合作性原则和礼貌性原则来说,在一定的时空内,交际者应该相互包容。在大陆,方言纷杂,但方言对于丰富汉语起着非常重要的作用。语言不可能一成不变,它必然是不断地在发展变化,如果没有异彩纷呈的语言差异和语言融合,那岂不是变成了一潭死水。就像我们如果一定要把粤方言中的"饮茶"说成普通话的"喝茶",其语义相差实在太大,但普通话使用者不也逐渐接受了"饮茶"之说吗?约定俗成是条铁律,正是在包容之下,语言规范才逐渐得以实现。

2. 互补性原则。海峡两岸交往隔绝几十年,语言出现差异是正常的,如果仔细比照,差异主要是显现于词汇之中。当大陆传媒出现"愿景"一词时,我们实际是看到了双方沟通的前景,那就是取长补短,互为补充。汉语中就存在很多借词,汉语的词也被其他语言借去,因此,汉语内部的这种互补性也是语言发展的必然。

3. 合作性原则。对于出现的新词,我们应该采取一种开放的、互动的态度,相互沟通合作,"禽流感"就是一个很好的例子,各地卫生组织建立起有效的沟通合作机制,新事物的命名自然统一起来了。

如果我们既研究本地语言现象,同时又研究不同地区语言的差异,并在此基础上编纂语言比较词典;那么,交汇多了,沟通多了,统一的汉语自然会呈现出来。

语言的统一是随着社会进步、历史发展而实现的。就像电脑的广泛运用,越来越没有必要把色彩分化成 color、colour 两个不同的用语一样。

关于澳门语言规划的思考

澳门理工学院　　黄翊

　　"语言规划"作为语言学的一个术语在中国只有 20 多年的历史,但是语言规划这件事却已进行了几千年:秦始皇实行"书同文"措施就是一次语言规划的成功实践;汉朝政府派官员驾着辎轩车下乡采集民谣和方言以作为施政参考,说明中国的语言政策早已有之;历代政府设立专门机构编纂字书、韵书、字典等等,都具有语言政策和语言规划的性质。中华人民共和国成立后语言规划和语言政策的制定和推行更加步入正轨,取得丰硕成果;但"也有局部的失误或失败……面对如此丰富的实践经验和教训,我们的研究总结和理论概括工作却显得过于薄弱"。(仲哲明《关于语言规划理论研究的思考》,载周玉忠、王辉主编 2004)澳门语言状况复杂,无论在实践方面还是理论方面,语言规划要做的事都很多,而首先要做的是明确语言政策和语言规划的基本概念。

　　语言规划的核心术语有"语言政策"和"语言规划"。政策是服从规划并为实现规划而制订的;规划则是制订政策的依据和依归。规划更为宏观,重在设计与策划;政策比较微观,重在具体的执行。但在术语的动用上有时难以分辨,有时难免出现混淆,往往是用"规划"的时候涵盖了"政策"。

现代社会有必要制订语言政策和语言规划是因为存在着"语言问题"。语言本身也是问题，这个表现为两个方面：一是内部问题，二是外部问题。内部问题指语言本身的结构规律，以及这个结构规律的演变方式和演变趋势，例如汉语及其方言语音上声韵调的结构规律和演变规律，词语上的语素组成和构造方式，语法上语法成分与句式构成的关系等等。这些相当于乔姆斯基所说的"语言奥秘"（mysteries），语言奥秘在今天还不能完全解开。外部问题指语言与社会的关系，这个包括语言与使用语言的族群的社会、政治、经济的复杂关系。这些相当于乔姆斯基所说的"语言问题"（problem）。一般来说，解决语言的内部问题主要是语言学家的任务，而语言的外部问题却不能只靠语言学家。不过，任何一种语言问题都是需要解决的实际问题，也是可以解决的问题，例如一个社会共同采用何种语言、不采用何种语言等等。制定较长远的计划去解决语言的外部问题就是语言规划，根据规划的指标制定政策，从而使规划得以实现就是语言政策。何人去进行语言的规划以及何人去执行政策呢？一般地说，是国家、政府成立的机构。中国是一个多民族、多语言、多方言的国家，语言方面要做的事很多，大至各民族语言平等的考量，小至少数民族自治地区门牌、票据、表格、会标、标语以及政府机构的信封信纸要同时使用民、汉文字等等。语言政策和规划直接影响民族的团结、社会的稳定和国家的统一。由于历史原因，澳门的语言问题很多，例如国语、官方语言和正式语文概念的混乱，立法语言和公文语言的艰涩难明等等，这减弱了法律和行政的功能，影响一国两制决策的实施和特区的稳定繁荣。因此制定语言政策和规划的任务十分繁重。制定和实施语言政策和语言规划，将有利于语言问题的合理解决，更好地发挥语言的交际功能和社会功能。

一

社会语言学研究的问题包含两个方面：一是语言本身的问题，例如个人的语言变异等等；二是语言与社会的关系问题，例如语言规划和语言政策等等。前者可称社会语言学，后者可称语言社会学。语言规划属于语言社会学范畴，它包含语言学的因素，更包含社会学的因素，例如社会政治、经济、人文、地理等因素。

澳门土地面积小，人口不多，但语言复杂，三语四言（汉、葡、英三语，汉语分粤方言和普通话）分别处于不同的语用环境中。各种语言状况的形成是由社会政治、历史、文化、经济、人口等诸多方面的原因造成的。因此，处在一个社会中的各语言，其功能分布也不会是一样的。例如粤语的使用人数虽然超过澳门总人数的 95％，但从未正式进入政务、司法和政府机构；英语虽然不是官方语言，但在经贸、科技等范围内广泛通行。这些因素在语言规划时必须认真考虑。葡国科英布拉大学经济系教授兼社会所主任苏保荣曾对现今的澳门社会作过这样的描述："澳门是一个极其复杂的微型世界，是一个十分特别的葡国的老殖民地，又是一个多种文化、多种语言的社会。她将好几个多元——文化的多元化、社会政治的多元化、语言多元化、法律多元化——共治于一炉。"（转引自杨秀玲《研究社会语言学，迎接划时代的挑战》，程祥徽主编 1994）这种多元社会的多元语言分布是澳门语文规划的背景。

《澳门特别行政区基本法》第九条规定了中、葡文的地位，这是中文进入澳门官方地位的法律依据。处于官方地位的中文，不是别的汉语方言,而是与国语(National Language)、标准语(Standard Language)的概念联系在一起的,即汉语普通话。但澳门现实的语言状况是:粤语是人们交际的最主要的工具,普通话目前通行的范围还是有限的。粤语不仅通行于日常生活的各个领域,而且在正式的政府公务、文化教育、司法审判等场合仍作为主要语言使用。当然也应该看到,随着普通话的官方地位的落实,语际交流中各种语言的地位也在改变。普通话已开始受到更多的重视,不仅在华人中学汉语普通话的人数在日趋增多,即使在土生葡人中,也有不少人开始学习普通话。对普通话的认识,正在由理智上的认识向感情上的接受演进。这种情势是澳门言语社会语用中语码转换的主导势向。

语文规划还需考虑经济因素。澳门今天的现实和未来的发展前景有一个共同点,那就是向着国际化的现代化都市发展。现代社会衡量一国一市的国际水准是其经济实力,国际化的现代都市的特征是经济的高度发展。因此,作为沟通现代业务与联系世界的重要工具的英语,现在就已经广泛地应用于本埠商业、旅游、教育和文化,随着澳门国际化水平的提高,英语的价值也将进一步提升。完全可以预见,英语的地位将会进一步稳固。未来澳门语际交流语码转换的英语"含量"比现在将有增大是确定无疑的。

人文因素也是必须考虑的。澳门多种语言共生共存的磨合史表明,人文因素所起的作用远远超过任何政治因素。从1553年葡国人获准在澳门定居到现在450多年以来,葡萄牙语从来没有成为主导语言,而汉语(在口语上表现为粤方言,在书面上表现为语体文)却不仅没有一丝一毫的蜕萎,反而以其深厚的文化底蕴,抵御、消融了外来文化,并以其强韧的力量使许多来澳门的葡国人接受汉化的生活方式。这就是葡语始终没有被华人社团的绝大多数居民接受的原因。当然,不同文化的相互影响还是有的,多语的相互影响与渗透,语界的模糊和语言的混杂使用也在所难免。

语文规划还要顾及地理因素。澳门位于珠江口右端,背靠二十世纪八十年代以来经济发展迅猛的中国大陆,左端隔海与最具经济活力的香港相望,形成"省港澳"三足鼎立的格局。这一地理位置,决定了澳门必须与这两个地区同步发展的命运,即所谓"一损俱损,一荣俱荣"。整个这个地区,居民对粤语的忠诚度都很高。特别在港澳人心目中,粤语情结是其他语用者所难理解的。因此,粤语在澳门的地位将会有一个长久的稳固期。语言态度是多种因素综合作用的结果,这些因素包括民族历史文化、社会政治制度、经济结构以及人口的数量与质量、性别与年龄、职业与教育等的配比关系。一种语言在语言状况中所处的位置与人们对它的态度,并非总是成正比的,例如葡语在澳门,曾经长期处在至高无上的官方地位,但它却始终没有成为澳门社会普遍通用的语言。

二

关于澳门语文规划的内容,主要有如下三项:语言选择、语言协调和语言本体规划。

第一,语言选择。所谓语言选择,是国家或地区以立法的形式对语言进行人为干预的表现,是国家或地区的语言政策选择的结果,就是确定某一种语言或某几种语言为国家或地区法定的官方语言。至于选择何种语言作为官方语言,那将决定于多种政治、经济、文化等因素。在澳门,有粤语、普通话、上海话、福建话、英语、葡语、土生葡语等多种语言和方言，但最后确立汉语和粤语的官方语言地位就是一种语言选择的结果。在语言选择之后，澳门执行语言规划任务的机构和个人选择何种语言进行规划？从不同的语种说，是汉语而不是英语、葡语；汉语中是普通话而不是汉语的其他方言；普通话首先是它的书面语而主要不是它的口语；粤方言是否列入规划的范围，值得研究。有些人进行粤语正音的研究，从学术角度看无可厚非，从实用角度（即澳门居民都要说标准的粤方言）看则未必十分必要。普通话的书面形式列为澳门语言规划的首选，是因为普通话的书面形式就是写作公文、草拟法律时使用的语体文，它充当澳门特区的"官方语文"和"正式语文"。葡文也是正式语文，在澳门的语言生活和社会生活中当然要求使用纯正的葡语文，然而规范葡文的任务主要应在葡文的故乡葡萄牙本土进行。

第二，语言协调。在澳门的语言选择中，选择了葡语和汉语普通话作为两种官方语言，这实际上是语言选择过程中语言协调的结果。语言选择之后，仍然存在不断的语言协调过程。例如，必须协调这两种官方语言在行政、司法等各个方面的相关性和公平性，以及在日常生活中所体现的一致性。这种协调还表现在充分调动汉语和中文在澳门社会生活中的积极作用，同时又充分尊重葡语和葡文在澳门历史和现实中的重要地位。即使在澳门的汉语内部，也有一个语言协调的过程，特别要协调好普通话与粤语之间的关系。由于人口、历史的原因，粤语在澳门社会生活中具有不可替代的重要作用，但是随着政治、经济的快速发展，普通话在澳门显得日益重要。如何处理二者之间的关系，需要照顾各方面的实际要求，也有一个尊重历史、尊重现实的问题。这是一个重要的语言协调过程。

第三,语言本体规划。语言规划的协调工作做好了,规划的对象选择了出来,这两项任务属于语言规划的外部工程,处理的是语言和社会的关系,此外还要对语言本身进行规范,解决语言本体的规划问题。语言本体规划的目的是对语言本身的语音、语法、词汇及书写系统进行改造。(徐大明等,1997)规范的目的是确定语言的正确用法,纠正和改进不正确的语言形式,保持官方语言的纯洁性。在澳门,语言本体规划主要是针对在澳门流行的普通话而言的。为了引导澳门居民正确使用普通话,一方面必须大力引进普通话的各类教材,以及各类字典词典;另一方面必须根据澳门具体情况,对澳门普通话语音、词汇和语法等现况进行调查,摸清普通话在澳门的变异程度和变异特征。值得提出的是,在澳门进行普通话本体规划的时候,我们必须坚持实事求是的原则,在普通话应用和教学中对"标准化""规范化"的问题,要提得恰如其分,不要提出不切实际的要求,以免增加使用者和学习者的思想负担。例如对普通话的儿化、轻声这一类的语音问题就可以考虑放低要求。除此之外,澳门的语言本体规划也包括对粤语的规划,因为粤语是澳门大多数人日常使用的主要方言。文字改进也是语言规划的重要内容。豪根提出一个著名的观点,主张在语言规划研究中,要把文字与言语的关系颠倒过来,文字是主要的,言语是次要的。其理由是文字具有超时空传递信息的媒介功能。所谓文字,其实是书面语言的代名词。在澳门,具有官方地位的汉语主要也是指它的书面形式。因此,改进文字也就是改进书面语。文字改进的另一含义是书写的问题。对现阶段的澳门汉语说来,就是繁体字和简化字的关系问题。澳门现在通行繁体字,有一所小学在试行简化字教学,另有学者提出"繁简由之"的主张。这些都是属于语言本体规划的范围之内。

　　语文规划是一件涉及社会群体利益的事,既可以是建设性的,也可以是破坏性的。从建设性方面看,它可以促进和扩大语言的各种功能;从破坏性方面看,它可以遏制某种语言的发展,甚至采取强硬手段消灭某种语言。本文赞同这样的主张:语文规划不应事先承诺促进或防止语言变化,也不应该承诺在不同言语社团间鼓动统一或分化。它可以为语言纯洁化工作,也可以为语言混合服务,还可以提倡利用或限制语言资源。其任务是保证交流的稳定性和有效性。

【参考文献】

　　1. 张振兴《语言规划与汉语方言研究》(未刊稿)。

　　2. 徐大明、陶红印、谢天蔚《当代社会语言学》,中国社会科学出版社1999年。

　　3. 周玉忠、王辉主编《语言规划与语言政策:理论与国别研究》,中国社会科学出版社2004年。

　　4. 程祥徽《新世纪的澳门语言策略》,《语言文字应用》2003年第1期。

　　5. 澳门语言学会《澳门语言学刊》第8、9期,1999年。

全国科技名词委的两岸科技名词对照工作

全国科学技术名词审定委员会　　刘青

全国科学技术名词审定委员会(以下简称"全国科技名词委")是审定、公布科学技术名词的专职机构,自 1985 年成立至今已按学科建立 61 个学科分委员会,审定公布了 66 种科技名词。除此之外,自 1996 年开始,全国科技名词委积极促进并开展了海峡两岸科技名词对照统一工作。近 10 年来,已有大气、昆虫、航海、船舶、药学、动物、天文等 20 多个学科已经或正在编订两岸名词对照本。其中,有 6 个学科已完成对照工作,正式出版了科技名词对照本,它们是大气、昆虫、航海、船舶、药学、动物学这些学科的两岸名词对照工作促进了海峡两岸科技界的学术交流与合作。

一　缘起与背景

1993 年,海峡两岸关系进入新时期,两岸"海协会"和"海基会"举行了具有历史意义的第一轮"汪辜会谈"。两岸隔绝这么多年,有很多事要谈,但是"探讨两岸科技名词的统一"问题即被列入"共同协议"之中,说明海峡两岸有识之士,特别是科学界深刻认识到这项工作对于促进两岸各个领域的交流与合作具有十分重要的意义。

自 1949 年到 1993 年,海峡两岸分离 40 多年,有很多科技名词分别有不同的叫法,非常影响两岸的交流。据大陆有的专家统计,新兴学科,如计算机行业,有 50％左右的词不一致,如"软件、软体、激活原语、启动基元"(台);传统学科,如物理学,也有 20％左右不一致,如"等离子体""电浆"。台湾方面专家也深有感触,例如,台湾清华大学在写给中科院院长周光召的一封信中说:"1993年 11 月在台北举行的海峡两岸电子显微镜学术研讨会是在多种语言,即大陆普通话、台湾国语和英语混用之中进行的。"他对这样的"同文同种"却"一国两词""一物多名"的状况十分感慨。从两岸民意看,都意识到了这项工作的重要意义。

在这种形势下,全国科技名词委感到这是自己的一项义不容辞的历史性任务,应当立即开展工作。因此,1994 年,全国科技名词委研究、确定了两岸名词工作的任务、组织、方法及出版等方面的方针政策,并于同年 5 月召开了有 70 多位大陆著名专家参加的座谈会,呼吁两岸立即开始这一工作,并做了一些筹备工作,包括与台湾方面专家的联络、探讨。1996 年 6 月,全国科技名词委委派人员赴台湾联系开展这项工作,与有关机构以及有关学科专家座谈,在很多方面达成共识,并确定了合作关系。同年 6 月,全国科技名词委在黄山召开天文学名词对照研讨会。同年 7 月,全国科技名词委组团赴台参加航海科技名词研讨会。自此,有计划地开始了各学科的科技名词的对照工作。

二 做法与共识

经过与台湾有关方面人士协商,在两岸名词对照方面达成以下一些共识并积极地开展了工作。

(一)两岸分别确定牵头单位

在大陆方面,"海协会"明确全国科技名词委为两岸科技名词工作的牵头单位。在台湾方面,经科技主管部门委托,由李国鼎科技发展基金会作为牵头单位,负责联络台湾各学界的专家,与大陆专家共同合作开展对照业务。

(二)两岸分别确定科技名词蓝本

大陆方面采用全国科技名词委已公布的名词,台湾方面基本采用国立编译馆公布的名词。双方专家分别采用这两种蓝本,以英文为索引,合到一起进行对照。两个蓝本合到一起后,一定会有个"交集",出于此交集之外的双方名词,由两岸专家分别填上各自所用的汉语词汇,这样即可形成一个初稿。

(三)召开研讨会深入讨论

这样的初稿,还不能成为正式的版本,还要召开一些会议,由两岸专家来研讨。在这方面两岸专家有个共识,就是"积极推进、增进了解、择优选用、统一为上,求同存异,逐步一致"。根据以上原则讨论,能一致的,就采用一致的。这方面例子很多,例如,讨论昆虫学名词时,由"trophamnion"一词,大陆称"滋养羊膜",台湾称"滋养鞘""圆卵膜",经过统一意见,定名为"滋养羊膜"。也有一些由于文化背景、语言习惯上的差异,各自保留意见,采用对照形式出现。如天文学上"astrophysics",大陆称"天体物理学",台湾称

"天文物理学"，台湾专家感觉"天体物理学"更确切，但由于语言习惯限制，各自保留了用法，但经过讨论，双方明确了台湾的"天文物理学"与大陆的"天体物理学"研究的是同一领域的科学问题。

还有一个共识，就是采取"老词老办法""新词新办法"。"老词"在两岸各已约定俗成的，以对照为主，能一致的就一致起来。而对于新出现的词以一致为好。如对于元素名称问题，1949 年之前 1—92 号元素名称是一致的，后国际上更改了其中 4 个名称，两岸各自定名，加上 1949 年以后新定的元素，1—100 号元素之中有 10 个定名不一致。国际 IUPAQ 对 101—109 号元素定名后，大陆专家要定汉文名，在定名过程中，征求了台湾专家的意见，所以两岸公布 101—109 号元素名称就是一致的了。

在对照工作中，一般是召开两次研讨会，采用会上讨论与会下修订补充相结合的方式，几经研讨后定稿。

（四）正式公布出版

定稿后，以两岸××名词工作委员会的名义出版，委员会中分列大陆专家组和台湾专家组，出版物分别以英文检索和中文检索的方式排列：1. 英文名、大陆名、台湾名；2. 大陆名、台湾名、英文名；3. 台湾名、大陆名、英文名。便于两岸检索和对照使用。

三　体会与作用

通过近 10 年的工作努力，海峡两岸专家已开展了 20 多个学科的对照工作，成就是显著的，同时，也说明了这一工作顺应了两岸的主流民意，尤其是反映了两岸科学技术界人士的意愿，唯有如此，才可能取得这样积极的进展。2005 年 7 月新党主席郁慕明来大陆也再次提到要进行两岸科学名词的对照问题，说明两岸都十分重视这一工作。所以说，它的作用是巨大的，表现在各个方面，我只说其中主要的几点：

（一）促进两岸科技、文化、经济的交流

通过两岸科学名词对照，可以减少以至消除交流方面的障碍。例如一些新兴学科，如信息技术、生命科学等领域，近些年两岸都在大量引进西方国家的科学概念和先进技术，双方译名不一致就不容易进行高新技术领域的交流和进步；再有就是经济领域，随着两岸经济交流和贸易的扩大，急需进行经贸术语的对照，台湾有关方面多次提出开展经贸名词的对照，全国科技名词委尚未公布经贸名词，为了适应这一形势，所以审定公布和两岸对照工作可以同时开展起来。

（二）增强两岸学术交往活动

由于科技名词是建立在科学概念基础上的，因而可以说各学科的理论框架是建立在名词体系上的，两岸专家在探讨科学名词的过程中，实际上也在探讨一些学术概念。每次两岸名词研讨会上，都会进行一些学术问题探讨，对一些新的学术问题展开讨论。例如，有一个学科在交流名词中，对于 Younger Dryas Event，大陆按照其所表达的概念译为"新仙女木事件"（反映历史上一种自然现象），台湾方面专家译为"杨—朱事件"，以为 Younger 和 Dryas 是两个姓氏——"杨氏"和"朱氏"，显然有误，经过学术交流，澄清了这一科学概念。

（三）增进了两岸各学科专家之间的相互了解与合作

海峡两岸科技名词对照工作，实际上也为两岸专家提供了一种交流的机会。近 10 年的工作，为两岸各学科数百名专家提供了一个交流平台。在这样的交流平台上，不仅是单纯的名词讨论，还包括了学术交流和访问。每次组团访台，都进行一些学术报告活动，参观台湾的一些大学和科研机构；台湾专家代表团也是如此。通过这种互动形式，增强了两岸专家的交流与合作。

四　前景与展望

海峡两岸科技名词对照是一项非常有意义的工作，在促进海峡两岸政治、经济、科技、文化交流中发挥着重要的作用。今后，全国科技名词委将按照"先急后缓，先易后难"的原则，进一步进行两岸科技名词对照活动，促进两岸"三通"，促进两岸经贸往来，促进各方面、各领域的交流活动。

现在全国科技名词委已公布了 72 种学科名词，我们要在此基础上进一步扩大学科交流范围，逐步完成所有学科的科技名词对照工作。

规范词语、社区词语、方言词语

岭南大学　田小琳

　　规范词语和社区词语、方言词语三者有密切的关系,在现代汉语词汇的范围内,处于不同层面,从流通范围、背景来源和构词成分上看又有不同的地方。如果从词汇学理论上深入分析它们的异同,对于编纂词典、中文教学、社会应用均会有重要参考作用。特别是当今社会已处于资讯十分发达的时代,通过上网等手段,各社区、各地区所用的词语,无时无地不在交流。从个人的角度看,不断扩大自己的词语储备,可以与两岸四地(中国大陆、香港特区、澳门特区、台湾省)以至海外华人畅顺地交流,是现代年青一代发展自己应具备的语文能力;从国家的角度看,整合现代汉语词汇,以改革开放的眼界吸收可用的流通于不同社区、地区的词语,丰富现代汉语词汇,借以盛载和显示现代社会繁复的事物,是国家语言文字工作不可或缺的部分。规范词语和方言词语一向有较多的研究成果,唯社区词语的研究仍嫌薄弱,本文希望抛砖引玉。

　　下面从流通范围、背景来源、构词成分三个方面分析规范词语、社区词语、方言词语的异同。

一　流通范围

现代汉语规范词语应是由 7000 个通用语素构成的,以《现代汉语词典》作为规范的中型词典来看,收有 65000 条左右的词目,这些规范词语是流通范围最广的,其范围包括中国的两岸四地及海外的华人社区。规范词语是凡使用现代汉语的人群均能使用的。这些词语也要靠教育来传承,基础教育的中文教育中所应教给中小学生的词汇主要从规范词语中选取。对少数民族的汉语教学及对外汉语教学,词汇教学也要从规范词语中选取。人们通过基础教育掌握了一定数量的汉字(语素)和词语,在日后的学习、工作、生活中,通过阅读等多种手段不断扩展词汇量。一个人掌握词汇量的多少,直接反映他中文程度的高低。

社区词语主要流通于社会背景不同的各个社会区域。即各社区流通的词语中,有一部分是反映社区特点的社区词。主要的社会区域有中国大陆社区、香港社区、澳门社区、台湾社区,以上四个社区都属中国领土。中国领土以外的海外华人社区也都有自己的社区词语,社会区域可再作划分,如东南亚华人社区、日韩华人社区、美加华人社区、中南美华人社区、西欧华人社区、东欧华人社区、澳洲华人社区、非洲华人社区等等。这里所指的社会背景的不同,指的是政治制度、经济体制、文化因素、心理状态的不同。比如,以半个世纪五十年的时间来看,中国大陆建立了中华人民共和国,实行社会主义制度,政治、经济方面均经历过巨大变革,目前走上了改革开放的坦途。而香港、澳门则在 1997、1999 年前分别归英国和葡萄牙管治,1997 年香港回归中国,1999 年澳门回归中国。

台湾一贯实行资本主义制度。这种社会背景的大不同是一个客观存在的事实,这个社会事实一定会反映到语言中来,特别是词汇中。社区词语客观存在,不以社区所属的面积大小来划分,而是以社会区域的社会性质来划分。

方言词语是流通于中国各个方言区的词语,不论十大方言区,还是八大方言区,历史上早已形成,各种方言可说有几千年的传承,早在汉朝扬雄已著有《方言》一书。经过方言学家的研究,现代汉语方言地图已经绘制成功并已出版。方言的形成,方言的区分主要是以地区来划分的,这和历史上交通、资讯不发达有关。

就流通范围情况看,规范词语不论什么社会区域或方言区域都可流通。社区词语流通于各社会区域。方言词语流通于各方言区域。以北京来说,流通的是规范词语、大陆社区词语、北方方言词语;以上海来说,流通的是规范词语、大陆社区词语、吴方言词语;以广州来说,流通的是规范词语、大陆社区词语、粤方言词语。北京、上海、广州三地不同的只是流通的方言词语的不同,社区词语是相同的。以香港来说,流通的是规范词语、香港社区词语、粤方言词语;以澳门来说,流通的是规范词语、澳门社区词语、粤方言词语。广州、香港、澳门三地不同的只是流通的社区词语不同,方言词语是相同的。这当然指的是一个大轮廓,其中自然还有复杂的情况,因为现今的大城市多半都是多种移民组成的城市,所谓流通一种方言,指的是为主的方言。

二　背景来源

这部分主要分析社区词语的背景来源。现代汉语规范词语的传承来自古代汉语、近代汉语，文化背景的传承来自几千年的中华文化，规范词语的来源是同宗同祖的。

　　上面谈社区词语的流通涉及时间问题。是否以 1949 年中华人民共和国成立以来的半个多世纪为研究的一个时间段，在说明社区词语的背景来源上容易说得清楚一些。1949 年 10 月以来，中国大陆实行的是社会主义制度；改革开放以来，则实行"有中国特色的社会主义"。经济上现已多元化，所有制是国有经济、集体经济、民营经济并存，而且有人预计说，在第十一个五年计划完成之后，民营企业产值会占国内生产总值的四分之三。而社会主义市场体系五十年来也发生了很大的变化，包括国营企业、集体企业、私营企业，还允许外资独资及中外合资经营，保护私有财产。从思想上来说，提倡两个文明：精神文明、物质文明，近年又加上政治文明。目前在精神文明上具体提出"八荣八耻"的原则。在这些政治、经济、文化的社会背景下，必然产生一系列新词语来反映。

　　内地已出版的很多新词新语词典，不同程度上收集了五十年来的大陆社区词语。举例来说，曲伟、韩明安主编的《当代汉语新词词典》，2004 年 4 月由中国大百科全书出版社出版，收入 1949—2003 年产生的新词语 15000 多条，也包括别生新义的一些原有词语。该词典在"词目分期分类索引"中从时间上分为以下几个时期：一、建国初期（1949—1956），二、"大跃进"时期（1957—1959），三、三年经济困难和"四清"时期（1960—1965），四、"文化大革命"时期（1966—1976），五、新时期（1977—1999），六、新世纪（2000—2003）。在每个时期内，从词语内容上又分为六类：政治类、经济类、文化教育卫生类、体育军事类、科学技术类、其他类。可以说自成体系。在词目释义时，有的已说明词语背景来源，释义后的例句中，多标明例句出自的名人专著或报刊，说明该词语确有出处。其中大部分词语是在中国大陆流通的。我认为，有不少的新词新语词典都是词汇研究的新成果，都可作为整合中国大陆社区词语的重要参考资料，作为编写现代汉语大词典订立条目的参考资料。

香港社区词语产生的社会背景，半个世纪以来可有几个分期，最重要的分界是 1997 年，之前由英国管制，之后回归中国。这对香港社会来说，是翻天覆地的大变化。如果再细分，1984 年《中英联合声明》正式签订，从 1984 年至 1997 年 7 月 1 日是过渡期，因为香港未来的政治走向已经确定；过渡期还可分为前过渡期、后过渡期。这些社会变化都迅速反映在词汇里，例如，香港由英国管制时期，政府用的一套官职名称在香港特别行政区成立后都改革了，社会上带有明显英国管制色彩的词语，像"英皇御准"之类自然都取消了。政治类词语确有不少变化，但并非香港流通的词语都不能用了。根据《基本法》的规定，香港实行"一国两制，港人治港"的政策，即继续实行资本主义制度五十年不变。因此，香港社会在 1997 年之前流行的一批词语，仍会接着使用。我在编写《香港社区词词典》中，在政治类词语中，既收集香港回归中国之前的词语，也收集回归后的新词语，以反映这半个世纪中香港政治词语的面貌。至于香港社区词的具体描写，已在我其他谈及社区词的文章中举例，不再赘述。

台湾社区词语反映台湾社会的特征。台湾实行的也是资本主义制度，但又和香港不同。1945 年抗日战争胜利，台湾摆脱日本的管制；1949 年国民党政权迁到台湾，进行一系列改革；近年由国民党执政到民进党执政，直至最近的倒扁运动。台湾政治类社区词语应该说也是层出不穷，像"蓝营、绿营，泛蓝、泛绿，深蓝、深绿，浅蓝、浅绿,红(衫)军"等等,都在台湾社会广泛流通。

有人常将港台词语连在一起说,以为港台词语可划为一类,其实二者的背景来源并不完全相同。以方言来说,香港属粤方言区,台湾主要的方言是闽南语;以社会背景来说,过去不同,现在更不同,香港已回归祖国,台湾作为中国领土不可分割的一部分不容置疑,但两岸统一的问题仍未解决。因而港台也流通着不同的社区词语。

我们认为社区词语是由于各社区的政治制度、经济体制、文化因素、心理状态不同而形成的,上面说到中国大陆、香港、台湾社区词语的来源背景,似乎政治类社区词语的区别比较明显,如果再从经济体制、文化因素来分析,仍然可以举出很多例子。从心理状态来看,如何分析呢?这里我想借用《当代汉语新词词典》中对"社区意识"的释义来引申,"社区意识"是"指生活在某一地区的人们的一种强烈的认同感、亲近感或对不属该地区的人强烈的排拒感和心理差距"。(739页)这部词典里所说的"社区"虽然要比我说的"社区"范围小得多,但其描写的"社区意识"作为一种心理状态可以借用类推。比如,香港社区词语里就有个别的词语表现出"对不属该地区的人强烈的排拒感",像"表叔、表姐、阿灿、灿妹、大陆妹、北菇炖鸡"等这样一些词语。这些词随着时势的变更近年已很少用了。再看心理差距,"同志"这个词用来表示革命志向志同道合的关系这个意思,在孙中山时代就用了;1949年以后,内地用为人与人之间的通称,"同志"这个概念的外延扩大了,但也还用于尊称,如称"邓小平同志",要比称"邓小平先生"来得亲切。近些年来,台湾、香港相继用"同志"代表同性恋,用得很普遍,这个新义项不为《现代汉语词典》所取,可见两岸四地用词的心理差距。再举一个例子，"党"指政党，在内地特指中国共产党。在《现代汉语词典》里也收另一个义项："由私人利害关系结成的集团。"（272 页）只举了"死党、结党营私"为例。而在香港，用"党"作为构词语素，形成了一个贬义的词族：祈福党、跌钱党、假金党、宝药党、撞车党、扑头党等，都是行骗犯罪团伙。在内地这一词族较难流通，也是用词的心理差距造成的。

三　构词成分

规范词语的构词成分是通用语素，通用语素以单音节语素为基本形式，以通用字有 7000 个来说，构词语素亦有 7000 个。语素组合的语法结构为常见的并列、偏正、动宾、动补、主谓等式，另有重叠式、附加式等。

社区词语的构词成分和构词方式与规范词语相同。因为在一个社会区域里要流通的词语，不是附属在方言词汇中的，它必须让说各种方言的人都明白，都会使用。以香港来说，以说粤方言的人为最多，也有说吴方言、闽方言、客家方言、北方方言的。香港社区词语并不下属在粤方言词语内。例如，香港居住方面有"公屋""居屋"，香港的语言政策是推行两文三语，"两文三语"这个数词缩略语是香港社区词，指的是在书面上推行中文和英文，在口头上推行普通话、英语、粤语。香港在新高中语文课里安排了"普通话传意和应用"作为选修单元，"传意"这个词即传情达意，是香港习惯用语，《现代汉语词典》未收。在教育上推行的"毅进课程""展翅计划"，这些用词也是香港特有的。"公屋、居屋、两文三语、传意、毅进课程、展翅计划"这些香港社区词语都是用通用语素构成的，在香港无论说什么方言的人一看就懂。从这个层面上说，在一个社会区域里，社区词语比方言词语流通的范围更广泛。

方言词语也要用通用语素构词，和规范词语比较，只是选用的语素不同。例如粤方言词语的"着衫（穿衣）、食饭（吃饭）、睡房（卧室）、落雨（下雨）、打风（刮风）、行雷（打雷）、大头虾（马大哈）"等，也都是用的通用语素。此外，还要选用方言语素（写出来是方言字）构词，例如："佢（他）、冇（没有）、嘢（东西）、瞓（睡）、嘅（的）、嗰（那）、咁（这么）、食咗（吃了）"等。有时借用通用语素来记方言音，这个通用语素并不表示原来的意义，例如："呢度（这里）、食紧（吃着）、我系（我是）"等等。上述几种构词成分，如果用通用语素，还可推测；如果用方言语素构词，外方言区的人就很难明白了。这就是方言词语在流通上的局限。

比较起来，社区词语容易进入规范词语，台湾前国民党主席连战在 2005 年 4 月 29 日北京大学的演讲中用了"愿景"一词，内地原没有这个词，《现代汉语词典》第 5 版收了这个词，解释为"所向往的前景"（1681 页），大家认为可以接受，因为构词语素是通用的。同理，香港的"物业、写字楼、按揭"也都进入北方以至全国各省区，进入了规范词语。

编纂词典工作需对规范词语、社区词语、方言词语作深入的分析，社区词语和方言词语都会输送词语进入规范词语的系统，丰富规范词语的储存。但毕竟各有各的系统。我认为，正在编纂的《全球华语大词典》主要吸收的应是华语各社区的常用流通词语，主要是社区词语，以助各社区的读者交流。收各方言词语的方言词词典已由江苏教育出版社等多家出版社出版，当然还需要不断更新。

【参考文献】

1. 中国社会科学院语言研究所词典编辑室编《现代汉语词典》第 5 版，商务印书馆 2005 年。

2. 曲伟、韩明安主编《当代汉语新词词典》，中国大百科全书出版社 2004 年。

3. 《田小琳语言学论文集》，书中第四编"社区词和词汇研究"，东北师范大学出版社 2006 年。

两岸词汇比较研究管见

教育部语言文字应用研究所　李行健　王铁琨

海峡两岸的中国人同祖同宗,通行的是汉民族共同语——普通话(国语),由于众所周知的原因,两岸相互隔绝了数十年,造成所使用的同一种语言在语音、词汇、语法上存在一些分歧,其中最明显的差异表现在词汇上。这并不奇怪,因为词汇是语言诸要素中最活跃的组成部分,比起语音和语法来,它差不多总是处于不断变动之中,特别是在比较大的社会变革时更是如此。

目前两岸同胞交际时措辞用语上的差异,在一定程度上可能影响相互之间的了解沟通,不利于现代汉语的统一和规范,也不利于汉语进一步走向世界。因此,上世纪八十年代中后期,当两岸打破封闭,相互开放以后,大陆和台湾词语之间的差异及相互沟通的研究自然而然地提上日程。近年来,随着两岸交往的日益频繁,对两岸词汇进行共时比较研究的课题受到越来越多的学者的重视,已经先后发表了二十来篇从不同角度探讨两岸词汇差异的论文,编辑出版了几部词语对应词典,在两岸学者的共同努力下成功地举办了两届汉语语汇文字学术研讨会,面对面地交流了研究心得。可以说,两岸词汇比较研究正在逐步成为汉语词汇研究的热点之一,这是符合两岸交流不断扩大的现实需要和国家统一的大趋势的。

笔者以为，进行两岸词汇比较研究，既要充分正视两岸词语业已形成的差异，又不能夸大这种差异，并特别要注意在对比分析中加强对两岸一般词语"言外之意"的研究。本文仅就上述几个问题谈一些粗浅的看法，权作两岸学者进一步探讨的"引玉之砖"。

一

"语言和社会结构共变"是社会语言学的基本理论，按照这一观点来考察，海峡两岸四十多年来形成词语的差异是必然的，也是无法避免的。1949 年以来，台湾和大陆实行着本质上不同的社会制度，在相互不同的政治体制的制约下，经济、军事、教育、法律以及社会生活、文化心态等必然会有显著的差异，并在各自的词汇系统中反映出来。

两岸词汇差异首先集中体现在各自创造和使用的不同的新词新语上。根据已经发表的资料，由于大量新事物、新概念的出现，台湾地区近几十年来创造了很多新词语，如："公信力"（公众信赖的程度）、"公权"（公法上的权力）、"街头运动"（群众为某种诉求所举行的集会游行）、"扫黑专案"（指警方扫除流氓的专案行动）、"八点档"（台湾三家电视台于晚间八点所播映的连续剧节目）、"号子"（证券商的俗称）、"利空"、"崩盘"（均为股票界用语），等等。这些语词对生活背景完全不同的大陆读者来说是陌生的，如果不加注释便无法真正理解其含义所指。与此同时，大陆新词语也如雨后春笋般大量产生，如："法盲"（指缺乏法治观念，不懂法律知识的成年人。仿"文盲"造词）、"务虚"（指研究或布置某项工作时，先从思想方针、政策、理论方面入手，以便达到思想认识上的统一，与"务实"相对），"军嫂"（指军人的妻子），"盲流"（指没有户口、工资、人事等证件而盲目流入城市的人），"高知"（高级知识分子的简称），"挂靠"（指新建立的某一机构或组织在尚未独立时从属或依附于另一机构、组织。如挂靠单位），"军转民"（指军事用品工业转为民用品的制造），"公检法"（公安、检察、司法部门的合称），"打白条"（收购农产品时开具暂时不能兑现的欠款字条），"群言堂"（对领导者善于发扬民主，坚持集体领导的民主作风的比喻说法），"南水北调"（特指为解决西北、华北等干旱地区缺水问题，以长江水北调为主要目标，实现长江、淮河、黄河、海河流域联结为统一水利系统的长远规划），"高新技术产业开发区"（又称"科技特区"，指主要依靠我国自己的技术力量促进高新技术成果商品化、产业化和国际化的场地），"军地两用人才"（指既能当兵打仗，又具有某些专业技能，能够从事生产建设的人），等等。这些词语几乎涉及大陆地区社会生活的方方面面，在群众中广为流行，但是对台湾同胞来说却是生面孔，不加解释也难于理解沟通。相信随着两岸交流的不断扩展，这类由新词语的不同造成的差异会逐渐消除，有的则会在相互融合中被两岸共同接受。

同一事物或概念，采用不同的语素搭配来表示，也是构成两岸词汇差异的一种重要表现形式。这类"同义异名"的现象非常普遍，请看下面例子（列前者为台湾语词，列后者为大陆语词）：

冷气 — 空调	录影带 — 录像带
彩视 — 彩电	太空梭 — 航天飞机
飞弹 — 导弹	厢型车 — 面包车
联络 — 联系	残障者 — 残疾人

水准 — 水平　　　　货柜 — 集装箱

软体 — 软件　　　　机车 — 摩托车

运作 — 运行　　　　空中大学 — 电视大学

快锅 — 高压锅　　　自由经济 — 市场经济

录影机 — 录像机　　卡式录音带 — 盒式录音带

以上为取名角度不同造成的差异。这类词语由于采用的构词语素或同义或近义，一般不会造成理解上不可克服的困难。

薪水 — 工资　　　　幼稚园 — 幼儿园

邮差 — 邮递员　　　同乐会 — 联欢会

以上为新老词不同。台湾仍用老词，大陆则采用新词。

作秀 — 表演　　　　雷射 — 激光

便当 — 饭盒　　　　雷根 — 里根

以上为吸收外来语借词的方式不同。

　　此外，由于受地域文化的影响，不少闽南方言词如"无路用、没的确、落台、打拼、歌仔戏"等进入了台湾国语的日常词汇，也造成两岸词语的一些差异。

　　构成两岸词汇差异的第三种表现形式是词形相同而意义或感情色彩有差别。如台湾称摩托车为"机车"，而大陆的"机车"专用来指"火车头"；台湾把公共汽车称作"公车"，是由"公共汽车"缩略而成的，而大陆的"公车"则专指"公家的车"。可见"机车""公车"在台湾和大陆虽然词形完全相同，但是意义所指却大相径庭。再比如，台湾和大陆都有"面包车"一词，台湾的"面包车"指流动贩卖面包的车子（系俗称），而大陆的"面包车"则指多人乘用的小型旅行汽车，因外形像长方形面包而得名。"检讨"在台湾是中性词，指一般的总结或研究，在大陆通常主要指"检查自己的缺点或错误"。

"统治、野心、劳役"等在台湾是中性词,在大陆则有贬义。

二

通过上面的比较分析可知,由于四十多年来的相互隔绝,海峡两岸词汇上的差异是客观存在的,这是"语言和社会结构共变"的真实而形象的写照。我们应该正视差异,寻找解决差异的途径和办法,但又不能"一叶障目,不见泰山",看不到两岸汉语词汇相同点是主流,差异只是相对状况。为什么呢?

首先,从"源"上看,海峡两岸炎黄子孙共飨中华文化,不管过去还是现在,两岸所使用的都是一脉相承的汉民族共同语,而同一共同语的基本词汇总是稳固的,不会在短时期内发生大的变化,能够引起变化的只是其外围的一般词汇。汉语基本词汇中"山、水、父、母、手、脚、来、去、一、二、三"等词,历史悠久,全民通用,是构造新词的基础。所以,不管一般词汇发展变化怎样快,它要构造新词时总得借助于基本词汇。四十多年来,虽然海峡两岸各自的词汇,随着社会的变迁都在进行着孳生新词、淘汰旧词的新陈代谢,但是共同的基本词汇系统不可能发生动摇,历代传承下来的词语仍然原样保留,而且台湾地区保留旧词、旧义更多一些。近年来,两岸同胞频繁互访,交际过程中并未遇到什么大的语言障碍就是最明显的例证。自然,偶尔也会遇到沟通不顺畅的情况,如"爱人"一词,大陆指"夫妻的一方",台湾则沿用三四十年代的旧义,指"心仪的情人",词义差别非常明显,但在具体交际过程中,凭着特定的语言环境或上下文,对方仍能听明白或读懂。

再从发展上看,任何一种语言都不是孤立的,它要丰富和发展,总得不断地从其他语言中,从本民族语言的方言词、古语词和行业语中吸取营养。汉民族共同语也不例外,它一方面自我调节,另一方面根据交际的需要有选择地从其他方面吸收有用的成分。两岸汉语同源,相互吸收相异的词更是很自然的事。比如"策划",台湾一般是谋划设计安排之义,大陆则还带有"搞阴谋"的含义(如:策划于密室),显然是贬义词。随着两岸交流的扩大,现在大陆"策划"一词的含义也发生了变化,与台湾基本相同,常用来指文学艺术上的组织者(如:他们几个人正在策划编一个剧本),没有贬义色彩了。近年来,台湾词语被大陆普通话吸收并在大陆地区广泛使用的还有"共识、认同、心态、爆满、代沟、媒体、运作、界定、评估、涵盖、负面、瓶颈、前瞻、知名度、工薪族、转型期、自助餐、联手、打卡、包装(用于人的装饰)"等等。两岸频繁交流后,大陆词语流行于台湾的也同样越来越常见,如"全方位、水平、宏观、搞运动"等。据报载,大陆相声中"爱人、同志"等词语所表示的含义,过去台湾是不接受的,现在台湾有关当局也一改观念"予以核准";过去台湾印刷的中国地图一直使用 1949 年前的地理名称,造成与报纸、电视依现实报道的情况脱节,在民众的强烈质疑下,台湾有关当局已决定"回归现实",准许使用大陆现实采用的地理名称。尽管这种"回归"仍留下一个尾巴,如仅允许省辖市、县及内蒙古的盟、旗和西藏的自治州、自治县采用现有名称,而地图上的疆界、行政区划、首都、省会等,仍维持 1949 年以前的"历史状况"。但这毕竟是一种进步。表明两岸隔绝是相对的,统一,包括两岸语言文字的统一,是人心所向,大势所趋。随着两岸交流的日益频繁,双方在词语使用上逐步"趋同"已成为一种必然趋向。所以,我们应该既充分看到悠久灿烂的中华文化及其载体汉民族共同语所具有的强大凝聚力，不夸大两岸词汇现实存在的差异，同时又注意研究沟通两岸词汇存在的某些分歧，这样才能共同促进两岸语言文字的统一和规范。

三

　　进行两岸词汇比较研究，有两点需要特别注意：一是政治因素对词汇的影响，二是对两岸词语"言外之意"的深层次考察。

　　政治因素对词语的影响是显而易见的。两岸词汇在相互隔绝状态下之所以产生明显差异，最主要的原因恐怕还是在政治制度以及由此而引起的社会心态的不同上。大陆在上世纪五十－七十年代，一个政治运动接一个政治运动，这些在词汇上得到迅速的反映。如"三反、五反、清匪反霸、整风审干、反右、四清、人民公社、文化大革命、革委会、走资派、揭批查、反修防修、一打三反、牛鬼蛇神、红卫兵、打砸抢、造反派、保皇派、上山下乡、臭老九、大批判、斗私批修、黑五类、工农兵学员"等，令人目不暇接。这些词语都有其特定的政治背景，光从字面上看是无法理解其真正含义的。再如"红"与"黑"等普通词语，在"极左"思潮肆虐的"文化大革命"期间，也都被赋予新的特殊含义和感情色彩。与"红"有关的词语通常被看成褒义词，代表"革命"，与"黑"有关的词语则一概带有贬义。当时"红"字构词非常能产，随手可以举出"红宝书、红代表、红管家、红卫兵、红海洋、红后代、红心、红线、红司令、红战友、红小兵、红五类、红透专深、红袖章"等许多词，"黑"字打头的词语也很多，如"黑帮、黑线、黑户、黑风、黑会、黑货、黑手、黑书、黑干将、黑高参、黑司令、黑材料、黑修养、黑样板、黑秀才、黑关系、黑七类、黑纲领、黑司令部"等。上述政治色彩浓郁的"文革"词语几乎都是短命的,但记录并考察这类"瞬间词"的产生、演变、消亡过程,有助于我们汲取"极左"思潮的教训,感受并认清政治因素对词语变异的影响。

类似的情况台湾也存在。1949 年以后,台湾地区的政治制度未变,"正统"观念非常浓厚,表现在词汇上就是"国"字构词非常普遍。例如"京剧"称"国剧","普通话"称"国语","汉字"称"国字","语文"称"国文","民乐"称"国乐"(参见竺家宁《论两岸词汇的比较和词典的编纂》,载《第一届两岸汉语语汇文字学术研讨会论文专集》,台湾中华语文出版社,1995 年 2 月),此外还有"国府、国军、国中(即初中)、国小(即小学)、国立(国家兴办的)、国民大会、国民身份证"等。台湾称"北京"为"北平",称"繁体字"为"正体字",从中也可以窥见其"正统"观念和政治心态。

其次,是对两岸词语"言外之意"的考察。"言外之意"即词语字面以外所隐含的深层次意思。这一点常常为人们所忽略,很有倡导研究的必要。如:

　　读者说:你这篇文章写得不错!

　　作者答:哪里,哪里!

这里的"哪里"不是指处所,而是客气话,表示委婉地推辞对方对自己的褒奖。外国人学汉语,常从字面上去理解这一类词语,就把意思弄拧了。汉语里有"言外之意"的意思的词语并不少,如"运动、学费、处理、大款、乐死人、帽子工厂、打埋伏"等。大量的成语也常常有言外之意。如:"胸有成竹",并不像蹩脚翻译译成"肚子里有根棍子"那样的字面意义,而是通过字面暗含着办事之前已有计划和办法的意思。如果某个词语的"言外之意"是两岸都认同的,当然不会产生理解上的困难,如上面提到的谦词"哪里"。如果彼岸的某个词有"言外之意",而此岸没有,这时候就需要特别加以注意了。1996 年 2 月 9 日的《北京青年报》上,有一篇报道大陆青年舞蹈家贺顺顺与台湾著名艺人凌峰的跨海姻缘的长篇文章,其中有一段写道:凌峰说:"(与贺顺顺共同生活中)偶尔还是会有'你的言语我明白,可你的意思我不懂'的尴尬。"这里"你的言语我明白,可你的意思我不懂"的情况,恐怕就有两岸交际中"此有彼无"的"言外之意"的词语作怪,而这类"言外之意"常常又有其特定的社会政治背景。例如"文质彬彬"本是形容人既文雅又有风度的褒义词,可是在大陆"文革"期间,它却一度含有贬义;"招降纳叛"字面上并没有什么不好的意思,可"文革"期间这个词却成了某种罪状的代名词。再如:

〖包袱〗

　　①包衣服等东西用的布。

　　②用布包起来的包儿。

　　③比喻影响思想或行动的负担:思想包袱。

　　④指相声、快书等曲艺中的笑料。把笑料说出来叫抖

　　　包袱。

〖接班人〗

　　①指少年儿童。

　　②"文化大革命"期间用语,专指林彪。

　　③指接替上一代人工作的人:革命接班人。

其中"包袱"的第三个义项和"接班人"的第二和第三个义项台湾地区都不可能有。如果不了解历史社会背景的台湾同胞接触这两个词,就很难明白它含有的"言外之意",就很可能出现凌峰先生遇到过的"你的言语我明白,可你的意思我不懂"的尴尬。

　　从上面的叙述中,可以看到词语所含的"言外之意"有的是词语固定的意思,如"包袱"的"思想负担"义。有的是临时的,非固定的,如"接班人"专指林彪的含义,"学费"专指由于当事者经验不足或计划不周,兴办某项事业所造成的本来可以避免的损失。因此,我们又可以把词语非固定的"言外之意"分为两种,一种是历史的。如"接班人"特指林彪的含义,这种"言外之意"在过去的政治运动中最易形成。自然,这种"言外之意"也往往随着政治运动过去而成为历史现象。如前举的"文质彬彬"所含的贬义。"一团和气""温良恭俭让",这些表现中国人待人接物的传统美德的成语,在大陆"文革"中,也赋予了它们"缺乏阶级斗争观念","政治上软弱、糊涂"等含义。随着"文革"后的拨乱反正,强加在这些词语上的"言外之意"大陆也不再使用,恢复了这些词语本来的含义。另一种非固定的词语的"言外之意",是词语现在具有的。如"学费",本义指上学读书时所交的有关费用,但我们可以看到这样的句子:"由于经验不足,事先没有组织好建筑厂房的施工工作,延误了工期,造成几十万元的损失,就算交了学费吧!"显然,这里的"学费"就是一种临时的比喻性的"言外之意"。

　　不管词语固定的或临时的"言外之意",都是我们比较研究海峡两岸词语时所应该注意的。但值得我们特别注意的是海峡两岸"此有彼无"的词语的"言外之意"。我们不注意这种"言外之意",就无法完满地解决两岸词语通过比较研究,从而达到顺畅地沟通的目的。比如"运动",这是一个很普通的常用词。但电影《芙蓉镇》的结尾,那个曾在政治上红极一时,后来终被社会所抛弃的二流子式的主人公,敲着破锣,发神经似的嘴里嚷着"运动了,又运动了!"如果不明白"运动"有指"政治上有计划有组织的大规模的群众活动"的"言外之意",就不明白那句台词的含义和在影片中画龙点睛的作用。又如"处理",竺家宁先生已指出两岸有不同的含义。其实那正是"处理"一词的引申义两岸使用在不同的特定场合所形成的"言外之意"。"处理"本义为"解决某个问题或某项工作",引申出解决掉某些积压或质量有缺欠的物资。这种意思大陆常用,所以商店挂出清仓处理、大甩卖的广告,卖的就是降价的商品。这种叫"处理品"的商品也就是质量不合格或积压的东西。"处理"这个词在台湾不这样使用,因而台湾同胞就不容易理解大陆"处理品"的"言外之意"。与此同时,"处理"在大陆也有"对产品进行特别加工"的意思,如工业生产中的"热处理"就是这个意思。但这种意思大陆只用在生产或科研这种小范围内,不用在别的地方。这正好同台湾相反。所以各自形成不同的"言外之意"。如"处理品",台湾就是指"特别加工处理过的精品",含义同大陆完全不同。所以两岸学者绝不可忽视对这类有"言外之意"词语的深层次的系统研究考察。

四

　　两岸词汇比较研究,近几年已经有了一个比较好的开端。但是由于这样那样的原因,这一课题的研究还不深入。竺家宁先生在《论两岸词汇的比较和词典的编纂》一文中,就曾从邱质朴先生主编的《大陆和台湾词语差别词典》(南京大学出版社,1990年)中挑选出84组词语,分门别类地排列出来,说明对应有误。其实这类错误别的对比词典中也有,目前已发表的有关这类课题的论文,几乎篇篇都有一些释义不当的情况出现。比如"半边天"在大陆并非仅指"妇女在社会中一样工作",它还"借指新社会的妇女",并且还含有男女平等的意思;大陆的"大款"又称"款爷",是指"腰缠万贯的有钱人",同时还含有一些调侃的意味,并非仅指做生意赚了钱的"大老板"。影响很大的台湾"国语词典"收有大陆"样板戏"词条,但其释义为"模仿元杂剧中'折子戏'的演出形式,只演出一出戏的片段,场次、演员少,布景道具简单,适合'业余文宣队'上山下乡演出的宣传性戏剧",即明显有误。这是由于编者不了解这一"文革"语词的"言外之意"造成的。其实"样板戏"在"文革"期间有特定的含义,专指京剧《智取威虎山》、《海港》、《红灯记》、《沙家浜》、《奇袭白虎团》、芭蕾舞剧《红色娘子军》、《白毛女》、交响乐《沙家浜》等八个"革命现代戏",是当时大陆江青一伙的文化专制主义下产生的一种畸形现象。解决两岸词汇比较研究中有关问题的途径,恐怕主要靠两岸相关学者通力协作、共同研究,包括合作编纂《两岸词汇比较词典》等活动,同时结合各自研究课题互相多走一走,多交流也是非常必要的。这样才有可能避免或减少以偏概全的情况,不会再出现不应该发生的笑话。

取长补短，求同存异，异中求通

——试论两岸语词差异之融合

汉语大词典编纂处　黄丽丽

一　两岸语言差异的消融有深厚的历史基础，是不可阻挡的历史潮流

由于数十年的人为隔绝，大陆的普通话和台湾的"国语"在语词和字音等方面产生了一些歧异。为了早日减少这些歧异，海峡两岸的专家学者正在共同努力，并且已经取得了一些很好的研究成果。我们认为，随着中华民族统一大业的前进步伐，两岸语言的差异必将逐渐地消融，这是不可阻挡的历史潮流。

汉语是全球华人通用的语言，是全世界使用人口最多的语言，但是汉语却没有像英语那样演变成为"英国英语"、"美国英语"、"加拿大英语"等几个平行发展的分支，而且汉语圈有全球华人都遵行的、全世界都公认的标准语。这不能不说是世界文化的奇迹。是什么原因造成了这种奇迹的呢？是炎黄子孙割不断的血脉亲情，是中华民族五千年博大深厚的历史文化传承。早在两千多年前的春秋时代，华夏大地就已有通行的"雅言"。《论语·述而》载：

"子所雅言,《诗》、《书》、执礼,皆雅言也。"西汉末年扬雄的《方言》则多次使用"通语"、"凡语"、"通名"等术语,"通语"就是指当时各地都能通行的语言。到了明代中叶,又出现了"官话"之称,这是现代汉民族共同语已经形成的标志之一。由此可见,汉民族的共同语、标准语是中华历史发展的自然产物,是千百年来维系民族统一的纽带。

现代汉语的标准语是以北京语音为标准音,以北方话为基础方言,以典范的现代白话文著作为语法规范的。而现代汉语是由古代汉语和近代汉语发展而来的。近几百年来,由于"官话"和白话文学的传播,其规范逐渐明确,影响日益扩大,最终形成了我国的国家通用语。以"国语"来称我国的通用语已经有一个世纪的历史了。早在 1909 年,议员江谦就在清政府资政院的会议上正式提出,应把"官话"正名为"国语"。国学大师章炳麟的弟子胡也鲁则在数年之后(1913 年以前)撰成了《国语学草创》,促进了中国语言学的发展。1949 年以后,大陆方面因我国是多民族国家,故把汉语标准语改称为普通话,而台湾则一直沿用"国语"之称。大陆权威词典《现代汉语词典》的"国语"条释义云:"指本国人民共同使用的语言。在我国是汉语普通话的旧称。"而中华语文研习所(台北)和北京语言大学合编的《两岸现代汉语常用词典》解释"普通话"一词时则说:"即国语。"台湾权威的语文工具书《重编国语辞典修订本》在其《修订编辑原则》的第 6 条中说,"为扩大本辞典服务范围及建立完整的国语史料",也收辑一部分"海峡对岸的语词",十分明确地把大陆语词归在"国语"之中。可见称谓虽然不同,但在两岸人民的心目中,其内容和实质始终是完全一致的。

前辈学者曾对现代汉语标准语的确立作出了巨大的贡献。

1926 年国语统一筹备委员会制订并发表了《国语罗马字拼音法式》，1928 年由国民党政府大学院公布。1931 年，国语统一筹备会发起并开始编纂《国音普通辞典》，为所收语词一一注音，作为正音的标准。黎锦熙先生主编的这部辞典后来改名为《国语辞典》，于 1945 年竣工，影响深远。从此以后编汉语词典没有谁能绕过它的，我们编纂《汉语大词典》时也曾把它列为重要的参考书目。

　　虽然 1949 年以后海峡两岸人为隔绝了数十年，但两岸对推广民族标准语却都是不遗余力的。大陆方面的成就是有目共睹的，台湾方面也是成绩卓著。我们知道，在日据时代，日本侵略者禁止台湾人民使用汉语，强制推行日语。台湾光复后，国民党政府迅即推广国语。以大陆权威规范字典《新华字典》的编纂发起人和首任主编魏建功先生等为代表的一批著名专家，曾亲赴台湾，满腔热忱地参加了这一历史性的工程。日本侵略者奴化教育的痕迹随即如秋风卷落叶一般一扫而光，只留下了"车掌、通学、便当、玄关、阿巴桑、阿吉桑"等少数进入日常生活的日语词语。1981 年台湾出版了以《国语辞典》为蓝本的《重编国语辞典》。1982 年台湾教育部发布了《常用国字标准字体表》、《次常用国字标准字体表》，1986 年发布了《国语注音符号第二式》，1994 年又公布了《国语一字多音审订表》。台湾教育部国语推行委员会编纂的《重编国语辞典修订本》也于 1994 年出版，作为国语教学用书和语文工具书推行。

　　海峡两岸重新开始接触后，普通话和台湾"国语"的一些差异引起了两岸有关方面的重视。有学者指出："《普通话审音表》与《国语审订表》从时间上看，后者是参照了《普通话审音表》的；从内容上来看，后者也很接近《普通话审音表》。"二表"全部相同的共 532 个，不同的为 319 个，在这些不同的读音中，大量的是声调上的差别,其次是声母、韵母上的差别。从这个表(按,指《国语审订表》)可以看出,台湾出台这个表,必将大大减轻海峡两岸因汉字读音不同而给'汉字教学和国语推广造成的困扰',这个表表明,'国语'向'普通话'靠近作出了很大的努力"。① 上文也已提到,《重编国语辞典修订本》把收辑大陆特有语词作为该辞典的一项重要内容。据统计,该辞典收录了大陆语词 635 条,又在其他语词中增补了大陆特有的义项 110 个②,这对台湾同胞了解大陆人民的社会生活、思想意识和价值观念等是很有帮助的。两岸的专家学者更是认真研讨和沟通,为了民族统一大业,把缩小两岸语言文字的歧异作为自己的历史使命。《两岸现代汉语常用词典》的倡议者和台湾方主编何景贤先生为了筹集编纂经费,甚至作出了卖掉自己一幢楼房的义举。我们深信,在两岸有志之士的共同努力下,两岸语言文字的差异必将逐渐消泯。

二 两岸语言文字的差异将在沟通融合中消泯

近年来随着两岸经济、文化交流的日益扩大,两岸语言文字的差异已有开始消融的势头。我们认为,在语音方面,由于两岸的字音大同小异,特别是常用字的字音差别不大,而北京话的实际语音和《切韵》音系的韵书都摆在那里,两岸的专家可以根据汉语语音发展的规律,充分地研究和商讨,确定统一的语音规范。至于字形,则有《康熙字典》等传统字书作参考,经过充分研究和商讨,也

---

① 鲁启华《海峡两岸汉字多音字审音比较》,《苏州铁道师院学报》1998 年第 3 期。

② 刘扬涛、苏新春《〈重编国语辞典修订本〉中的"大陆词语"》,首届海峡两岸现代汉语问题研讨会论文,见本书第 230 页。

可以确定统一的规范。唯有词汇，由于两岸的政治制度、经济模式、社会生活和思想意识不同，各自产生了一大批新词语，必须经过一个两岸民众在交流中沟通和融合、专家加以规范和引导的过程。

在这个问题上，我们无妨借鉴一下先哲留给我们的思想遗产。两千多年前，西周末年的史伯提出了和而不同的理论。他说："夫和实生物，同则不继。以他平他谓之和，故能丰长而物归之；若以同裨同，尽乃弃矣。"(《国语·郑语》)春秋时代的晏婴发展了这个理论，他指出："和如羹焉，水火醯醢盐梅以烹鱼肉，燀之以薪，宰夫和之，齐之以味，济其不及，以泄其过……若以水济水，谁能食之？若琴瑟之专壹，谁能听之？同之不可也如是。"(《左传·昭公二十年》)"和"就是把有差异的事物融合在一起，"同"就是生硬地强求彻底一致。先哲们主张，对有差异的事物要使它们融合在一起，这样事物才能发展；若一味强求一致，则适得其反。在减少和消除两岸语词的差异这个课题方面，他们阐述的哲理对我们不无教益。我们认为，两岸语词之间的差异有正反两方面的价值。正面的价值是这些差异丰富了汉语的词汇，增强了汉语的表现能力，促进了汉语的发展。负面的价值是不利于交流。我们不能期望、也不能要求这些差异在一个早晨之内完全消除，更不能强求它们彻底消泯。随着两岸民众交流的日益密切和扩大，它们自然而然地会逐渐减少而消融。这个消融的过程就是彼此取长补短，求同存异，异中求通。

三　取长补短，择优吸纳

这一项包括三种内容，即两岸人民各自为新生事物所创造的新词语；为汉语原有词语增造的理性义或感性义有细微差别的新同义词；为原有词语增添的新义项等。

我们曾向派驻香港从事新闻工作多年的同志请教过，在港台语词中大陆人民最需要了解的是什么。他们的回答是政治、经济、科技、法律和文化等方面的新词语。因为在改革开放之前，大陆处于比较封闭的状态，与外面的世界接触不多。而这几十年却正是外面世界各方面飞速发展、新生事物爆炸般产生的时期。港台地区因为与欧美、日本联系密切，吸收国外的新事物、新概念、新理论比较快捷和及时，于是就产生了大量的反映这些新事物、新概念、新理论的新词语。如台湾地区涌现出了电脑、电脑病毒、资讯、智慧财产权、头脑撞击小组、仲介财团法人、推理法学派、峰会、听证会、征信所、征信录、政治休战、密集会议、公共关系、共识、媒体、深度报道、转型期、零故障、零排放、零污染、目标管理、文化心理学、文化相对论、文化局限、文明病、垃圾食品、有氧运动、瘦身、休闲、问题少年、通识科目、通识教育、亲职教育、联手、平常心、整合、运作、主题公园、徒步区、越洋电话、条形密码、捷运、超市等反映新事物的新词语。这些新词语大大丰富了现代汉语的词汇，是海峡对岸的人民对汉语的发展所作的新贡献。

这些新词语随着它们所反映的新事物进入大陆后，其中有不少已经成为大陆民众的常用词语，如上文列举的电脑、电脑病毒、媒体、超市、联手、整合、运作、休闲、有氧运动、垃圾食品等。而且大陆人民为某些新事物另造了更符合汉语构词规律或表达更确切的新词语，如大陆的"知识产权"相当于台湾的"智慧财产权"，"轨道交通"相当于台湾的"捷运"，"信息"相当于台湾的"资讯"（《现代汉语词典》第 5 版"信息""资讯"兼收)，"步行街"相当于台湾的"徒步区"等等。

　　除了这些表现新事物的新词语，海峡对岸还为汉语原有的一些词语创造了含义或色彩有些微差别的新同义词。如现代汉语本有"表演"一词，台湾另造了一个古、洋结合的新词"作（做）秀"。"秀"是英语 shou 的音译，这个译音字选得实在好。"秀"字的本义为谷类植物抽穗开花，引申为颖出、颖异。因为有这个引申义，宋、元两代普通百姓的名字常带"秀"字，元代女演员的艺名中也往往有一个"秀"字，如名伶珠帘秀、天然秀、连枝秀、翠荷秀等（见元·钟嗣成《录鬼簿》)。清·王应奎《柳南随笔》卷五载："江阴汤廷尉《公馀日录》云：明初间里称呼有二等，一曰秀，一曰郎。秀则故家左族，颖出之人；郎则微裔末流，群小之辈。"用"秀"来译 shou，容易使人联想到该词的"表现自己的颖异之处或表演"之含义。所以后来这个表示译音的"秀"竟然成了词根，衍生出了"舞台秀、工地秀、时装秀、政治秀、暴力秀、脱口秀、主秀、秀界、秀场、秀服、秀档、秀味"（事物的戏剧性）等系列词语。大陆作家池莉的小说《生活秀》曾改编拍摄成同名电影，这说明"秀"这个词根也在逐渐被大陆民众所接受。又，宋、元时称演出为"作场"，陆游《小舟游近村舍舟步归》诗之四云："斜阳古柳赵家庄，负鼓盲翁正作场。"古时作场常常在是市井、集市或村边地头，故"作秀"的含义与"表演"有一点区别。"表演"是中性词，可指在非正式表演场所的演出，也可指在高规格场所的隆重演出；"作秀"则多指在非正规场所的演出，故做比喻义时别有一种拿腔作势、刻意表现的色彩。《现代汉语词典》第5版收立了"作秀"和"做秀",以前者为主条,这是大陆权威规范词典对"作秀"一词已经进入普通话的承认。这些新创造的同义词使汉语的表达更加细腻,更为精确。

海峡对岸还给某些常用语词增添了新的义项。如"充电"本指把直流电源接到蓄电池的两极上,使蓄电池获得放电的能力;也泛指用其他方式补充电能。台湾同胞给它增添了两个比喻性的义项,一是喻指休憩以养精蓄锐,二是喻指再进修以补充知识、提高技能或才干。这两个比喻义项生动而形象。《现代汉语词典》第5版的"充电"条吸收了其中的第二个义项。又如"恶补"本指过量服用补药、补品,台湾同胞用来比喻临时大量补习、补课。《现代汉语词典》第5版不仅增立了这个词目,而且补加了它的比喻义。又如"族"这个词本指家族、种族、民族或事物有某种属性的一大类,台湾同胞又用它做词根造了"工薪族"、"银丝族"、"红唇族"、"爱美族"等系列语词,表示具有某一特点的人群。《现代汉语词典》第5版"族"字条虽未正式立此义项,但加了"打工族"、"上班族"等例证,并用符号标明此是比喻义。毋庸置疑,这些新增的义项也增强了汉语的表现能力。

上述例子证明,海峡对岸的这些新词语、新义项已经或正在被普通话吸收或融合。我们在上文也曾提到,台湾的《重编国语辞典修订本》也收录了大陆特有的700多条词语或义项。这些事实说明,海峡两岸的语汇通过两岸人民的交流,双方皆已经在取长补短,择优吸纳。

四　求同存异，约定俗成

两岸的语词中还有大量的同中有异的现象。这种现象可分为四种情况。第一种情况是同一个词语的演变进程不等，此岸虚化了，彼岸尚未虚化；或者某一词语在古汉语中本有两个常用义项，而两岸分别继承了其中的一个义项；或者两岸把同一词语的词义外延分别朝不同方向作了扩展。例如"透"字在现代汉语里的基本意义是指（液体、光线等）渗透、穿过，常带补语"过"。大陆常用于比喻义，如"透过现象看本质"等。台湾的"透过"则已经凝固虚化为介词，表示以人或事物为媒介或手段而达到某种目的，而且使用频率比老牌介词"通过"还高，如"实际上，这个天大的好消息，传到台中，透过电台广播，已经晚了一天"、"透过问卷的方式来调查"、"透过学长介绍，她应聘到一所私立中学教书"、"透过适当管道加以说明"等等。

又如"先进"和"后进"是古汉语中的一对反义词，有两个基本义项。其一是先行、先进入；后行、后进入。《论语·先进》："先进于礼乐，野人也；后进于礼乐，君子也。"其二是指前辈或后辈。唐·玄奘《大唐西域记·秣底补罗国》："非斥先进所作典论。"唐·张继《送顾况泗上觐叔父》诗："吴上岁贡足嘉宾，后进之中见此人。"大陆继承并发展了前一个义项，用来指"进步比较快或水平比较高、可为表率的"、"进步比较慢或水平比较差的"，也指这种人。台湾则继承了第二个义项。

又如"同志"本指同一志向的人，也用于称同一党派的人，但台湾现在还用于称同性恋者，在大陆则是人们惯用的彼此之间的称呼,双方各自把词义的外延扩大了。"师傅"本指传授知识、技艺的人,也可用于尊称有技艺的人,后来在大陆又成了相当于"同志"的、人们惯用的彼此之间的客气的称呼(知识分子圈除外),这是大陆方面把词义扩大了。"检讨"本是查核整理或总结研究之义,台湾继承了这个义项,大陆则加了一个"找出缺点错误,并作自我批评"的义项,而且这个后起义项的使用频率远远超过老义项。

第二种情况是词义相同、构词的语素也相同,但语素的顺序不同。如大陆的"素质"在台湾说"质素"。大陆说"顺从"、"消解",台湾作家也有写作"从顺"、"解消"的。赖和《可怜她死了》:"总要听人呼唤驱使,要从顺勤劳。"吴浊流《先生妈》:"丫头的每月十五日的忧郁,到了这时候才解消。"其实古汉语中既有作"顺从"的,也有作"从顺"的。《国语・吴语》:"君若无卑天子……孤敢不顺从君命长弟!"《汉书・谷永传》:"意岂将军忘湛渐之义,委屈从顺……方与将相大臣乖离之萌也?"故"顺从"和"从顺"虽构词语素的顺序不同,但都有古汉语之源,继承不同而已。

第三种情况是吸收了对岸的某个新词语,但不一定全盘接受该词组成的系列词组,或者使用范围有一定的限制。如台湾有"团队、团队精神、团队赛、团队冠军、团队意识"等系列词语。大陆收词最多的《汉语大词典》没有"团队"一词,《现代汉语词典》1996年修订本增收了"团队"一词,2005年第5版又增加了"团队精神"。"团队"是"具有某种性质的集体",如体育团队、旅游团队等,跟意思较泛的"集体"有所区别,跟"有共同目的、志趣的人组成的集体"的"团体"(如学术团体、群众团体等)也有点不同。而"团队精神"比"集体主义精神"范围明确、比较具体。故普通话先后吸收了"团队"和"团队精神"。但普通话只说"团体赛",不说"团队赛";只说

"团体冠军"，不说"团队冠军"。又如"作秀"在台湾地区用得十分广泛，但在大陆，正式的舞台演出还是不能称作秀的，京剧、昆曲、话剧等剧种的演出就更不能称作秀了。

第四种情况是此岸产生的个别语词进入彼岸后，词义、功能或语用范围可能会发生一些变化。例如"笃定"本是吴方言词，可作形容词，是心里有把握而心绪安宁的意思，一般只作谓语或定语，如"知道儿子的成绩超过录取分数线二十多分后，老王心里笃定了"、"看他一副笃定泰山的样子"；也可作副词，是"有把握、肯定"的意思，如"三天后交货，笃定没问题"。但在台湾作家朱秀娟的小说《女强人》中，我们看到了这样的用例："欣华心情笃定的上班，不受闲言闲语的干扰。"又："欣华笃笃定定的走进办公室。"在吴方言中，我们从未见过"心情"和"笃定"组成主谓结构的用例。而第二例的"笃笃定定"，吴方言在这种语境中一般说"笃悠悠"或"笃姗姗"。所以我们当初看了后曾觉得有些特别。我们还曾注意到一个有趣的例子。吴方言词"挺括"近年进入了普通话，《现代汉语词典》的释义是"（衣服、布料、纸张等）较硬而平整"。我的北京作者在书稿中也是这么写的。在吴方言中，"挺括"是不用来形容衣料或纸张的，更不用来形容其硬。所以当初我怎么看都觉得别扭。审稿时，我和老上海的总编反复斟酌，改写成了吴方言的原义——"形容衣服的料子较好、剪裁考究、熨烫平整，引申形容活儿做得出色"。结果作者在看校样时又改了回去。我这才恍悟，原来它进入了普通话后词义有了变化，北方同志就是这么理解的。岂料《两岸现代汉语常用词典》又把它的释义改为"（衣服、床单、布料、纸张等可能起皱褶的东西）平整"，例证是"这种面料挺括、厚实"，这与吴方言的本来意义相距更远了。其实这种例子并不是绝无仅有的，历史上外来语或外方言区的词语进来后词义发生变化的现象并不罕见。这里没有对和错的问题,这是入境随"俗"——约定俗成。你可以保留你理解的原义,但你也必须承认这有所变化的新义。

以上种种两岸语词同中有异的现象,若打比方,它们是同一棵树上长出来的果实,不必急着去统一或规范,应该求同存异,让它们随着两岸人民的交流而自然融合,让两岸民众来共同约定俗成。

五 正视歧异,异中求通

真正成为两岸同胞交流障碍的是下列语词现象:

(一) 异词同义

这种现象除了出现在某些一般语词、地名和国名等专名的译称及部分外来语中外,大量的是出现在各类术语之中。

一般语词如:荣民(退伍军人)、影集(电视连续剧)、交流道(立交桥)、品牌(商标)、青涩(稚嫩)、翘班(旷工)、关防(公章)等。

地名、国名的译名如:坎尼斯(戛纳)、永珍(万象)、大英国协(英联邦)、狮子山共和国(塞拉利昂共和国)等。

外来语如:杯葛(英 boycott 拒绝)、波仙(英 percent 百分点)、波士(英 boss 老板、工头、主管)、马杀鸡(英 massage 按摩)、迷你(英 miniature 微型的、小巧的)、迷你裙(超短裙)、幽浮(英 VFO 飞碟)、砍杀尔(英 cancer 癌症)、安可(法 encore 再来一个)等。

至于术语方面的例子则实在太多了,我们仅举几个计算机类术语的例子:参数(变元)、除错(调试)、记忆体(储存器)、送入(回车)、雷射(激光)、介面(接口)、绞轮(主动轮)、资料形态(数据类型)等。

（二）同词异义

如高工（大陆是高级工程师的简称，台湾是高等工业职业学校的简称）、高考（大陆是高等院校招收新生考试的简称，台湾是为大专毕业或具有同等学力的人员设立的高级公务员考试的简称）、公车（大陆指公家的车辆，台湾指公共汽车）、机车（大陆指火车头，台湾指摩托车）、脱产（大陆指脱离直接生产，专门从事行政管理等工作或专门学习；台湾指把财产转移、出脱）等。

（三）词语的部分语素虽相同，但词义颇费解

我们先举一些语法类术语和计算机类术语的例子：母音（元音）、子音（辅音）、有声子音（浊辅音）、片语（短语）、名词子句（名词词组）、直接受词（直接宾语）、句点（句号）、滑鼠（鼠标）、游标（光标）、软碟（软盘）、选单（菜单）、试算表（电子表格）、资料库（数据库）等。

一般词语如：接棒人（接班人）、书奴（书呆子）、班联会（学生会）、同乐会（联欢会）、恳亲会（家长会）、圣品（精品）、特许权（专利权）、智障（弱智）、陆桥（天桥）、密集英语（速成英语）、母钱（本钱）、佛郎（法郎）、底定（稳定）、不化大脑（不动脑筋）、切结书（保证书）、剧码（剧目）等。

（四）流行的俗语词

如：盖（骗人）、糗（挖苦，使别人感到尴尬）、臭屁仙（吹牛大王）、大盖仙（神聊大王）、凯子（出手大方、被年轻女性当冤大头而浑然不觉的男性）等。

（五）方言词语

台湾流行闽南方言，说客家话的人也很多，山地同胞也有自己的语言，所以有一些方言词语也广见于台湾的书刊杂志。如：土豆

（花生）、番黍（玉米）、草地（农村）、草地人（农民）、讨海人（渔民）、头路（工作、职业）、头家（老板）、才调（才华、才能，是遗留在方言中的古汉语词）等。

为了便于政治、经济、法律、科技、文化等方面的交流，我们认为，各种专业性的术语和外来语应当规范和统一。我们希望有那么一天，两岸的有关专家能坐在一起，共同商讨、确定两岸通用的标准术语和外来语。但在此前，则要整理、提供一些有关的对照资料，以帮助广大民众扫除交流的障碍。而其他的歧异词语是不同的社会生活、不同的民俗和不同的语言习惯所造成的，不能急于强求规范和统一，只能异中求通，而交流得多了，对岸的民众也就自然而然地理解了。同时我们也希望两岸的专家和语言工作者将来能编纂一部包容两岸语词的完整的汉语词典，这是义不容辞的历史责任。

二十一世纪是中华崛起的时代，中华民族必将完成统一大业，而海峡两岸的语词差异经过取长补短，求同存异，异中求通的过程也将逐渐融合，现代汉语的词汇将更加丰富、更加完善，汉语的世界地位必将进一步提高。

海峡两岸异形词处理的比较

中国社会科学院语言所　　晁继周

异形词是汉语自有文字记载以来就存在的现象。所谓异形词，指的是同音同义但有不同写法的词，例如"渺小"和"藐小"，"耿直"和"梗直""鲠直"。汉语的词是由语素组合而成的。语素写在书面上，大多是一个一个的汉字。一个汉字，不仅代表一个音节，在多数情况下还表示一定的意义。即使是联绵词，组成它们的每一个字，也尽量从字形上体现出点儿意思来。"蟋蟀"是一种昆虫，两个字都加上虫字旁；"玛瑙"是一种玉石，两个字都加上王（玉）字旁；"哗啦"描摹一种声音，两个字都加上口字旁；"妯娌"指家庭内部特定的女性之间的关系，两个字都加上女字旁。正因为汉字具有表音兼表意的性质，书写一个词时用哪个字是有选择的。选择出现分歧，就形成异形词。同一个词语，书写时用字出现分歧，究其原因，不外两种情况：一种是语言自身的原因，一种是文字方面的原因。从语言自身看，语言使用者对某些词语构词语素的意义，理解上有歧异，从而造成用字上的分歧。从文字方面看，古今字、通假字、异体字也会造成异形词。异形词是在语言的书面使用中长期形成的，是一种社会现象。研究异形词问题，应该和社会历史联系起来。

　　由于特定的社会历史原因,海峡两岸在语言文字上存在一定分歧,这些分歧也表现在对异形词的处理上。为了说明两岸在异形词处理上的异同,本文以分别在大陆和台湾地区有一定影响的三部词典作个比较。这三部词典是《现代汉语词典》(北京商务印书馆 1996 年,简称《现汉》)、《国语辞典》(台湾商务印书馆 1981 年,简称《国语》)和《汉语大词典》(汉语大词典出版社 1986—1993 年,简称《汉大》)。为什么选这三部词典呢?《现代汉语词典》是国务院指示编写的以确定词汇规范为目的的词典,词汇规范当然包括词形的规范,因此它是研究异形词问题的重要依据,同时,这部词典对异形词的处理,在大陆也有最广泛的影响。《国语辞典》的最早版本,由中国大辞典编纂处于 1937—1945 年编纂出版,在当时起着推广国语的作用;上世纪八十年代经修订重新出版的《国语辞典》,在台湾地区有较广泛的影响。《汉语大词典》是我国规模最大的历时性词典,可以反映词形的历史演变。2001 年底,教育部、国家语委联合发布了《第一批异形词整理表》(简称《整理表》),对 338 组异形词进行了整理,确定出每一组异形词的推荐词形。338 组异形词中,有 308 组《整理表》的意见与《现代汉语词典》一致,30 组《整理表》的意见与《现汉》不一致(即《整理表》推荐使用的词形《现汉》作为副条或未出条)。经查,《整理表》意见与《现汉》一致的异形词,《国语辞典》也与之大抵相符;不一致的 30 组异形词,《国语》的处理有的与《整理表》相同,有的与《现汉》相同,有的与《整理表》和《现汉》都不一样。因此,我们的对比研究可以从这 30 组异形词入手。这 30 组异形词在几部辞书中的处理情况如下表:

《整理表》	《现汉》	《国语》	《汉大》
百废俱兴	百废具兴	无	百废俱兴
毕恭毕敬	必恭必敬（也作毕恭毕敬）	必恭必敬	分立"必恭必敬、毕恭毕敬"
鬓角	鬓脚（也作鬓角）	鬓角（亦作鬓脚）	鬓角
掺和	搀和（掺同搀）	（搀合、搀桥）	分立"搀和、掺和"
掺假	搀假（掺同搀）	搀假	分立"搀假、掺假"
掺杂	搀杂（掺同搀）	搀杂	分立"搀杂、掺杂"
侈靡	侈糜（也作侈靡）	侈靡	侈靡
戴孝	带孝（也作戴孝）	收"披麻带孝"	分立"带孝、戴孝"
叮咛	丁宁（也作叮咛）	叮咛（亦作丁宁）	分立"丁宁、叮咛"
服输	伏输（也作服罪）	伏输（亦作服输）	分立"伏输、服输"
服罪	伏罪（也作服输）	分立"服罪、伏罪"	分立"伏罪、服罪"
溃脓(huìnóng)	殨脓	无	无
驾驭	驾御（也作驾驭）	驾驭	驾御（亦作驾驭）
就座	就坐（也作就座）	就坐	分立"就坐、就座"
阔佬	阔老（也作阔佬）	阔老	阔老（亦作阔佬）
黧黑	黎黑（也作黧黑）	黎黑	分立"黎黑、黧黑"
靡费	糜费（也作靡费）	分立"靡费、糜费"	分立"靡费、糜费"
疲沓	疲塌（也作疲沓）	无	疲沓
劝诫	劝戒	劝戒	劝戒（亦作劝诫）
热衷	热中（也作热衷）	热中	分立"热中、热衷"
入座	入坐（也作入座）	入座	入坐（亦作入座）
踏实	塌实（也作踏实）	塌实	分立"踏实、塌实"
推诿	推委（也作推诿）	推诿（亦作推委）	分立"推委、推诿"
诿过	委过（也作诿过）	无	分立"委过、诿过"
稀罕	希罕（也作稀罕）	希罕	分立"希罕、稀罕"
稀奇	希奇（也作稀奇）	希奇（亦作稀奇）	分立"希奇、稀奇"
稀世	希世（也作稀世）	希世	分立"希世、稀世"
渔具	鱼具（也作渔具）	渔具	分立"鱼具、渔具"
渔网	鱼网（也作渔网）	鱼网	分立"鱼网、渔网"
肢解	支解（也作肢解）	支解（亦作肢解）	分立"支解、肢解"

分析这 30 组异形词,我们可以得出以下几点认识:

第一,台湾选用词形,比较重视传统,重视语源,重视理据。"必恭必敬"和"热中"这两个词,《国语》都只给了唯一的词形。《现汉》给的推荐词形与《国语》相同,但同时附列也作"毕恭毕敬"和"热衷"。《汉大》则不分主次分别列出两种词形。"必恭必敬"和"热中"都有很久远的历史。"必恭必敬"源于《诗·小雅·小弁》:"维桑与梓,必恭敬止。""必恭必敬"作为成语使用不晚于唐代(李白《赵公西候新亭颂》:"赵公之宇,千载有睹;必恭必敬,爰游爰处。瞻而思之,罔敢大语")。异形成语"毕恭毕敬"很晚才出现,《汉大》提供的最早例句是郭沫若《洪波曲》中的,那已是二十世纪的事情了。"热中"源于《孟子·万章上》:"仕则慕君,不得于君则热中。"原指内心躁急,后来多指急切追逐名利和权势,并引申出醉心、沉迷的意思。"衷"和"中"为同源字,都有内心的意思,但从先秦起,约两千年的时间里,"热中"一词只作"热中",不作"热衷"。"热衷"的写法直到二十世纪中叶才出现(《汉大》提供的最早用例是柳青的《创业史》)。《国语》取"必恭必敬"和"热中",体现了重视传统、重视历史的原则。"塌实"一词,《国语》只取一形。《现汉》以"塌实"为推荐词形,同时列出"踏实"作为副条。《汉大》则分立"塌实"和"踏实"。"塌实"是合于理据的词形。"塌"有一个义项是安定、镇定,如"塌下心来","塌实"的"塌"恰合这个语素义。"踏"原来只有一个音 tà,本义是踩。"踏"的音、义与"踏实"建立不起联系来。所有的词典,都不解释"踏实"里"踏"的意义,而直接解释"踏实"的意思,说明"踏"字的意义与"踏实"无关。《国语》只收"塌实",不收"踏实",体现了重视理据的原则。

第二,大陆处理异形词,更倾向于从众、从俗。《现汉》选取推荐词形一般比较重视理据,但鉴于非推荐词形有相当数量的使用者,多数情况下把非推荐词形立为副条以备查考。《整理表》则把"通用性"作为确定推荐词形的最重要的依据,把从众、从俗的原则贯彻到极致。"毕恭毕敬、热衷、踏实"等被确定为推荐词形就是以词频统计为依据的结果。

第三,有些异形词是由于字形分化造成的。"黎"本来有黑的意思(假借),后来造出"黧"字代替;"戒"本来有警告、劝告的意思,后来造出"诫"字代替;"委"本来有推卸的意思,后来造出"诿"字代替;"希"本义指事物出现得少,后来这个意义造出"稀"字代替;"鱼"本来既指水生动物(名词),又指捕鱼活动(动词),后来捕鱼活动用"渔"字代替;"坐"本有动词、名词两义,后来名词义用"座"代替。"搀、掺"二字在混合、混杂的意义上也有分化的趋势。"搀、掺"都是假借字,本字是"羼","羼"的本义为群羊杂居,引申为错乱混杂。"搀"字借用为混合、混杂较早,"掺"字更晚。近些年来,两字分化趋势明显,"搀"字更多用于搀扶义,"掺"字更多用于混合、混杂义。从总的趋势看,台湾地区在异形词选字上偏于守旧,即更多地选用分化前的字形;大陆则倾向于选用分化后的字形。《现汉》从第 1 版(1978)到第 3 版(1996),虽以选用分化前的字形为主,但大多把由分化后的字组成的词作副条列出。《整理表》倾向性更明确,即以由分化字组成的词形为推荐词形。《现汉》第 4 版(2002)、第 5 版(2005)也依《整理表》作了调整。

第四,处理异形词问题,要注意系统性,即同一个语素义尽量选用同一个字。在这一点上,大陆和台湾的辞书都有不足。从上表列出的 30 组异形词的处理上可以反映这一点。先看《现汉》:"侈糜"与"奢靡"用字不一致;"伏输、伏罪"与"服老、服软"用字不一致;"劝戒"与"告诫、规诫"用字不一致;"希罕、希奇、希世"与"稀少、稀疏"用字不一致。再看《国语》:"就坐"与"入座"用字不一致;"劝戒"与"告诫"用字不一致;"希罕、希奇、希世"与"稀少、稀疏"用字不一致;"渔具"与"鱼网"用字不一致。《整理表》把系统性作为整理异形词的一项重要原则,上述各例所反映出来的用字上的歧异得到了解决。《整理表》也有不足,比如,确定"掺和、掺假、掺杂"为推荐词形,而没有顾及"掺兑";确定"透过"为推荐词形,而没有顾及"诱罪"。这种"遗漏",有可能造成新的不平衡。

　　海峡两岸在使用汉语、汉字上存在的歧异,是半个世纪以来特定的社会历史条件造成的。对待这种歧异的态度,应该是尽量缩小,至少不继续扩大。异形词的整理,应该向这个方向努力。为了实现这样的目标,在异形词整理上,至关重要的是在确定推荐词形的原则上形成统一认识。

　　重视语源、重视理据是异形词整理的最重要的原则。一个词,在造词的初始阶段,词形总是单一的,也是合于理据的。所谓理据,就是造词的道理和依据。随着时间的推移,有的词语源渐渐模糊,换上一个同音字似乎也能解释通,于是出现同音语素置换。大部分异形词是这样产生的。因此,确定推荐词形时,首先应该考察这个词的原始词形,研究造词的道理。懂得了"必恭必敬"源于《诗经》的"维桑与梓,必恭敬止",并且知道"必恭必敬"这个成语形成至今已有一千余年历史,确定它为推荐词形就不会有疑问了。再举几个上面表格以外的例子。"莫名其妙"中的"名"字,意思是说出,这个成语从字面上解释,就是没有人能说明其中的奥妙。"名"字的这个意义,人们渐渐不熟悉了,于是就有人写作"明"。从语源和理据上说,只能以"莫名其妙"为推荐词形。《国语》只收"莫名其妙"，不照顾"莫明其妙"；《现汉》以"莫名其妙"为推荐词形，把"莫明其妙"列为副条以备查考。有的词典把"莫名其妙"和"莫明其妙"作为两个成语分别作注，"莫名其妙"的解释是"没有人能说出其中的奥妙。形容非常奥妙"。"莫明其妙"的解释是"没有人明白其中的奥妙。形容事情很奇怪，使人不能理解"。编词典的人好像把道理说清楚了，但这种区分是没有意义的，因为无论说话的人还是听话的人都不可能作这样的区分。再如"噩梦"，义为可怕的梦。《现汉》《国语》都不照顾"恶梦"的词形，规范指向非常明确。有的词典把"噩梦"和"恶梦"作为不同的词分别作注，"噩梦"是"令人惊恐的梦"，"恶梦"是"凶险的梦"。"凶险"和"令人惊恐"怎样区分，恐怕编词典的人也未必说得清楚。"莫名其妙"里的"名"字，"噩梦"里的"噩"字，意义艰深一些，经过学习，使用汉语汉字的人是能够理解和接受的，完全不必要为了"从俗"再立"莫明其妙"和"恶梦"，更不应该给它们勉强作出有别于规范词形的解释。

约定俗成是语言发展依循的重要原则。在异形词整理中，约定俗成原则也在发挥作用。在两个（或几个）词形都合于理据的情况下，确定推荐词形应该考虑哪个词形更通行。比如"耿直""梗直""鲠直"这组异形词，从构词上看都有道理，"耿直"使用得最普遍，就以它作推荐词形。但是，当某些词形不合于理据，属于误写或误用，也不能因为一段时间内较为流行就定为推荐词形，异形词整理工作要起匡谬正俗的作用。有些词已有上千年的历史，现在用一种报纸几年的语料作词频统计，得出的数据有多大的说服力值得怀疑。就拿"必恭必敬"和"热中"为例。《整理表》研制中用1995—2000六年的《人民日报》进行统计，"毕恭毕敬"24，"必恭必敬"0；"热衷"823，"热中"3。"必恭必敬"从成语形成算起有一千年以上历史，"热中"的历史则在两千年以上。区区六年，与漫漫一两千年相比，太微不足道了。从《汉语大词典》给我们提供的书证看，"毕恭毕敬"和"热衷"这两个词形出现，至今不过几十年，使用得逐渐多起来只是上世纪后半叶的事。据统计，1950—1959 十年中，《人民日报》"毕恭毕敬"与"必恭必敬"的比例为 10∶13，"热衷"与"热中"的比例为 190∶199。也就是说，直到二十世纪六十年代前，"必恭必敬"和"热中"这两个词形还占有优势。台湾地区这两个词的使用情况没有作过调查。台湾出版的当代国语词典，如《国语辞典》、《当代国语大辞典》（百科文化出版社 1984 年）、《大辞典》（三民书局 1985 年）等都只收"必恭必敬、热中"，不收"毕恭毕敬、热衷"，规范导向非常明确。

由古今字形成的异形词，一般情况下应以由今字组成的词形为推荐词形。古字是先造出来的字，也就是本字。今字是为了区别语素义而在本字的基础上加偏旁造的字。与本字相比，今字因为有偏旁的提示，特定的语素义更为显豁。"诫"由于有言字旁，警告、劝告的意义更明显，"告诫、劝诫、规诫"应定为推荐词形。同样，"诿"由于有言字旁，推卸责任的意义更明显，"推诿、诿过、诿罪"应定为推荐词形。依同理，"黧黑"定为推荐词形比"黎黑"妥当。"希"和"稀"也是古今字关系，但情况略微复杂一点。"希"是古字，本义是事物之间的距离远。随着字形的演变，"希"和它所表示的意义（事物之间距离远）联系不起来了，后来在"希"的基础上加偏旁"禾"造出今字"稀"（可与作物植株间距离远联系起来），由今字"稀"表示本义稀疏、稀少，而由古字"希"表示假借义希望、希冀。因此，以"稀罕、稀奇、稀世"为推荐词形是合适的。以上各例都说明，由今字组成的词形，比由古字组成的词形，更有利于使用者对该词产生意义联想。选取由今字组成的词形为推荐词形,实际上也体现了重理据的原则。

　　语言是与人类社会历史发展变化有着紧密联系的一种社会现象。半个世纪前中国社会的大变动,使窄窄的海峡成为两岸交往的难以逾越的屏障,同是汉语汉字,渐渐地在海峡两岸产生了歧异。半个世纪过去,血浓于水的骨肉亲情,使两岸终于开始交往,开始接近,并将不可避免地走向统一。中华民族走向统一的历史进程,必然使语言文字上存在的歧异逐渐减少,趋于同一。国家制订各项语言文字规范标准,都必须考虑这样的总趋势。缩小(至少不扩大)两岸的分歧,是处理异形词问题的一个重要原则。减少分歧的方法,不是简单地谁向谁靠拢,而是通过研讨,找出大家认同的整理异形词的原则来。通过上面的分析,对整理异形词需要遵循的原则,我们可以形成这样的认识:重视理据,参考词频,照顾系统。这几项原则,在处理不同类型异形词时,可以有不同的侧重,但理据第一这个总原则是不能改变的。在整理异形词的原则上取得共识,异形词整理就有了方向和依托,其结果也就容易一致了。在异形词整理中,辞书起着重要的作用。辞书的作用是引导规范。引导包括两方面含义:一是规范指向明确,不含糊;二是多数情况下不采取"说一不二"的态度,使推荐词形渐渐为公众所接受。国家有关部门发布整理异形词的文件,这样做力度固然大,但特别需要慎重,因为一旦出现偏颇,改正起来很难。

海峡两岸词语的歧异和减少歧异的设想

中国社会科学院语言所　　韩敬体

提要:本文从词语来源和词语的形式与表达内容的关系两个方面对海峡两岸词语的歧异现象进行举例性的说明,并对影响较突出的同名异物情况略加分析。提出了减少两岸词语歧异的几点建议。

关键词:两岸 词语 歧异 建议

上世纪二十至四十年代,我国内地曾经开展过国语运动,推行国语。1919 年公布了第一个国音标准。这一"折中南北,牵合古今"的标准音由于脱离了具体方言的语音基础而成为杂糅方音的人造的语音系统,因而在推行中遇到难以克服的困难。1932 年国语的语音又修订为新的一套以北京话语音系统为基础的标准音,被称为新国音。由于当时日本帝国主义已经侵占我国的东北地区,我国人民开始进行了抗日战争,中华民族处于救亡图存的生死关头,推行国语的工作不可能有计划地进行下去。所以,直至抗日战争胜利国语运动在内地取得的成效极为有限。抗战胜利后,又开始了解放战争,内地仍难以开展推广国语的工作。我国的台湾省,抗日战争以前,有半个世纪处于"日据时期",被日本帝国主义霸占着。抗战胜利后，1946 年开始推行国语运动，坚持几十年，收到的成效较为显著，使得台湾地区从南到北通行了国语。我国内地则在上世纪五十年代中期开始推广普通话。在语音方面，普通话同新国音的标准基本上是一致的。也就是说，台湾地区推行的国语和大陆推广的普通话在语音标准方面是共同的，都是北京话语音。所以，在海峡两岸的语言交流中，语音方面并不存在大的障碍。

　　但是，由于人所共知的历史原因，大陆解放以后，和台湾地区相互隔绝了相当长的时间，海峡两岸在社会制度、思想意识、文化观念、生活方式、与外界的往来等等诸多方面都有较大差别，这就使得内地推广多年的普通话和台湾省流行的国语之间存在着一些歧异。这些歧异在语音、语法方面还不算大，在词汇方面的表现就较为显著了。台湾地区和与内地不同的词语主要有以下几个方面。

　　一、传承的古、旧词语。大陆解放前，在书面语特别是书信用语中使用的带文言色彩的敬辞、谦词较多，如"台驾、台甫、台端、尊驾、令慈、鄙见"等等，一般用语中也使用不少带文言色彩的词语，如"福祉、体认、暌违、袍泽、国帑、母仪、诟病"等等。解放后，大陆语文教育提倡语体文，倡导言文一致，作品语言趋向口语化，不少文言词被语体词或短语所取代，书面语中传承的带文言色彩的词语大为减少，书信用语也语体化了，上面所举出的文言词基本上不再使用了，就连解放前使用的"西元、西崽、邮差、告白、关防、清道夫"等的词语，也成为旧词被新的词语取代了。而这些古旧词语却在台湾地区一直使用下来。比如"体认"一词，在历史上早就存在，大陆解放前也在书面语中使用，但解放后就不大用了；再如"诟病"

一词,大陆在解放后也不大使用而被"指责"所取代;再像"清道夫、邮差、关防"这一类词语在大陆都成为旧词不再使用了,而台湾地区却一直在使用着这些在大陆上不再使用的带文言色彩的词语和旧有词语,这就使海峡两岸的词语形成了较大的反差。这里将台湾地区沿用下来的一些古、旧词语(放在前面)与大陆所用词语(加括号放在后面,个别词没有对应的词语)举例性地对照如下:

帮本(人民)、娼寮(妓院)、唱游(唱歌游戏课程)、福祉、告白(启事)、公牍(公文)、关防(公章)、观光客(旅游者)、国帑(国家公款)、后进(后辈)、莅任(到任)、茂年(壮年)、母仪、农夫(农民)、袍泽、跑街(业务员)、清道夫(清洁工)、书肆(书店)、侍应生(服务员)、庭训(家庭教育)、西元(公元)、西崽、游学(留学)、邮差(邮递员)、幼稚园(幼儿园)、甄拔(选拔)、先进

二、现代一般词语。两岸都有不少与对方不同的一般性的现代词语。比如:台湾地区叫"班联会",大陆上叫"学生会";台湾地区叫"切结书",大陆叫"保证书"。这类词语数量较多,下面举例性地列举一些(前面的是台湾国语用的词语,后面括号中的是大陆普通话中相当的词语):

宝惜(珍惜)、薄亲(远亲)、餐房(餐厅)、吃钱(受贿)、底定(稳定)、动支(支出)、读友(读者)、恶戏(恶作剧)、罚锾(罚款)、发姐(女理发员)、番黍(玉米)、飞弹(导弹)、奉职(任职)、管道(渠道)、国乐(民乐)、国术(武术)、和平岛(安全岛)、黑函(匿名信)、花红(红利)、货柜(集装箱)、计程车(出租汽车)、交流道(立交桥)、今代(现代)、糠市(贫民窟)、快锅(压力锅)、露台(晒台)、卖受人(顾客)、母教(家教)、邮片(明信片)、邮务士(邮政职工)

三、方言词语。台湾从闽南方言、客家方言中借用了较多词

语,普通话也从北方方言、粤方言、吴方言等方言中吸收了一些词语。比如台湾地区借用的"白贼(谎言)、半暝(半夜)、过身(去世)、豆油(酱油)、接脚(再婚)、批纸(信纸)、起价(涨价)、头毛(头发)、土豆(花生)、讨海人(渔民)、碗公(大碗)、雪柜(冰箱)"等词,普通话就没有吸收,而普通话从北京方言中吸收的"侃、宰客、医托、大款、侃价、玩命"之类词语也是台湾地区所没有使用的。由于所处环境及语言交流需要不同,吸收不同的方言词也是很自然的。比如北京是国家的首都,是政治、文化中心,地位比较特殊,所以普通话从北京地方词语中吸收的词语就多一些。台湾地区居民中,原来说闽南话和客家话的多一些,所以台湾地区国语受这两个方言影响较大,从这两个方言中借用的词语就多一些。

四、外来语。台湾地区和大陆都借用了一些外来词语,但由于在相当长的时期相互隔绝,各方吸收的外来词就有所不同。比如,由于历史和政治方面的原因,台湾地区的语言受日、美的影响多一些,因此,从英语和日语中吸收的外来语也较多,比如:

1. 来自英语的:杯葛(拒绝)、彼杂(比萨)、波士(老板、工头)、波仙(百分点)、爹地(爸爸)、多妈多(番茄)、雷射(激光)、蕾丝(花边)、妈咪(妈妈)、秀界(演艺界)、引得(索引)、幽浮(飞碟)

2. 来自日语的:阿巴桑(老妇人)、阿吉桑(老大爷)、阿里阿多(谢谢)、会社(公司)、建物(建筑物)、坪

2003年春天,严重急性呼吸综合征流行一时,台湾地区对这种病用音译词"煞",大陆则不用借词,称之为"非典型肺炎",简称"非典"。即使两岸都用借词,不少词在译音、用字上也不相同,如台湾地区用"雷射",大陆用"激光",台湾借用的"的士高",大陆译作"迪斯科"。德国的一种名牌汽车,台湾译作"宾士",大陆译作

"奔驰"。大陆上的少数借词(如布拉吉、康拜因)是台湾地区没有的。

以上我们从四个方面说明两岸词语的歧异,基本上是从词语的来源上划分的。当然,这种划分只能是相对的,其中有交叉的现象。特别是现代的一般词语中,不少是来自当地方言的词语,只是为了便于说明,做出这种大致的划分。

如果我们从词语的形式(读音、字形)和词语表达的内容(事物、观念)上加以分析,可以把两岸有歧异的词语分为三种情况。一种是同物异名(即表达内容相同而形式不同),一种是同名异物(即形式相同而内容不同),一种是名物都不同。

一、同物异名。在两岸相歧异的词语中读音、书写形式不同而表达的事物相同,也就是同一事物使用了完全不同的词语,这种情况较为显著,数量最多。比如使道路形成立体交叉的桥梁,大陆上叫"立交桥",台湾地区叫"交流道";大陆叫"出租汽车",台湾地区叫"计程车";大陆叫"压力锅",台湾地区叫"快锅"。一些新的科技术语叫名或译名不同,比如大陆叫"激光",台湾地区叫"雷射";大陆叫"飞碟",台湾地区叫"幽浮";大陆叫"航天飞机",台湾地区叫"太空梭";大陆所称作的计算机"硬件、软件",台湾地区称作"硬体、软体"。国外的一些地名、人名两岸也有不同的叫法:大陆叫"塞拉利昂共和国",台湾地区叫"狮子山共和国",老挝的首都大陆称"万象",台湾地区称"永珍";美国的电影城,大陆译作"好莱坞",台湾译作"荷里活";古巴总理大陆称为卡斯特罗,台湾地区称为卡斯楚;美国现任总统大陆称为布什,台湾地区称为布希;美国前总统大陆称为约翰逊的,台湾地区称为詹生。这种情况比较多,如"飞弹(导弹)、母钱(本钱)、聘妻(未婚妻)、翘课(旷课)、切结书(保证书)、身历声(立体声)、生货(原料)、升降机(电梯)、升资(提薪)、时缝(时机)、视障(弱视)、书集(书市)、书肆(书店)、太空船(宇宙飞船)、通学(走读)、哇塞、尾班车(末班车)、谐星(笑星)、雪梨(悉尼)、原子笔(圆珠笔)、朱古力(巧克力)"等等。由于对同一事物称呼不一,也就容易造成语言交流上的麻烦。

二、同名异物。两岸词语中有一些词语书写形式和读音相同,但表达的事物大相径庭,因而是完全不同的词语。这类情况没有前一种数量多,但容易造成的障碍却更为突出。台湾地区说的"手术",是大陆上说的"手段"的意思;台湾地区说的"薪火"与大陆说的"营业员"相当。又如,学校里说的"本科",台湾地区指主要的学科,与大陆上使用的意思不同;同是"高工",台湾地区是高级工业学校的简称,大陆则是高级工程师的简称;同是"车头""公车""社教""影集",台湾地区与大陆所指的东西完全是两回事。再如,台湾地区的"房事""来电""走私""管道""太保""起价"等词都有大陆使用的词语所没有的特殊含义。有些词语海峡两岸尽管都使用,但台湾地区沿用着以往的某种词义,而大陆却已经不再或极少使用,转而常用另外的意思。比如"书记"一词,我国大陆解放前使用的主要含义是指办理文书及缮写工作的人员,台湾地区一直沿用着这一词义,而大陆解放后却不用这个意义了,用的词义是指党团各级组织的主要负责人的职务名称,只是在"书记员"一词中的"书记"作为语素组合体还保留着旧有的含义。再如"批评、批判",大陆解放前使用的词义是分析评论优劣的意思,色彩是中性的,台湾地区一直沿用这种词义和色彩,但大陆解放后主要的词义却改作对错误的思想、言行分析评论,进行否定,词的感性色彩是贬义的了。原来的中性词义虽然在学术界的书面语中偶尔还能见到,但已经是很少用到。像这一类的情况还能举出一些,如:"检讨",台湾地区沿用了原先的检查分析、总结的词义,而在大陆使用它时,基本含义转为找出缺点和错误进行自我批评,原有意义像"批评、批判"一样,极少使用了。这种同名异物或者同名物不全同的词还可以举出一些,如"爱人、高考、品质、社教、质量、外部、参军、政教"等,这一类词,海峡两岸字形、字音没有不同,但是词义却不一样,这种情况应该引起格外注意。

三、名物都不同。这种词语就是在形式和内容上都与对方不一样,是一方所特有的词语。比如"莲雾""蕃石榴"是台湾地区特有的水果,大陆没有,因而大陆也没有另外相当的词语指称这两种水果。再如,"山胞",台湾地区称高山族人为山地同胞,简称山胞。台湾地区特有的词,还可以举出一些,如"愿景、荣民、日据、三八、线民、清汤、大家乐"等。同样的,大陆也有一些特有的词语,比如"知青、蹲点、过硬、落实、泡汤、侨眷、冒尖、打棍子、老三届"等等。这种特有的词语,比起前两种情况来,数量上不算太多,也易于引起人们的注意,在语言交流中,只要注意弄清它们的含义,比起同名异物的词来,造成的麻烦要小一些。

在这三种情况中,在造成误解,妨碍语言交流比较突出的是词语的同名异物,也就是第二种情况。这种貌似相同的词语容易产生理解上的混淆,比如同是"影集",大陆上指的是存放照片的本子,而台湾地区指的却是电视连续剧;又如同是"机车",大陆上指的是火车头,而台湾地区指的却是摩托车;再如同是"公车",大陆上指的是公家的汽车,台湾地区指的却是公共汽车。这种类似同形词的词语,如果不加以分辨,就会造成混乱,引起误解,所以更应该引起我们的注意。

为了缩小海峡两岸词语的歧异，促进两岸语言中词语的整合，建议进行以下一些工作或活动。

一、加强经济、文化各个方面的交流，促进两岸词语的相互沟通。我们可以看到，由于近年来两岸经济交流活动较多，双方使用的词语之间的相互融通、相互借鉴、相互吸收的机会也大为增多。台湾地区的词语"作秀、关爱、前卫、锁定、瘦身、资深、煽情、瓶颈、共识、运作、心路、整合"等已经为内地吸收，在大陆流行。而大陆的一些词语，比如"说法、水平、对口、倒爷、鸣放、全方位、高姿态、领导班子"等也进入了台湾地区。另外"多媒体、书市、工作站"等一些新词语在两岸共同使用。近年来，由于香港、广东、上海的经济发展较快，台湾地区和内地其他地区与它们的联系相对较多一些，所以两岸的国语和普通话都从粤方言、吴方言吸收了一些词语，比如"穿帮、生猛、摆平、灵光、炒鱿鱼、一（满）头雾水"等。这种两岸相互借用和共同使用某些词语的情况会不断增多，自然也就会减弱词语使用中的歧异现象。

二、在制定新的语言文字规范时，要相互沟通，努力减少新的差别或歧异。近年海峡两岸都对语文的规范工作给予重视，制定一些文字上的规范或标准。比如在字的正体和异体方面都作出过规定，大陆还在异形词规范、科技术语标准化等方面进行了工作。在语文规范方面进行一些规范性的工作，对词语的使用会有重要影响。以后在制定规范或标准时，应该参照对岸的语言习惯或已有规定，尽可能不要扩大歧异。为了在语文上增加共同性，减少差异，两岸有关学术界在规范的研制方面应该多接触，在一起召开研讨会，对语言文字方面的学术问题进行探讨，特别对两岸语文中的歧异现象应该进行深入研讨，编辑出版有关的刊物、学术著作和工具书，为减少语文上的歧异做出努力。

三、在创造、推行新词语时，两岸语文界需要多进行沟通和研讨，尽可能在进行科学论证的基础上保持较多的一致性，避免产生新的不必要的扞格滞碍。在创制新的科技术语和翻译新的外国地名、人名方面，更需要加强联系，如果采用音译词，尽量在音译的对译用字方面取得一致，以免再增加新的歧异。

我们的国家正在和平崛起，随着国力的提升，汉语的影响也在日渐走强，国外学习汉语的人在不断增多。我们作为本国的语文工作者，有责任在增强汉语的地位上做出努力，让我们的母语走向世界。减少两岸语言歧异的工作也是这种努力的重要组成部分。

【参考文献】

1. 苏金智《海峡两岸同形异义词研究》，《中国语文》1995 年第 2 期。

2. 苏新春《台湾新词语及其研究特点》，《厦门大学学报》2003 年第 2 期。

3. 洪　融《语言差异例话》，《咬文嚼字》2004 年第 4 期。

4. 邱质朴《大陆和台湾词语差别词典》，南京大学出版社 1990 年。

不能"以今律古"，也不要"以古限今"

——谈古语词在现代汉语中的理解和运用

河北师范大学　苏宝荣

一　论题的缘起

前几年，有关报刊曾经就"压轴戏"是哪一场戏展开过讨论。程乃珊在《看京戏》一文中说："因为梅兰芳是名角，故而他的戏总是压大轴，按例总是放在最后一个。"王一川先生认为："排在大轴前面的，即倒数第二个节目，称作'压轴'。压轴者，压在大轴上面之谓也。程乃珊知道梅兰芳'按例总是放在最后一个'，但把他的戏称之为'压大轴'，可见是说了外行话。"①其实，这里涉及词语的古义（或语源义）与今义的问题。

"压轴戏"本为京剧术语，就该词的古义（语源义）来说，指"倒数第二个节目"，不应有争议。清·杨懋建《梦华琐薄》曾有记载："今梨园登场，日例有'三轴子'：（《竹枝词》注云'轴'音'纣'）'早轴子'，客皆未集，草草开场。继则三出散套，皆佳伶也。'中轴子'后

---

① 参见芜崧《也说"压轴"和"大轴"》，《辞书研究》2003 年第 3 期。

一出曰'压轴子',以最佳人当之。后此则'大轴子'矣。大轴子皆
全本新戏,分日接演,旬日乃毕。……至压轴子毕,鲜有留者。"①

但是,不管坚守"古义"的人怎样批评人们说"外行话",但在当
今的戏曲或文艺演出中,人们习惯将"最后一个节目或一出戏"称
为"压轴戏",却是一种客观的事实。关于这种词语意义发生变化
的原因,人们给予种种不同的解释,至于哪种解释符合语言发展的
事实,我们今天不作讨论。事实上,前人"压轴子""以最佳人当
之","至压轴子毕,鲜有留者"的记载,已经蕴涵"一场演出最后一
个精彩节目"的含义了。

值得注意的是,目前语言的使用中"以今律古"或这种"以古限
今"的现象同时存在,它们都违背了语言发展规则,混淆了语言的
古义(或语源义)与今义,是我们语言使用中值得关注并亟待加以
研究的问题。

二　阅读文献不能"以今律古"

首先,我们不能望文生训,"以今律古"。在古代文献的阅读和
注释中,应因古义以注古书,切不可以今释古,把后人的观念强加
于古人。例如:

仕而优则学,学而优则仕。(《论语·子张》)

目前通行的一种说法,是把"学而优则仕"译成"读好了书就可
以做官"。把"优"释为"优良"。这种讲法,是自相矛盾的。因为
《论语》中是互相联系的两句并列的话,如果说,把"优"理解为"优

良"，用以说解后一句话还可以"望文生训"的话，而用以说解前一句话，就连"望文生训"也行不通了。因为"做好了官就可以读书"是根本不成话的。其实，根据有关资料考察，"优"作"优良"解的词义是汉代以后才产生的。《论语》的写作时代，"优"还没有这个词义。《说文·人部》："優（优），饶也。"《论语》中"优"字凡三见，均作"饶也""有余也"解。上面说的《论语·子张》篇那两句话，译成现代汉语，应当是："做事了，有余力要去学习；学习了，有余力要去做事。"（注："仕"这里不是一般说的"做官"之义，而是指儒家的"积极求仕"之"仕"，指从政做事。）这体现了儒家"仕而学则所以资其仕者益深，学而仕则所以验其学者益广"（朱熹《四书集注》）的思想。在孔子所处的时代，科举制度远未产生，"读书"与"做官"还没有什么必然联系。这里所用的是"优"在先秦时代就有的词义，而"优良"的词义是后来在此基础上引申出来的。后世随着语言与社会的发展，"优"字产生了"优秀""优良"的新义，社会上有了通过读书进入仕途的科举制，人们才赋予"学而优则仕"以新的意义。

又如：汉语"人定胜天"这一成语渊源甚早。现代人由于不了解古今词义的变化，往往把它误解为"人一定能战胜自然"。（现代语文辞书释义为"人力可以战胜自然""人力能够战胜自然"也是一种模棱两可的说法。）即使在科学技术高度发展的今天，人们也只能是逐步认识和利用自然，不能说"一定能战胜自然"，我国古代的思想家怎么会如此简单地理解人与自然的关系呢？其实，"定"古有"强"义，"人定胜天"的"定"应作"强"解：

人众者胜天，天定亦能破人。（《史记·伍子胥列传》）

人定兮胜天，半壁久无胡日月。（宋·刘过《襄阳歌》）

人定亦能胜天，天定亦能破人。（元·刘祁《归潜志》）

登门就之,或人定胜天,不可知。(《聊斋志异·萧七》)

上面所引是"人定胜天"一语的来源,诸"定"字均作"强"解。《逸周书·文传》有"人强胜天"一语,可为其佐证。特别是第三例,如果将"定"理解为"一定",岂不是自掌嘴巴,自相矛盾?"人定胜天"的成语,现在究竟作怎样的理解,也是一个值得研究的问题。早年徐特立同志在《怎样发展我们的自然科学》一文中说:"只知道天定胜人,而不知道还有人定胜天,同样是错误的。"[①]显然,这里讲的是人与自然辩证关系的两个方面,这里的"定"只能作"强"解。今天我们主张科学的发展观,强调人与自然和谐发展,恐怕也不能将"人定胜天"理解为"人一定能够战胜自然"。

三　理解词义不能"以古限今"

上面我们讲了问题的一个方面,与此同时也绝不能忽视另一个方面,即语言是发展的,理解词义又不能"以古限今"。这里既有语义(词义)方面的问题,也有语义(词义)与构词相关的问题。

首先看语义(词义)方面的问题。文言文中具有某种特定意义的词语,由于时代和语言的变迁,后人不明其原有的特定含义,作出大相径庭的解释,而这种解释由于适应了社会时俗的心理而得以广泛流传,语言发展中的这种现象,人们一般称之为文言词语的俚俗化。这种词义的变化主要通过两种途径:

一是望文生训,积非成是。词的古义和今义,大抵既有联系,

---

① 转引自《汉语大词典》第一卷,第 1044 页。

又有区别；不是迥别，而是微殊。后人不加注意，往往误以今义释古语。开始似是而非，不知其误；久而久之，积非成是，另成一义。如"心广体胖"一语出自《礼记》。《礼记·大学》："富润屋，德润身，心广体胖（pán），故君子必诚其意。"郑玄注："胖，犹大也。"朱熹注："胖，安舒也。""胖"本为"安详、大方"之义。"心广体胖"，本指人心胸开阔，则举止安详、大方。后俗语转用于养生之道，理解为"心情开阔，身体发胖（pàng）"。"望洋"又写作"望羊""望阳"，最早见于《庄子·秋水》："于是焉河伯始旋其面目，望洋向若而叹。""望洋"本为联绵词，意为"仰视的样子"，后来凝结成"望洋兴叹"这一成语。"洋"上古并无"海洋"之义。后人不明古义，将"望洋兴叹"误解为"面对海洋发出慨叹"，而且创造了"望×兴叹"（如"望山兴叹""望书兴叹"等）的构词格式。成语"斤斤计较"，今社会上多数人理解为"一斤一两地计较"。而重量单位的"斤"，在古人眼中并非小数目，"斤斤"根本不由斤两之"斤"取义。《尔雅·释训》："斤斤，察也。"丁惟汾《俚语证古》卷一："昕初文作斤，《周颂·执竞》篇：斤斤其明。""斤"为"昕"之借字，"斤斤"犹"昕昕"，取明察之义。"斤斤计较"，取计较得极其苛细，不差毫厘之义。又如"不毛"一词，渊源甚古。《周礼·地官》："凡宅不毛者，谓不树桑麻也。"《公羊传·宣公十二年》："赐之不毛之地。"何休注："不生五谷曰不毛。"段玉裁《说文解字注》指出："毛苗古同音，苗亦曰毛，如不毛之地是。"而后人不明通假，望文生义，把"毛"作为草木的比喻之词，将成语"不毛之地"理解为"寸草不生之地"。以此解古书，则与原意扞格不入。诸葛亮《出师表》："五月渡泸，深入不毛。"孔明此次出征，本往云南，怎么是"寸草不生之地"呢？只不过是尚未开发，不种庄稼罢了。但今天人们用"不毛之地"形容大西北戈壁滩的生态环境，也无可厚非。这种文言词语在后世的俚俗化现象，一方面是由于古代通行于读书人中的书面语与广大群众运用的口语长期隔膜，在语言的发展中古义隐没，大多数人不了解语言的历史发展，以今释古所致；另一方面也是由于这种俚俗的理解，与某种社会心理相合，产生了交际的效果，适应了造词的需要。

二是谐音成义，另造一词。如"难兄难弟"一语，出自南朝宋·刘义庆《世说新语·德行》："陈元方子长文有英才，与季方子孝先，各论其父功德，争之不能决，咨于太丘（陈寔）。太丘曰：'元方难为兄，季方难为弟。'""难"本读作 nán，原是说兄弟二人才德相当，难分高下。后来人们将"难"误读为 nàn，意指两人同处于困境。《诗经·周南·桃夭》："桃之夭夭，灼灼其华。""桃"本指桃花，"夭夭"为枝叶茂盛的样子。后人用谐音方法把"桃"改成"逃"，以"夭夭"谐"遥遥"，成为形容仓皇逃窜的诙谐语。

再看语义（词义）与构词相关的问题。现代汉语中，"救火""养病"等词语，语素"救""养"按现代汉语中的常用意义（救：拯救、援助；养：养护、休养）理解，很难说解双音词的词义。因此，有些人就从古书中寻找依据。《说文·攴部》："救，止也。从攴，求声。""救火"即"止火"。《周礼·天官·疾医》："以五味、五谷、五药养其病。"郑玄注："养犹治也。"《礼记·射义》："酒所以养老也，所以养病也。""养病"即"治病"。[①]这里，通过对语义的历时考察说解词语的做法是有一定道理的，但也有"以古限今"的倾向。这里的"救"绝不简单地等于"止"，"养"也绝不能等同于"治"，"救火"与"止火"、"养病"与"治病"都不是同义词。实际上词语在语义或语法上的超常

---

① 参见陈明娥《"养病"正解》，《汉语学习》2003 年第 2 期。

搭配会影响词义的变化，使其发生偏移或错位。"救火"，既不是单纯"拯救、援助"义，也非单纯"制止"义，而是双重义："救火"义为"灭火使免于灾难"；"养病"不是单纯的"休养"义，也不是单纯指的"医治、治疗"义，而是"通过休养来治病"。《现代汉语词典》将"养兵"释义为"指供养和训练士兵"，而不是简单地解释为"供养士兵"，是同样的道理。事实上，古汉语中作"制止、阻止"讲的"救"，一般用于"制止"或"阻止"走向邪恶（如《周礼·地官·司救》："司救掌万民之邪恶过失，而诛让之，以礼防禁而救之。"《晋书·刑法志》："原先王之造刑也……所以救奸，所以当罪"），本身就隐含着"拯救"义，在"救火""救灾"等语境中显现出来是很自然的。至于"养"有"医治"义，更是情理中事，俗话说，人有病"三分靠治，七分靠养"，"养"与"治"在"养病"一语中的语义是可以沟通的。

　　另外，"之所以"起句是否规范？自二十世纪五十年代以来，国内语言学界就开始讨论这个问题，当时语言学家普遍认为用"之所以"起句是不规范的。吕叔湘、朱德熙先生说："'之所以'只用在句子中间，不用在句子头上。"①叶圣陶先生更明确地指出："'之所以'没有资格处于语句开头的位置，它注定得跟在什么东西后头。如果写成书面，它前头必得是文字而不该是句号、逗号或旁的符号。"②而在实际语言运用中，"之所以"起句的用法很普遍，而且经常出现在语言学者的笔下。③一些语言学者认为"之所以"起句不规范，一个主要原因是传统文言语法中"之"作代词与"其"不同，只能处于宾语位置，不能处于主语位置。为了解决这种理论与实践

---

① 吕叔湘、朱德熙《语法修辞讲话》，中国青年出版社 1952 年。
② 叶圣陶《说"之所以"》，《中国语文通讯》1978 年第 1 期。
③ 孙汝建《"之所以"起句的规范》，《语文建设》2000 年第 6 期。

上的矛盾,有的学者找出了王引之《经传释词》中引述《荀子·王制》中"之所以"等于"其所以"的例证和王氏"之所以,其所以也"的观点,从杨树达《词诠》中找到"'之'字用与'其'字同,用于主位"的结论。①这种研究相当深入,对平息这场争论也起到一定作用。但是,如果我们再作进一步的思考,古书中"之所以"相当于"其所以"的用法还不是约定俗成的吗?当今用"之所以"起句的语言学者和大量作者,又有几个人研究过《荀子·王制》的虚词用法呢?"之"作为人称代词的用法保留在现代汉语中,在语言发展中,它的使用范围为什么就不能扩大呢?

总之,语言是不断发展的,对语言现象,特别是语义(词义)的认识,既不能"以今律古",也不能"以古限今"。尤其是对现代汉语词义的理解,要更多地关注语言事实。荀子曰:"名无固宜,约之以命,约定俗成谓之宜,异于约则谓之不宜。"语言是人类思维和交际的工具,语义(词义)存在的合理性是以人们的约定俗成作为条件的。如上文我们谈到的文言词语的俚俗化现象,虽然在词义的发展上伴随着某种曲解和附会,但它们有深厚的群众基础,达到了词义更新的效果,实现了语言的交际功能,我们应当承认其存在的合理性。

---

① 孙汝建《"之所以"起句的规范》,《语文建设》2000 年第 6 期。

如何看待两岸的词语差异

南开大学文学院　刘叔新

近些年,大家经常在台湾记者、作家的报道和文章中,看到许多陌生的词语。对此,有的人颇生感慨,有的人为两岸词语的歧异状况皱起眉头。大抵都感到,词语的分歧是个相当麻烦的问题,太不容易解决。可是今年春天,在中共与台湾在野政党的会谈公报中,蹦出了台湾国语的新词"愿景",却让人兴奋、欣喜。因为这是个良好的征兆,预示着两岸的语言词语亦如社会、经济等方面那样,必可实现融合与统一。

一个国家或民族社会的不同区域,若由于种种原因,长期互不通连,彼此的居民长期中断相互的交往,那么共同使用的同一民族共同语中就会出现词语方面的许多差异。这些差异,或表现在双方在分离期间各自产生的新词语上,或表现在本就不同的某些方言词语各自进入到共同语词汇中。

今天,台湾地区的国语也好,港澳地区的普通话也好,在词语方面与大陆普通话的差异,就是表现在这两方面上的。必须明确,在谈论或讨论如何对待两岸的词语差异上,这"差异"应只限于在汉民族共同语的范围内来看。一般方言词语和共同语词语的差异,以及不同方言间的词语差异,都不应该涉及。台湾的闽南语,一如厦门、汕头的闽南话，口语中存在很多特殊的方言词语，如"耳空、青盲、公亲、厝、菜头、清气、食、睭"等等，这些自然不在所要解决的差异问题的范围之内。已在台湾国语书面形式使用开来的原方言词语，像"乌龙、缩小、漏夜、衰、有嚼头"之类，则具备了共同语词汇成员的资格或候补资格，应进入所面对和讨论的差异词语范围。这也就是上面所说的词语差异第二种表现所涵盖到的范围。

五十多年来，两岸各自产生在共同语里的词语及词语新义很多，是双方各向对方呈现出的差异词语的主体部分。它们可大别为两类：

一类是指称或表示本区域所出现的新事物或新概念的。对方不存在指同样对象的词语。这类词语很多，占了差异词语的大多数。如大陆普通话的"抗美援朝、三门干部、四清、五保户、延安精神、雷锋精神、大庆精神、文明村、人代会、上山下乡、三个面向、农民工、乡镇企业、科教兴国、以民为本、三个代表、青藏铁路"等等，台湾国语的"本土化、污名化、口水战、黑金、公权利、美丽岛、圆山大饭店、高山茶、播茶牛奶、芒果干、爱玉、莲雾、泛蓝、绿营、急独派、基本教义派、出局、搅居、崩盘、形塑、愿景、精准"等等。这类只是从己方词语面出发来看，显得差异——实际上是陌生和另一样的感觉——的词语，在双方务实的交往、交流过程中，大多数（除去少数今天已无多大现实性的部分）当会被双方逐渐接受和使用，自然地消失其差异性。事实上，这类词语近些年双方都各有一部分确实已逐渐用于对方的书面文字，差异性变为一致的认同。

另一类，是各以不同的词语形式指同样的事物或概念的。这是两岸具体互相因应的一对对词语间存在真正意义上的差异。这类差别明显的词语，相对来说不算多。一对对放在一起，从理论上

和实际使用上看,成了同义词语。如:

小姐 — 女生	盒饭 — 便当	地铁 — 捷运
导弹 — 飞弹	公共汽车 — 公车	壮汉 — 猛男
熊猫 — 猫熊	复印 — 影印	

一对对词语既然应作同义词语来看待,就可以并存。同义词语之间的细微差异,还能起不良作用么? 对此顾虑,是完全不必的。一般同义词语内涵上的细微差别,倒可有助于细腻表达,丰富表达的意味色彩。即便"同义"到了绝顶程度的等义词语,由于将来也许会出现分化,也该容许并存一个相当时期,不必急于进行规范,匆忙作出留存哪一个或淘汰哪一个的规定。

大陆普通话和台湾国语,都有不少词语原纯属方言,如今广用于书面文字,已上升为共同语词汇成员。如大陆普通话的"二流子、大小子、过细、舒坦、寒碜、外道儿、抠门儿、摆龙门阵"等等,台湾国语的"口水、信差、卷毛、饭包、麦仔酒、漏夜、漏风、好看头、有嚼头、画符子、皮在痒"等等。这造成普通话与国语另一个层面的词语差异表现。源自本区域方言的词语,其大多数所指的事物对象,对方区域都没有词语加以指说;其少数,则在对方区域有因应的同义词语。分成这样两类,情形与上述双方各自在共同语内创造的词语正相一致。那么,如何看待它们,自然也不该有何不同。

可见,两岸的词语差异,实在无须为之惶然发忧。只要两岸多做些促进词语统合的工作,彼此在相互交流中都包容对方异样词语,这些差异迟早都会生出共识和统合,而且会贡献出积极的表达作用。

其实,大陆与港澳间也存在类似的词语差异类别。不过近些年来,正是由于双方积极做了许多促差异向统合转化的工作,双方人们对于异样词语又高度包容,因而这几类差异都已愈益朝共识和统合靠近。大陆与港澳先行一步的词语融合,实在给两岸词语差异问题的解决,提供了可贵的范式和佳良的前景。

对于当前两岸的词语差异,是不能任由自流,无所作为的。需要积极地施加影响、疏导。首先,应该有个共同的对策。

我觉得,预备性的和具体行动的对策,宜包含下列诸项:

第一,观念上须十分明确,"普通话"和"国语"指的都是现代汉民族共同语。两个名称绝对是同义词。只有牢牢树立这种共识,才能有两岸词语统合的共识。只有尊重现实,如实反映实际,肯定普通话和国语是同一共同语系统,这种统合才有其基础和前景。

第二,理论上和实际上,须将方言词(包括方言固定词)和已成为共同语成员的"方源词"(包括源自方言的固定词)①划分开来。只有这样,才能正确地将应进入统合范围的所有方源词纳入统合范围,而不致误把非统合对象的方言词的数量扩大。

第三,对于词汇规范化的标准,应有一致而明确的认识。可是,这标准究竟是怎样的?迄今恐怕众多语言学者还作不出一致的、有理有据的回答。十年前,我在《现代汉语词汇规范的标准问题》一文②里提出:"在典范的白话文著作中,词汇使用上的具体表现是现代汉语词汇规范的标准";词汇和语法的规范标准应该一致,可以一同表述为"以典范的现代白话文著作作为词汇语法规范"。实践表明,不从这样的标准出发,是难以区辨好不规范的方言词语和合规范的、可进入共同语词汇的词语——特别是方源词

---

① 见拙著《汉语描写词汇学》(重排本),第 271 页、第 278－280 页,商务印书馆 2005 年。

② 该文载《语文建设》1995 年第 11 期。

的。

第四,两岸编纂的语文词典,应尽可能将本地区人民所不知晓、不了解的对岸词语收为条目。两岸主管语文工作的机构,应多编印面向本地区广大读者的有关资料手册,介绍和解释这类词语。

言分普粤　字分简繁

——纪念香港回归十周年

澳门语言学会　程祥徽

1997 年 6 月 30 日至 7 月 1 日，在香港举行的回归仪式上，普通话、广东话、上海话和英语纷纷登场，简化字和繁体字出现在不同的场合，展现出色彩缤纷、生动活泼的画卷，令人目不暇给，同时鲜活地体现了语文范畴内"一国两制"的精神。

以时间先后排序，回归日中方、英方和新成立的香港特区政府举行了如下几项活动，相应发出过请柬。它们是：

6 月 30 日黄昏英方在添马舰举行告别仪式，请柬由英国外交大臣和末代港督共同发出，请柬的中文版使用的是繁体汉字。

6 月 30 日晚 9 时英方举行交接前晚宴，英国单方邀请，请柬中文版用的也是繁体汉字。

重头戏是 6 月 30 日晚 11 时 30 分的正式交接仪式，中英双方共同发出一份请柬，请柬的中文版横排，中国国徽排左，英国国徽排右，使用的文字是简化汉字。因字体横排，从左至右，位左为尊，位右为次。

交接仪式后是一系列特区政府成立的活动，包括：

7 月 1 日凌晨董建华向中华人民共和国中央政府宣誓就职，

使用的是普通话。董特首的普通话相当流畅，当然他说的是典型的上海普通话。

特首宣誓就职后，轮到政务司司长率领主要官员宣誓就职、行政会成员宣誓、临时立法会议员宣誓，这些宣誓活动的誓词都采用普通话。

最后是终审法院大法官带领司法人员宣誓。因为传统上香港法官不少来自英国或英联邦，故宣誓也可以用英语进行。

至此，政权交接仪式和特区政府成立仪式全部完成。在这些活动中使用的语言只有普通话和英语，没有地方语言如广东话。其实，香港中国通讯社早在十天前就作了预告，该通讯社 6 月 20 日电称："香港政府香港交接仪式统筹处副处长黄鸿超今日表示，交接仪式正式使用的语言应是普通话及英语。……另外，据香港《文汇报》报道，特区行政长官办公室政策统筹局局长孙明扬表示，行政长官董建华 7 月 1 日会用普通话宣誓就职，然后用粤语发表就职演说。"在文字方面，中方使用的汉字是简化汉字，英方在单独签署的请柬中用繁体汉字，与中方共同签署请柬时依然使用简化汉字。普通话和简化汉字是中国的"通用语文"，也就是法定语文。中华人民共和国宪法明确规定："国家推广全国通用的普通话。"涉及国家层面的事，必须运用通用语文。例如地方官员向中央宣誓，运用的就是普通话，即使宣誓者普通话说得再不好，也不能放弃普通话而改用方言或外语。那位年长的行政会议成员钟士元和那位中国籍终审法院首席大法官李国能向中央政府宣誓就职时所说的普通话，真的比外国人说得还要差，但他们坚持用普通话宣誓，因为他们是中国人，是一个中国人在向中央宣誓。在这种场合说不说普通话是认同不认同"一国"、效忠不效忠"一国"的大是大非问题。

政权交接仪式和特区政府行政长官宣誓完成后，余下的是举行香港政府成立典礼、香港市民或民间社团举行庆祝活动了，那都属于香港的事、地方上的事，不是中央的事，更不属于国与国之间的事，运用何种语文不必作硬性规定，普通话、广东话，繁体字、简化字都可以。这就是说，官式活动以外，运用任何一种语文都可以，包括家庭用语、情侣用语、晚会用语、乡亲聚会用语、宗教仪式用语、学校教学用语等等。香港回归时香港本地举办的许多活动主要用的是广东话和繁体汉字。

香港语言问题是有其特殊性的。由于历史的原因，回归前香港不成文的习惯是口语以广东话为正宗，汉字通行繁体字，很多市民错误地认为，所谓汉语母语不是普通话而是广东话，所谓规范汉字是繁体而不是简体，甚至认为简体字是错字。一个外来人说不好广东话，常常会被人嘲笑，董建华的广东话（其实说得很好）就曾被立法会议员刘慧卿讥讽为"羞家"；简化字不仅被认为是错字，甚至在考试的评分上受到歧视，学生在考试中使用简化汉字会被扣分。认识这一语文背景，我们就不难理解何以特首董建华上任后要用广东话对香港市民发表演说，何以 7 月 1 日上午 10 时香港特区政府成立典礼的请柬和下午 4 时特区政府成立酒会的请柬都是用繁体汉字书写。

此外，董建华在出席外国记者会时使用的语言是英语。过了几天，香港苏浙同乡会的乡亲们聚会，董建华用一口地道的上海话接受乡亲们的祝贺。

出于专业的本能，我暗自惊叹董建华团队真有能人，连语文的运用也设计得如此合乎法度，如此精彩绝伦。香港回归日的一场场语言"秀",让我看到"一国两制"精神在语文范畴内的运用。但凡涉及"一国"范畴,必须使用普通话和简化字;但凡与"两制"相关,可以运用广东话和繁体字;特殊情况下还可以运用上海话、英语或其他语言、方言。"一国"的观念不能含糊,"两制"的观念也很现实。没有一国,语文的尊严不存;没有两制,语文的生动局面难以展现。当前台湾当局在语文政策上"去国语化",貌似公平地把所有在台湾现存的语言都叫做"国家语言",提出所有现时存在的语言一律平等、一视同仁,不分主次。表面上看,这是提倡语言平等,实际上是在人为地取消民族共同语早已存在的事实,是历史的大倒退,因为共同语的产生是社会发展的产物,是文明进步的表现,不是取决于个人或一群人的意志的。台湾领导人在正式场合一会儿说国语,一会儿说方言,或者国语掺杂方言,不伦不类,如演丑剧,失去一种文明久远的民族的尊严,是一种没有文化素养或"失格"的表现。

澳门于 1999 年 12 月 20 日回归,比香港晚两年多,回归仪式的安排当然吸取了香港经验。我至今保留着多份回归时的请柬:

第一份,12 月 19 日傍晚 6 时举行的文艺晚会,请柬由澳门总督"谨以葡萄牙共和国总统的名义"发出,中文版的文字是繁体汉字。

第二份,12 月 19 日晚 7 时 50 分举行的酒会及官式晚宴,请柬也是由澳门总督"谨以葡萄牙共和国总统的名义"发出,中文版的文字也是繁体汉字。

第三份,12 月 19 日晚 11 时 30 分由中华人民共和国政府和葡萄牙共和国政府共同举行的澳门政权交接仪式。中文请柬仿照香港当年的形式:中华人民共和国国徽排前,葡萄牙共和国国徽排后,使用的文字是简化汉字。

第四份,12 月 20 日上午 10 时举行的澳门特别行政区成立庆祝大会,请柬由澳门特别行政区行政长官何厚铧发出,中文请柬使用繁体汉字。会上何厚铧用广东话发表演说。

比较而言,澳门回归日的语文运用应当比香港更完善一些,但却存在明显的不足之处,主要是派发给与会者手中的"行政长官就职宣誓誓词"、"主要官员、立法会主席、终审法院院长、检察长宣誓誓词"、"行政会委员就职宣誓誓词"、"立法会议员就职宣誓誓词"、"法院法官就职宣誓誓词"、"检察院检查官就职宣誓誓词"等等,均用繁体字印制,连朱镕基总理"在中华人民共和国澳门特别行政区成立暨特区政府宣誓就职仪式上的致辞"、以中华人民共和国国务院名义发出的 12 月 20 日凌晨 1 时 45 分举行特区成立暨特区政府宣誓就职仪式的请柬也用繁体汉字,这似乎不合时宜。12 月 23 日中葡联合联络小组中方组长韩肇康大使与中葡联合联络小组葡方组长安栋梁大使发出的中葡联合联络小组告别招待酒会请柬也不应该用繁体字印制。

语言文字是国家主权的一部分,也是国家尊严的一种体现。虽说语言文字是没有阶级性的交际工具,但处理语言文字问题时却要看到政治的牵连和影响。其实早期的澳门只有中文才是官方语言,葡萄牙语想加入官方语言的行列而不成功。直到 1803 年,一名在澳门的葡萄牙官员向清朝政府提出要求:"嗣后所有呈词,俱用唐字番字合并书写,禀恳恩准。"清朝政府的答复是:"一切夷禀务必率由旧章,专用唐字书写,毋许以唐番并书,致滋朦混。"(嘉庆八年二月二十一日谕《香山知县杨时行为饬呈禀遵照旧章用唐字事下理事官谕》)那时葡萄牙语想与中文组成双官方语言而不成功;回归前 100 多年来葡萄牙语在澳门却逐步取得唯一的官方语言的地位,葡萄牙语一语独尊的局面不便于市民交际,更重要的是中文被排拒在官方语言之外,不仅造成语言地位的不平等,而且剥夺了作为澳门社会主体的华人的话语权,透过官方语言的菱镜,人们看到华人沦落到被统治的社会地位和政治地位。在澳门生活的中国人为了中文取得官方地位曾进行过长期的争取。二十世纪八十至九十年代中葡两国谈判澳门回归问题时首先谈及中文地位问题,确定自 1992 年 2 月开始,恢复中文在澳门的官方语言地位,实行葡中双官方语言政策。我有幸参与了中文在澳门成为官方语言的全过程,写出的文章汇成《中文回归集》、《中文变迁在澳门》两书,前者于 2000 年由香港和平图书·海峰出版社出版,后者于 2005 年由香港三联书店出版。

时至今日,语言问题的处理越来越敏感,越来越重要,加拿大因英法两种语言问题差一点儿搞得国家分裂,许多国家地区因语言问题爆发语言战争。语言文字问题看似小事,却在特定的语境中体现着国家的主权和尊严,因此它实在又是轻视不得的。

港澳回归后,香港实行两文三语政策:两文是中文和英文,三语是普通话、广东话和英语。澳门没有明确地制定语文政策,但存在三文四语现象:三文是中文、葡文和英文,四语是普通话、广东话、葡语和英语。中文和葡文是并列的官方语文,英语虽不具备官方地位,但其实用性很强,特别是在澳门赌业开放的今天,英语流通面很广。如何运用语言发展社会经济,促进社会和谐,乃是一个现实的话题。港澳现时的语言问题很多,需要科学地加以解决。香港回归时语言运用的经验,或可为解决这些问题提供一些参考吧。

近年来台湾新词语发展之特色

——论"子"后缀

台湾政治大学　　竺家宁

一　前言

　　台湾是一个以工商业为主之地区,由于时代变迁,随着社会之多元化及欧美、日本的文化冲激,新世代接受新文化的洗礼,在社会大众(尤其是新新人类)的口中产生许多"新词"。笔者透过问卷之方式(主要以大学生为调查对象)及网络资料,统计整理出时下新新人类最常使用的"～子"后缀构词,并附上例句。在本文中,我们单就"子"这个后缀作深入的分类与讨论。分析它们的结构类型、词性和语法功能、它们产生的社会背景以及它们使用的频率与分布。其形成方式,有的来自校园,例如"凯子",指出手大方的男性,形容花钱无度、不知节制,挥霍的阔少爷。"乐子",形容有趣好玩、新鲜刺激的事,常用以代替一切令人快乐的事。有的来自方言,例如"康仔",形容人做事莽莽撞撞不细想。有的来自江湖黑道及下层社会,例如"安仔",安非他命。"场子",指地盘,某人的势力范围所在。有的来自行话,例如"号子",指证券交易所。

二　现代汉语原有的"子"后缀

　　现代汉语里,最典型的词尾是"子"。具有名词化的功能。例如表身体部分的后缀:鼻子、脖子、脑子、肠子。表亲属的后缀:妻子、妃子、嫂子。表房屋居住的后缀:房子、屋子、院子、砂子。表生活用品的后缀:金子、银子、棍子、棒子、车子、稿子。表动植物的后缀:狮子、猴子、兔子、鸽子。表某一类人的后缀:马子、条子、厨子。其他后缀:分子、原子、电子、弹子。这些词尾"子"一般都念成轻声。有几个不念轻声的,实际上是"词干＋词干"的结构,并非词尾。例如:王子、弟子、才子、天子、孔子、孟子、莲子、瓜子、鱼子、五味子。词尾"子"是个名词的标志,至于带词尾"子"的名词在意义上是否都有"小"的意味呢? 也不见得,像"一座高大的屋子,还有一个广阔的院子"、"大桌子"、"大盘子"、"大蚊子",都可以描述"很大"的意思,仍旧带着词尾"子"。

三　国语中通行的"子(仔)"后缀

　　以下的调查资料,来自在学的大学生,主要是大三和大四生。为了能从上下文语境中看出该词的具体用法,每个词都加上例句,例句都由学生提供,以切合他们的实际语感。有些"子(仔)"后缀在国语中十分通行,例如:

　　1. 片子:舌头。例:说话别那么急,小心咬了片子。

　　2. 包子:泛指现今女性所使用的小型背包,此种背包造型源自日本。例:哈日风潮吹起,许多以上班族、学生族为主的女性,身上都背起"包子"。

3. 角子:赌博的游戏。例:你玩过吃角子老虎吗?

4. 凯子:由慷凯的凯而来,形容人出手非常阔绰,指出手大方被女生当金主却浑然不知觉的男性。例 A:阿花最近钓了个凯子,开奔驰住别墅,还给她没有额度的信用卡呢!例 B:老王在西餐厅里西装笔挺,手戴金表,口衔香烟,还不时给服务生小费,真是个"凯子"!例 C:这人是个花天酒地的凯子,还颇受年轻女孩的欢迎呢。例 D:"穿这么漂亮去哪呀?""去西门町钓凯子啊!"

5. 乐子:娱乐活动,形容有趣好玩、新鲜刺激的事,常用以代替一切令人快乐的事。例:不管从事哪一种行业,忙碌之余,都要想办法找点乐子,给自己轻松一下。例 A:最近生活无聊至极,该找些乐子刺激一下生活喽!例 B:星期六下午很无聊,闲着发荒,小周对大家说"不如到 Pub 找'乐子'吧!"例 C:"好无聊。""找个乐子来乐乐吧!"

6. 点子:指活泼的想法、主意。例 A:小花是个点子很多的人,有丰富的想象力创造力。例 B:小妞脑筋灵活得很,常能有让人意想不到的新点子呢。

7. 刮胡子:用来形容被长官或他人训斥、责骂的特殊用语。例:小李刚刚从总经理室走出来,大伙同事看他面色铁青的模样,就了解到他一定被总经理刮胡子了。

8. 水笔仔:淡水河口的一种副热带植物。例:台湾淡水的水笔仔是全球分布的最北界。

9. 衣架子:形容穿任何衣服都很适合的人。例:"唉!我真羡慕秀秀呀!她穿啥都很好看。""羡慕也没用。她是天生的衣架子嘛!"

10. 夜猫子:形容人生活日夜颠倒、作息不规律,指半夜不睡觉、四处闲逛者。例 A:越夜越有精神,阿宝可是个名副其实的夜猫子呢。例 B:你真是个名副其实的夜猫子,老在半夜时做事,不怕吵到别人啊?例 C:大雄晚上总是在 KTV 留连,真是十足的"夜猫子"。例 D:"为什么我老是看小英白天睡大头觉?""她现在变成夜猫子啦,白天睡觉晚上念书。"

11. 金龟子:意义:与凯子的意思相同,为多金又爱挥霍的人,多为男性,对女性而言多金的男性多穿着华丽如同金龟子有着亮丽的五颜六色的外表。例:"那凯子真舍得花钱。""金龟子一只,没什么大脑。"

12. 黑盒子:飞行通讯记录器,外表漆黑,故名。

13. 蓝色小丸子:威而刚的代称,为男性壮阳西药。例:"听说蓝色小丸子让很多男性能享受鱼水之欢。""药效不错,赶紧买来试试。有朝一日也能'鱼跃龙门'。"

四 方言中的"子(仔)"后缀

有些"子(仔)"后缀明显来自方言,尤其是在台湾地区向来居于强势的闽南话,这些多半出现在日常口语中(特别是南部地区),或带有方言风格的小说、散文中。例如:

1. 歹仔:不学好的人。例:妈妈总告诫我们要好好念书,不要学人作歹仔。

2. 青仔:槟榔种类的一种。例:青仔吃多了对口腔卫生不好,又容易造成环境脏乱。

3. 俗仔/卒仔:本指小兵,后用来形容不入流的痞子或胆小怕事没用的小瘪三,一遇危险、困难,马上临阵脱逃或躲躲闪闪,不敢面对。或形容阿谀奉承,行为卑劣的小人物。例A:帮派中不敢出去打杀或被视为不够义气的混混,常会被朋友唤作俗仔来责备并讥笑他。例B:"哼! 你真是没用,简直是一个卒子嘛!""呵! 还说我,你不也是吗?"例C:此人胆小如鼠、没有担当,是个毫不起眼的卒子。例E:小强加入不良帮派,帮里的老油条视他为"卒子"相当瞧不起。例F:他只不过是大哥旁的小卒子,不用怕他(注:大哥指黑道大哥)。

4. 笑仔(肖仔):疯子。

5. 康仔:形容人做事莽莽撞撞不细想。例:小时候大哥常玩耍受伤,每次爸爸为此打他时都会边打边骂他是康仔。

6. 蚵仔:青蚵。例:养蚵仔的人家是很辛苦的,收入勉强鬷口,从"青蚵仔嫂"这首歌可略知一二。

7. 鸟子:妓女。例:尽管饱受指指点点,鸟子在人类社会中却始终存在。

8. 喇仔:蛤蜊。例:老家三合院前有条小溪,小时候我们都在那儿抓鱼抓虾,还有喇仔可摸呢!

9. 番仔:对原住民的旧称。现形容人蛮横不讲理、不听劝说,一味执意孤行。例A:称原住民为"番仔"很没有礼貌的。例B:这小孩的脾气拗得像番子一样,真令人伤脑筋。

10. 菁仔:槟榔。例:南投有很多种菁仔的山坡地。

11. 圆仔:汤圆。例:中国人传统观念中,冬至一定要吃圆仔,才代表又增长了一岁。

12. 腰子:肾脏。例:腰子弱的人平常多注意饮食,应避免刺激大的食物才对。

13. 贼仔：小偷。例 A：昨天小明家遭两个贼仔光顾，损失不少。例 B：近来治安败坏，贼仔犯案的报导时而能闻。例 C：家家户户都装了铁门窗防贼仔。

14. 槌仔：闽南语中骂人傻瓜的用词。或指男友。例 A：阿牛为人忠厚老实，动作以及反应都比较缓慢，状似笨拙，所以常被同学讥笑，形容阿牛像个槌仔。例 B：他是妳槌子吗？例 C：嘉嘉的槌仔做人善良，可惜却很小气。

15. 粿仔：用米做成的一种传统小吃。例：粿仔条是道地的南方小吃。

16. 潘仔：有钱的傻瓜。

17. 导仔：对班上导师的称呼（导师的昵称）。例 A：小光的导仔非常关心班上同学们的生活。例 B：毕业前夕，"导仔"对全班同学说："我爱你们！"大伙一脸错愕。

18. 猫仔：茶室里陪客的小姐。例：听说这间"黑美人"茶室的猫仔，个个都长得妖娇美丽。

19. 憨仔：人意志不清，愣愣的，心智不够成熟，无法独立生活。例：小时候的一场高烧，让他终此一生都这样呆呆愣愣的，于是大家都叫他"憨仔"。

20. 鸡子：妓女。例：台湾的华西街可以说是鸡子的盛产地呢。

21. 了尾子：败家子的俗称。例：你整天只知道吃喝玩乐，真是个不折不扣的了尾子啊！

22. 十八仔：指掷骰子。例：附近男校的学生，成群在补习大楼门口的卖香肠摊贩前，玩起十八仔来，吆喝之声，令人侧目。

23. 三七仔:即俗称的皮条客,为风尘女郎拉客的人。或指流氓。例 A:到华西街时,要注意千万别被"三七仔"缠上。例 B:华西街的路上常有三七仔上前拉生意,真是妨害社会善良风俗。

24. 大目仔:形容五官中眼睛特别大而明显。或形容人头脑不够清楚。例 A:这女孩眼睛水汪汪的,是个大目仔呢。例 B:你很大目仔耶!

25. 大棵子:形容人体形肥硕,行动不便,稍微走动一下就气喘如牛。例:如果妳只知道吃而不运动,我看迟早会成了大棵子。

26. 少年仔:年轻人。例:少年仔都很冲动,容易做错事。

27. 毛(魔)神仔:俗称的鬼。例:午夜时分,小铭看到房间窗户外面树上挂着的白布,误以为是那令人毛骨悚然的毛神仔,便惊吓的尖叫了起来。

28. 爪耙仔/抓扒子/抓耙仔:本指一种竹制背后抓痒器,引申为爱扯人后腿,专门爱打小报告的人。例 A:我最讨厌抓扒仔,被我抓到它就完了。例 B:阿伟为了得到总经理的赏识提拔,常常在经理面前当"抓耙仔",所以同事们都不喜欢他。例 C:阿辉总爱挑拨离间,打小报告,道听途说,真是抓耙仔!例 D:自从他抓耙仔的身份被识破后,再也无法待在这个团体了。

29. 包叶仔:槟榔的种类之一,用一种叶子包起来。例:小华帮他叔叔去摊贩那儿买了 100 元的包叶仔。

30. 打铁仔:打铁工人。例:阿辉一家三代都是打铁仔,打铁是家传事业,但随社会工商业的进步,机器取代了人力,这项技艺也逐渐荒废了。

31. 田侨仔:从前指的是因土地而一夜致富的农民人家,现泛指穿着光鲜,家中富有,平日闲闲无事的人。例 A:村尾许家的小儿子仗着自己父亲突然变成大地主的事实,平日恣意挥霍财富,穿着光鲜,无所事事好游荡,真是名副其实的田侨仔。例 B:听说阿姐嫁给一个田侨子,现在很有钱呢!

32. 白目仔:不懂得察言观色的人。

33. 老芋仔:指老一辈的外省人。或指退役后的外省人。例 A:老芋仔多半在年轻时都经历过军旅生涯。例 B:跟老芋仔说话最累了,不但听不懂又爱辩。例 C:台湾光复后,许多老芋仔在台湾结婚生子,直到开放大陆探亲后,这些外省老兵才有机会回自己的家乡看看。

34. 肉脚仔:对某方面事物很笨拙、很不中用的人。例:小呆从未投中过三分球,是篮球场上的肉脚仔。

35. 抓兔仔:因喝酒过多而吐的现象,因为吐与兔同音。又指人呕吐。例 A:"小谢怎么啦?""他昨天喝多了,现在正在抓兔子。"例 B:"天呀! 你看起来很不舒服的样子,怎么了?""嗯,我很想抓兔仔。"

36. 豆豉仔:用黄豆制成的食品,有咸淡两种,咸的供食用,淡的供药用。例:豆豉仔炒蚵仔真是一道人间美味,一想到就让人垂涎三尺。

37. 拍扑仔:拍手鼓掌。例:国剧舞台上武生翻滚动作连连,台下观众都热烈地给他拍扑仔,以示赞赏。

38. 阿度(兜)仔:对外国人的俗称。例:你看那个阿兜仔,鼻子高得可以吊猪肉了。

39. 青番仔:对不讲理的人的称呼。我不想跟你这青番仔讲理了。

40. 美国仔:美国人。

41. 哭调仔:悲伤的歌曲。例:传统歌仔戏中,有许多哭调仔,唱来扣人心弦,叫人为之动容。

42. 酒开仔:指开瓶器。例:很多老饕吃大餐时喜欢喝酒,厉害的人甚至可以不用酒开仔就可以打开瓶盖。

43. 细姨仔:指小老婆。例:金爷到彼岸投资却带了个大陆细姨仔回来,金夫人气得火冒三丈,直嚷着跟金爷没完没了。

44. 软脚仔:形容没有胆量或是不中用的人。例:小张是公司中公认的软脚仔,他从来没有办法独立作业。

45. 报马仔:本指战场上传递消息的人,现指专打小报告的人。或指喜欢道听途说或专门传播小道消息的人。例 A:小美爱打小报告、说八卦,在大家眼里是个十足的报马子。例 B:"小明又向老师告状了啦!""真是报马仔一只!"例 C:嘿!报马子!今天又有什么新八卦呀?例 D:阿福这个"报马子"到处散播谣言。例 E:只要村里发生大小杂事,报马仔阿辉就会用他那张嘴到处广播。

46. 黑猫仔:指皮肤黝黑且长的漂亮的黑美人。例:小玲是村中受广大仰慕者支持的黑猫仔。

47. 搓圆仔:形容利益分赃、谈条件而达成协议的行为。例:一旦经过搓圆仔做出来的议事决定就说不上是为公众谋福利了。

48. 落翅子:指流莺或行为不检点的女孩。例 A:经济年年不景气,单亲家庭的阿花为了照顾弟妹生活只好下海充当"落翅子",以供弟妹读书。例 B:"你看那个槟榔西施穿得真辣。""有什么好暗爽的? 落翅子一个。"

49. 落脚仔:高个子的人。例:阿民从小就是个落脚仔,两条腿又细又长,现在大三的他已经一百九十公分了。

50. 装孝(肖)仔:疯子、笨蛋。例:你把我装孝仔啊,别以为只有你会啦!

51. 杠槌子:用以捶打铁钉的工具。例:我要钉钉子,可以借我一把杠槌子吗?

52. 对会仔:跟会。例:对会仔在乡下地方很普遍,但是这种互助会最怕倒会了。

53. 澎风仔:指喜好吹嘘,爱夸大事实的人。例 A:隔壁老李总爱说他在抗战中英勇的事迹,说他有多勇猛就有多勇猛,结果大家听久了都觉得他在吹牛,以后他就被取了个澎风仔的绰号。例 B:每当王大叔说起当年的往事,王大婶就会在一旁笑称他是澎风子。

54. 猫尾仔:同败家子。

55. 憨囝仔:笨小孩。例:你这憨囝仔,到底听懂了没?

56. 天寿囝仔:台湾俚语,用来骂调皮捣蛋的小孩。例:我弟弟到田里偷拔萝卜,被田主毒打一顿,还直骂"天寿囝仔"。

57. 米酒头仔:以米发酵酿制而成的酒,常用以烹调。例:最近米酒头仔缺货,真是一瓶难求。

58. 油麻菜籽:对命运艰苦的女子的称呼。

59. 查甫团仔:小男孩。例:这查甫团仔体格很好,将来必定成为篮球健将。

60. 查某囡仔:小女孩。例:这个查某囡仔长得很美。

61. 英英美代子:乍看来是个日本人名,但实为闲闲没事做的闽南语发音。例 A:"你在做什么?""好无聊,只好睡觉。""你干脆改名叫英英美代子算了。"例 B:你是英英美代子啊!这么无聊闲坐在这儿。例 C:大宝宁可英英美代子,也不肯分担些家事。例 D:这个少年,自从被公司炒鱿鱼后,整天"英英美代子",浪费青春。例 E:小佩整天英英美代子,只知道睡觉。

62. 宫本(根本)美代子:根本没事做之意(闽南语谐音)。例 A:你看你,整天游手好闲,真是个宫本美代子!例 B:小蔡总是常到医院拿药,其实"宫本英代子"。

63. 猴死团仔:台湾口语中用来骂小孩子做错事的用词。例:小毛这猴死团仔练球居然迟到,真是该死。

64. 电火条仔:指电线杆。例:邻居检家二女儿年方五岁,最近刚学骑脚踏车,却因不会煞车而撞到电火条仔,皮肉之伤令小小年纪的她因疼痛而哭闹不已。

还有一些流行的"子"后缀来自粤语,这是因为过去港剧、港歌、港星曾经风靡一时,成为时尚。例如:

1. B 子:小孩(粤方言)。例:早熟的言行举止让他怎么看也不像个小小年纪的 B 子。

2. 打仔:武打动作演员(香港用语)。

3. 波子:球类(源于粤方言)。例:隔壁班有人来借波子呢!拿个给他们吧!

4. 狗仔:香港地区八卦新闻记者,如附骨之蛆的记者。例:黛安娜王妃就是被狗仔队穷追不舍才造成死亡车祸。例:很多明星对于爱揭人隐私的狗仔都非常深恶痛绝。

5. 飞仔:流氓、小混混、黑社会分子(江湖用语;香港用语)。例:香港的电影总脱离不了一些关于飞仔的主题。例:他虽然是个不务正业的"古惑仔"/"飞仔"却是个很讲义气的人。

6. 基仔:男同性恋(香港用语;Gay)。

7. 港仔:香港人。例:呸！这些港仔来台湾发展,来跟台湾人抢钱,真可恶。

8. 华仔:指刘德华。例:华仔的风采,真令凡人无法挡。

9. 大圈子:A.指早期从大陆偷渡到香港的黑社会流氓或大陆内陆人民偷渡到香港做不正当的事。B.大陆外流的流氓。例A:大圈子不顾性命的行为是著名的呢。例B:现在愈来愈多大圈仔了,香港的治安也愈来愈差。

10. 古惑仔:香港的小混混。例:陈浩南是古惑仔中最猛的打手。

11. 打把子:老大(江湖用语;香港用语)。

12. 打弹子:老大(江湖用语;香港用语)。

13. 洪兴仔:香港漫画里的一个帮派分子。例:洪兴仔个个都能杀能打,令人闻之丧胆。

14. 追男仔:香港女孩追求男生的代称。例:现在追男仔的技巧愈来愈高明,令男生们无法招架。

15. 矮骡子:香港的太保。例:小枨这孬种跟人家混什么矮骡子啊！

16. 客语—

17. 细妹子:小女孩(客家方言)。例:公车里一个黄色衣服的细妹子正喃喃唱着儿歌,看起来真是可爱极了。

五 校园用语的"子"后缀

还有一些"子"后缀是校园用语,流行于年轻人的自然交谈中,较少出现在三十岁以上人的口语中。例如:"酱子、酿子、将子",这是网络上经常出现的讯息口语,通常在年轻人玩 bbs 时为节省时间使用,指的是"这样子、那样子"的缩写。例 A:"这次活动我这样决定是好是坏呀?""妳酱子做不错呀! 不然照会长酿子做一定没啥成效啦!"例 B:"你做事怎么老是降子? 明天要交今天才弄。"例 C:"酿子的话,下课就在书局前集合吧!"例 D:"阿明,明天可以把语音学笔记借我吗?""将子! 我们明天十点图书馆见,我把笔记拿给你。"又如:"芭乐子":biology,即生物学的意思。例:"芭乐子老师真机车,居然把我的芭乐子当掉!"又如:"竹本口木子":这是把"笨""呆"两字拆开,拐弯骂人的诙谐语,乍看起来像个日本名字,符合当前的哈日风气。例 A:小明被阿花换作"竹本口木子",还浑然无觉地傻笑。例 B:陈小明将"荀子"说成"笋子"真是有够"竹本口木子"。例 C:"喂! 关于这个问题我还是想不透耶!""后! 你真是个竹本口木子呀! 连这个都想不通!"例 D:"教你几遍了还不会,真是笨死了! 竹本口木子!"例 E:"阿亮说这几天会送我一台计算机。""你呦! 真是竹本口木子。像阿亮那种一毛不拔的铁鸡,会送人东西才怪。"其他如:

1. 八仔:男朋友。例:小贞的八仔很惹人厌呢!

2. 叉子:指女朋友。例:阿龙有很多叉子,互相争宠害他头痛不已。

3. 仔子:昵称小娃娃。例:仔子总是最能讨人欢喜疼爱的小宝贝。

4. 尖子:刀。

5. 兔子:男同性恋。

6. 性(幸、性、信)子:指男朋友,因为男生往往很性格,故用性子作为男朋友的代称。例 A:小文的性子最近跟她要求分手,所以最近小文的情绪很差。例 B:我给你们介绍,他是我性子。例 C:小美的幸子听说是一位富家公子哥儿呢! 例 D:总觉得用"性子"这样的字眼称呼男朋友是有点粗鲁的耶。例 E:娟娟和她的"性子"一起去西斗叮看"美丽人生"。例 F:"听说美如的性子对她不错,快结婚了。""是啊,我们这个月将收到红色炸弹啰。"

7. 油子:指子弹。例:两伊战争时,英军与伊拉克发生激战,美军的"油子"常从天而降,轰炸伊国的地下基地。

8. 虎子:尿壶。例:目前这个时代虎子可越来越不容易买到了呢。

9. 套子:保险套。例 A:在现今开放的年代,套子的使用与宣导是必要的健康卫生教育。例 B:报纸说现在不想中奖的话办事都要戴套子。(注:中奖:得病。办事:性行为。)

10. 琅子:指钱。

11. 罩子:指眼睛。例 A:桂小姐一双婉约温柔的罩子不知吸引住了多少青年的目光。例 B:老王和林董在路上撞在一起,林董很气愤地对老王说:"罩亮点!"例 C:看什么看! 罩子给我放亮点。

12. 摔子：球棒。

13. 汉子：关系十分密切的男友。

14. 管子：肠胃的另一种说法。例：自从肠病毒大肆作怪后，许多人的管子便饱受他的折磨喽！

15. 弹子：撞球的简称。例A：最近弹子又开始盛行起来，林森北路那似乎有不少撞球间陆续开张。例B：我要将9号弹子打进洞。

16. 盘子：指脸。又指男友。例A：她那匀称的盘子，搭配着漂亮的五官，真的是个很闪亮的女孩子。例B：在七夕那天晚上，小玲和她"盘子"在希尔顿餐厅共度今年之情人节。

17. 鞋子：男朋友的另一种叫法。例：英英的鞋子是个跟着时代流行走的大男孩。

18. 大尾子：指自视大牌的人。例：大尾子做事总爱拖拖拉拉的。

19. 大块仔：很胖的人。例：你再骂我一次大块仔，我就和你绝交。

20. 大头子：较为凶悍的流氓。例：这人一脸大头子，还是少惹为妙。

21. 巴糊子：指吸毒的人。例：巴糊子若不肯进烟毒勒戒所，很少能自己走出糜烂生活的。

22. 地大子：指学校中的训导主任。例：小呆口中的地大子总是给人恶狠狠的感觉。

23. 安公子：为吸安非他命的人的代称。例A："为什么小民昨天被叫去验尿？""学校怀疑他是安公子啊！"例B："安公子"为了买毒品,不惜去偷、去抢,以满足一时的毒瘾。

24. 拉把子:宾果游戏机。

25. 阿姐子:女流氓的首领。例:她说话口气十足的大姐子,相当不客气。

26. 破鞋子:指被抛弃的女生。例:阿秀自从男友爱上别人,成了"破鞋子"十分孤单。

27. 假仙子:指假装成什么都不懂的样子。例:他明明是计算机高手,却喜欢装成计算机生手的样子,真是个假仙子。

28. 剪钮仔:扒手。例:我们到公共场合去一定要注意随身重要物品,以免被剪钮仔偷去。

29. 敲杆(竿)子:打撞球。

30. 影君子:热爱观看电影的人。例:方方和芊芊一有空闲就往电影院跑,二人都是极度着迷大银幕的影君子。

31. 墨汁仔:乌贼鱼。例:墨汁仔遇到危险或威胁时,就会喷出墨汁来攻击对方。

32. 火山孝子:对于特种行业女子百依百顺的男子。例:看他一向对老婆温柔体贴,竟也是个火山孝子,真令人想不到。

33. 老虎牙子:市面上一种机能性饮料。例:喝老虎牙子可以补充一些体力,你可以试试看喔!

六　江湖黑道用词的"子"后缀

再其次就是江湖黑道的用词,例如:

1. 安仔:安非他命。

2. 招子:眼睛。例:小立有对明亮的招子,看起来十分迷人。

3. 豹子:指稳赢的机会(本指赌场中掷骰子,连掷六点,为最大点数)。例:"嘿,看来你又来了个豹子喽!"

4. 堂子:黑社会帮派的聚集场所。例:两批分属不同堂子的人马在河堤边的空地干起架来了。

5. 条子:警察。例A:条子来了! 快跑! 例B:夜市里,流动摊贩任意横行,但看见"条子"则落荒而逃。例C:"士林夜市的摊贩怎么突然消失得无影无踪?""你看那边,条子来了嘛。"

6. 场子:指地盘,某人的势力范围所在。例A:啰喽:"老大! 不好了! 有人来闹我们的场子了!""什么! 咱们去会会他们!"例B:动不动就说要"砸场子",这种逞勇的行为真是可笑,看来你还自以为是了不起的英雄呢!

7. 寨子:妓院。

8. 喷子:泛指枪枝。例A:台湾还不像美国那么糟,喷子到处可见,人人生命安全没有保障。例B:在电影"古惑仔"中,黑道和警方发生激战,各持"喷子"厮杀对方。例C:那警察刻意的在小混混前亮出他的喷子。

9. 插旗子:江湖黑话,意即把风、站哨之意。例A:有地方流氓来学校找学生谈判、打架,每每都会找一位小弟在走廊上插旗子,观看老师或警察有没有来。例B:小偷要犯案,通常会先找到一位插旗子来合力完成窃取行动。

10. 霸子:妓院。又指黑社会老大。例:黑社会的组织是很复杂的,每个角落都有一个角头,每个角头定时定月都要向

"霸子"报告当地情况。

七　行话中的"子"后缀

某些职业圈里,会流行一些行话,例如:

1. 拐子:篮球术语,比赛中以手肘撞人的动作称为拐子。例:那场篮球赛中,对方暗中做了拐子,致使队友受伤。

2. 票子:商业界术语,即支票。例:"陈太太妳怎么啦?一副气呼呼的样子!""还不是五楼那个王太太!连交个公共电费 200 元都要开票子,当我时间多啊! 还得要我跑一趟银行,真是气死我了!"

3. 万子:麻将中的一种花色,借代为麻将。

4. 号子:证券交易所术语。例 A:喂! 一起去号子看看今天的走势。例 B:王妈妈一整天就待在号子里看股票的起起落落,心情也随之起伏不定。

5. 股儿子:股市用语,指嗜玩股票的人。又指滋生的股利。

6. 架拐子:篮球用语,以手肘撞人。

7. 肌肉棒子:篮球用语,指一个人看似强壮,却不堪一击。

八　外来语的"子"后缀

有些带"子"后缀的新词,是外来语,其中尤以日文最多,这是哈日的影响。例如:

1. 花子:日本恐怖片中之女鬼,现为鬼怪之代称。又形容女生长相装扮十分恐怖。例 A:那女生的打扮令人瞠目结舌,大家都私底下称她花子呢。例 B:老王看见发怒的老婆,吓得魂飞魄散,不知所措,像见到"花子"一样。

2. 贞子:日本恐怖片"七夜怪谈"中之女鬼。也指人长头发长得很丑,或装扮行为诡异而可怖。例 A:你这样十分贞子呢,别吓坏善良老百姓好不好?例 B:"隔壁班的丑八怪走过来了。""哟!贞子来了得赶紧回避。"

3. 桥子:指女性内衣。

4. 小丸子:日本卡通人物名。又食物名,由面粉裹章鱼所制成的丸状食物。又指喜欢装可爱的女生。例 A:张小姐整天嗲声嗲气的,还自诩为小丸子,真是怪恶心的!

5. 小桃子:泛指漂亮年轻的女老师,此语来自日本漫画。例:新学期开始了,班上来了一位"小桃子",男同学都很兴奋。

6. 奇檬(蒙)子:指个人的脾气、心情。

7. 例 A:嘿,你今天奇蒙子不错喔!例 B:今天的奇檬子实在很糟,做起事来也不顺!

来自英语的有"拉子",指女同性恋(Lesbian),或善于使用计算机的女同志。例 A:不夜城的台北市内有许多的 Pub,是专门给拉子们聚会的场所。例 B:喂!她不会是拉子吧!对男人一点儿兴趣也没有。例 C:你看那两个拉子,大庭广众下也不知收敛一点。例 D:在台北市新公园里,许多"拉子"聚集在一起,准备向政府争取应有权利。

九　结　语

　　从上述新词的调查中,可以感受到年轻族群的旺盛造词能量。这些"子"后缀呈现了多元面貌,来自各种各样的社会背景和多元的文化因素,提供了我们观察词汇演化的最佳样本。就像萌芽初生的小草,时时刻刻在到处蔓延滋长,但又不是每个词都能熬过社会约定俗成的筛选,有很多经历一段时间后,就消亡了;或几个月,或几年,不论长或短,其中总有一些逐渐扩大其影响范围,逐渐进入正式场合和书面语言,成为共同语的一分子。

　　这些新生的"子"后缀,都有"名词性"的功能,其创造的方式,有的是利用更换原词的字,形成新意义,例如"瘾君子"转化成"影君子"。有的是把某些亲近的事物拟人化,而造出新词,例如"安公子"。有的是把专名扩大为普通名词,例如"贞子"。有的是把某些事物的特性之一,用为该事物之全称,例如"万子"本是麻将牌中的图识之一,变为麻将的代称。有的是把词组凝聚为词,例如动宾词组"插旗子"成为"把风"之义。有的是为了更含蓄一点,不说出全名,而以简称替代,例如"套子"指保险套。有的是把形容词或动词加上"子"而转为名词,例如"乐子""喷子"。总之,这些"新新人类"的词语,正反映了台湾人生活的一部分,它不仅仅是词汇学的重要内涵,也是社会文化最直接的投射,值得我们注意。

从"ㄉㄨㄞㄉㄨㄞ"(duaiduai)看新象声词 进入台湾现代汉语的书写问题

台湾成功大学　　许长谟

提要：汉语中象声词通常以"汉字"当成"音标"符号，故而形成一种特殊组合。

模拟自然界各种声响所造的词汇，世界所有语言都有。汉语承悠久历史，象声词数量当然丰富。但由于汉字乃"非拼音文字"（Unalphabetic），产生新象声词时，其造词之应对机制不如拼音文字快速有效。不论单音节、双音节或多音节词，汉语通常会加上"口"字边而以形声结构呈现且时常有很大的主观性。

现代汉语要描述或记载的是现代生活，随着时代的演进、空间的转变，所衍生的新潮流、需要或感受，新象声词自然因运而生。如果现代汉语中新产生的象声词的音素与现有汉语可顺利对应，则新象声词的书写当然不成问题；反之，若其音素和现有汉语不能对应，则其书写便会有所变异。

"ㄉㄨㄞㄉㄨㄞ"（duaiduai）正是当前台湾地区一个既特殊又富义涵的例子。本文即拟举此为例，观察比对分析流行于台湾地区的新象声词之书写问题，以掌握其与一般象声词的共通性及特殊性。本文采取理论和实例两部分加以论述，先就象声词的词构、语法、语义及修辞功能论析象声词所以存在的可能依据；有了理论依据后，即以"duaiduai"一隅加以论析并建议书写方式，从而探索新象声词进入现代汉语书写的各种可能面向。

关键词：象声词　拟声词　状声词　摹声词　衍声词　方言词　词构　句法

Keywords：Onomatopoeia Dialects words Lexicology Syntax

一　前　言

早期许多论者主张，人类语言起源"模仿声音理论"（Bow-wow Theory），认为语言是由人类对自然界声音的模仿。赞成此说者常举出：任何语言都有其拟声字。当然，这说法只能解释产生原始语言的某部分过程，或原始祖先从呼叫传讯方式到使用语音符号的部分过程，仍无法解释人类如何发展出如此复杂语言结构的原因。[1] 事实上，自古以来，语言中以声音模仿为基础的词数量有限，这样的现象，现代亦然，以台湾而言，近年来新词语产制量虽极庞大，[2]既新奇且多元，但新象声词（Onomatopoeia）数量仍属少数。

虽然如此，但由上述"模仿声音理论"观点论之，可知象声词的产生是各民族语言的共同源头之一。世界上所有语言都有象声

---

[1] 关于人类语言起源说，可参看谢国平《语言学概论》第一章，台北三民书局 1986 年。

[2] 台湾学者对新词语的记录与研究，可以竺家宁及姚荣松教授为代表。如：竺家宁《台湾校园新辞的发展和对教学的影响》，《第六届世界华语文教学研讨会》论文集第一册，第 156－177 页，2000 年。

词,它是世界各地区各民族模拟自然界声响而造的词汇。表面上看来,象声词与用口技去模仿客观事物的发音无二,但象声词有较大的主观性,也就是说同一个客观事物,各种语言用以描绘的象声词并不相同,若以符号约定俗成的特性而言,这如同 De Saussure 所谓的语言之"任意性"(Arbitrariness)。用此观之,象声词虽属语言现象的少数,却也因此显出其"稀为贵"的重要性。

象声词又有拟声词、象声词或摹声词等称呼。[①] 以词构(Morphology)关系论,象声词不似"合成词"(Complex),而可归类为单纯词(Simplex)。其与音译词、联绵词在性质上同类。它的词构分子不是型态素(Morpheme),只是拟音的词素(Lexeme)而已,[②]因此大多不能拆解。汉语悠久历史,比起其他民族,象声词数量当然庞大。但由于汉字乃"非拼音文字"(Unalphabetic),此类词语通常是以"汉字"当成"音标"符号使用,因此也形成一种特殊组合。

许多早见于古籍的象声词,由于时间更移,如今除了在文献或考据场合外,已几乎全然不用。如《诗经》用"彭彭"形容马车奔行声;用"坎坎、渊渊、逢逢、咽咽、简简"形容鼓声;或用"关关、喈喈、雝雝、胶胶、交交、嘤嘤"形容鸟声;[③]或《文选·枚乘·七发》"混混庉庉,声如雷鼓"[④]等,如今都已脱离了现实语言的使用而有隔阂。

即令到唐诗的"车辚辚,马萧萧"、"瑟瑟、嘈嘈";或时代较近的元代,大多数的象声词如今也多已沉寂罕用。如:

---

① 上述四个同义词间存有的些许差异,非本文重点,于此不论。

② 汉语语言学界对"Morpheme"、"Lexeme"等词之中文译名莫衷一是。本文依个人意见参酌使用。

③ 上面引例参考竺家宁《汉语词汇学》,第 46-48 页。台北五南图书公司。

④ 李善注:"混混庉庉,波浪之声也。""混混"指波浪的声音;"庉庉"指波浪相随的样子,或水流极盛的样子。

那马不刺刺(跑马声,《看钱奴·一》)

忽喽喽酣睡似雷鸣(鼾声,《陈抟高卧·一》)

一递里古鲁鲁肚里雷鸣(饥饥肚鸣声,《杀狗劝夫·二》)

伊哩乌芦的这般闹吵(多言而含混,《冻苏秦·楔子》)[1]

由于不是表音文字,又缺少社会规范机制,汉语产生新象声词时的音义和文字之应对机制,始终不如拼音文字快速有效。不论是单音节、双音节或多音节词,汉语通常会加上"口"字边以形声结构呈现。口部字透过六书造字,原有许多自存意义。某些为象声词新设的字,若属假借常常会生一字多义的"歧义"(Ambiguity);若不用假借,直接以口部加声符,则新字未必能正确引导发音。此所以新象声词书面词语的创造产生,往往存有很大的主观性。

语汇的产生主要是为了要描述或记载当代生活,现代汉语要描述或记载的当然也是现有生活的新事物、新观念、新的需要或感受或新的表达。于是,随着时代的演进,空间的转变,新象声词自然应运而生。若这些词汇的音素与现有汉语可顺利对应,则新象声词的书写当然不成问题;反之,若其音素和现有汉语不能对应,则其书写便会有所变异。

关于象声词的研究,一向不少。所探究的角度也各有不同。[2]但这些研究,并没有对新生的象声词之书写问题做探讨。而现代

---

[1] 有关元曲象声词研究,可参考赵金铭《元人杂剧中的象声词》(《中国语文》1981年第2期)或黄丽贞《金元北曲语汇之研究》,第103－145页(台湾商务印书馆1968年)。

[2] 竺家宁在其《汉语词汇学》书中第42页,列举了1950年代以后许多专书或单篇论文的著作,事实上有关象声词研究的作者与著作数量很多,竺书只是一隅。

汉语各地区的书写问题也不尽相同。吾人观察台湾近年来所产生的新象声词"ㄉㄨㄞㄉㄨㄞ"便极富代表性。试看以下两例：

2003/0907 中国时报 药膳食疗 咪咪ㄉㄨㄞㄉㄨㄞ 张甄芳

2006/0605 民生报 唐林 教你ㄉㄨㄞ ㄉㄨㄞ小秘方 何雅玲、贺姮燕

"ㄉㄨㄞ ㄉㄨㄞ"是台湾注音，对应的汉语拼音为"duaiduai"；国际音标（IPA）则为[tuaituai]。① 像这样的标题文字为数日多，它既是当前台湾地区一个既特殊又富义涵的例子，也显现了象声词书写问题的局限及困境。本文即拟举此为例，观察比对分析流行于台湾地区的状声新词之书写，以掌握其与一般象声词的共通性及特殊性。本文采取理论和实例两部分加以论述，首先就象声词的词构、语法、语义及修辞功能论析象声词所以存在的可能依据；有了理论依据后，接着即举"ㄉㄨㄞㄉㄨㄞ"一隅进而探索新象声词进入台湾现代汉语的书写问题可能的各个面向。

二　象声词的定义及特性

"象声词"在词构上可归类为单纯词，试看以下几家定义：

《汉语大词典》只有"象声词"一词条："摹拟声音的词。如：轰、嗖、丁东、扑哧。"

《国语辞典》则为："摹仿事物或动作声音的词。"解释后有"拟声词""状声词""象声词"等互校的说明。

---

① 更详细的记音请看最后一段。

《维基百科》"拟声词"则定义为："模拟声音：汪汪、轰、喵。"[①]

汤廷池《国语词汇学导论——词汇结构与构词规律》："国语中模拟声音的词，叫做象声词，又称摹声词或拟声词。"

竺家宁《汉语词汇学》(结论)："模拟自然界声响所造的词汇，世界所有语言都有，……和口技模仿的不同之处：拟声词有很大的主观性"；"模拟生活中各种声音就是象声词。"[②]

由以上几个重要定义，除了说明了象声词是"模拟声音的词"外，吾人发现其所例举之词都为"单纯词"。其构成方式可以是单字形成，如"轰、嗖、喵"；也可能由两字(音节)所合成，如"丁东、扑哧"等。

"象声词"的产生，既然是模拟自然界声响所造的词汇，那么其与所指陈的事物的关系为何？就吾人观察，汉语多数拟声字与其指陈事物(Signified)间的关系，虽有其任意性，但也并非完全是任意而无依据的。例如形容大雨用"哗啦"而不用"唏呖"；形容铃铛声用"丁当"而不用"哗哗"。此外，选用拟声词"有很大的主观性"，吾人可用竺家宁所举两例"cuckoo＝布鼓、squeak＝吱吱"加以说明："cuckoo＝布鼓"的"布鼓"也可写成"布谷"；"吱吱"的汉字又可诱导人念成 zhīzhī、zīzī 或 jījī。再者如：枪声的拟音，可为"吧！吧！打了两枪"(念第一声)，可为"biàng! biàng!"，也可以拟为"碰！碰！"这短暂的爆裂声，的确容许不一样的声谱。至于台湾艺人"孔锵"即是拟音于其乐器专长，事实上形容乐器，自古汉语即有"铿锵"一词，何以不用？这本无所谓对错，却再度说明物理声波传

---

①　参见 zh. wikipedia. org/wiki/％E8％A9％9E％E6％80％A7＃. E5. 98. 86. E8. A9.9E。

②　参见竺家宁前揭书，同 162 页注③。

入耳中听觉有不同，以致所使用的象声词有其主观性，现代人接吻时拟其声后所造的动宾词"打波"可加口字旁"打啵"，也是一例。

三 象声词的歧义问题

象声词一如其他词汇，当其存在一个语言系统一段时间后，常会衍生出其他的歧义。如："广场艺术节 法国母鸡唧唧叫"（2005/1022 CT 陈希林 台北报导）的"唧唧"，在《木兰诗》中是机杼声。再如上段所述的枪声 biàng，在台湾又可成为"不一样"的连读。如："哇！你竟然有这张专辑，真是太 biàng 了！"[①] 又如：2005/1231 联合报 G6 蓝委颁金言奖 "吃人够够"最ㄅㄧㄤˋ 记者 尚毅夫 报导

再举"嘎嘎"（guāguā）这个象声词为例，在《国语辞典》中就出现以下几个解释：

（1）形容笑声。如：她嘎嘎的笑个不停。

（2）形容鸟鸣声。唐李山甫方干隐居诗：咬咬嘎嘎水禽声，露洗松阴满院清。

（3）形容物体相互磨擦或摇动的声音。如：树枝被风吹得嘎嘎作响。

三者都是模拟声音的象声词，所指涉的主体却南辕北辙。

又如"汪汪"，原指川河大水"深广貌"。如："汪汪乎丕天之大律"（班固《典引》）或"川汪汪而藏声"（陶潜《感士不遇赋》）。但原义如今皆已罕用。反倒是作象声的狗吠声，自"汪汪的狗儿吠"，

---

① 本例选自将出版的《全球华语辞典》台湾区版本之选例。

（金董解元《西厢记诸宫调》）即沿用到现今。以下这则新闻标题却又利用谐音而改成其他字以博取吉祥义：

2006/1022 联合晚报 计算机周边厂 本季业绩<u>旺旺</u>叫 记者 吴瑞菁 台北报导

台湾近年来流行"做爱"的同义词"嘿咻"，正是一个标准的象声词。这个双音节单纯词若拆解开成两个字，也都各有解释。如："嘿"是叹词表示赞叹、惊异或提起注意等。此字再加上其他字又可化成其他新义，如"嘿耳"（马叫声）、"嘿哎"（表示感叹）等。"咻"表"喧嚷；扰乱"、"嘘气；喘气"或"病吟声或抚慰病者声"。① 虽多属叹词，但道理仍相同。

嘿咻在《汉语大词典》及《国语辞典》中都没有收录。以下数则为笔者个人逐日剪报，未透过搜寻系统所集录的报纸标题：

2003/0212 中国时报 女子未诱人嘿咻 判无罪 王贵郎 基隆报导

2003/0823 中国时报 黄少祺、苗可丽 很想嘿咻一下 贺静贤 台北报导

2004/0511 联合报 嘿咻 问题也要顾！记者 翁？裕 专题报导

2004/0707 自由时报 嘿咻过猛 小心永垂不朽 戴顺庆

2004/0709 中国时报 爱呀 嘿咻 high 人家好兴奋 查泰来

2005/0819 中国时报 有挡头！馒头蟹 嘿咻时间长达一个月 陈庆福恒春报导

2006/0104 联合报 月经滴滴答 还能嘿咻吗？吴伯瑜 幸福妇产科

---

① 三例均采自《汉语大词典》。

2006/1018 中国时报 男人多学嘿咻兔 不会变狐狸 黄建育 综
　　　　合报导

2006/1031 自由时报 野炮没动静 被误会阵亡 车内嘿咻 被当
　　　　殉情 记者 张协升 台中报导

若我们接受这样的词义后，再看到下一则时，就令人惊心骇目
了：

2005/1010 联合报 琉球拔河赛 两万人嘿咻 欧洲新闻社

事实上若再搭配以下两则，又见怪不怪了：

2002/0225 中时 嘿哟嘿哟拔萝卜 扁妈逗闹热 康日升 将军报
　　　　导

2005/0619 联合报 半夜咻咻声 黑山垄崩塌 记者 朱惠如 中
　　　　埔报导

此两则的词素拆解，"嘿""咻"又回到原始"用力/大声呼喊"的
本义而没有情色的味道了。

以上几例，恰恰提醒新词义产生或旧词新用的歧义可能。

四　象声词的构词与修辞功能

从词的功能看：象声词是实词（内容词 Content Word）[①]；从构
词看，象声词则有不同的型态。上古时《诗经》中的象声词以叠字
为主，且多半是"二等字"，带有[r]介音成分，和[l]同为流音，性质
相近。《诗经》而声母为[k]的占了 57.1%[②]。而历时千年后，元曲

---

① 但在不少新词典词性分类时，均将之归入虚词，颇值得再商榷。
② 这应该是上古音复声母[kl]为基本型态。

的象声词已因音韵变化有了差异。但带[l]边音的情况仍普遍,声母也以 k-l-式出现率最高。构词上四音节有 ABCD 或 ABBC 的两种主要形式,韵母以[a][i]或是[u]的比例高,呈元音高度谐和的现象。这和《诗经》有差异的主因在于音韵和多音节词汇数目大增有关。①

　　现代汉语的结构与元代有相承的关系,仍普遍存在夹带"边音成分"(L-)现象。如:叽哩咕噜、丁零咚隆、淅沥淅沥、希里哗啦、霹哩啪啦等。马庆株在《拟声词统计》一文中②曾对汉语拟声词的词构有下列的统计:

　　第一个音节是塞擦音声母的双音节单纯拟声词,第二个音节声母 80% 是边音。

　　第一个音节是 h 声母的双音节单纯拟声词,第二个音节是边音的占三分之二。

　　第一个音节声母是/s/、/sh/、/h/(注音ㄙ、ㄕ、ㄏ)的拟声词,第二个音节的声母全部是边音。

　　叠韵拟声词占全部双音节单纯拟声词的 43%,其中第二个音节声母为边音的达 57.7%。

　　而就元音特点谈,汤廷池《国语词汇学导论——词汇结构与构词规律》也谈及"象声词的语音限制",论及"国语的象声词所牵涉到的元音主要是最基本的三个元音:ㄧ、ㄨ、ㄚ。如:劈哩啪啦、叽叽喳喳、叽哩咕噜、叽叽咕咕"。这些象声词的元音系统有以下特色:

　　(1)这些元音在象声词中排列顺序是从"高元音"到"低元音"

---

　　① 参见竺家宁前揭书,同 162 页注③。
　　② 马氏资料转引自竺家宁前揭书,同 162 页注③。

（或从"合口元音"到"开口元音"），从"前元音"到"后元音"（或从"展唇元音"到"圆唇元音"）。

（2）英语里许多词汇的运用也是按照由前高元音→前低元音→后低元音→后高元音的次序排列。这个次序就是这些元音在"声谱"上第二个"峰段"频率高低的顺序。

（3）事实显示，国语象声词元音出现的次序，不仅与发音器官嘴巴的开合与嘴唇的展圆有关，而且与语音的物理性质第二峰段频率的高低有关。

以上就语音结构分析，洵为观察入微之确论！且在在说明：象声词的音韵及构词成分都有其相近的规律，不因时间或空间不同而迥异。

若从语法功能看，一般而论，相关的研究多已定论，如象声词可作定语："扣扣敲门声，特别刺耳"；可作状语，如："狗汪汪叫，扰人清梦"；可作谓语，如："雨滴淅沥，整夜不停"；更可作独立语，如："霹哩啪啦！雷电交加"。

但在某些汉语结构中，象声词有其特殊的结构组合，除了状声外，尚有修辞的功能。举例而言，如闽南语的 ABB 形式中，A 常属形容词谓语，后加之 BB 常为叠字摹状或摹声的补语。如李添富曾为文[1]说明闽南语中一些摹写的镶叠词。其举用的 34 个镶叠词有部分属象声词的 ABB 镶叠形式，如"金铛铛［taŋ-taŋ］"等，如"白皙皙［siak-siak］"[2]等。李氏之本字使用或可再讨论，但其内容说明了象声词的一种结合型态和修辞作用。再如台湾一些来自闽

---

① 文见《闽南方言视觉里的摹写镶叠词》(《第四届中国修辞学会国际学术研讨会论文集》2002 年)。

② ［siak-siak］应为光急闪状，而非"皙皙"。

南语常用方言词语：

　　"Siah-siah 叫"（很厉害了不得）①

　　"Ts'iang-ts'ang 滚"（气氛热闹浓烈）②

　　"Soŋ-piak-piak"（非常俗气）③

　　"老矻矻(k'ok-k'ok)"（指年纪很大的人）④

　　上述四则虽不见于教育部《国语辞典》的俗用词语，前两则为AAB型态，后两则为ABB型态。却都有象声词的内涵和令人闻之感到贴切生动的形容功能。要言之，象声可成为一种积极修辞法，即运用象声词模拟事物发出声音，这在古代经传文章中便曾出现，此如："硁硁然"（《论语》）、"硿硿焉"（苏轼《石钟山记》）等，皆为对事物感受的形容。而且据李添富的研究，依照不同感官的知觉，尚可分为"视觉摹写、听觉摹写、嗅觉摹写、味觉摹写、触觉摹写、感情意绪摹写以及综合摹写等"。⑤ 由是可见象声词在文学修辞上的妙用，正可使文章更显生动活络。也因此，作家在文艺创作时，为强化其文学张力，可能会假借象声词以壮文气，书写的问题于焉产生。以下几则新闻标题乃运用象声词以增添生动：

2007/0628 自由时报 骨松躺按摩床 喀……脊椎骨折 记者 洪

　　素卿 台北报导

2007/0601 东森新闻报 嗯不出来……每天 2 颗奇异果 记者

　　蒋文宜 台北报导

---

① 俗作"吓吓叫"，[siah]（阴入喉塞音尾）或为急削之拟声。

② 俗作"强强滚"，[ts'iaŋ]或为急敲铜钹比喻水滚之拟声。

③ 俗作"SPP"，[soŋ]指憨愚，Piak 或指爆裂拟声，即如现代新语词"笨到爆"。

④ 俗作"LKK"，[k'ok]指敲硬物拟声，比喻年老已难变通。

⑤ 参见 170 页注①李添富前揭文。

五 新象声词的书写问题

由于象声词是模拟声音的一种书面语记录，当这种声音与该种语言的音韵系统不相应时，很容易出现不完全对应的情形。在汉语里便可能出现声母、韵母或声调不相对应的情形：

声母不完全对应之例：叽叽"喳喳"

因为鸟类发声不可能会是"喳喳"（zhā）卷舌音；

韵母不完全对应之例：乒"乓"、打"啵"

"乓"音为 pang；合宜的音应为 piang 或 pong。打"啵"的"啵"有/-u-/介音；

声调不完全对应之例："汪汪"

"汪汪"拟狗叫声，合宜的拟调应为降调。

书写字不能尽符要求时，不得已的情况下，汉语还需为特殊字音造字设音，使其配合音感。如中古汉语半浊平声"明"母[m-]字在变成现代汉语后，声调只能成为阳平二声（升调）。但猫（mao）叫 miau 声时却常拉长成为高平调（如一声），后人只好违背汉语音韵规律而新造"猫""喵"阴平第一声两字以配合。相对于牛叫"哞"声（常呈升调如阳平二声 mo）而言，就无须造新字去拟对了。

古代汉语的象声词虽有定则定字，然而，语言一如江河，非静止而流动不居的。透过语言的接触（多语化），及来自社会本身内部（开放性），新语词不断的涌现。而因新词语有其时代需要性，书写时当然也要受时间和语言规律制约，方得以广流传而不造成歧义。因此该新词的基本音、义或词构须有最正确的分析。

六 以ㄅㄨㄞ为例看新象声词
进入台湾现代语的书写问题

象声词虽是实词,但产生的速度和数量,大不如其他实词。且由于其书面语使用频率不高,加上时代变化,久而久之,其所指的内涵或范围都会有一些变化。故而书写型态是否须改变?而新象声词产生时,应如何应对,也须建立共识。以下就由"ㄅㄨㄞㄅㄨㄞ"说起。

"ㄅㄨㄞㄅㄨㄞ"一词乃新时代所欲表达的新概念,故而被新创出书面语以供使用,试看下列报纸的标题:

2002/0312 中国时报 ㄅㄨㄞㄅㄨㄞVS. QQ 冰品大战趣味开打(定语、触觉)

2002/0925 中国时报 皮肤ㄅㄨㄞ ㄅㄨㄞ胶原蛋白该用哪一款?(谓语、触觉)

2003/0104 自由时报 让人工双峰"ㄅㄨㄞ‧ㄅㄨㄞ"起来(谓语、视觉/听觉)

2003/0410 自由时报 胶原蛋白 给你脸儿 ㄅㄨㄞ ㄅㄨㄞ(谓语、视觉/听觉)薇齐

2003/0627 自由时报 爆肥 110 公斤 许孟哲难忘ㄅㄨㄞ ㄅㄨㄞ模样(定语、视觉/听觉)记者 林佳宏 报导

2003/0907 中国时报 药膳食疗 咪咪ㄅㄨㄞㄅㄨㄞ(谓语、视觉/听觉)张甄芳

2004/0727 星报 小潘潘ㄅㄨㄞㄅㄨㄞ 高凌风爽歪(谓语、视觉/听觉)记者 华怡珺

2004/0912 星报 陈孝萱蔡依林ㄅㄨㄞ ㄅㄨㄞ旁人冻未条（谓
语、视觉/听觉）记者 黄琳婷 报导

2004/1003 中国时报 天心护ㄅㄨㄞㄅㄨㄞ 24 岁开始做检查
（宾语、视觉/听觉）陈世昌 台北报导

2004/1004 自由时报 让肌肤ㄅㄨㄞㄅㄨㄞ 大豆纳豆一起来
（谓语、视觉/听觉）记者 邵怡华 台北报导

2004/1115 自由时报 轻轻按摩 脸蛋ㄅㄨㄞ ㄅㄨㄞ（谓语、视
觉/听觉触觉）朱丽安

2005/0504 星报 ㄅㄨㄞ ㄅㄨㄞ保湿奖（定语、视觉/听觉）记
者 杨舒萱 报导

2005/0910 联合报 小苹果童话ㄅㄨㄞ ㄅㄨㄞ的唷（谓语、视
觉/听觉）若鱼（中县）

2005/0922 中国时报 ㄅㄨㄞ ㄅㄨㄞ挺出来 天心脱衣 300 万
入袋（主语/状语、视觉/听觉）黄尚智 台北报导

2007/0603 自由时报 白歆惠挤沟 ㄅㄨㄞㄅㄨㄞ好动感（状语、
视觉）古明弘

2005/0922 中国时报 ㄅㄨㄞ ㄅㄨㄞ不怕验 黄嘉千蹂躏萧淑
慎大奶（宾语、视觉/听觉）朱梅芳 台北报导

2006/0219 中国时报 蔡淑臻 ㄅㄨㄞ ㄅㄨㄞ 蹦蹦跳（主语、视
觉/听觉）朱梅芳

2006/0429 联合报 天心ㄅㄨㄞ ㄅㄨㄞ发功 拚人气（主语、视
觉/听觉）记者 傅继莹、许晋荣 台北报导

2006/0605 民生报 唐林 教你ㄅㄨㄞ ㄅㄨㄞ小秘方（定语、视
觉/听觉）何雅玲

2006/1003 联合报 女生专属 ㄅㄨㄞ ㄅㄨㄞ按摩操（定语、视

觉/听觉）记者 周嘉莹

2006/1017 中国时报 胸部ㄉㄨㄞ ㄉㄨㄞ有新武器（主/谓语、视觉/听觉）黄美月

2006/1102 自 由 时 报 鱼 池 乡 活 盆 地 如 水 床 跳 起 来 会 ㄉㄨㄞㄉㄨㄞ（谓语、触觉/听觉）记者 陈凤丽 南投报导

"ㄉㄨㄞ ㄉㄨㄞ"一词属叠字单纯词，首先就语意的对象而言，由上面报纸标题观之，"ㄉㄨㄞ ㄉㄨㄞ"一语可用于指涉"冰品"、"胶原蛋白"、"肌肤"、"肥（肉）"、"脸蛋"、"女胸"、"水床地质"等质感。这些形容词在传统社会或不被强调、或属禁忌。如今因观念解放、广告商业挂帅或新事物产生而出头。比较起一些过时而逐渐没落的象声词如"把逋"（卖冰用手按气笛声，代替街售冰品），显得"意兴风发"。

其次，就修辞功能而言，除本义的听觉摹写外，随着上下文，也出现视觉摹写或触觉摹写。更有将之"借代"为"胸部"之意，借代后会弱化原有的听觉摹写功能。

再者，一如其他象声词的语法功能，"ㄉㄨㄞ ㄉㄨㄞ"可作为谓语、定语或状语。较特殊的是，因借代为名词用，它也可以成为句子的主语或宾语。

承上所述，"ㄉㄨㄞ ㄉㄨㄞ"既然具备状声词的特色和功能，接下来要探讨的是如何书写的问题了。象声词的书写，以汉字译音问题最多，主要是译音用之汉字自身多表意，时日久远，难免自生歧义或渐成罕用字。即使在出现时立即选用也有同样的问题，例如：

2003/1223 自由时报 有钱没钱 买辆ㄅㄨ ㄅㄨ好过年 记者 方维铎 台北报导

2003/1015 自由时报 油钱省省吧！ㄅㄨㄅㄨ吃得少、跑得快
记者方维铎 台北报导

2003/1119 自由时报 ㄅㄨㄅㄨ玩改装 总代理自己来 记者 方
维铎 台北报导

2004/1130 中时晚报 2004 环保 ㄅㄨㄅㄨ出炉 曹以会 台北报
导

2004/11 自由时报 买好报 送汽油 再抽ㄅㄨㄅㄨ 广告

"ㄅㄨㄅㄨ"(būbū)拟音虽非无汉字可对应，如"逋峬庯晡锛䔟
鹔"等字均可。但这些字若非古字、罕用字，就是自身字义已非常
完足，借用时反而容易生误会。故而书写者宁用注音替代。有人
或迷信用"口"偏旁（形符）加一声符为用，偏生"ㄅㄨ"(bū)音之字
皆已另有偏旁（形符），凡此要皆可看出以汉字译音书写象声词的
问题。

至于本词"ㄉㄨㄞ ㄉㄨㄞ"之字，既无法找到同音字，连近音字
也难觅寻，因此无法使用汉字译音。究论其音韵型态，声母为鼻化
舌尖音[t]，韵母为合口介音之下降复元音（Falling Dipthong），由
前低非圆唇元音[a]降到[i]，用闽南语拼音方案可为/dnuái/。至
于鼻化音标，既非属现代汉语所有的音韵系统，且标于声母或主要
元音，也见仁见智而未见规范。此外，声调也是问题。本象声词由
于形容物体弹性抖动，加上为响度渐小、音频渐高的复元音，拟为
阳平声调为最佳。

七　结　语

透过多语化的接触，及来自社会的开放性，台湾可说是几个华

语世界中,新语词增殖最快也最大者。台湾各代之间在词汇使用上代沟十分明显。年轻人网络聊天的注音文或火星文,令人观感强烈。新语词的"新",有时来自时间因素,但也牵涉语词词性或词义的变迁。姑且不论规范性的角度,这些新语词都极具创造力。有的是吸收异国语言或方言而来,有的则来自于变动快速的各行各业;有的用旧词模式造新词,有的甚至出现极特有的构词方式。① 新象声词也于焉兴焉,众籁俱响。

总结上文所论,新的象声词乃是日新又新的时代潮流产物,且其不仅有传统象声词所拥有的模拟声音、摹写事物及积极修辞的功能,最重要的是能传达出时下最鲜明而真实的思想和感情,就语言描写的角色,他们确实存在我们的社会中,自然不可避免书面语的书写问题。笔者认为解决新象声词之书写问题,与其不经查证而自行选用一个书写不正确的象声词或因无相对应的汉字而当起"现代仓颉",以汉字译音造设出一些新的象声词,不如采取最能传达"声情"的方式书写。因此,笔者的结论或卑之无甚高论,但仍有几个具体的建议以供参考:

(1) 新象声词之音韵宜详加析解与规范,②以利流通与使用;

(2) 若难以和现有音韵切合,不宜再用汉字③标音以免增困扰;④

(3) 台湾新象声词若用注音,宜加注其他标音系统(如罗马拼

---

① 如"Orz"或"囧 rz"等。

② 可先标记 IPA。

③ 如加"口"部偏旁或径行利用六书原则等方法造字。

④ 2002 年 5 月 20 日联合报《台中县民爱改名 现代仓颉难为》(记者杨克华丰原报导),报载台中县民越来越爱改名,且好改用冷僻生涩名字。台中县户政人员二年来已为其县民造了六万多字,宛如现代"仓颉"。

音或国际音标等)以免难出境而自绝于华语世界;[1]

(4)拼音系统须设计出超越汉语拼音或威妥玛式的符号;[2]

(5)新象声词音韵之规范,各华语区应相互合作以免各自为政。

---

[1] 如《机器会ㄣ、ㄣ、高美馆展出》(2006 年 6 月 2 日联合报记者徐如宜高雄报导)。"ㄣ、ㄣ、"(èn' èn,大便拟声)内容设计不俗,但台湾以外的人难解。

[2] 如鼻化音、塞音韵尾等或特殊声调等。

试评汉语词缀的判断方式

台湾淡江大学　高婉瑜

提要：词缀(affix)是语言的普遍问题，中西方都热烈地讨论过这个主题。本文研究的重点是：前贤提出多种判断词缀的方式(即词缀的特征)，我们将逐一检讨这些方式，提出比较合适的方法作为判断依据。

关键词：词缀　汉语词缀　词缀特征

一　前言

汉语词缀该如何定名？许多专家各执一词，不管是语缀、词缀，还是接头、接尾、记号，虽然术语纷陈，所指却大同小异。因此，我们认为以何为名倒不是要点，重要的是，如何定位这种语素(morpheme)[①]。

[①] Morpheme，译作语素或词素。吕叔湘(1979：489-490、554)、范开泰、张亚军(2000：22-23)认为词素的确定必须以词的确定为前提，汉语的词和非词的确认，有时不太容易。但是，语素的确定可以先于词的确定，因为只要符合最小的语音、语义结合特征，就可称为语素。Morpheme，本文统一称作"语素"，原因有二：第一，词缀多是实语素演变而来，在实语素的阶段中，可能不仅当词素(构词成分)而已，也可能单独做一个语法成分，因此，不能断然说说某个实语素是词素。第二，绝大多数的学者将morpheme译作语素，为求行文上、阅读上及理解上三方面的一致，我们选择称作语素。

西方把词缀分为屈折与派生,清楚地指出两者本质差异:在句法上谈屈折,在词法上谈派生。汉语的词缀也应做如此区隔,因此,本文在定名方面,统一称作"词缀"。本文对汉语词缀的定义是:

> 词缀是相对于词根的语素(虚语素),词根肩负词汇意义,词缀肩负语法意义,或还带有附加意义。派生词缀附着于词根,参与构词,属词内成分。屈折词缀附着于词根,参与构形,必须配合句法的要求。

二 汉语词缀的判断方式

汉语派生词中,辨别词缀的特征是一个难题,前辈学者提供了许多辨别方式,年轻一辈的学者亦做出不少努力,例如汪洪澜(1997)的"词汇意义虚化"、"位置固定"、"构词能力强";朱亚军、田宇(2000)的五个标准:"固定"、"类属"、"能产"、"黏附"、"弱化";张小平(2003)的"定位性"、"类化性"、"意义(概念义)虚化";陈艳(2003)主张"意义"为主要标准,"读音"与"位置"是次要标准;彭小琴(2003)的"不能单用"、"意义高度虚化"、"定位"等。

潘文国、叶步青、韩洋(1993:87-96)针对词缀特征一题做出批判,他们认为,不论从意义、语法、音节、重音等方面来判断词缀,都会遇到困难,另外,他们还表列各类型词缀适用的基本标准与补充标准。诚如潘等人所言,我们必须承认每一种标准都有缺陷。但这是程度上的问题。

我们认为,判断词缀时,应以多项标准看待,而非以单项条件判别，认知语言学有个原型理论（prototype），词汇范畴中，有些属于核心成员，有些则属非核心成员，例如，四只脚是桌子的原型、核心成员，如果有两只脚的桌子，与人类的认知差距较大，偏离了原型。汉语词类的难分，可以援引原型论解释，在此，本文借用这个概念，帮助我们辨别词缀。词缀存在着原型与非原型，多项条件下交集愈多者，愈趋于原型，交集愈少者，愈偏离原型，原型认知与连续统概念是吻合的。词汇变化是一个不断前进的过程，相邻的两阶段往往难以一刀切，总有模糊的地带，如果坚持清楚地区分，便违反现实，因此，我们将词缀视为原型。

以下，我们就学者们常提出的六项判别方法：意义、附着、能产力、定位、语音，标志词类与类义等方面，逐一做检讨。

（一）意义特征

潘文国、叶步青、韩洋（1993:88）认为，汉语没有方便的自由和黏着的区分，如果承认词缀可以有词汇意义，则与合成词一般构成成分界限不清。潘等人的疑虑是在类词缀上，类词缀还带有一些词汇意义，但这是语法化的必经的阶段，我们以为，用来判断词缀的"意义"，指的是"理性意义"，即客观的意义。[①]词缀不具理性意义，但具备其他意义（如语法义、附加义、情感义等等），当我们谈词缀的意义时，必须立基于这个前提之上。

王汶玲（2004:85）认为，派生词的意义大多数是由词基（base）

---

① Leech（1987:13-33，中译本）认为理性意义是关于逻辑、认知或外延内容的意义。相对于联想意义（如内涵意义、社会意义、情感意义、反映意义、搭配意义），前者需要以人类特有的语言和思维结构为前提，后者则建立在经验的关连，随着个人经历、社会环境、文化、历史等等因素而改变，联想意义比较不稳定，具有一定程度和范围。

决定,意义明显的复合词是均匀地由组成成分共同担负。我们择取王氏(2004:94-101)问卷调查(appendix 4)结果,举隅如下:(相关度顺序:6>5>4>3>2>1)

词汇成分相关度调查表①

Word	1st morpheme	Relatedness	2nd morpheme	Relatedness	Gloss②
豆子	豆	5.2	子	1.3	Suffix
马儿	马	5.9	儿	1.2	Suffix
砖头	砖	5.6	头	1.1	Suffix
馆员	馆	2.7	员	3.2	Quasi-affix
编者	编	3.4	者	2.4	Quasi-affix
编者	编	3.4	者	2.4	Quasi-affix

从这里可看出,原型的词缀不是语义重心,它们和派生词的意义相关性极低。相对的,类词缀和语义的相关度较高。

连金发(1999:2)提到,传统结构学派认为语素是"语言系统中最小的有意义单位",实词和虚词只要合乎定义,都算是语素。不过,Anderson(1992)及 Aronoff(1994)③、Beard(1995)提出"以词汇素为本"(lexeme-base)的词法学说,只有词汇素(指实语素)是音义兼备的语言符号,语素不一定是(此处的语素指虚语素)。准此,可以说:原型的词缀是一种虚语素,而且,词缀不带理性意义。

---

① 表格标题为笔者所加。

② Gloss 一栏是笔者所加。

③ 有关 Aronoff 的说法和出处,转引自连金发(1999)。书目如下:Aronoff, Mark H. 1994. *Morphology by itself : Stems and Inflectional Classes*. Cambridge, Mass: MIT Press.

（二）附着性特征

结构主义创始人 Bloomfield(1934)谈词缀,强调了附着形式。[①] Sapir(1921)以 sings 与 singer 为例,用公式化约为:A+(b),A 成分可以是完整独立的词(sing),也可能是词根、词干或词的根本成分(sing-)。B 成分(-s, -er)是一个附属的、通常更抽象的概念的指标,称为语法成分或附加成分。语法成分大多不能独立使用,必须附加或焊接在根本成分上,传递一个意念。Sapir 和 Bloomfield 均认为词缀就是附着的成分。然而,附着性并非词缀特有,倘若要以此论定词缀将产生问题。因为,有些实语素也带有附着性,例如桌历、朋友、乐器,都必须两两结合,不能单独使用。是故,词缀的附着性是相较于词根而言,而非指实语素绝对没有附着的可能。

（三）能产力特征

连金发(1999:3)与彭小琴(2003:12-13)纷纷质疑"能产力"是否可以当成标准。派生词确有旺盛的生产力制造新词,但有些词根也具能产力,如人民、人物、人力、人权、人生,都是以"人"为词根,复合而成的词汇。而且,能产力必须放到共时轴(synchronic)与历时轴(diachronic)来看,才能显出客观意义。有些词缀具有时代性、地域性,在某时、某区十分能产,后来逐渐消失;也有的词缀活力一直不旺,所创新词有限。总之,词缀虽具有能产的特征,但仍要参考其他指标,才能有效区别能产词根和词缀。

（四）定位特征

中西两方学者以位置的关系,将词缀分为前、中、后缀。词缀

---

① 原文为:The bound forms which in secondary derivation are added to the underlying form,are called affixes.

会有固定的位置与词根搭配,例如"～子"的"子"附着在词根后面,如果位置更动了,变成"子～",这时就要考虑"子"或许不是词缀。换个角度说,词根与词根复合时,可能也有定位性,这就变成复合词与派生词该如何区别的问题,复合词的根本结构是:实语素＋实语素,派生词的结构是:实语素＋虚语素(后缀的模式),派生词构词成分中,一定有虚语素,所以,当我们发觉某些语素具有定位性,可配合意义标准判断。

(五)语音特征

张静(1960)、赵元任(1980)、朱亚军和田宇(2000)等,曾讨论过词缀语音的弱化,大抵上,前缀通常念中音,中缀念轻音,后缀念轻音。但是,他们表示语音判断法对汉语而言,并不是很可靠。譬如有些人将吃"了"、吃"着"、懂"得"当成词缀,由于这些语素都念轻音,便更加肯定它们是词缀。然而,这些语素现在大多视为助词。另有些重叠词,如热"呼呼"也偏向念轻音,所以,轻重音只能当作辅助的判断法。

(六)标志词类与类义特征

朱亚军和田宇(2000:1-2)把词缀的词义类属性分两种:一是具有类义功能,二是可决定语法属性。彭小琴(2003:16-17)则称为"类化",意指:同一词缀构成的一系列词,具有相同的词性和相同的语法意义。但是,词缀不是严格的词类标志,反而较具有区别"语义"的作用,例如"阿～"显示了较强的语义类别(人际称谓词),同时又出现在代词前。[①]

[①] 彭小琴(2003:34-35)提供"阿"在代词前的例证:

1. 羹饭一时熟,不知饴阿谁?(《十五从军征》)

2. 天下只知有杜荀鹤,阿没处知有张五十郎。(五代王保定《唐摭言》)

3. 祖曰:"生缘在阿那里?"(《祖堂集·慧忠国师》)

　　我们以为,究竟词缀标志词类的特征,或类义特征,孰强孰弱,必须视情况而定,就前者而言,词缀确实有定性倾向,或许少数例子有所争议,例如,"石头"和"搞头"都带"头"后缀,词性却不同,倘若仔细去分,"石头"属于派生,"搞头"则是屈折,它们不是同一层面的问题,词性不同也是正常的。就后者而言,如上所述,词缀不带理性意义,反映其他意义,同一词缀与不同的词根组合后,具备的语法义、附加义、情感义不会相同,只能说同一词缀的派生词,可划分为带某某义的一类,带另一义的为一类。[①]我们认为"标志词类"与"类义",是词缀形成后的结果。

三　结　语

　　从上所论,汉语词缀具有虚语素、定位性、能产力、附着性、语音弱化、标志词性、类义诸多特征,判断词缀不能只凭单一标准,而是多重标准交叉比对。首先,先判别是否为派生词,朱德熙(1982:29):"真正的词缀只能黏附在词根成分上头,它跟词根成分只有位置上的关系,没有意义上的关系。"这段话揭示了判断词缀时,首先要注意语素之间的逻辑关系。所以,派生词是"词根+词缀"的组成,而且词缀与词根之间没有内在组合关系(不具意义上的逻辑联系);接下来,再以"理性意义"区分词根和词缀,词根带有理性意义,词缀不具理性意义,可具其他层面的意义。倘若仍难辨别,再参佐其他标准。而且,符合愈多条件的词缀,原型性愈高。

---

　　① 例如"老~"的派生词,老师和老高具有相同的语法义,但情感义不同,不宜划归一类。

【参考文献】

1. Anderson，Stephen R 1992. *A-Morphous morphology*. Cambridge：Cambridge University Press.

2. Beard，Robert. 1995. *Lexeme-Morpheme Base Morphology：a general theory of inflection and word formation*. Albany：State University of New York.

3. Bloomfield，Leonard. 1934. *Language*. 中文版：袁家骅、赵世开、甘世福译，商务印书馆 1980 年。

4. Leech，Geoffrey(英国杰弗里·利奇) 著，李瑞华、王彤福、杨自俭、穆国豪译，1987，《语义学》(*Semantics*)，上海外语教育出版社(根据英国企鹅出版社 1983 年增订重印本译出)。

5. Sapir，Edward. 1921. *Language：An introduction to the study of speech*. 中文版：陆卓元译，商务印书馆 1985 年重排第二版。

6. (德)柯彼德《试论汉语语素的分类》，《世界汉语教学》1992 年第 1 期。

7. 王汶铃《汉语附加词与复合词的处理过程》，中正大学语言所硕士论文 2004 年。

8. 朱亚军、田宇《现代汉语词缀的性质及其分类研究》，《学术交流》2000 年第 2 期。

9. 朱德熙《自指与转指》，《方言》1983 年第 1 期。

10. 朱庆之《佛典与中古汉语词汇研究》，文津出版社 1992 年(1990 年四川大学博士论文)。

11. 吴福祥《"语法化"问题》，《文史精华》2004 年第 11 期，又载于《中国社会科学院院报》2003 年第 1 期。

12. 吕叔湘《汉语语法分析问题》，收于《吕叔湘文集》第二卷(汉语语法论文集)，商务印书馆 1990 年(原写于 1979 年)。

13. 汪洪澜〈汉英派生词比较研究〉，《宁夏大学学报》(哲社版)1997 年第 4 期。

14. 竺家宁《汉语词汇学》，五南图书出版有限公司 1999 年。

15. 范开泰、张亚军《现代汉语语法分析》，华东师范大学出版社 2000 年。

16. 高婉瑜《汉文佛典后缀的语法化现象》,中正大学中文所博士论文 2006 年。

17. 张小平《当代汉语类词缀辨析》,《宁夏大学学报》(人社科版)2003 年第 5 期。

18. 张静《现代汉语的词根和词缀》,收于《汉语语法疑难探解》,文史哲出版社 1994 年(原写于 1960 年)。

19. 连金发《台湾闽南语"头"的构词方式》,《第五届中国境内语言暨语言学国际研讨会论文集》,政大语言所暨英语系,1999 年。

20. 陈艳《小议"词缀"的判定》,《辽宁工学院学报》(哲社版)2003 年第 4 期。

21. 彭小琴《古汉语词缀研究——以"阿、老、头、子"为例》,四川大学硕士论文,2003 年。

22. 董秀芳《汉语的词库与词法》,北京大学出版社 2004 年。

23. 赵元任《国语语法——中国话的文法》,学海出版社 1991 年再版。

24. 潘文国、叶步青、韩洋《汉语的构词法研究》,台湾学生书局 1993 年。

论《现代汉语词典》与《重编国语辞典》的词汇比较研究

厦门大学　苏新春

　　海峡两岸大陆与台湾的词汇比较这些年一直有人在进行着，或是从语言交融的角度，探讨台湾词汇对大陆的影响，或是从语用的角度，对某些专题词语进行比较，所涉及的多是新词语、外来词、同形词、行业词等表层词汇部分。如何更广阔地进行两地的词汇比较，不仅在表层词汇上，而且在基本词语上，不仅在共时平面，而且在整个二十世纪汉语词汇的发展过程中，则是摆在词汇研究者面前一个亟待加强的课题。要进行这种整体与动态的研究，靠从分散的言语作品的零星收集，可能难以奏效。这里有两种渠道可能是有效的，一是对反映了两岸词汇整体面貌的大型语料库进行对比研究，这点现在已经具备了相当的条件，大陆有国家语委的"通用语料库"，台湾有中央研究院的"平衡语料库"。另一就是对两岸具有代表性、权威性的语文性词典进行比较研究，因为一部好的词典，就是一个好的词汇集。本文将围绕后者来展开，所比较的对象是大陆的《现代汉语词典》与台湾的《重编国语辞典》。①

---

　　① 本文所使用的语料为第 4 版的网络版。为使用方便，以下皆以《重编》简言之。

一　比较的基础：相同与差异

（一）相同点：权威性、语文性、同源性

《现汉》是大陆地区的一部权威词典。它收词 6 万余条，以承载现代汉语词汇为己任，再加上词典固有的查考性，使得它成为了解现代汉语词汇面貌的一部极具代表性的作品。

> 规范型词典全面反映语言的词汇体系，就要对词语作全面收录，不因某些词语无需查检而不收。……规范型词典如果把数以万计的常用词排除在外，它将是一部残缺不全的词典，也就谈不上为民族共同语规范化服务。而单纯以释疑解难为目的的词典，在收词上就不一定照顾到词汇系统的全面，一些很常用而不需索解的词可以不收。

> 规范型词典对民族共同语词汇的记录是全面的，但不是穷尽的（在理论上和实践上都是不可能的）。《现汉》是一部中型词典，它在收词上既是全面的，又有较强的选择性。选词的依据，主要不是看查考的需要，而是看词语在语言使用中出现的频率。①

这是《现汉》编纂者对词典反映现代汉语词汇面貌功能的说明。它除了具有反映现代汉语词汇的功能外，由于还拥有词典的查考功能，还酌情收录了部分古代、方言的词、义、音。《现汉》发行 40 多年来，印量达 4000 多万册，已经成为大陆现代汉语词典中的

---

① "新词语料汇编 1"《编辑体例》。http://140.111.1.192/（下载日期 2002-10-20）。

代表作。"《现汉》已成为编写汉语词典的不可缺少的重要参考书，因此它实际上已处在'母本'词典的地位"。① 这是一部现代汉语的中型、规范性、语文词典。

《重编》是台湾地区的一部权威词典。收词 16.5 万余条。它的前身是印行于二十世纪三十至四十年代的《国语词典》。② 后来在台湾陆续出版了《重编国语词典》、《重编国语辞典》(修订本)，后者于 1994 年完成。之后陆续有了修订，并以网络版发行，第 4 版 1998 年 4 月完成，第 5 版 2005 年 1 月完成。③ 台湾推行国语委员会主任委员李鍌在《辞典·序言》中说明了词典的收录范围："其中有关常见语词资料的勾勒与搜集，除重编本原有的架构外，包括：一、中古以后仍常见于今日的文学语词；二、宋元以后的口语语词；三、晚清的小说语词；四、民初至三十年代的小说语词；五、海峡对岸的语词；六、台湾地区的语词；七、现代流行词汇；八、常见的专科词汇；九、成语、谚语、歇后语；十、同义词与反义词的资料。"这个说明清楚地反映出了《重编》的收录内容。简言之，这是一部以反映台湾地区当代词汇为主旨，兼收唐宋以来的近代汉语词汇，有着当代与历时、语文与百科并重、规范与描写兼具的特点。属大中型词典。

该书在台湾的权威性是毋庸置疑的。试举一例就可看得很清

---

① 李鍌 "新词语料汇编 2"，《序》，2000，2。http://140.111.1.192/(下载日期 2002-10-20)。参见苏新春《台湾新词语及其研究特点》，刊《厦门大学学报》2003 年第 2 期。

② 柳凤运《〈现代汉语词典〉的历史功绩》，见《〈现代汉语词典〉学术研讨会论文集》，第 67 页，商务印书馆 1996 年。

③ 本文比较的数据以《现代汉语词典》第 3 版为准。考虑到不同的印刷版次还有个别改动，该数据的准确版次为第 3 版 1998 年 2 月北京第 215 次印刷本。

楚。1990 年代台湾教育部国语推行委员会主持了当代新词语的收集整理工作，所制订的新词收录原则非常明白。第一批新词语："凡《重编国语辞典修订本》未收者皆为收录对象。"①第二批新词语"是以教育部所编最新版本《重编国语辞典修订本》与《新词语料汇编 1》为标准，凡二者未收者皆为收录对象"。②能用这样的取舍标准，做出"凡……未收者皆为收录对象"的规定，说明《重编国语辞典修订本》的收词有了相当大的周遍性、代表性，使得它能成为是否为新词语的划界标准。另外，从台湾出版了成系列的《重编》的衍生产品，也清楚地显示出《重编》的学术地位。

从以上论述不难看出二书都有着很好的"权威性"与"语文性"。在来源上它们也有着某种共性。《重编》的基础当然是《国语辞典》，它后来的重编本与修订本，基本上都是采用了增加的方式，不断扩展，故累积成现在这样。《现汉》有着独立的编写缘由，在对现代汉语词汇的描写、规范的自觉性上，在诸多体例的创立与革新上，都作出了非常独到的贡献。但对指导思想、编纂方法等对《国语辞典》的继承仍是非常明显的，其编纂过程"一如《国语辞典》"。③ 在资料上也作了相当的继承。

（二）差异性：性质、任务、规模的差异

两部辞典又有着相当大的不同。简而言之，有这么几点：

1. 性质不同：在同样追求对现代汉语词汇全面描写的同时，

---

① "新词语料汇编 1"《编辑体例》。http://140.111.1.192/（下载日期 2002-10-20）

② 李鍌"新词语料汇编 2"，《序》，2000，2。http://140.111.1.192/（下载日期 2002-10-20）

③ 柳凤运《〈现代汉语词典〉的历史功绩》，见《〈现代汉语词典〉学术研讨会论文集》，第 67 页，商务印书馆 1996 年。

《现汉》有着明显的现、当代的特点。这在收词与释义上都有着明显的体现。尽管也收了部分古语词,或古语词色彩很浓的书语词,但都分别标上〈古〉〈书〉等,这样做的目的正是为了突出"现代"词语。在不断的修订中,适时"吐故纳新",又强化了这一特点。而《重编》则无明显的"断代"要求,收词往上的时限延伸到了唐、宋、元、明、清,可以说是近、现代兼收。这样就导致了《重编》带上了以现代词典为主,兼具历时词典的性质。

2. 任务不同:《现汉》有着明确的规范意识。它不单单是客观的记录、描写,而且是明确追求词汇规范的目的。这在词典的收词、立目、释义、注音、标示、选例等许多地方都体现了出来。而《重编》则描写的目的相当明显,或说是规范的意识相对淡薄得多,它满足于记录,兼收并蓄,特别古今的并蓄,使得描写词典的性质相当浓厚。

3. 规模不同:一个是 6.2 万条,一个是 16.5 万条,二者的差异为 1:2.7。这个规模是前面两点综合的结果。

正由于两部词典有着高度的一致性,给比较研究提供了一个可行的基础。在一次学术会议[①]上,有位香港学者感慨地谈到,只会讲香港本地话的与内地人交流时,词汇对指的不对称非常普遍,交流起来非常困难,而台湾人在交流时,则词汇对指不对称的现象少得多,语言交流障碍小得多。这不能不承认《重编》长期以来在台湾语言的教学与传播中起到了极大的作用。

也由于两部词典有着不一致的地方,这就需要在许多具体的研究中加以甄别,去其形异,取其神同,而不是简单地对比、评判。

二　微观比较：词语的分布与演变

两书在词典编纂理论及技术上能提供许多有益的经验与启示。下面着重从词汇的角度来观察，它们在汉语词汇的分布与演变的研究上能提供独特的视角与价值。

（一）透视现代汉语词汇的同异度与分布状况

现代汉语有五个主要社区，大陆、港、澳、台、新加坡。这五个社区从代表性与影响来说，其重要性除了大陆外，就应该算台湾了。香港地区是粤语占主流，澳门地区是粤语的影响地，新加坡的华语是属当地多种社会用语之一，正式工作语言是英语。台湾地区语言的主体是以北京话为代表的国语。《现汉》代表了大陆汉语的词汇基本面貌，《重编》代表了台湾汉语的词汇基本面貌。而从历时来看，《国语辞典》代表了二十世纪前半世纪的现代汉语词汇面貌，二十世纪五十年代后，大陆吸收了《国语辞典》的有用部分，重铸出了《现汉》，台湾继承了《国语》，改造、充实、扩展而成《重编》，它们的共同前身是《国语辞典》，受其影响是显而易见的。因此，将《现汉》与《重编》合视，可观 50 年来海峡两岸汉语词汇的地域分合、共性与个性的规律与特点，将《国语辞典》结合进来，则可纵观汉语词汇的百年发展史。下面试从两个方面作些论述。

1. 同收词语的研究

由于两书词汇规模差异较大，二书之间的异集研究远不如同集研究更能凸显问题的焦点。

为了便于比较，先提取出两书的不重复的复音词，即把单音词目与重复立目的排除在外。《现汉》不重复的复音词有 49541，[①]

《重编》不重复的复音词有 150239，两书共收词语 40797 条。共收词语占《现汉》的 82.3％，占《重编国语辞典》的 27.1％。考虑到《重编》的收词规模大大超过《现汉》，所以《重编》的 27.1％参考价值不大，而《现汉》的 82.3％却更能说明问题。下面在 A 字母中略取数例作个对比。

词目	现　汉	重　编
哀辞	〈书〉哀悼死者的文章，多用韵文。	哀悼死者的文章，多以韵文形式写成。或作"哀词"。
哀愁	悲哀忧愁：满腹～｜～的目光。	哀伤悲愁。如：与其哀愁的面对人生，不如勇敢乐观的接受挑战。
哀的美敦书	最后通牒。[哀的美敦书，英 ultimatum]	一国对他国就双方的争端所发的通知，表最后的要求，并限期答复，否则即采取行动对付对方。为英语 ultimatum 的音译。亦称为"最后通牒"。
爱不释手	喜爱得舍不得放下。	喜欢得舍不得放手。文明小史·第二十二回：登门上一见雕镂精工，爱不释手。
哀乐	悲哀的乐曲，专用于丧葬或追悼。	表示悲哀的音乐，丧葬祭祀时用之。
		悲伤与欢乐。左传·庄公二十年：哀乐失时，殃咎必至。汉书·卷三十·艺文志："哀乐之心感，而歌咏之声发。"
艾虎	用艾做成的像老虎的东西，旧俗端午节给儿童戴在头上，认为可以驱邪。 哺乳动物，背部棕黄色或淡黄色。昼伏夜出，捕食小动物。毛皮可制衣物，也叫地狗。	旧俗于农历五月五日端午节用艾叶或布制成的虎形避邪物。传说将其戴在头上，可以驱邪。金瓶梅·第五十一回："李瓶儿正在屋里，与孩子做那端午戴的那绒线符牌儿，及各色纱小粽子儿，并解毒艾虎儿。"

上面六例清楚显示其释义的相同程度是相当高的。

　　《重编》中有的会在某些意义下明确标示出"大陆地区"。这除了反映出同形异义的地区变异外，还可以看出地区之间的语言交融程度、语言理解的差异程度。如：

白班	（～儿）白天工作的班次；日班。	大陆地区指日班。
白案	（～儿）炊事人员分工上指煮饭、烙饼、蒸馒头之类的工作（区别于"红案"）。	大陆地区称负责煮饭、蒸馒头之类工作的炊事人员。
把场	戏剧演出时，在上场门对演员进行照料、提示，叫做把场。	⑴戏剧界新演员初次上场时，常因紧张过度，忘掉台辞，或走错台步，需要有师傅或先进在旁提醒，以便立时更正，称为"把场"。或称为"把场子"。⑵大陆地区指在场上把关压场。如："如今老教头既然应允把场，选手自当全力以赴。"
吃大锅饭	比喻不论工作好坏，贡献大小，待遇、报酬都一样。	多数人合伙吃的普通饭菜。大陆地区或用以比喻不计劳力付出的多寡，而酬劳均相同。

　　在词汇学上，两书的共收词语提供出了许多值得思考的问题。如海峡两岸的通用词有哪些？同形异义词有多少？同形同义或同形近义的分化词有多少？变异的原因是什么？两地的词汇渗透情况如何？都可以利用这种语料来作深入的分析。

　　从两书相同或相异的释义中，还可以看到更深层的文化与理念。在共收词语中，《现汉》的释义中出现了有"台湾"字样的有 11 条词目，它们在《重编》中具体义可能有的会有不同，但"一个中国"的理念却显示得非常明确。

东南	(1)东和南之间的方向。(2)指我国东南沿海地区,包括上海、江苏、浙江、福建、台湾等省市。	方位名。介于东与南之间。〈p〉我国东南沿海地区,包括台湾、江苏、浙江、福建、上海等省市。
两岸	(1)江河、海峡等两边的地方。(2)特指台湾海峡两岸,即我国的大陆和台湾省。	河海的两边陆地。唐·李白·早发白帝城诗:两岸猿声啼不尽,轻舟已过万重山。〈p〉特指中国大陆与台湾两地区。
华东	指我国东部地区,包括山东、江苏、浙江、安徽、江西、福建、台湾七省和上海市。	我国东部地区,包括山东、江苏、浙江、安徽、江西、福建、台湾七省和上海市。
客家	指在四世纪初(西晋末年)、九世纪末(唐朝末年)和十三世纪初(南宋末年)从黄河流域逐渐迁徙到南方的汉人,现在分布在广东、福建、江西、湖南、台湾等省区。	为主人做事的工人。谈征·名部下·客家:焦光饥则出为人客作,饱食而已,今人谓客家者本此。〈p〉在外行走做生意的人。永乐大典戏文三种·张协状元·第八出:纵饶挑贩客家,独自个担来做己有。〈p〉客家人的简称。见客家人条。
本岛	几个岛屿中的主要岛屿,其名称和这几个岛屿总体的名称相同。例如我国的台湾包括台湾本岛和澎湖列岛、火烧岛、兰屿等许多岛屿。	居处在岛屿的人称当地为"本岛"。如:本岛风光明媚,欢迎前来观光。
桂竹	竹子的一种,秆高大、坚韧致密,用作建筑材料,也可制器物。产于台湾省。也作笙竹。	植物名。禾本科毛竹属,小乔木。地下茎匍匐状,单轴散生。秆散生,呈圆筒形,且形状高大。叶披针形,叶鞘无毛。主产于我国黄河以南。秆可供建筑及制农具、竹器等。

歌仔戏	台湾省地方戏曲剧种之一，由当地民谣山歌发展而成。流行于台湾和福建芗江（九龙江）一带。福建称之为芗剧。	一种民间戏曲。流行于闽、台地区。明末闽南的锦歌、采茶曲、车鼓弄等民间艺术传入台湾后，吸收本地的民歌、说唱，并受京戏、四平戏的影响，逐渐发展成为独立戏种。初期常在空地演出，称为落地扫。主要曲调为七字调、大调、笑调、杂念调等。伴奏乐器以壳仔弦、大广弦、月琴、台湾笛为主，伴以锣鼓等打击乐器。今日在大陆闽南龙溪、芗江一带，流行的歌仔戏，是由台湾传过去的。
芗剧	流行于台湾、福建南部芗江（九龙江中游）一带的地方戏曲剧种，清末在台湾形成。台湾称之为歌仔戏。	流行于福建漳州地方一带的歌仔戏。因漳州又名芗江，故称为芗剧。
高山族	我国少数民族之一，主要分布在台湾省。	居住于台湾山区的原住民。属马来种、肤黄，发黑直，颧骨高，眼平横。习惯称为山胞。
高甲戏	福建地方戏曲剧种之一，流行于该省泉州、漳州、厦门和台湾省等地区。也叫戈甲戏、九角戏。	流行于闽南一带的剧种。相传源于清初闽南的宋江戏，演员常穿大甲，在广场高台上跳桌子，故得名。后吸收平剧剧目及表演形式，其角色分生、旦、丑、北（净）、杂五类。唱工方面伴奏以南管为主。或称为戈甲戏、九角戏。

《重编》在"东南""华东""桂竹"条中指称台湾及其他各省市时，都用了"我国"来加以统辖。在"两岸"条，则明确指出"特指中国大陆

与台湾两地区"。可见,共同的历史观、文化观牢牢地贯穿在《重编》之中。

两书的共收词语,从释义的情况来看,它们的平均释义长度、最长的释义总长、最短的释义长度、最短释义的条数、总释义用字有着明显的区别。如下:

	《现汉》	《重编》
平均释义长度	26.4	69.9
最长释义	336	537
最短释义	2	3
最短释义的条数	62	22
总用字	1128128	2988640

这些信息,显然又可以在词典学上给人们以思考,从中观察两书不同的词典编纂理念、编纂方法与技巧、词典的性质与规模、词典的定位与功能等。

2. 异收词语研究

前面说到,共收词语有着独特的研究价值。但并不是说异收词语就可以完全忽略。它在反映两地的词汇差异上能提供许多的信息。

《现汉》收,《重编》未收者有 8700 条左右。《重编》收,《现汉》未收者有 109000 条左右。

下面做个抽样,以"车"字头的同素词为例。

《现汉》独收者:

车把势、车帮、车到山前必有路、车公里、车轱辘话、车间、车筐、车况、车老板、车棚、车篷、车圈、车手、车条、车瓦、车箱、车削、车闸、车组

《重编》独收者：

车螯、车把式、车百合、车簸箕、车长、车厂子、车尘、车尘马迹、车程、车大炮、车殆马烦、车刀、车到没恶路、车道线、车灯、车垫子、车斗、车房、车费、车服、车辐、车辅、车盖、车攻、车攻马同、车宫、车毂、车毂击驰、车箍辘会、车鼓弄、车鼓阵、车轨、车号、车喝、车毁人亡、车豁子、车架、车脚夫、车脚钱、车客、车库、车笠之盟、车邻、车轮、车轮菜、车轮大战、车轮会、车马、车马辐辏、车马骈阗、车马骈溢、车马人儿、车马填门、车马盈门、车马之劳、车辇、车诺比耳事件、车牌、车篷子、车票、车骑、车前、车人、车容、车如鸡栖马如狗、车如流水马如龙、车桑仔、车士、车式、车书、车书相望、车水、车体、车体广告、车同轨、书同文、车僮、车徒、车围、车帷、车尾、车无退表、车　、车厢广告、车行、车叶草、车胤囊萤、车右、车舆、车在马前、车掌、车仗、车辙马迹、车阵、车种、车轴草

为了更好地看清异收词语的性质与状况，下面把共收的"车"字词也列出来。它们共有 38 条：

车主、车位、车厂、车厢、车场、车夫、车头、车子、车工、车床、车技、车把、车次、车水马龙、车流、车照、车皮、车祸、车站、车胎、车裂、车资、车身、车身、车轮战、车轴、车载斗量、车辆、车辕、车辙、车速、车道、车钩、车钱、车门、车队、车马费、车驾

再看一个例子"愿景"。它在 2005 年春夏之际随着连战、宋楚瑜访问大陆而频频出现，甚至写进了胡锦涛与连战会谈的两党"新闻公报"："共同谋求两岸关系和平稳定发展的机会，互信互助，再造和平双赢的新局面，为中华民族实现光明灿烂

的愿景。""新闻公报"是非常正式的文体。大陆原来已有"愿望"、"期望"、"前景"、"远景"、"未来"等词,都能或多或少地表达"愿景"的意思,可"愿景"的出现,大有取而代之之势。2005年8月问世的《现代汉语词典》第5版已将其收入,解释为"所向往的前景"。可见这是一个传入时间最明确,传播速度最迅猛,沉淀得也最深的一个词。到进入《现汉》可算是正式完成了它的"登陆"过程。可偏偏是这个词,却在《重编》中没有出现。会不会它在台湾也是新词语,是近几年才传入的呢?再一查,在台湾国语推行委员会编纂的"新词语语料"库中也未见到。但"愿景"的使用应该是有一定的基础的。记得2003年秋厦门大学嘉庚学院兴办之初,校董事会从新加坡聘请了一位早年毕业于厦大的学者回来担任院长,他写了一篇《学院的战略目标和愿景》放在学院网站的主页,有同学给院长写信说"愿景"是个生造词。院长做了专门的解释,说它很好地表达了他的意思,在新加坡就用得很多。

(二)透视二十世纪现代汉语词汇的纵向演变

　　《现汉》与《重编》主要反映的是二十世纪五十年代以来大陆与台湾的词汇面貌。它们又都与二十世纪前半叶的《国语辞典》有着千丝万缕的联系。如果将它们作一个纵向的历时比较,可以窥伺到二十世纪汉语词汇的发展、演变过程。

　　下面仍先做一个抽样,以 F 为例,看《国语辞典》、《现汉》、《重编》三书的词语变动情况。①

---

　　①《国语辞典》分别以"丰""豐"率词。考虑到这两个古多通用,《现汉》已合为一字,故本文统于一类而计。

《国语辞典》		《现汉》	
		丰碑	高大的石牌。
丰标	谓容态。		
丰采	犹丰标。	丰采	同"风采"①。
		丰产	农业上指比一般产量高。
丰登	谓农田收成丰足。	丰登	丰收。
丰富	裕足。	丰富	(1)(物质财富、常识经验等)种类多或数量大。(2)使丰富。
		丰功伟绩	伟大的功绩。也说丰功伟业。
丰厚	丰而厚。	丰厚	(1)多而厚实。(2)丰富;多。
丰肌	谓肌肤丰满。		
丰满	1.犹丰富。2.肥满,多指面部或肌肤言。	丰满	(1)充足。(2)(身体或身体的一部分)胖得匀称好看。
		丰茂	茂盛;茂密。
		丰美	多而好。
丰年	谓农田收成丰足之年。	丰年	农作物丰收的年头儿。
		丰沛	(雨水)充足。
		丰饶	富饶。
丰稔	犹丰登。		
丰容	1.犹丰姿。2.谓丰茂。		
丰润	丰而润。	丰润	(肌肤等)丰满滋润。
丰赡	犹丰富。	丰赡	〈书〉丰富;充足。
丰上锐下	谓面部,上广而下削。		
丰神	犹丰标。		
丰盛	丰而盛。	丰盛	丰富(指物质方面)。
丰收	谓农田收成丰足。	丰收	收成好(跟"歉收"相对)。

（续表）

《国语辞典》		《现汉》	
		丰硕	（果实）又多又大（多用于抽象事物）。
丰腴	犹丰厚。		
丰衣足食	谓处境宽裕。	丰衣足食	形容生活富裕。
丰仪	犹丰标。		
丰盈	1.谓肌肤丰满。2.富厚。3.犹丰登。	丰盈	⑴（身体）丰满。⑵富裕；丰富。
丰腴	丰而腴。	丰腴	⑴丰盈①。⑵多而好。
		丰裕	富裕；富足。
丰韵	犹风韵。	丰韵	同"风韵"。
丰姿	容姿。	丰姿	同"风姿"。
丰足	富足，充足。	丰足	富裕；充足。

《国语辞典》有词 24 条，不见于《现汉》的有"丰标、丰肌、丰稔、丰容、丰上锐下、丰神、丰腴、丰仪"。

《现汉》有词 25 条，不见于《国语辞典》的有"丰碑、丰产、丰功伟绩、丰茂、丰美、丰沛、丰饶、丰硕、丰裕"。

《重编》收词 81 条，数量最多。因篇幅占得多，故在上表略去。《现汉》有的它均有，《国语辞典》有而它没有的有 2 条"丰标、丰容"，但它有"丰标不凡、丰容靓饰"，可视为包含。它独收的词语大部分来自于文言词。

对三书共收词语稍作对比，不难发现，其词义内容，甚至释义方式，都大体差不多。

三　宏观比较:建构二十世纪汉语词汇发展史

由两书入手,从具体词语,或词语专题,从立目、释义,或引例、标示,处处都提供了两岸词汇对比研究的课题。而在宏观上,《现汉》《重编》,再加上《国语》,则使得我们在更宽阔的历史背景与地域范围下来研究二十世纪现代汉语词汇的形成与发展成为可能。它们形成了这样一个纵向的时间对比:《国语》与《现汉》、《重编》;它们又构成了这样一个横向的跨地区的空间对比:《现汉》与《重编》。如下图:

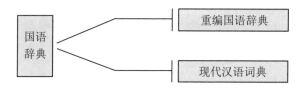

在这种比较中,主体是权威词典。这里的词汇是"语言"的词,是稳定的词,是储存在词典状态中的词。它们的有源之水是同时代的活生生的语言事实,是大量以使用状态,以言语状态出现的言语作品。因此,与同时代的语言事实相结合,这样能使得词汇的历史纵向比较与跨地区的横向比较来得更加丰富多彩。这种大规模的"言语作品"就是本文开头言及的两个大型语料库:大陆的"通用语用语料库"与台湾的"平衡语料库"。① 以大型语料库为依托,以

---

① 大陆方面的有国家语委的"通用语料库",规模 9000 万字,反映了二十世纪大陆汉语书面语的面貌,起于 20 年代,止于当今。台湾方面的有中研院的"平衡语料库",规模 700 万字,反映了台湾现当代汉语书面语的面貌。

新鲜活泼语言材料为背景,以权威词典为词汇的基干,将二十世纪的前五十年与后 50 年相贯通,将海峡两岸语言相对照,就可以形成规模宏大,线条清晰,语料充实,主干突出,易于封闭控制,便于统计分析的研究思路与格局。如下图:

以两大共时语料库为背景,以三部词典为纵线的

二十世纪两岸词汇历时与共时的比较研究

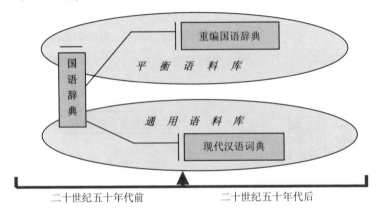

在这样的大框架下,观之以细,持之以恒,必将在二十世纪汉语词汇的整体正确认识上取得较大的进展。

【参考文献】

1. 侯昌硕《试谈海峡两岸的同义异形词语》,《湛江师范学院学报》1999 年第 4 期。

2. 郝明义《两岸词典氛围的比较——由〈国语词典〉到〈重编国语辞典〉到〈现代汉语词典〉》,《词典的两个世界》,现代出版社 2005 年。

3. 黄长著《从某些外语专名的汉译看海峡两岸语言使用的同与异》,《中国语文》1994 年第 6 期。

4. 苏金智《海峡两岸同形异义词研究》,《中国语文》1995 年第 2 期。

5. 苏新春《台湾新词语研究与特点》,《厦门大学学报》2003 年第 2 期。

6. 谢米纳斯《海峡两岸外来语比较研究》,《赣南师范学院学报》1996 年第 1 期。

7. 杨必胜《习惯互异形成的词语对应:海峡两岸新闻用语对比研究》,《语文建设》1998 年第 5 期。

8. 黄国营《台湾当代小说的词汇语法特点》,《中国语文》1988 年第 3 期。

9. 乔伟《中国大陆和台湾地区电脑术语语言分析》,《语文建设》1989 年第 6 期。

10. 万星《谈台湾国语词汇与普通话的差异》,《内江师专学报》1991 年第 1 期。

11. 朱景松等《台湾国语词汇与普通话的主要差异》,《安徽师大学报》1990 年第 1 期。

12. 朱永锴《北京、香港、台湾口语里的同形词比较》,《方言》1997 年第 4 期。

《国语辞典》和《现代汉语词典》收条、释义等问题例析

南开大学文学院　　周荐

　　《国语辞典》(下简称《国语》)是黎锦熙先生在 1936—1945 年主持编定,由商务印书馆出版的一部汉语词典。该辞典"系中国语文中普通单词、复词,或习用的成语之总汇",代表了二十世纪三四十年代汉语词典编纂的最高水平,对后世续出的汉语词典有着重要的借鉴意义和作用。《国语》出齐后不久,两岸暌隔,发展途殊。但是,海峡两岸的词典人传承同一文化血脉,对汉语词典的编研工作不但从未中断而且续有发展,在大陆有《现代汉语词典》(下简称《现汉》)的编纂和多个版本的出版,在台湾则有《国语》的第一次修订本《重编国语辞典》(1975—1981)和第二次修订本《重编国语辞典修订本》(1987—1994)(下简称《重编》)的出版,它们对发展和弘扬两岸共有的中华文化做出了卓越的贡献。然而,《国语》毕竟已是六七十年前的成果了,其精髓,或为《现汉》《重编》共同继承和发展,或为《现汉》《重编》中的某一部发扬光大;而那些并非精髓的部分,或为《现汉》《重编》共同扬弃,或为《现汉》《重编》中的某一部扬弃。从《国语》到《现汉》《重编》的发展历程不难看出汉语词典编纂思想的演进,而从《现汉》和《重编》对待《国语》编纂思想弃取的不

同态度上亦可看出两岸词典人词典编纂理念的异同。这里仅摘出数例,说明《现汉》和《重编》对《国语》的继承和发展。

一　字头带出词目问题

《国语》既然"系中国语文中普通单词、复词,或习用的成语之总汇",一些字头带出的词目不属现代词汇,是很自然的。例如"噆"字注音为二:彳ㄨㄞ、ㄗㄨㄛ。读彳ㄨㄞ的"噆",释义为"齧,共食之",举例:"如'蝇蚋姑噆之',见孟子。"跟出的词条为"噆兵""噆嚌""噆炙"三个,词条出例分别为《路史》、陆游诗、《礼记》,无现代例;读ㄗㄨㄛ的"噆"只有注音,未有释义和出例。《重编》亦将"噆"字收入,一读 chuài,一读 zuō。前者出词条"噆嚌""噆炙""噆噆"。"噆嚌"释义为"狼吞虎咽的吃食",出例为"宋·陆游·黄牛峡庙诗:'纷然餕神余,羹炙争噆嚌。'""噆炙",释义为"一次就把烤肉吃尽",出例为"礼记曲礼上:'干肉不齿决,毋噆炙!'""噆噆"释义为"吃得很快并发出声音",出例为"汉·扬雄·太玄经·卷五·翕:'次三,翕食噆噆。'"后者仅注音,未有释义和出例。

《国语》和《重编》读 chuài 的"噆"都跟出三个词,其中相同的有两个,"噆嚌""噆炙";不同的各有一个词——"噆兵"《国语》收而《重编》不收,"噆噆"《重编》收而《国语》未收。《国语》和《重编》各自所收的三个词既然都是古代的词,那么收条的标准和原则应该是一样的,标准和原则在它们身上的体现也应当是一致的,不存在诸如哪个词只用于古代而不用于现代之类的问题,因此《国语》和《重编》的收条从理论上说也不应该有所不同。现在两部词典出现了上述差异,从《国语》的角度讲,可以认作其在收条立目方面不如后出的《重编》精审,漏收了"嚌嚌";从《重编》的角度看,多收了"嚌嚌"值得称道,少收了"噆兵"却难免不使人疑惑。

《现汉》所收词条以在现代能够使用或出现为原则,绝不在现代汉语中使用,特别是绝不在现代汉语中出现的词,一般不予阑入。《现汉》收"噆"字,读音有二:一读 chuài,一读 zuō。前者只释字义"咬;吃",而未有词目跟出,后者出词条为北京口语词"噆瘪子"。《国语》"齧,共食之"义的"噆",跟出的"噆兵""噆嚁""噆炙"三个词,《重编》"狼吞虎咽的吃食"义的"噆",另跟出的"嚌嚌"一个词,《现汉》均未收录。

黎锦熙先生在《国语》的"凡例"中特地说明"一词有普通义及特殊义者,重在注明特殊义,其普通义就字面一望可解者,或从省不注",举例谓:"'翻车'注有三义:'❶谓因拂意而怒吵。❷农用水车。❸捕鸟之具。'而翻覆车辆之义则从省矣。""翻覆车辆"义《国语》所以"从省",大概还是认定"其普通义就字面一望可解"。

《重编》"翻车"条收三个义项:"❶农耕用的水车。晋·傅玄·马钧传:'先生乃作翻车,令儿童转之,而灌水自覆,更入更出,其功百倍于常。'❷捕鸟的网子。尔雅·释器:'翼,谓之罩。罩,覆车也。'郭璞·注:'今之翻车也,有两辕中施罥以捕鸟。'❸车辆翻覆。如:'天雨路滑,小心翻车。'"它的原则是古今义项兼收。

《现汉》1965 年版"翻车"条仅释为"〈方〉水车",大概就是《国语》的第二个义项"农用水车"义;2005 年第 5 版析"翻车"为"翻车1""翻车2",释义为"〈方〉水车"的"翻车"由"翻车2"专司,"翻车1"则有三个义项:"❶车辆翻覆。❷比喻事情中途受挫或失败。❸〈方〉翻脸。"《现汉》对"翻车"的处理方式不仅严格遵循了词的同一性原则和分离性原则,而且没有把只存在于古代汉语中的义项一并收录。

二 收条问题

《国语辞典》收有"拿糖"条："犹拿乔。"《现汉》1965 年版"拿糖"条："〈方〉拿乔。"2005 年第 5 版："〈口〉拿乔。"《重编》未收"拿糖"，收的是"拿糖作醋"，释义为："故意作态或故示难色，以抬高自己的身份。"引例为："红楼梦•第一〇一回：'不是我说，爷把现成儿的也不知吃了多少，这会子替奶奶办了一点子事，又关会着好几层儿呢，就是这么拿糖作醋的起来，也不怕人家寒心。'亦作'拿班做势'。"

收条立目，涉及词条释义的元语言问题。《国语》在为词语释义时所用词语有的并未作为词条出现。例如"并肩"条："❶谓与之同列。❷谓势位相埒。""相埒"并未在《国语》中出条。"相埒"也未在《现汉》出条，因此《现汉》1965 年版及以后诸版的"并肩"条没有将"相埒"用在释语中："❶肩挨着肩。❷比喻行动一致，共同努力。"《重编》也未将"相埒"收取为条，但在"黠慧""兄弟""传讽"三个词条的释义中却用到了这个词。再如《国语》"专栏"条，释义为："杂志新闻纸等，分别登载各项新闻或评论，每一界域，谓之专栏。""界域"一词却未为《国语》所收。"界域"一词，《现汉》1965 年版和 1978 年版均未收，直到 2005 年的第 5 版才予收取，释义为"事物的界限和范围"，当然不会在"专栏"的释文中出现这个词。"界域"一词，《重编》也未收条，但在为"马埒""封壤""地域""兆域""挑""圆形剧场""地域性""划清界限"八个词语释义时用到了这个词。

三 释义问题

《国语》收有"腹诽"条,释义为:"谓口不言而腹非之,亦作腹非。""口不言"释义是清楚的,"腹非之"等于没有做任何解释。《现汉》"腹诽"条:"嘴里虽然不说,心里认为不对。也说腹非。"这就解释得很清楚了。《重编》亦收有"腹诽"条,释义为:"口不言而心非议之。"亦略胜《国语》。

《国语》收有"飞弹",释义为:"[军]脱落目标附近不知所在之射弹,犹言流弹。"将"飞弹"视为"流弹"的同义语。《现汉》1965 年版和以后诸版为"飞弹"设有两个义项:"❶〈军〉装有自动飞行设备的炸弹,如导弹。❷流弹。"《现汉》1965 年版和以后诸版亦收有"流弹",释义为:"乱飞的或无端飞来的子弹。"《重编》收有"飞弹",释义为:"武器名。装有推进器、方向控制仪等的炸弹。如'洲际飞弹'、'响尾蛇飞弹'。"《重编》另收有"流弹",释义为:"乱飞或不知由何处飞来的子弹。"把《现汉》对"飞弹"第一个义项和"流弹"的释义与《重编》对"飞弹"和"流弹"的释义进行比较,《现汉》对"飞弹"第一个义项的解释似比《重编》更概括;而《重编》对"流弹"的释义似乎比《现汉》更贴切——"无端"在《现汉》的解释"没有来由地;无缘无故地",好像也不好用来说明物而只能用于说明人。至于《国语》对"飞弹"的释义则略显迂拙。

四 引例问题

出例问题。《国语》对词条的释义之后,常会以"语见……"的方式顺带提出该词的出处，但语焉不详。例如"遣昼"，释义为"谓久雨至午稍停，语见农政全书。"《现汉》是为推广普通话和推行国家语言规范服务的，所出例几乎都是自撰例，更鲜见古书例。《重编》则尽力引出古书上的例子出处，对查找语源十分便利。

从《国语辞典》(删节本)看现代汉语早期词汇的特点

——以"B"字母所辖词条为例

南开大学文学院　白云

一　引　语

对现代汉语词汇特点的研究目前还不够深入,而对现代汉语早期词汇特点的论述则更是凤毛麟角,少之又少。究其原因,我认为与研究语料的分散、匮乏等不无关系。词汇研究与词典有着天然的联系。词典是词汇材料的聚合体,它反映的是具有普遍的社会性、定型成熟、并经过人们整理的系统词汇材料。

《国语辞典》是中国大辞典编纂处编纂的一部大型语文词典,全书共八册,1937 — 1945 年出版,1947 年再版时合订为四册。它收集了宋元以来白话文学作品里的词汇,以及当时使用的以北京方言为主的现代汉民族共同语词语。这在上世纪 30 年代出版的辞书中属于首创。主编黎锦熙先生在序言中指出该辞典的用处有六,其中之一便是:定词,并在"凡例"中加以说明:

1. 语文中常用、闲用及虽罕用而须供查考之辞,均行采收。2. 各科学术较常用之辞,分别搜采;见于古籍而尚流行于现代语文中及通俗口语中所用之辞,均尽量采入;其成语之具有特别意义或行文时习用者,亦酌收入。可见,《国语辞典》基本上能反映当时语言使用的实际面貌。1957 年出版了删节本,改名为《汉语词典》(以下简称《国语》(删节本)),作为原书特点的北京话词汇和有翻检必要的古汉语材料都保留了下来。删节后存词语 75000 余条。其丰富的词汇语料对于我们了解现代汉语早期词汇系统的状况有着极其重要的研究价值。

二　《国语》(删节本)词汇的抽样考察

我们以《国语》(删节本)字母"B"所辖词条作为研究对象,运用数据统计的方法,从词长、结构、来源等三个方面加以详细的剖析,全面认识其中所反映的语言规律。

(一) 词长的分布情况

《国语辞典》(删节本)中字母"B"下共有词目 3340 条。其中词语最长的是六字词(语),共有 6 个,它们是"百闻不如一见"、"白白净净儿的"、"白眉赤眼儿的"、"扒得高跌得重"、"不问青红皂白"、"不禁不由儿的"等;其次是五个字的,有 7 个,分别是"板板六十四"、"疤瘌流星的"、"拔不出腿来"、"卑卑不足道"、"不得哥儿们"、"不是玩儿的"、"不设防城市"等;四字词语有 308 个,三字词语为 443 个,双字词 2124 个,单字词(包括词素)有 452 个。如图 1。

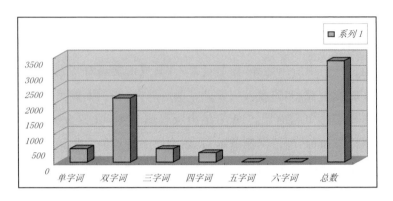

图1 "B"字母所辖词语词长数量分布图

从上图可见,双字词占有绝对优势,所占比例为63.6%,远远高于其他词长的词语;单字词与三字词的分布比例分别为13.5%和13.3%,二者只有0.2%的差距;四字词语稍逊一筹,约占到9.2%。五字词语与六字词语则数量很少。

452个单字词(词素)中,异读词(词素)为32个,它们是:杷、琶、白、百、佰、柏、北、箔、雹、龅、菠、荸、荸、僻、铋、啵、俾、婢、避、臂、蝙、遍、褊、蚌、磅、泌、秘、鄙、逼、槟、柄、不。这些词的读音在今天都已加以规范(见国家公布的《普通话异读词审音表》)。

尽管单字词与三字词数量上相差无几,但仔细分析,我们发现三字词中有许多"儿"化词。黎锦熙先生对于"儿"化词的处理有三:1. 必须儿化者,汉字加"儿"……如"马蹄儿"、"板儿"。2. 儿化不儿化两可者,称"可儿化"。汉字加"(儿)"……如"芭蕉叶(儿)"、"菜单(儿)"。3. 一词儿化与不儿化或可儿化与不儿化意义有别者,应别为两条。如"对光"与"对光儿","飞轮"与"飞轮(儿)"。其中与词长有关的是第一类"儿"化词。这样的词语共有55个,占到全部三字词中的12.4%。如:脖领儿、脖颈儿、脖儿拐、白醭儿、白面儿、白干儿、摆谱儿、摆摊儿、摆请儿、摆设儿、包圆儿、宝贝儿、饱嗝儿、抱脚儿、抱身儿、爆肚儿、板指儿、搬指儿、半包儿、半疯儿、半道儿、傍晚儿、巴儿狗、八哥儿、扒头儿、掰文儿、把口儿、背错儿、辈辈儿、辈数儿等等。"儿"虽然写作一个独立的汉字,但语音却是前面的音节所附加上的一个卷舌动作。《现代汉语词典》处理为在词目之后用"(～儿)"来加以提示。所以,这55个"儿"化三字词不能算作严格意义上的三字词。真正的三字词是以下这些词语:巴鼻虎、巴不得、巴旦杏、巴图鲁、玻璃版、玻璃粉、玻璃笔、玻璃垫(儿)、拨浪鼓(儿)、拨火棍(儿)、舶来品、伯祖母、百美图、百面雷、百沸汤、百衲本、百衲衣、百里候、百年后、百里才、百炼钢、勃腾腾、百叶窗、博览会、博物院、薄怯怯、播种机、播音剧、白报纸、白鼻子、白不了、白皮松、白茫茫等388个。其所占比例为87.6%。

　　四字词语的数量也不容小视。我们把308个四字词分为专科词语、语文词语、成语三类。其中专科词语有白葡萄酒、白热电灯、白四喜儿、百米赛跑、百科全书、报告文学、被选举权、蹦蹦儿戏、八角茴香等9个;语文词语为192个;成语为99个,如拨乱反正、白璧微瑕、白头如新、白龙鱼服、白驹过隙、白云苍狗、百发百中、百废俱举、薄物细故、宝山空回、抱关击柝、抱薪救火、抱残守缺等等。

　　三字词以上(包括三字词在内)的词语占到全部词语的22.9%。这说明在二十世纪初期多音节词语已经在汉语词汇中占有相当的比重。

(二)结构的类型分析

　　观察《国语》(删节本)"B"字母所辖的双字词以及三字词以上(包括三字词在内)的多字词的内部结构类型,将有助于我们深入了解现代汉语早期词汇的结构特点。

"汉语词汇由单字单位发展成为多字组合单位，主要有两种方式：一、将无意义的字组合拼接起来成为一个表示单纯意义的组合体；二、将有意义的字组合拼接起来成为一个有合成意义的组合体。"①五字词语、六字词语数量很少，我们主要讨论双字词、三字词和四字词三类。

1. 双字词的结构类型②

以两个没有意义的字组成的双字词分三种：一是音译外来词，二是联绵词，三是单纯叠字词。在 2124 个双字词中，这三种词数量很有限，只有 55 个，所占比例约为 2.59％。其中音译外来词为 10 个，它们是：玻璃、波棱（菜名，即波稜菜）、波罗（常绿植物，草本，实如松球，椭圆，大者长五、六寸，瓤色黄，味甘酸芳美，一名凤梨，俗混称菠萝蜜）、般若（智慧）、贝多（树名，产印度，其叶可裁为纸，用以写经）、拔都（亦称拔都鲁，即满洲语之巴图鲁）比丘（谓僧）、哔叽（一种毛织物）、槟榔（常绿乔木，高三丈余，其实味涩可食，常作消化品用）、布丁（西洋食品，糕类，以面粉和百果鸡蛋油糖蒸食）；单纯叠字词只有 1 个：膊膊，表示鸡叫的声音；联绵词有 44 个，如：巴鼻、巴壁、巴答、拨剌、伯劳、百堵、鹁鸪、簸箕、百合、笆篱、芭芒、萆薢（一种草名）、狴犴、不托（饼）等。

以两个有意义的字组成的双字词，即通常所谓的由两个语素构成的合成词。它们是双字词中的优势群体。"B"字母双字词收有 2069 个，约占 97.41％。我们就重点分析这 2000 多个合成词的内部结构形式的主要类型。

---

① 参见周荐《汉语词汇结构论》第 123 页，上海辞书出版社 2004 年。
② 结构的分类主要参考了周荐《汉语词汇结构论》中第六章第二节"双字格的构成和结构"的观点，特此说明。

(1)重叠式。重叠式合成词 a b 两个字形、义都相同。此类词有 21 个,约占 1.01%。它们是:巴巴、饽饽、鲅鲅、剥剥、伯伯、勃勃、薄薄、拜拜、宝宝、保保、般般、斑斑、吧吧、叽叽、爸爸、卑卑、比比、表表、彬彬、缤缤、步步等。

(2)定中式。定中式合成词 a b 两个字,一个表示全词的中心意义,表事物现象等,另一个起修饰、限制的作用。这类词有 785 个,占到 37.94%。如:巴豆、波谷、波丘、波折、波臣、波长、菠菜、白民、白颠、白眼、白首、白纻、舶物、帛书、伯母、伯父、百弊、百度、白感、百姓、博徒、博局、白话、白货、白斋、柏油、败酱、败群、败絮、班次、部阵等。

(3)状中式。状中式合成词 a b 两个字,一个表示全词的中心意义,表动作行为或性质状态,另一个起修饰、限定的作用。它们有 306 个,所占比例为 14.79%。如:巴漫、白描、白相、白痴、百拜、百般、百辟、百衲、百揆、博爱、博闻、薄待、薄具、薄曲、薄晓、白不、白忙、白搭、饱参、暴病、暴发、暴富、暴敛、斑白、版筑、伴奏、半歇、棒喝、绷骗、把做、把晤、霸占、霸图、拜跪、悲叹、悲鸣等。

(4)联合式。联合式合成词 a b 两个字,形不一样,意义却存在密切的关系,或相同、相近,或相反、相对。这类词有 333 个,占到 16.09%。例如:巴揽、罢了、罢咧、罢休、罢闲、罢黜、拔除、波涛、波澜、波浪、波磔、钵盂、拨弄、剥夺、剥落、剥削、剥啄、剥蚀、白昼、伯仲、博大、博畅、博洽、博弈、薄怯、白净、白皙、摆布、摆忙、捭阖、拜别、褒贬、褒扬、宝贝、保管、饱暖、半百、伴侣、板眼等。

(5)支配式。支配式合成词的 a b 两个字,一个表支配,表示动作或形状,另一个是支配的对象。支配式合成词有 319 个,所占比例为 15.42%。例如:罢官、罢工、罢课、拨款、拔冗、剥肤、搏风、搏杖、驳价、驳船、抱恨、抱愧、报名、报施、报赛、报丧、扳罾、拌嘴、拌蒜、绑票、拔贡、拔河、拔脚、拔亲、拔薤、把酒、把袂、霸道、擘画、拜官、拜客、拜会、拜节、备考、备补、备员、奔北、帮忙、帮工、变色、辨证、比例、比高、比年等。

(6)陈述式。陈述式合成词的 a b 两个字,a 是陈述、说明的对象,b 是陈述、说明的部分。陈述式合成词有 128 个,占到 6.19％。如:波荡、波动、波及、百晓、百顺、白煮、白事、豹变、豹隐、板荡、板滞、板擦、榜贴、榜示、北至、辈出、邦交、梆摇、卞急、便秘、榜掠、榜笞、鼻衄、璧还、冰泮、病变、兵变、兵谏、病没、病死、病故、病间、部列、部署等。

(7)补充式。补充式合成词的 a b 两个字,一个表动作,另一个对动作进行补充说明。这类词有 63 个,仅占 3.04％。如:摆渡、摆脱、摆列、摆开、摆阔、败衄、败露、败落、败坏、败兴、败亡、包围、拜覆、保留、保固、保准、保重、保释、抱养、报罢、报称、爆裂、巴结、扒脱、拔白、拔除、把牢、把滑、把稳、擘开、绊倒、标明、表明、编入、变通、屏绝等。

(8)递续式。递续式合成词的 a b 两个字都表动作,其中 a 的动作或者在时间上发生在 b 之前,或者作为 b 的动作发生的条件。这类词数量较少,有 20 个,约占 0.97％。如:驳正、播弃、播迁、包用、搬演、颁发、颁行、颁赏、拨付、拨还、拨救、拜领、比照、辟召、表章、表彰、表演、编遭、变灭等。

(9)附加式。附加式合成词的 a b 两个字,一个是词根词素,一个是词缀词素。这种合成词通常称作派生词。这类词有 70 个,约占 2069 个词语的 3.38％。例如:巴得、巴到、拨儿、脖子、摆子、胞子、雹子、鸨儿、铇子、豹子、搬子、班子、板子、板儿、伴儿、膀子、棒子、绷子、巴掌、被子、杯子、背着、畚箕、便得、便了、鼻头、笔者、蓖麻、必得、别的、邲如、炳然等。

（10）其他式。这类合成词中的 a b 两个字之间没有上述八类合成词所具有的意义结构关系。它们有的是从古代文献的语句中截取而来，有的纯属意合，从字面上难以稽考，有的则无法归纳其结构关系。我们只好把这些词统归为其他类。它们数量不多，只有 24 个，约占 1.16％。例如：

白地：谓平白无故，如"相看月未堕，白地断肝肠"，见李白诗。

百六：谓厄运。

白粮：明清两代京师向江浙各地所征之粮曰白粮。

白钱：扒手，以钱形钢器割取人物者。

班荆：谓布荆于地而坐，如"班荆相与食而言复故"，见《左传》，今言班荆道故，指朋友相遇话旧，本此。

2. 三字词的结构类型

由三个无意义的字组成的三字词主要是音译外来词，共有 8 个，仅占全部三字词的 1.81％。它们是：巴图鲁(称勇敢)、巴力门(国会之音译)、百斯笃(传染病名，即鼠疫，亦称黑死病)、白兰地(酒名，普通由葡萄制成，中含酒精百分之四十至五十)、勃兰地(即白兰地)、八思巴(圣童之意，如"帝师八思巴"，见元史)、比丘尼(谓女僧)、冰激淋。除此之外的 435 个三个词内部结构方式主要有定中式、状中式、支配式、联合式、补充式、陈述式、附加式等。定中式三字词有 202 个，约占 46.44％，如：巴鼻虎、巴旦杏、玻璃粉、玻璃笔、玻璃纸、拨火棍、脖领儿、白相人、百衲琴、播种机、播音剧、白报纸等；状中式三字词有 108 个，约占 24.83％，如：百事通、白不肯、百日红、半彪子、半疯儿、半悬空、八拜交、壁上观、蹦儿亮、步步高、不得不、不经济等;支配式三字词有 54 个,其比例为 12.41%。如:拨鱼儿、剥痛疮、舶来品、摆谱儿、摆摊儿、摆架子、摆样子、败门风、包圆儿、饱嗝儿、抱佛脚、扳指儿、板着脸、扒头儿等;补充式三字词有 13 个,占到 2.99%,如:巴不得、百年后(定中?)、白不了、摆不开、百十来、保不齐、背起来、绷不住、笔底下等;联合式三字词只有 4 个,约占 0.92%,它们是:脖颈子、脖颈儿、半中腰、碧螺春等;陈述式三字词有 5 个,约占 1.15%,包括:白日撞、巴戟天、本利和、鳖缩头、布衣交等;由词根词素与词缀词素构成的附加式三字词有 47 个,占到 10.80%,如:波腾腾、薄怯怯、白茫茫、白面儿、白邓邓、白蛉子、白干儿、白花花、白晃晃、白生生、摆请儿、摆设儿、拜把子、宝贝儿、半辈子、饱饱的、背地里等;还有"不一一、鼻牛儿"两个三字词的内部结构无法归类,只好归为其他类,仅为 0.46%。

根据以上分析的数据可以看出,定中和状中这两种结构方式最为常见,其比例加起来占到 435 个三字词的 71.27%。语言学家把它们统称为偏正式。

3. 四字词的结构类型

308 个四字词语由四个无意义的字组成的词只有两个:"布尔乔亚"、"不不镗儿(玩具名,琉璃所制,吹之作响)"。其余的 306 个词语内部结构类型比较复杂,主要有定中式、状中式、支配式、联合式、陈述式、递续式、补充式、重叠式、附加式等九类。定中式四字词语有 49 例,约占 16.01%,如:白面书生、百尺竿头、白葡萄酒、百米赛跑、百科全书、保险公司、报告文学、半面之交、半透明体、棒子面儿、拔毛药水、被选举权、包袱皮儿、北门锁钥等;状中式四字词语共有 65 个,约占 21.24%,例如:百步穿杨、百折不挠、百无禁忌、阪上走丸、半途而废、八面玲珑、悲喜交集、背山起楼、不足挂齿等;支配式四字词语有 42 个,约占 13.73％,如:摆空架子、败坏门楣、搬弄是非、傍人门户、拨着短筹、包揽词讼、逼上梁山、变了向儿、不习水土、不知好歹、不修边幅等;联合式四字词语有 82 个,占到 26.80％,如:巴头探脑、巴高望上、伯仲叔季、百孔千疮、博施济众、薄唇轻言、薄物细故等;陈述式四字词语有 33 个,约占 10.78％,如:白璧微瑕、白头如新、白驹过隙、百废俱举、百中无一、白手兴家、宝山空回、杯盘狼藉、杯弓蛇影、病入膏肓等;递续式四字词语有 11 个,约占 3.59％,例如:拨乱反正、抱头鼠窜、抱薪救火、搬砖砸脚、拔毛连茹、拔宅飞升等;补充式四字词语有 9 个,约占 2.94％,包括:百发百中、百战百胜、饱以老拳、暴跳如雷、拜在门下、拜恩私室、逼人太甚、不绝如缕、不相上下等;重叠式四字词语有 9 个,约占 2.94％,它们是:巴巴结结、半半路路、半半落落、吧儿吧儿、悲悲切切、必必剥剥、滓滓膊膊、病病殃殃、病病歪歪等;另外还有附加式 6 个:巴不能彀、巴巴儿的、败家子儿、报盘儿的、搬不倒儿、半不道儿,约占 1.96％。

以上我们对双字词、三字词和四字词的内部结构类型进行了详细分析,具体数据的分布情况列表如下:

	偏正式		联合式	支配式	陈述式	补充式	递续式	重叠式	附加式	其他式	总数
	定中	状中									
双字词	785	306	333	319	128	63	20	21	70	24	2069
三字词	202	108	4	54	5	13	0	0	47	2	435
四字词	49	65	82	42	33	9	11	9	6	0	306
总　数	1415		419	415	166	85	31	30	123	26	2810
比　例(%)	53.92		14.91	14.77	5.91	3.02	1.10	1.07	4.38	0.93	100

为了更清楚直观地表现这三类词内部结构类型的分布情况,

我们把上表的数据转换为图形加以展示。如图 2。

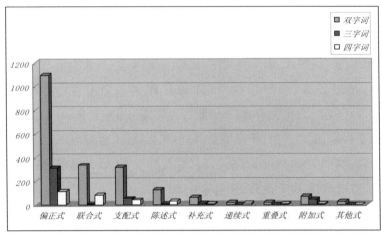

图 2　双字词、三字词、四字词内部结构类型分布图

在 2810 个词语中，数量最多的是偏正式（包括定中式和状中式）词语，所占比例达到二分之一强，远远高于其他八类词。可见，偏正式在早期的现代汉语词汇中是最常见、最活跃的构词方式，紧随其后的是联合式、支配式以及陈述式等三种类型。从这些词语的构词类型来看，现代汉语词汇中词与词组的内部组织关系呈现较强的一致性，这反映出汉语语法一以贯之的简约特征。

（三）词语的分类问题

我们在参考有关学者观点的基础上结合自己的理解对现代汉语词汇进行了分类。其结果不一定科学。现代汉语词汇系统首先分为基本词语和一般词语。一般词语又可分为：传承词、古语词、新词、方言词、外来词、社会方言词等六大类。

1. 基本词语

我们对《国语》（删节本）"B"字母所辖 3340 个词语进行了详

细的分类。属于基本词的有 240 个,其中单字词(包括词素)223
个,所占全部基本词的比例高达 93%。如:巴、罢、波、拨、剥、泊、
摆、脖、舶、帛、百、捌、爸、勃、雹、薄、饱、暴、霸、卑、吧、啵等。双字
词 16 个,如:巴巴、伯伯、伯母、白天、白梨、巴掌、把儿、背儿、巴答
(状一击之声)等;三字词 1 个,即"巴不得"。

　　前面我们分析双字词的数量占有绝对优势,而为什么在基本
词语中却是单字词的数量远远高于双字词和三字词呢?大家知道
基本词具有三个最主要的特点:(1)普遍性。使用人群最广,范围
最宽,频率最高。(2)稳固性。生命力长久,不易发生变化。(3)是
产生新词的基础。作为基本词汇的单字词分布范围广,使用频率
高,在漫长的历史发展过程中不断演绎出新的意义,在日常交际中
非常活跃,据北京语言学院语言教学研究所编写的《现代汉语频率
词典》的统计分析材料,前 300 个高频词中,单音词有 228 个,占总
数的 76%;分布最广的 360 个词中,单音词有 260 个,约占总数的
72.2%。更为重要的是它们作为核心语素在语义关系和语法原则
的支配下系联起一系列的合成词,形成大大小小的词族。而多字
词的这种系联词语和演绎新义的能力显然要弱得多,因而进入基
本词汇的几率就相对较低。

2. 一般词语

　　其余 3100 个词语属于一般词语。它们具体又可划分为以下
六大类。

　　(1)新词。属于新词的有 469 个,约占一般词语的
15.13%,略举数例:甬、泵、铂、磅、镑、表、北至、北纬、背脊、背
景、背约、包赔、包皮、包票、包单、悲剧、拔帜、八成、拔脚、拔
丝、把牢、把滑、笔筒、笔画、包工、币制、不知道、不值得、包圆

儿、百十来、摆摊儿、报关行、报告书、保婴堂、保安林、保险箱、保护色、保护鸟、玻璃纸、标准钟、不可救药、拨浪鼓儿、把儿缸子、标点符号、报盘儿的、不好意思、不习水土、不设防城市、疤瘌流星的、不是玩儿的。

(2)传承词有 2175 个,占到 70.16％。其中单字词为 38 个,双字词有 1676 个,三字词有 205 个,四字词有 248 个,五字词 3 个,六字词 5 个。

(3)古语词有 168 个,约占 5.42％,其中单字词为 83 个,双字词有 69 个,三字词有 9 个,四字词有 6 个。如:

劲:白蒿。

巴谩:①旧日博戏名,盛行于宋元,以钱为博具,以钱之两面"字"及"幕"定输赢;谩一作镘,皆幕之伪。②牟利或榨取金钱之意,如"一片心只待求食巴谩",见宣和遗事。

巴揽:持守之义,如"人于敬上未有用力处,且自思入,庶几有个巴揽处",见朱子全书。

白茶盏:明宣德窑所制茶杯,甚珍贵。

膈膈膊膊:谓鸡将鸣振翼声,如"膈膈膊膊鸡初鸣",见古诗。

(4)方言词有 35 个,约占 1.13％。这些方言词主要来自北方方言以及吴方言,还有少数词语来自粤方言。如:白相、孛相、白相人、搬场(迁居、商店一家曰一)、瘪三、包打听(旧日称租界中巡捕房之包探)等来自吴方言;"煲饭"是粤语的说法;而"宝贝疙瘩、抱脚儿、抱沙锅、抱瓦罐、抱窝、爆肚儿、半彪子、半拉、棒子面儿、巴子、背拉、包谷、锛得儿木(指啄木鸟)、榔摇(一人摇荡之小船,天津有之)、扁食、蹦儿亮、鼻牛儿、表蒙子、表瓢子、冰楞、病包儿、兵轮、不得哥儿们、不禁不由儿的"等词语属于北方方言词。

（5）外来词 19 个，约占 0.61％。它们的来源比较丰富。如：来自满语的有"拔都、巴图鲁、八思巴、包衣"，来自佛教用语的有"般若、呗、呗赞、比丘、比丘尼、瓣香、彼岸、变相"等；"巴力门、白兰地、勃兰地、冰激凌、布丁"来自英语，"扁桃"来自日语，"布尔乔亚"来自俄语。

（6）社会方言词有 234 个，约占 7.55％。在这里主要指专科术语。具体的门类包括植物、动物、绘画、音乐、数学、化学、物理、文学、医学、地理、法律、出版业、体育、测绘、教育、军事、生物等自然科学和社会科学的诸多方面，以及股市用语、商业用语等。

以上我们对一般词语的六个次类进行了具体的数据统计分析，下面用表格加以直观表示。如下表：

	传承词	古语词	新词	方言词	外来词	社会方言词	总数
数量	2175	168	469	35	19	234	3100
比例(％)	70.16	5.42	15.13	1.13	0.16	7.55	100

表中的数据显示出传承词是一般词语最重要的组成部分，而适应社会发展和进步而产生的新词语呈现了旺盛的生命力，反映当时社会生活和意识形态以及科学技术等各个方面的社会方言词迅速并大量地进入了共同语词汇系统，相比较而言被保留下来的古语词数量已经非常少了。方言词和外来词虽然所占比例很小，但可看出它们对共同语词汇进行着不断地渗透，充实和丰富着汉语的词汇系统。

三　《国语》(删节本)所反映的现代汉语早期词汇的特点

通过我们对《国语》(删节本)"B"字母所辖词语的词长、结构、词语类别等方面的数据统计，可以看出现代汉语早期词汇具有以下几个突出的特点：

一、现代汉语早期词汇以双字词为主体，但单字词是基本词汇的核心。词形有向三音节乃至四音节延长的趋势。

众所周知，双音节词占绝对优势，是汉语词汇由古代发展到现代的一个显著的变化，是现代汉语词汇的一个重要特征。上古时期汉语词汇以单字词为主，大约从汉代开始，双字词在汉语中大量地涌现，到清代基本上完成了取代单字词为主的词汇状貌的历史进程。学者们对不同时代的代表文献中单双字词的数量做了详细统计，就是对汉语词汇双音化的无可辩驳的证明。现代汉语早期词汇继续延续了这种变化，双字词的主体地位尤为突出。

从我们前面分析的数据可以看出，虽然静态系统中单字词数量无法比及双字词，但它是基本词汇的核心，是整个词汇体系的最底层，是其他一切词汇形式赖以生成的重要基础。因此，词汇单位在动态使用中表现出来的却是单字词所占比例远远高于双字词。口语中，单字词无论出现的次数还是频率，通常都较书面语为高。文斌对 1951 年《龙须沟》对话部分和《反对党八股》中复音词和单音词的使用频率进行了统计[①]：

	复音词 百分比	词数	平均 次数	单音词 百分比	词数	平均 次数	总词数	平均 次数
龙须沟	41.7%	608	1.62	59.3%	583	5.83	1495	2.84
反对党八股	61.7%	2978	2.8	38.2%	1519	8	4497	3.6

可见,单字词依然是现代汉语词汇的基础部分,占有重要的地位。

　　在现代汉语早期,词汇单位呈现了词形向三音节乃至四音节延长的趋势。《国语》(删节本)"B"字母所辖词语中收入了大量的三字词和四字词,就是对这一语言事实的真实反映。汉语词汇词形向三、四音节延长的趋势一是由于表达日益复杂的事物的需要而增加成义音节,二是由于白话文的繁荣使然。近现代文明和科学技术的产生,为了表达新的复杂词义和概念,三字词、四字词应运而生。中古以后,真实记录"引车卖浆者流"语言的市井文化蓬勃发展。此后,白话文逐渐成为时代发展的主流。大量俗白和直白的三字词、四字词正是在此历史和时代的背景下涌现的。

　　二、现代汉语早期的构词类型多种多样,其中以偏正式最为常见。根据我们前面的数据分析,现代汉语早期构词的类型有偏正式、联合式、支配式、陈述式、补充式、递续式、重叠式、附加式等八种主要类型。而在各种构词类型中,偏正式是最活跃、最能产的构词方式。之所以如此,主要有以下几点原因：

　　第一,偏正式构词符合汉族人的认识思维规律。

　　第二,偏正式构词灵活方便,可以快速地对社会生活作出反

---

　　① 转引自王世友《现代汉语单音词的范围、性质和地位》,《语言文字应用》2000 年第 1 期。

映。

　　第三,偏正式构词表义明确,以此构成的合成词易于理解,便于传播和巩固。

　　三、现代汉语早期词汇系统的成员类型丰富复杂。其中传承词数量最多,是最重要的组成部分。其次是反映新事物、新思想、新观念的新词语和专科术语。它们对社会的变动十分敏感,正如斯大林在《马克思主义和语言学问题》中指出的"工业和农业的不断发展,商业和运输业的不断发展,技术和科学的不断发展,就要求语言用工作需要的新的词和新的语来充实它的词汇"。我们看到二十世纪上半叶专科术语大量出现,占到了一般词语的7.55%,涉及自然科学和社会科学的各个方面,如:白描、版画、布景、伴奏、棒球、百科全书、被告、版权、白铜、白内障、并发症、白鹭、白铅矿、白熊、白热、百米赛跑、饱和点、半岛、变压器、步枪、补给线等。方言词和外来词也是现代汉语词汇系统中不可或缺的成员之一,但比例不高。这说明现代汉语普通话并非无原则地吸收外族词语和地域方言词语,而主要是出于自身系统的需要。

【参考文献】

　　1. 中国大辞典编纂处编《国语辞典》(删节本)(又名《汉语词典》),商务印书馆1957年。

　　2. 刘源主编《现代汉语常用词词频词典》,宇航出版社1990年。

　　3. 北京语言学院语言教学研究所编《现代汉语频率词典》,北京语言学院出版社1986年。

　　4. 程湘清《汉语史专书复音词研究》,商务印书馆2003年。

　　5. 葛本仪《现代汉语词汇学》,山东人民出版社2001年。

　　6. 周荐《汉语词汇结构论》,上海辞书出版社2004年。

　　7. 陈刚《北京方言词典》,商务印书馆1985年。

8. 高名凯、刘正琰等编写《现代汉语外来词词典》,商务印书馆 1958 年。

9. 伍民《五四以来汉语词汇的一些变化》,载《中国语文》1959 年第 4 期。

10. 刘中富《现代汉语词汇特点初探》,载《东岳论丛》2002 年第 6 期。

《重编国语辞典修订本》中的"大陆词语"

厦门大学中文系 刘扬涛 苏新春

摘要：本文以《重编国语辞典修订本》中的"大陆词语"为研究对象，分别从内证的角度，对"大陆词语"词目特征、语义类别、释义体例进行特征描述，展现"大陆词语"在词典中的具体分布状态；其次运用外证方法，将《辞典》与同时期的《现代汉语词典》的两个版本进行对比、分析，从词目的取舍、词目对应与否、词义承载的信息量等几个方面，对"大陆词语"反映大陆地区事物、现象、观念的情况进行考察。

关键词：重编国语辞典 大陆词语

《重编国语辞典修订本》是由台湾教育部国语推行委员会编纂的台湾国语教学和语文工具书，其编辑目标是"以服务国中小学教师、学生及社会人士教授或学习国语文为主要目标，并提供今日国语文及中文计算机界研究者的基础语文资料"。①

《重编国语辞典修订本》（以下简称《辞典》）是在 1981 年《重

---

① 《重编国语辞典修订本·修订凡例》，2005 年 1 月台湾学术网络第 5 版，http://www.sinica.edu.tw/~tdbproj/dict/。

编国语辞典》的基础上于 1994 年修订而成的，同年完成网络版。网络版于 2005 年更新为第五版。目前网络版的语料有两个版本：第四版（1998 年 4 月）和第五版（2005 年 1 月）。本文所利用的语料是网络版的第五版。主任委员李鍌先生在《辞典·序言》中说："其中有关常见语词资料的勾勒与搜集，除重编本原有的架构外，包括：一、中古以后仍常见于今日的文学语词；二、宋元以后的口语语词；三、晚清的小说语词；四、民初至三十年代的小说词语；五、海峡对岸的语词；六、台湾地区的语词；七、现代流行词汇；八、常见的专科词汇；九、成语、谚语、歇后语；十、同义词与反义词的资料。"[①]里面收录了一定数量的大陆地区的词语，其目的《辞典·修订编辑原则》第 6 条说得比较清楚："收辑海峡对岸语词——为扩大本辞典服务范围及建立完整的国语史料。"从这些论述可以看出，《重编国语辞典》具有以现代共时为主，兼具历时源流的特点。它继承了《国语辞典》的基本内容和特色，又反映了当代台湾语言的特点，这些都是很值得我们专门研究的。它里面还收了"海峡对岸的语词"，即"大陆词语"，这是站在台湾语言的角度来观察大陆语言，或曰是大陆语言已经影响到了台湾地区的词语。考察这部分词语，对观察两地的语言交融，特别是大陆词汇对台湾的影响，及进入台湾后的大陆词语所发生的变异，都很有意义。

　　以最新修订本网络版第 5 版（2005 年 1 月）为语料，经筛选、统计其中释义内容为描写、反映大陆地区事物现象、社会生活、思

[①]《重编国语辞典修订本·修订凡例》，2005 年 1 月台湾学术网络第 5 版，http://www.sinica.edu.tw/～tdbproj/dict/。

想观念、认识意识诸方面的词语计 765 例。本文将这些在释义中标注了"大陆地区"或"大陆",在意义上反映大陆地区事物、现象、观念等方面的词语统称为"大陆词语"。

这是值得我们注意的一类词语,因为首先《重编国语辞典修订本》作为一部由"教育部国语推行委员会"编纂的语文工具书,具有相当的权威性、规范性,通过对《辞典》中"大陆词语"的选词原则、释义特点的分析,可以了解台湾地区对大陆地区各种事物现象、社会生活、思想观念、认识意识的关注层面、关注重点;可以了解该词典对于"大陆词语"的载义量是如何处理的,即以什么方式向台湾受众传播大陆信息,而这些词语信息在多大程度上反映了大陆地区的发展、变化。通过与大陆最具权威的《现代汉语词典》在收词、立目、释义方面进行共时比较,可以了解两岸在收词标准、释义原则、载义容量等词典编纂方面的特点,进而以此为参照,从现代汉语词汇的比较中反映两岸文化、观念等方面的异同。

一 "大陆词语"在《辞典》中的分布

《辞典》有"语词记录笔数"152398 例,其中有"大陆词语"765 例,约占总数的 0.50%。语例中以词条形式出现的计 654 例,作为义项出现的计 111 例。从义项数来看,单义项词目的有 741 例,多义项词目有 24 例,义项总数为 791 项。义项数最多的为 4 个义项,只有一例:"爆棚"。从词性分析看,在 790 个义项中,名词性词语 529 项,动词性词语 236 项,形容词性词语 24 项,副词 1 例,量词 1 例。

表1：

义项数	分　类		词语数	义项总数
1	整词类	637	742	742
	义项类	105		
2	整词类	15	21	42
	义项类	6		
3	整词类	1	1	3
	义项类	—		
4	整词类	1	1	4
	义项类	—		
总计			765	790

下面从词目特征、释义体例两方面对《辞典》中的“大陆词语”进行描写、分析。

（一）词目分析

1. 词长统计

从音节长短的角度来对《辞典》中的“大陆词语”的词长进行统计。

表2：

音节数	数　量	比　例(％)	例　　词
1	1	0.13	盘
2	429	56.15	把口、白案、冷项
3	196	25.52	拨改贷、保暖杯、老大难
4	120	15.70	八旗子弟、玻璃小鞋、升级换代
5	16	2.09	非贸易创汇、电动剃须刀、两条腿走路
6	2	0.26	空中公共汽车、大鸣大放运动
7	1	0.13	经济技术开发区
总计	765	100	—

表2的统计结果表明，“大陆词语”的平均词长为2.60个音

节。其中二、三、四音节的词长是绝对主体；双音节词语的数量最多，所占比例达到了全部"大陆词语"的一半以上，其次为三音节、四音节词语，两者的比例之和也达到了总数的 40% 左右。收入的词语以词为主，也包括了一部分短语，例如"拨改贷""两条腿走路"等。

2. 义类分布

765 例"大陆词语"所属义类分布情况如表 3。

表 3：

义类	数　量	比　例(%)	例　　　词
社会生活	288	37.81	保洁、离休、大件、棒针衫、伴侣动物
经济	83	10.54	炒买、批量、倒牌、卖大号、集体经济
语文词	80	10.54	掰了、爆棚、纸饭碗、玻璃小鞋、不是个儿
称谓	65	8.30	大中人、八旗子弟、白衣教练、毛脚女婿
法律、行政	37	4.87	原审、询访、批转、核批、知识产权
教育	29	3.82	保教、课卷、电大、保健粉笔、第二课堂
政治	32	4.21	老九、统一战线、雷锋运动、人民公社
术语	26	3.42	步频、物态、侵彻力、一次能源
文化、语言	23	3.03	彝文、摄画、普通话、正字、报告小说
体育	21	2.77	芭赛、臂跑、冰舞、调赛、三大球
事物	22	2.90	斗渠、梯河、正桥、维多米
建筑、交通	17	2.23	大巴、大篷车、面包车、正厅
生命、医学	14	1.84	放疗、风浴、绿内障、家庭病床
农业生产	14	1.84	飞播、拉秧、起土、三农、生态农业
航空、航天	6	0.80	宇航、航途、登月舱
地理、天文	6	0.80	北京、三西、三北
电子、科技	2	0.26	软件、并网
总　计	765	100	

表 3 的统计结果表明，《辞典》收入的"大陆词语"所属义类分

布广泛，涉及社会、生活、经济、政治、行政、教育、文化体育、司法、语文词等十几个大类，主要集中在反映大陆地区的社会、经济、语文词语方面；社会生活类词语达 288 例，占总数的 37.81％；其次为反映大陆地区经济生活、现象的词语，占总语例的10.54％。

社会生活类：白烟、半边家庭、方便面、电视系列片、拉链工程、家庭妇男、红眼病、新四大件、吃大项、双职工、春运、彩影、慈悲杀人、大锅饭、文件旅游等；

经济词语类：卖大号、批量、批销、倒牌、脱销、利税、联购、换汇、见旺、奖售、拳头产品、适销对路、商购、炒买、创汇、创收、超亏、持旺、剔庄货、大路货等；

语文词语类：玻璃小鞋、爆棚、不着调、爬坡、泼脏水、拍脑袋、捧杯、铺路石、没奔头、蒙坑、反弹琵琶、达标、点评、糖衣炮弹、挑头、条条框框、捞稻草、两张皮等。

从时间上看，部分词语显示出了比较明显的时间跨度，收录的词语表现出明显的社区色彩。反映大陆地区四五十年代的词语例如"自留地、人民公社、雷锋运动、两条腿走路"等；反映大陆地区"文革"时期的词语，如"老九、造反、样板戏、黑五类"等。这两个时期的词语以反映政治制度、政治生活的政治词语为主。

80 年代初大陆实行对外开放政策，进入经济体制改革时期。近二十年间的政治词语的数量大大少于"文革"时期，而新经济词语则有大幅度增长。改革开放以来，产生了大批反映政治、经济、文化及社会生活的词语，《辞典》采录了反映新事物、新现象和新生活的词语，例如"拨改贷、一胎化、万元户、经济技术开发区、空调症、搞活、纸饭碗、待业、非贸易创汇"等。

由于特殊的历史原因，台湾地区民众对于大陆地区的了解十分有限,而《辞典》中的"大陆词语"正好为台湾地区民众提供了一个了解大陆社会生活的渠道。

(二)释义体例

1. 释义模式

在考察中我们发现,"大陆词语"的释义模式相对统一,主要运用以下几种提示语进行释义。

表4:

提示语	数　量	比例(%)	分　　类
指	624	81.68	指、特指、泛指、早期指
比喻	41	5.37	比喻、喻、引申为
用语	27	3.53	用语、大陆用语
称	17	2.23	称、谓、称呼
其他	30	3.80	音译、大陆、大陆地区
总计	765	100	

例如:

词　条	《辞典》
拨改贷	<u>大陆地区指</u>[①]国家预算内安排的基本建设项目所需资金,由政府全数拨款改为银行贷款。
八旗子弟	<u>大陆地区比喻</u>自恃地位优越,胡作非为又腐败无能的干部子弟。如:"离休的老干部可别把子女教成八旗子弟。"
自控	<u>大陆地区用语</u>:(1)自我控制。如:"阅历浅,自控能力差。"(2)自动控制。如:"自控汽车"。
搞活	<u>大陆地区谓</u>采取措施使事情活跃起来。如:"搞活经济"。

表4的数据显示:

---

① 下划线为笔者所加,下同。

（1）对"大陆词语"的释义体例比较统一、规范,体现为集中运用了比较规范的提示语。其中,以"大陆地区指……"的释义模式所释词语最多;"大陆用语/地区用语"主要针对短语或多义词释义。

（2）以"大陆地区喻……"释义的词语计 41 条,大部分直接说明比喻义。比喻义词语与社会生活应用、主观意识有着密切联系,在语言运用中具有较强的交际性。《辞典》收入了一部分具有比喻意义的词语,一定程度上反映了《辞典》对大陆地区词语的关注层面的广度,不只是对大陆地区具体事物的介绍、说明,还包括对大陆地区的社会现象、思想观念、生活交际等内容的关注、解释。

2. 释义类型

符淮青在《现代汉语词汇(增订本)》中就概念义的解释介绍了三种普遍性较大的释义方式,本文依据此标准并结合《术语工作辞书编纂基本术语》中的三种释义类型,对"大陆词语"释义类型进行简单、粗略的归纳。(其中一部分词语的释义是几种方式的综合,在统计中取其主要的释义类型,即在提示语之后的释义类型进行分析。)主要表现为以下三种类型:

（1）用同义近义词语,包含两种情况:

第一,用台湾地区所用词语进行解释。例如:

【脑库】大陆地区指智囊团。

【登月舱】大陆地区指登月小艇。

"智囊团""登月小艇"在《辞典》中均作为词目出条。

第二,按语素次序用同义或近义词对释。例如:

【带教】大陆地区指带领教道。

【持旺】大陆地区指货品销售持续畅旺。如:"近来金饰销售持旺。"

(2)定义式释义。例如:

【大中人】大陆地区指体型接近成人的少年。

【时间医学】大陆地区指研究时间对人体生理、病理和药理作用的影响,以及时间与发病、诊断和治疗关系的学术,或称为"时间治疗学"。

此类释义类型的词语 188 例,表现为对逻辑学上所讲"种=类＋种差"内容的释义,主要用于对科学术语、专有名词的释义。

(3)说明、描述、比喻式释义。例如:

【爬坡】大陆地区喻向更高目标努力前进。如:"朝既定目标奋力爬坡。"

【南风窗】大陆地区比喻可以带来侨汇收入的海外关系。如:"深圳紧临香港,南风窗大呀!"

表5:

释义模式	同义词近义词释义		定义式释义	描述说明比喻式释义	总 数
	同 义	语素次序			
数 量	153	118	203	317	790
比例(%)	19.36	14.94	25.70	40.00	100

(1)描述、说明、比喻式的释义类型达到了 317 例,占总数的 40%,是《辞典》中采用最多的释义类型,在反映一些大陆地区独有的社会现象、生活方式、思想观念时多采用此类方法。

(2)有 153 例词语是运用同义的台湾用语进行释义的,并且这些台湾用语在《辞典》中多作为词目出条。此类词语所反映的具体事物、社会现象是两岸共有的,只是在名称叫法上有所不同,这与《辞典·编辑体例》中对"大陆用语"的定义是相吻合的,即"大陆地区常用语,与台湾语区使用习惯不同者,原则上以'大陆地区指'说明之"。这部分词语可以认为是两岸的"同实异名"词语。

(3)同义词对释主要针对两岸使用习惯不同的词语,语素释义必须以词语的词素意义为释义基础,定义式释义主要用于对科学术语、行业用语的解释。这三种释义类型都侧重对词语意义的客观反映,在"大陆词语"的释义中所占比例达到了60%,这说明"大陆词语"的释义内容的客观性程度比较高。

二　与《现代汉语词典》对比

从收词时间看,"大陆词语"主要是反映当代大陆地区的各类事物、社会现象、思想观念等方面的词语;从词语的语义分布来看,以社会经济生活类、语文类词语为主。因此,就"大陆地区用语"这部分词语来看,两部词典在收词标准、释义原则、载义容量上是具有可比性的。因此,我们选用《现代汉语词典》(2002年增补本)作为主要的语料进行对比研究。

以《现汉》作参照,765条"大陆词语"分布呈现三种情况:《现汉》收入并以词目形式出条;《现汉》收入但以词例形式出现;《现汉》没有收入。在本文的分析中,将第一种分布称为词目对应词,后两种分布则归入词目不对应词一类。

经过对比、统计,两部词典的对应词目有364例,占总数的47.58%,即有364例"大陆词语"在《现汉》中也是以词目的形式出现,属于规范、通用、稳定的现代汉语词语。而另外的401

例,则为不对应词目,占总数的 52.41%,两者的比例基本持平。

表 6:

词目	整词类		义项类		总　数		词　例
	数量	比例	数量	比例	数量	比例	
对　应	280	36.6%	83	11.1%	364	47.5%	白班、魔方、飘尘; 白条、普法、毛毛雨
不对应	374	48.8%	28	3.6%	401	52.4%	本销、无形镜、恐变症;挡风、访视
总　数	654	85.4%	111	14.7%	765	100%	

(一) 对应词目研究

1. 词条分布

337 条词语出现在《现汉》的正文中,另外 27 例出现在《现汉》"附录·新词新义"中,例如:面市、托老所、扭亏、下浮、销势、知识产权、展映、长线、内资、弱化等。从义类分布看,与经济现象有关的条目就有 11 例。一方面说明反映的是大陆地区比较近期的社会现象,其中以经济生活、经济现象为主;从语言与社会联动的关系来看,与大陆处于改革有直接关系,是对大陆地区社会变化、发展现状的真实的反映。另一方面,从词语进入词典的时间来看,这 27 条词语,据目前掌握的网络版语料,在《辞典》(网络版第四版·民国八十七年)中已经作为词目收入,而《现汉》则作为新词新义处理,反映《现汉》在选词标准上的层次性。

2. 词义对应

"语言的本质功能在于它是一种交际工具,创制和使用语言的目的是为了满足人们的交际需要,而且是全社会的交际需要。"①
因此作为语文词典的释义反映的不一定是一种内涵的认识,而是
满足交际需要的语文义,即人对某种事物的一种认识和评价,而不
同编者对语文义的认识即对特定事物和概念的认识和评价是存在
差异的。这就造成了词典释义的处理带有一定的灵活性和主观
性。

在分析语料的过程中我们发现,364条对应词目,尽管其词形
是对应的,但是在具体词义的解释上存在着一些差异。这也反映
出大陆地区词语在进入《辞典》后,编纂者对其意义的理解,与该词
语在大陆地区通行的意义产生了差异。词汇概念义的不同、色彩
义的差异以及语境的运用等释义方面的差异无疑会通过词典的传
播,使受众在理解词语意义时,对大陆地区具体事物、社会现象、生
活方式、思想观念等方面的认识产生误差,因此进一步考察两部词
典在词义解释方面的差异,对于了解《辞典》"大陆词语"的释义情
况,即如何释义、传播哪些信息等内容具有重要意义。对 364 条对
应词目词,从词义方面做进一步的比较,词义对应主要表现为以下
三种情况:

(1)词义基本相同

	《辞典》	《现汉》
报批	大陆地区指报请上级审查批准。如:"层层报批,手续极为繁琐。"	报请上级批准:履行~手续。
畅想	大陆地区指敞开思路、毫无限制的想像。如:"畅想曲"。	敞开思路,毫无拘束的想像:~曲|~未来。

---

① 张联荣《语文义·术语义·文化义》,《辞书研究》1997 年第 6 期。

（2）词义不同

	《辞典》	《现汉》
死面	大陆地区指不受潮流、风气等影响的地区。	（～儿）加水调和后未经发酵的面：烙～饼。
大毛	❶长毛的皮衣。…… ❷大陆地区指人民币单位元的戏称。如："一个月才领几十大毛，谈什么现代化生活？"	长的皮毛，如狐肷、滩羊皮等。

其中"大毛"的现汉义与《辞典》中的"非大陆义"是相同的，而《辞典》中收录的"大陆义"在《现汉》中却没有对应的意义。考虑到本次对比是以考察大陆义的对应与否作为参照的，因此也将此类词目归入词义不同一类。

（3）词义差异

具体分为五种情况：

第一，词义外延差异：

	《辞典》	《现汉》
待业	大陆地区指等待就业。如："待业青年"。	（非农业户口的人）等待就业：～青年|～人员|在家～。
病退	❷大陆地区指因生病而退学或退职。如："他因病退离开学校。"	因病退职：办病退手续。
法盲	大陆地区指缺乏法律知识的成年人。如："他是缺乏法律知识的法盲。"	缺乏法律知识的人。
下浮	大陆地区指价钱向下浮动。	（价格、销量、汇率等）下降；下跌：股市连续～|这个月电视机销售量～15%。

第二，词性不同：

	《辞典》	《现汉》
缩微	大陆地区指用微卷保存资料的<u>技术</u>。（名词）	指利用照相技术等把文字图像缩成很小的复制品：～技术。（动词）
老大难	大陆地区指存在已久难以解决<u>的问题</u>。即老问题、大问题、难问题。（名词）	形容问题错综复杂，难于解决：～单位｜～问题｜这个班秩序很乱，成绩差，是全校有名的～班级。（形容词）

第三，义项之一：

此类词语主要是单义词，反映的词义是《现汉》词语的义项之一。

	《辞典》	《现汉》
腾飞	大陆地区喻快速进步、发展。	①飞腾：石壁上刻着～起舞的龙。②迅速向前发展：经济～。
保底	大陆地区指保证"奖金"的最低标准。如："奖金上不封顶，下不保底，才是正确的作法。"	①保本；②保证不少于最低限额：上不封顶，下不～。

第四，部分对应：

这部分主要为具有多个义项的"大陆词语"，其中有些义项与《现汉》词义对应，另一些在《现汉》中则没有相应的词义。例如：

	《辞典》	《现汉》
自控	大陆地区用语：（1）自我控制。如："阅历浅，自控能力差。"（2）自动控制。如："自控汽车"。	自动控制的简称。
短平快	大陆地区用语：（1）指投资效益高、回收快的一般科技专案。（2）指男女结婚快，感情平淡，离婚亦快的婚姻。	①排球比赛的一种快攻打法，……。②比喻企业、工程等投资少、历时短、收效快：～项目｜～产品。

第五,词义色彩:

	《辞典》	《现汉》
解放区	大陆地区指早期共产党军队<u>占领</u>下的地区为"解放区"。	推翻了反动统治、建立了人民政权的地区,特指抗日战争和解放战争时期,中国共产党领导的军队从敌伪统治和国民党统治下<u>解放</u>出来的地区。

两部词典在释义中的主要动词分别用了"占领"和"解放",在词语的感情色彩上形成了对比。

综上,《辞典》中反映大陆地区事物、现象、观念的词语表现为"大陆词"、"大陆义"两种存在形态,在反映大陆地区词语意义方面,体现了以下几个特点:

(1)词义基本相同的词目为 259 条,占 364 条对应词目的 71.16%,在"大陆词语"中比例达到了 34.76%,这说明大部分"大陆词语"的释义与该词语的大陆地区意义相吻合。

(2)词义不同具有相对性。词义完全不同的词语,即内涵意义不同的词语只有 8 例,主要是专有名词、行业词。其他的 17 例的特点是:词目有多个义项,《辞典》中"大陆义"在《现汉》中没有相对应的词义,而非大陆义却与《现汉》中的词义相同。《辞典》中此类认为具有"大陆义"的词语,"大陆义"多表现为临时用法或特殊用法,在大陆地区的使用范围不具普遍性。

(3)对于"大陆词语"的词义理解差异主要表现在词目的义项划分、词语外延的涵括、词性的判断等几个方面。差异来源主要有:第一,认识上的误差,影响了词语概念意义的认识,例如"死面""土戏"等;第二,意识形态的对立,影响了词语感情色彩的理解,例如"解放区""老九"等;第三,词典编纂的体例不同,影响到词语外延释义上的差别,例如《现汉》中括注的充分运用,具有补充释义、说明语用的功能,而在《辞典》中没有相应的体例。

(二) 无对应词目词

还有 401 条词语在《现汉》中没有对应词目,依据对应情况具体细分为以下五类:

1. 形近义同词目:14 例

《辞典》		《现汉》	
踢球	❷大陆地区指互相推诿责任。	踢皮球	比喻互相推诿,把应该解决的事情推给别人。
核批	大陆地区指上级的审核批示。如:"把这问题送上级核批再说。"	审批	审核批示(下级呈报上级的计划、报告等);报请上级～。

本文中将两部词典中的结构相同、词汇意义基本相同而词目形式相近的词目称为"同义形近词目",上述两例在词汇意义、构词结构方面都相同,只是形式存在差异,"踢球"与"踢皮球"表现为上下位概念,"核批"与"审批"表现为所提取的词素不同。其他还有"爆冷—爆冷门"、"偏怪题—偏题"、"零部件—零件"、"缺编—缺额"、"撑市面—撑场面"等。

2.《现汉》收入,以例证形式出现:23 例

《辞典》		《现汉》	
红旗手	大陆地区指先进带头的人物。	红旗	③比喻先进:～手｜～单位。
明白人	❷大陆地区指在某方面内行的人。如:"知识分子大都是某一方面的明白人。"	明白	③聪明;懂道理:他是个～人,不用多说就知道。

3. 组合:12 例

《辞典》		《现汉》	
铺路石	大陆地区指愿意牺牲作别人垫脚石的人。	铺路	②比喻为做某件事创造条件。
突破口	大陆地区指打破僵局的关键处。	突破	②打破(困难、限制等):～难关|～定额

此类组合的词语,表现为由"《现汉》词目＋其他词素"组成。其中《现汉》中的词目"铺路"和词素"石"组合成了《辞典》中的"铺路石",《现汉》中虽然没有收入,但在社会用语中也是常见的。

4. 同台词目:13 例

此类词语突出的特点为,主要运用同义的台湾地区用语对释,而该释义用词即台湾地区用语与《现汉》词语在词目、词义上都能对应,例如:

《辞典》		《现汉》	
查体	大陆地区指体检。		
体检	体格检查的缩称。如:"体检合格者,得报名参加考试。"	体检	体格检查:一年做一次～。
慈悲杀人	大陆地区指安乐死。如:"医界反对慈悲杀人。"		
安乐死	医师或具有同业技术的人,对于患不治之症的病人或受重伤垂危的人,为解脱其痛苦,而实施的一种人工死亡。	安乐死	指对无法救治的病人停止治疗或使用药物,让病人无痛苦地死去。

上述两例前两个词语《辞典》都作为词目出条,第三个词目为《现汉》词目。"查体"、"慈悲杀人"是《辞典》中的"大陆词语",即是台湾地区所认为的大陆地区常用词语,而在大陆的实际语言运用

中这两个词的说法并不多见,更普遍的提法是"体检"、"安乐死"。通过对比两部词典,我们发现它们词义所指相同,《现汉》的用法,无论词形还是词义,都与台湾地区是相同的。这涉及的应该是词典收词的操作问题,即就词语的社会运用层面、频率而言,此类词语词形、词义是一致的,而在词典收录过程中,在大陆语料收集、语料来源方面可能出现了偏差。

5. 无对应词义计 338 例,例如:

【挡风】❷大陆地区指为从事暗中活动的人作掩护。

【打棍子】大陆地区指借批判为名以打击人。

【台胞证】大陆地区指台湾同胞旅行证明。为台湾地区人民进出大陆的证明文件。如:"我想利用假期到大陆一游,所以得办台胞证。"

这些词语在词义分布上的整体情况大致为:属于知识性的词语,如"品相、步幅、风浴、侵彻力、自花传粉";具有明显时代特征的词语,如"样板戏、拨改贷";属于缩略语,如"芭赛、群体"等;有的可归属为偶发词,如"胡子阿姨、妇男"等;口语词,如"大呼隆、不是个儿";还有一些觉得"陌生"的词语,如"逃生、球证、空中公共汽车"等。考察词语的主要来源有:

(1) 大陆地区新词新语

通过考察,发现有部分词语,反映的是改革开放以后出现的新事物、新现象、新词语,例如"一胎化"、"拨改贷"、"双画面电视"、"万元户"、"经济技术开发区"、"纸饭碗"、"待业"、"非贸易创汇"等都和 90 年代改革开放、市场经济体制改革带来的新生活、新现象有关。以 90 年代初期的新词语语料为参照进行词条匹配(主要选取了 90 年代初期大陆出版的几部新词语词典,如《汉语新词新义词典》①、《汉语新词语词典》②、《大陆和台湾词语差别词典》③），据初步统计约有 226 条词语收录其中。

（2）方言词语

有的词语具有明显的方言特色，例如翻跟头、大呼隆、出粮等，约有 15 例在《普通话基础方言基本词汇集》④中找到匹配，例如：

	《辞典》	《普通话基础方言基本词汇集》
翻跟头	②大陆地区指用比原价高一倍或数倍的价钱卖出。……	②〈动〉比喻高价转售。吴语。……
对开	④大陆地区指一对一的较量。	②〈动〉一对一地打架。吴语。……

（3）行业术语

例如"步频、步幅、侵彻力、自花传粉、品相"等。

（4）其他

例如"三声、四会、五费、组合服装、雷锋运动"等。

通过对《现汉》无对应词语的分析，从词语来源看，有 226 条属于大陆地区 90 年代初期的新词语，它们记录了改革开放初期的新事件、新现象、新语言；此外还有少部分属于方言词语、行业术语及其他词语，这部分词语就流通时间而言缺乏稳定性，从流通地域来看不具普遍性。因此，一方面说明了《辞典》在甄选"大陆词语"时，不仅收录了一定数量的大陆地区的常用词语，还表现出对新词语、

---

① 闵家骥、韩敬体等主编《汉语新词新义词典》，中国社会科学出版社 1991 年。

② 李达仁等编《汉语新词语词典》，商务印书馆 1993 年。

③ 邱质朴主编《大陆和台湾词语差别词典》，台湾珠海出版有限公司 1994 年。

④ 陈章太、李行健主编《普通话基础方言基本词汇集》，语文出版社 1996 年。

新用法的关注;另一方面,《辞典》继 1998 年第 4 版后于 2005 年 1 月又进行了最新修订,而第 5 版中的"大陆地区用语"的词条并未作调整,因此可以认为对于大陆地区信息的反映,仍停留在 90 年代初的面貌,表现出大陆信息的传播的相对滞后。

三　动态考察

《现代汉语词典》(第 5 版)于 2005 年 7 月出版,就《辞典》中的"大陆词语",将第 5 版与 2002 年增补本进行比较,我们发现一部分原来在增补本中没有对应词目的"大陆词语"在第 5 版中有了对应词目,如"爬坡"、"脑库"、"三通"等,而像"大团结"、"剔庄货"、"坏分子"等出现在增补本中的"大陆词语"的对应词目却被删除了。着手对《现汉》的两个版本进行对比,我们发现,与 2002 年增补本相比,与"大陆词语"相关的词语有 175 处改动,大致情况如下表:

表 7:

	增		删		改	
	数量	词　例	数量	词　例	数量	词　例
收词	56	爆冷、并网、爬坡、红色、三通、台胞等	18	大团结、剔庄货、梯河、提选、官倒等	1	桑那浴
立目	1	对开	3	正字、热线、试点		
义项	8	放疗、断档、公安、抠唆、傻帽儿等	7	掰、棒针、录像带、热点、软包装等		

		增		删		改
释义	18	底线²、病退、力度、腰包、一风吹等	5	白案、科盲、糖房、待业、批量	35	特警、漏光、腾飞、烈度、下浮、强项等
例证	5/3	单亲、联唱、团伙、名优²/报批、投向、大气候	3/1	棒针、达标、支边／病退	1/10	团伙／保底、离休、利税、销势、空白点等
总计	90		37		46	

上述表格显示《现汉》(第 5 版)增加了 56 例与《辞典》"大陆词语"对应的词目,删除了 18 例对应词目。因此,"大陆词语"在第 5 版中的对应词目为 401 例,不对应词目 344 例。从义类分布来看,这 55 例词语分布于社会、生活、经济、语文、行政、称谓、医学、政治、教育、文艺等多个方面,其中社会生活类 15 例,经济类 8 例,称谓类 6 例,例如:

	《辞典》	《现汉》第 5 版
城 雕	大陆地区指城市雕塑的缩称。即置于都市开放空间中的室外雕塑。如:"好的城雕可以成为一座城市文明的标帜。"	安置在公共场所作为城市象征或起装点市容作用的雕塑。
换 汇	大陆地区指商品出口换取外汇。	换取外汇:出口~。
高 干	大陆地区指高级干部。如:"高干子弟往往享有特权。"	高级干部的简称:~子弟｜~病房。

考虑到本次研究主要是对"大陆词语"在《现汉》中的对应情况的考察,因此,将两个版本词典做一个综合分析,即在第 5 版增加对应词目的基础上来进行统计。综合《现汉》两个版本,《辞典》中

的"大陆词语"在《现汉》中的对应情况如下两表：

表 8-1：对应词目

			增补本	第 5 版	综　合
词义对应			259	246	307
词义不同			25	25	27
词义差异	外延不同	大—小	13	12	14
		小—大	19	19	20
	义项之一		25	24	28
	词性不同		10	9	11
	部分对应		10	9	10
	体　例		2	2	2
	色　彩		1	1	1
	总　计		364	402	420

表 8-2：不对应词目

	增补本	第 5 版	综　合
近义词目	14	14	8
例　证	23	12	17
组　合	12	12	11
台湾用语	13	13	12
词义不对应	338	283	278
总　计	401	344	326

四　结语

本文先从内证的角度，从词目特征、语义类别、释义体例等角度对《辞典》中"大陆词语"进行了描述、归类，展现"大陆词语"在《辞典》中的具体分布状态。其次运用外证方法，将《辞典》与同时期的《现代汉语词典》的两个版本进行对比、分析,并以《现汉》为参照,从词目的取舍、词目对应与否、词义对应与否等几个方面,对《辞典》中"大陆词语"反映大陆地区事物、现象、观念的情况进行了考察。

第一,就选词而言。首先,从词语进入词典的时间来看,一方面,《辞典》中"大陆词语"收入的是反映大陆 1998 年以前的相关的社会用语,即这些"大陆词语"所反映的大陆地区的事物、现象、观念等在 1998 年以前就已经或出现或存在了;而另一方面,《现汉》中对应的"大陆词语"的入典时间上体现了一定的阶段性:据统计,"大陆词语"出现在 2002 年增补本"新词新义"的有 22 例,出现在 2005 年第 5 版的有 55 例,特别是这 55 例新增对应词目,词典收入的时间与《辞典》相比,差距达到 7 年,这说明了《现汉》是在对词语的规范性、普遍性、稳定性等多方面因素作了充分考察后才收词立目的。

例如"三通""台胞"这类反映两岸政治关系、经济交往的词语,它们反映的社会现象已经存在了很长一段时间,《辞典》在 1998 年网络版第四版已经将它们作为词目收入,而《现汉》在收词立目上经历了一个过程,体现了选词入典考虑的稳定性、层次性、规范性原则。

	《辞典》	增补本	《现汉》第 5 版
三通	大陆地区用语:(1)指台湾海峡两岸的通商、通邮、通航。……		指我国大陆与台湾地区之间实行通商、通邮和通航。
台胞	大陆方面称居住在台湾地区的同胞。	台³:①指台湾省:～胞。	台湾同胞。

其中“三通”是《现汉》(第 5 版)的一个新增词目,而“台胞”则是从增补本中的词例上升为第 5 版中的词目。一个词语从词例到词目的层次变化,说明其规范性、普遍性、稳定性达到了一个规范的标准,很好地体现了《现汉》的收词标准。在“大陆词语”中还有“大巴”、“关系户”两例。

其次,从“大陆词语”语义类别来看,《辞典》中“大陆词语”所属义类分布比较广泛,涉及的语义类别有社会、生活、经济、政治、行政、教育、文化体育、司法、语文等等十几个大类,从具体事物、社会生活现象、经济政策到比较抽象的观念等都有所反映,其中以社会生活类的词语最多,达 286 例,占总数的 39.19%。

另一重要类为反映大陆地区经济现象、经济生活的词语计 80 例。其中 8 例出现在增补本“新词新义”,还有 8 例直到第 5 版中才得到反映。例如“拨改贷”一词,作为一种金融体制改革的政策是在 1984 年提出的,《现汉》两个版本都没收入,这与该词反映的经济现象时间短或普遍性不强有关,而《辞典》予以收入;又如“批销”、“劳务输出”,《辞典》在 1998 年第四版中已经作为词目收入,而《现汉》到了 2005 年第 5 版才得以反映,体现出《辞典》收词上时间、注重实录的特点。

相比之下,《现汉》对于社会生活中出现的词语,注重考察其稳定性、普遍性,选词入典的要求严格,语言研究所词典编辑室对《现代汉语词典》第 5 版的介绍中说“增收新词坚持既积极又慎重的原则。积极,就是把已在社会上广泛使用的有影响、有生命力的新词语及时收进词典,满足读者查考的需要”。“慎重,指的是收录的新词要具有普遍性和稳定性,避免把只在部分地区和部分人群中使用的词,以及出现不久就消逝、缺少生命力的词收入词典。"

第二，从词目形式来看，通过与《现汉》词目的比较、分析、统计，可以将《辞典》中的"大陆词语"归纳为几个对应层次：词目—词例—短语—近义词目—新词，逐渐从词典到社会生活中，例如：

【开红灯】大陆地区比喻设置障碍，制造困难。

【瓷饭碗】大陆地区用来比喻不稳固的职位。如："你小心铁饭碗变成瓷饭碗！"

《现汉》中收入"开绿灯"一词，"开绿灯：比喻准许做某事：不能给不合格产品上市～"。"开红灯"的意义是从"开绿灯"引申出来。"瓷饭碗"例句中出现了"铁饭碗"一词，"铁饭碗"在《修订本》、《现汉》中都作为词目出条，意义稳定、使用普遍。相比之下，"开红灯""瓷饭碗"运用了仿词手法，表现出语用临时性。类似的词语还有"妇男"、"家庭妇男"、"纸饭碗"、"胡子阿姨"等。

第三，从"大陆词语"的释义内容来看，通过分析我们认为大部分对应词目的释义与《现汉》的释义是相合的，释义能够如实地反映出大陆地区一个阶段某些事物、社会现象、生活方式、思想观念、认识意识等方面内容。而词义不对应的情况主要体现在对外延的把握、义项的划分、感情色彩的运用、意识形态的不同几个方面。

第四，从《现汉》反观《辞典》，我们发现，《现汉》中相应的"大陆词语"还在两个方面与"大陆词语"词条能够对应。

（1）词目对应：《现汉》词目对应释义中的台湾用语。这类词语多为单义词，《辞典》中选取同义的台湾用语进行释义，其词目即"大陆词语"在《现汉》中没有对应词语，反而对其进行释义的同义台湾用语与《现汉》词目在词语形式、词语意义上相同、对

应,例如:

	《辞典》	《现汉》
本销	大陆地区指内销。将产品销售在当地或国内。如:"这家工厂的产品只供本销。"	
内销	本国生产的商品,只在国内市场上销售,而不运送到国外销售。	本国或本地区生产的商品在国内或本地区市场上销售(对"外销"而言):～商品;出口转～。

（2）词义对应:《现汉》中的词义对应"大陆词语"的"非大陆义"。此类"大陆词语"表现为多义词中的"大陆义",在《现汉》中没有对应意义,而是其他"非大陆义"与《现汉》词语的词义相同、对应。例如:

	《辞典》	《现汉》
样板	①工业生产中可作为标准的固定模板。②大陆地区用语:(1)指可供学习的模范。如:"样板田"、"样板戏"。(2)老套、固定的模式。	①板状的样品。②用来检验工件尺寸、形状等的板状工具。③比喻学习的榜样:树立～｜～工程。

上述两种对应情况表明词语意义的差异可能在认识上,即词典编纂过程中,由于收录语料等方面原因,造成的认识上的误解,其实,在词语指称、意义层面两岸是相同的。词典编纂必须在充分沟通、交流的基础上进行。

【参考文献】

1.《重编国语辞典修订本》,2005年1月台湾学术网络第5版。

2.《现代汉语词典》(增补本),商务印书馆2002年5月第3版。

3.《现代汉语词典》(第 5 版),商务印书馆 2005 年 6 月第 5 版。

4. 符淮青《现代汉语词汇(增订本)》,北京大学出版社 2004 年。

5. 苏新春《汉语释义元语言研究》,上海教育出版社 2005 年。

6. 符淮青《词的释义方式剖析(上)(下)》,《辞书研究》1992 年第 1、2 期。

7. GB/T 15238-2000《术语工作辞书编纂基本术语》。

略论《现代汉语词典》收录的社区词

中国社会科学院语言研究所　李志江

众所周知,《现代汉语词典》(以下简称《现汉》)是一部为推广普通话,促进汉语规范化而编写的中型汉语词典,从开编至今已经有半个世纪,先后多次修订,印刷出版了 7 个版本。总体说来,《现代汉语词典》收词精到,注释准确,具有很强的科学性、规范性和实用性,达到了很高的学术水平,在海内外有着广泛的社会影响。

《现汉》的收词,是由这部词典的性质决定的:"《现代汉语词典》是以记录普通话语汇为主的中型词典……是为推广普通话、促进汉语规范化服务的"(见《现汉》前言),因此,"本词典不收一般方言语汇,但已经屡在书刊出现的,酌量选收,以供查考,选录的标准从严"(见吕叔湘《〈现代汉语词典〉编写细则》)。由于当时时代背景的限制和规范型词典性质所决定,它的收词只能是立足于大陆,也就是着眼于汉语词汇的主体部分,却没有考虑到,也不可能考虑到台湾、香港、澳门和世界其他国家、地区汉语使用的情况。

《现汉》的编纂历经坎坷,终于在"文化大革命"结束之后的1978 年正式出版。所幸的是,那时中国共产党十一届三中全会刚刚召开,我国从此进入了改革开放的新时期,大陆与世界各汉语社区之间的联系日益密切,各社区之间的词汇互相渗透,互相影响。

本文拟就《现汉》中收录的这类词汇进行讨论。

一 《现汉》社区词的收录概况

什么是社区词？"社区词是指在某个社会区域内流通，反映该社区政治、经济、文化的特有词语……社会区域主要指社会制度的背景不同，比如中国内地和香港特区、澳门特区、台湾省以及中国以外的华人社区。"（田小琳，2002）社区词本身具有鲜明的时代烙印及社会文化特征，得到某个社会区域内人们的普遍认同。也就是说，在中国大陆、香港、澳门、台湾、新加坡、马来西亚、菲律宾等各地的华人社区内流通，反映了这个社区政治、经济、文化的特有词语分别是各个社区的社区词。

由于不同华人社区处于不同的社会制度之下，有着自己不同的价值观，各社区在自己所持的方言之外，以各自不同的社会制度为背景，会产生一批特有的社区词。如大陆的"双规、海归派、牛皮癣"，台湾的"飙舞、干洗"，香港的"笋、仙股"，澳门的"冷、综合体"，新加坡的"拥车证、度岁金"等。从大陆的角度说，港澳台等其他汉语社区的特有词汇即社区词大量而自然地融进现代汉语普通话之中，使普通话词汇更加丰富多彩。社区词和方言词、文言词、外来词一样，成为普通话新词新义产生的一个重要来源。

《现汉》正式出版以来，先后做过四次修订，第一次修订（83本）重点在于清除"文化大革命"极左思潮的影响，只改不增，以后三次修订（96本、02本、05本）除了订正原有内容之外，都在增补新词新义方面花费了很大气力。虽然对社区词的概念一直缺乏明晰的认识和认真的讨论，但以今天的视角回过头看，历次增补收录

的社区词为数不少。据我们初步统计,《现汉》先后收录的典型的社区词有:

《现汉》(96 本)

爱巢　安乐死　按金　案底　巴士　吧女　白领　爆棚　杯葛　层面　唱碟　超一流　宠物　传媒　打的　的士　跌眼镜　发廊　发烧友　反方　负面　副修　个案　个展　公共关系　公关　功夫片　功夫片儿　共识　构建　关爱　红灯区　即食　计程车　绩效　架构　界定　空姐　蓝领　离岛　礼券　励志　录影　绿卡　唛头　媒体　美发　年薪　拍档　拍拖　排档　亲等　热币　认同　三点式　桑那浴　社区　身历声　速食面　套餐　跳蚤市场　通俗歌曲　团队　洗钱　刑侦　恤衫　易拉罐　音带　影碟　预案　运作　做爱

《现汉》(02 本)

按揭　吧台　包养　包装　不争　采认　残障　操控　层级　炒作　车程　尘埃落定　出镜　打拼　打压　大牌　担纲　档期　动作片　非礼　肥皂剧　粉领　峰会　高峰会议　高企　搞笑　歌厅　构架　管道　光碟　柜员　黑金　红筹股　建构　解构　警匪片　蓝筹股　老虎机　理念　料理　猎头　隆乳　隆胸　楼花　楼盘　楼市　埋单　卖场　卖点　幕墙　排行榜　派对　皮草　强暴　全科医生　人气　人蛇　三围　商厦　商业片　上班族　上镜　蛇头　社情　升班马　失范　试镜　手袋　数码相机　双赢　诉求　台海　特首　通缩　通涨　统合　透明度　推展　外卖　完败　完胜　网吧　旺市　违宪　文化衫　文秘　文胸　物业　息影　线报　线人　写字间　写字楼　雪藏　雅飞士　雅皮士　研判　演艺　一头雾水　疑犯　疑凶　义工　艺

员 因应 赢面 园区 造势 斩获 掌控 找赎 侦结 整 合 直选 制衡 主打 追星族 资讯 综艺 族群 作秀

《现汉》(05本)

爱欲 扮酷 煲电话粥 便利店 辩手 辩题 飙车 泊车 泊位 博彩 打造 大鳄 碟机 碟片 动粗 动作片儿 二奶 个唱 公信力 贺岁片儿 互动 花心 警匪片儿 警花 军 演 口水战 理据 莲雾 量贩店 另类 履新 履职 侨领 人脉 桑拿浴 商业片儿 社群 胜面 数码港 太空船 太空 人 提升 体认 网路 问责 物流 星探 选美 银弹 银团 影帝 影后 拥趸 游戏规则 愿景 院线 月供 侦控 侦讯 智库 智障 自助 最爱

二 《现汉》社区词的来源分析

为什么《现汉》对社区词并没有明确的认识,却收录了如此之多呢?原因在于许多社区词已经进入了汉语普通话,它们是《现汉》收录新词新义的对象。

《现汉》收录的社区词,主要来自港澳和台湾地区。我们知道,港澳地区的基础方言是粤语,台湾地区的基础方言是闽语。由于港台地区得风气之先,一些反映新生事物的方言词或外来词往往首先成为港台地区的社区词,然后扩展到粤闽等地,进而融入到汉语普通话中来。

大陆改革开放以后,从强调阶级斗争转向了以经济建设为中心,从此大陆与海外,特别是与港澳地区的经贸文化交流迅速增多,粤语在近三十年内一跃成为强势方言,大量港澳社区词较早地进入了普通话。上个世纪 80 年代末 90 年代初,大陆与台湾地区在政治、经济等领域的交往也频繁起来,来自台湾的社区词陆续进入大陆的社会生活,逐渐被我们所熟悉,所接受,所使用。从目前《现汉》收录的情况看,源自港澳和台湾的社区词,二者进入普通话在时间上有先有后,在数量上则不相上下。

(一) 来源于港澳地区的社区词

香港、澳门地区在回归以前,汉语的基础方言和标准语都是粤语,普通话的影响较小,官方语言分别为英语和葡萄牙语,回归以后普通话的地位开始上升。在这种语言背景下,港澳社区词来源上以粤方言词和外语英译词为多,分类上以涉及经济贸易、文化娱乐、日常生活方面的词汇为多。

来源于粤语方言的,如"煲(电话粥)、人蛇、搞笑、一头雾水、拥趸"等。

来源于外语音译的,如"巴士、杯葛、泊(车)、的士、拍拖、恤(衫)"等。

方言和音译合璧的,如"按揭、拍档"等。

属于普通语词的,如"包养、包装、报料、爆棚、担纲、跌眼镜、二奶、发烧友、个案、警花、埋单、煽情、特首、写字间、写字楼、星探、演艺、斩获、主打"等。

属于行业词语的,如"红筹股、蓝筹股、按金、楼花、楼盘、楼市、数码港、数码相机、艺员、综艺"等。

(二) 来源于台湾地区的社区词

台湾地区汉语的基础方言是闽语,标准语是国语,台湾国语与汉语官话一脉相承。相比较而言,大陆的普通话更为崇尚口语,许多书面语词在大陆已渐罕用,甚至不用,退而成为古语词;台湾的国语更为强调传承,许多书面词语在台湾一直使用,甚至在口语中也十分活跃。如今,这些书面词语如"福祉、履新、体认"等,在大陆的社会生活中又重新使用开来,从某种角度说是激活了汉语词汇系统中的固有词汇。由于两岸阻隔长达几十年之久,双方各自运用汉语的共同规则,分别创造出许许多多的新词,以及从既有词语中引申出许许多多的新义。因为台湾国语与大陆普通话同出一源,二者的融合不以方言为媒介,词汇的互相渗透就更为直接。台湾的社区词对来源于方言和外语的吸收较少,分类上以涉及社会政治、经济贸易方面的词汇为多。

　　来源于闽语方言的,如"比拼、打拼"等。

　　来源于外语音译的,如"(作)秀"(英语)、"族群"(日语)等。

　　属于普通词语的,如"飙车、不争、操控、层级、层面、打压、打造、福祉、公信力、共识、关爱、管道、绩效、互动、励志、理念、人脉、认同、双赢、诉求、团队、研判、愿景、运作、造势、掌控、整合、制衡、资讯"等。

　　属于行业词语的,如"采认、残障、黑金、计程车、录影、亲等、身历声、太空船、太空人、智障"等。

　　目前,海外其他汉语社团的社区词进入大陆普通话的还很少,除了个别名物词如"榴梿"以外,《现汉》基本上没有收录。

　　汉语社区词进入普通话的势头是不可阻挡的,它丰富发展了普通话词汇,又迅速传播,很可能成为各个社区的通用词汇。汉语社区词进入普通话以后,跟普通话原有词汇之间也会产生互动。例如"特别行政区"是普通话词语,缩略为"特区"是顺理成章的,但是特区行政长官在普通话中没有简约的称呼,港澳地区称之为"特首",这个新造词也为普通话所接受。

三　《现汉》社区词的具体处理

《现汉》对于社区词，即主要来源于港澳、台湾地区的新词新义，在收录、释义方面有着自己的思考和处理办法。

（一）注意词目增删的变化

根据其在普通话中的通行情况，决定词目的增删。如 05 本新增了"愿景"（所向往的前景）、"体认"（体察认识）等条目，删去了"热币"（游资）、"菲林"（胶卷）、"唛头"（货物包装外面所做的标记）等条目。

（二）注意从方言词到通语词的标注变化

某些社区词进入大陆以后，很快得到社会认可，《现汉》给予收录，但是又认为它的通行度还不高，就按照方言词来处理，如"采认、残障、黑金、资讯"等条目，在最初收录时都做出"〈方〉"的标记，05 本修订时，上述词语的使用已然相当普遍，于是将"〈方〉"一一删去，承认了它们普通话语词的地位。

某些社区词进入大陆以后，迅速流行，进而缩略成为语素，并与其他语素相搭配，构成了许多新词语。对那些通行度不高的原词，《现汉》仍按方言词来处理，而对那些缩略成的活跃语素则不视为方言。如"巴士"（公共汽车）、"的士"（出租小汽车）两词都标了"〈方〉"，而语素"巴"（大巴、小巴、中巴）、"的"（打的、面的、摩的）都没有标"〈方〉"。

（三）注意词语释义的变化

如"白领"一词，96 本注为"某些国家和地区指从事脑力劳动的职员，如管理人员、技术人员、政府公务人员等"，05 本改注为

"从事脑力劳动的职员,如管理人员、技术人员、政府公务人员等",删除了"某些国家和地区"的限定语,表明"白领"这个概念已然在世界范围,包括我国普遍使用;又如"吧女"一词,96本注为"酒吧的女招待",05本改注为"酒吧的女招待员",增加了一个"员"字,称谓就由带有贬义而转为中性的了。

(四) 注意音译词词形的变化

有些社区词,特别是音译词,在传入大陆之初有多种写法并存,经过社会使用的不断筛选,才逐渐地有所取舍,而后约定俗成。《现汉》对此给予密切关注,及时跟进。例如 sauna 的中文译名开始有"桑那浴"和"桑拿浴"两种,比较起来,前者似乎显得更加文雅,所以一般辞书都以前者为正称。后来,人们又借用蒸桑那的感觉来形容夏天潮湿闷热的天气,称之为"桑那(拿)天"。在普通话中,可能"桑那天"读起来不如"桑拿天"上口,因此"桑拿天"的叫法和写法就很快占据了主导地位,"桑那浴"也随之让位于"桑拿浴"。《现汉》05本修订时根据语言的实际变化,做了相应的调整。

毋庸讳言,《现汉》在社区词的处理方面也还存在着一些不足之处。主要是:

有些已经在社会通行的社区词没有收录进来,像"矮化、摆乌龙、草根、嘉年华"这些词语,未收殊为可惜;

有些词目的收录失于平衡,如 96 本收了"反方"一词而未收"正方"一词,直至 05 本修订时才补收"正方";

有些系列词、相关词的释义照应不周,如"白领"的注释 05 本删去了"某些国家或地区",但是"蓝领、粉领"却未做修改,新增补的"金领"一词又参照"白领"的新释义编写,结果造成了彼此之间的参差不齐。

四　规范型词典社区词标记的思考

　　《现汉》没有区分社区源词和方言源词，一律作为方言词对待，全都标注为"〈方〉"。限于《现汉》初编时的时代背景，当时不考虑社区源词是不难理解的。现在，我国的改革开放已经将近三十年，汉语各个社区之间的政治、经济、文化交流不断发展，不同汉语社区词之间的相互渗透、相互融合早已今非昔比。在这种形势下，如果我国的规范型词典编写还没有对社区源词予以足够的重视，就明显滞后了。

　　方言是一种语言的地域变体。虽然社区词通行于某个社会区域，但是它跟方言词的性质、地位都有不同。方言是在同一个社会制度背景下对标准语而言，它的语音、词汇、语法等等都有一套完整的体系，历史源远流长；相对于标准语的词汇来说，它自身特有的词汇叫做方言词。各个汉语社区都有自身的基础方言和本地的标准语。在不同的社会制度背景下产生了不同的社区标准语，社区词就是各个汉语社区标准语中的特有词汇。它既包括那些植根于本地标准语而产生的词语，也包括那些来源于自身方言和外来语的词语。比如"软件"一词，大陆称为"软件"，台湾称为"软体"，这种命名源自本社区的标准语，跟这个地域的基础方言没有关系。同类的情况还有很多，例如：网络（大陆）/网路（台湾），数字（大陆）/数码（香港）/数位（台湾），航天员（大陆）/太空人（台湾），不明飞行物（大陆）/幽浮（台湾）。

　　社区词属于本社区标准语的词汇，广泛使用于本社区内各种语言交际场合，并通过文化出版物、新闻媒体等的传播得以固化，扎下根来。汉语社团之间词汇的借用渗透,实际上就是社区词之间的借用渗透。社区词进入普通话以后,就成为普通话词汇中的一员,我们把这类词汇称为社区源词。社区源词跟来自各方言区的方言源词是两个内容不同的概念。

规范型词典是语文词典的一个重要类别,它的编写目的是推广标准语,促进语言的规范化。一般认为,规范型词典的特点有三个方面:"一是现代,二是共时,三是按规范性原则来编写。"(晁继周,2004)"现代"的特点要求我们把现代已经不用的古语词剔除出去;"共时"的特点要求我们照顾到已经进入普通话的方言词、社区词;"按规范性原则来编写"要求我们在词典编写以及修订的过程中向着促进语言规范化的目标努力。

总而言之,社区词已经成为普通话新词新义的一个重要来源,社区词跟方言词的性质、地位有所不同,规范型词典有必要根据它们来源的不同,在编写体例上做出不同的标志。截至目前,还没有一部规范型词典专门给社区词做出标志,我们希望这种状况能够很快得到改变。

《现汉》对于来源于我国少数民族的词语,在释义后附上民族名称作为标注,如"萨其马"一条附注"[满]"。这种体例给我们以启发,建议规范型词典在给社区词做标注时参照处理,如给来源于香港的标注[港],给来源于台湾的标注[台],来源于新加坡、马来西亚的标注[新马],等等。

【参考文献】

1. 晁继周《汉语规范型词典编写的历史和面临的问题》,《〈现代汉语词典〉编纂学术论文集》,商务印书馆,2004年。

2. 郭　熙《论华语研究》,《语言文字应用》2006 年第 2 期。

3. 汤志祥《论华语区域特有词语》,《语言文字应用》2005 年第 2 期。

4. 田小琳《社区词与中文词汇规范之研究》,《世界汉语教学》2002 年第
1 期。

5. 汪惠迪《华语特有词语:新加坡社会写真》,《扬州大学学报·人文社会
科学版》1999 年第 4 期。

6. 姚　颖《浅析港台用语对现代汉语词汇的渗透》,《北京邮电大学学
报》(社会科学版)2005 年第 4 期。

《新编两岸现代汉语常用词典》研究及其影响

一　缘起

海峡两岸血脉相连，具有难以分割的历史与文化渊源，然经五十载的隔离，早期思想形态与生活方式有别、政治制度互异，造成文字繁简分歧，而在各自常用的语汇系统之中，清楚反映出平日措辞用语的差别，容易引起沟通上的误会。

尤其是大陆地区推行简化字之后，双方在文化上产生差异，部分用语在语意上不仅分歧，在文字使用上也有所差别，主要表现在汉字的简体和繁体的不同，汉语拼音和注音符号的相异，台湾的一些常用语也和大陆不同。其间影响大者诸如外语汉译中的科学名词，医药用语、人名地名等多有不一，于两岸交流互动，或进而国际学术文化融通时，形成彼此了解合作的无端障碍。

因此可以肯定地说，在两岸开放交流之际，先整合语汇文字，实是最基础也最迫切的工作。基于此一体认，中华语文研习所近十年来一直积极投入于两岸汉语语汇的整合发展及词汇对照的编辑研究，以期突破两岸语言文化上的障碍借以增进双方交流合作的效果。

中华语文研习所（Taipei Language Institute）为一专责辅导国际人士来台研习华语文具五十年国际声誉的教学机构,多年来从事汉语研究,接触两岸语文交流关系最多,感受深刻,自 1990 年 8 月本人首次受邀出席北京"第三届国际汉语教学讨论会"后,即多次奔走两岸,致力于语汇文字的协调沟通,期能早日促成一个中国人的共识,且对促进两岸现代化发展,提供实质贡献。

二　演进

1993 年在我方全力奔走及两岸相关单位支持下,双方同意在台北召开第一届"两岸汉语语汇文字学术研讨会",后因故未能如期召开会议。为此,本人于 1993 年 11 月 15 日专程前往上海就会议内容之重要及历史性意义向前海协会汪道涵会长郑重陈明。汪老于全盘了解细节后对本所提倡召开"两岸汉语语汇文字学术研讨会"所承担的文化使命与传承深表嘉许,且同意配合乐观其成并欣然接受研讨会筹备会荣聘担任大会顾问。

在两岸产官学各界共同努力下,中华语文研习所终于 1994 年 3 月排除万难,在台北邀请两岸三地汉语文教育专家学者 25 位,举行为期二日的"两岸汉语语汇文字学术研讨会",热烈研讨,充分发表意见,所获结论以共同努力,迈向"用简识繁、求同存异"的理想目标。

接着于次年（1995 年）6 月,由执大陆对外汉语教学牛耳的北京语言学院（Beijing Language Institute——北京语言大学前身）与中华语文研习所联合邀请两岸语文教育专家学者,在北京举行

"两岸汉语语言文字合作研究学术座谈会"。经三日密集会议，经本人提议终于获致结论，组织两岸汉语文教育菁英学者，共同编纂一部中型汉语文词典，由中华语文研习所与北京语言大学合作执行。

嗣后复经两单位多次联系沟通交换意见，遂于 1995 年 12 月签署合作编纂"两岸现代汉语常用词典"协议书，制定编纂计划，详列工作进度，并预定于 1997 年底修改定稿，召开最后审订会，再分别进行印制出版工作。为此一巨大文献，揭开了妥适美好的编写里程。

中华语文研习所与北京语言大学两单位负责人以坚定信心，运筹擘画，精选人才参与编辑小组，并调派精锐，分别于北京、台北组成词典编辑室，按进度展开工作，编撰字条词条完成初稿并进行交互审查。

有关本词典撰写内容与工作进度经两岸编辑委员会商后所得结论说明于后：

三 编纂宗旨

海峡两岸的同胞，都是炎黄子孙，血脉相连，有其不可分割的历史文化渊源；但是由于政治的因素，两岸隔离了五十多年，彼此的语言文字产生了不少的差异。其中有些属于地理方言的，如"土豆"，台湾话是指"落花生"，大陆则是"马铃薯"；有些是出于新事物或是新概念，如台湾直接译（Laser）为"雷射"，大陆则意译为"激光"；台湾称"录像机"的，大陆称为"录象机"之类。至于文字方面，大陆用的是规范的简化字，台湾用的是标准化的正体字，二者之间歧异颇大。而两岸的字音，虽然各自经过审慎的审音，仍存有若干的差异。于是造成两岸的文化交流，商业来往，乃至海外华侨与外籍人士学习汉语，都感到十分的不便。为了因应时代的需求，减少沟通的障碍，增进两岸的交流，凝聚民族的情感，编写一部能够适用于两岸的现代汉语常用词典，实属必要。

由于方言及历史、地理等因素的影响，两岸使用的普通话或国语，在音、义一些专用名词及用法上产生某些差异。这种状况，在一定程度上造成了相互之间的语言障碍，也给学习使用中文的外国人带来诸多困难和信息处理上的麻烦。因此"两岸现代汉语常用辞典"本着求同存异的编纂宗旨，除记录现代汉语语汇之外，同时反映两岸客观存在的差异，方便两岸交流，并为其他汉语地区和学习汉语的外国人提供帮助。

四　辞典规模

本词典的编纂，采双轨并行、交错互审的方式，选词如是，释义亦复如是。先由两岸分别聘请专家学者，组成编纂小组，各自选词，然后送交对方，输入计算机，相互比对。再将比对结果，经人工筛选，凡双方共有的词目，全部收录；一方独有者，则依选词原则重行筛选，务必双方认同而后可。至于选词原则：

一、以现代实用汉语为主。

二、以描写民族共同语及两岸词汇为要。

三、过于冷僻生涩的词目不取。

四、涉及两岸政治意识形态，或易于引起敏感课题的词目不取。

五、过于学术性的专科词目而日常生活罕用者不取。

六、文言词目已融入现代实际语言中，而又使用颇为普遍者，则酌予收录，包括成语在内。

七、两岸歧异的词语，包括由于社会背景不同所衍生的词语、缩略语，以及旧词新义等，尽可能多予收录。

八、新闻媒体临时起意，或不尽成熟的新兴词语，未经时空验证而为社会大众普遍接受者，则不收录。

《两岸现代汉语常用词典》计达 260 万字，涵盖近 8000 个汉字、45000 词条，大陆通用的有 1300 条，台湾通用的有 1000 条，加起来只占总词条的 5％。本词典最大特点是如实反映两岸汉语在字形和语汇上的异同，期待这份成果能对全球汉语的学习者有所助益，并为两岸文字交流沟通奠定坚实基础。

本辞典为一部中型现代汉语辞典，原拟收 7000 个单字字条，35000 个多字词条，但为反映两岸词汇的差异，以及将异词同义的词语分列条目对照，因此增加到 45000 多个词条，共 260 万字数，其中两岸特有词各约有 2300 条。

五　性质特点

本辞典将以描写性、通用性、实用性规定其性质，显示其特点，并以两岸合作编写、相互审定的做法保证其科学性和准确性；以通行的字体、标音形式的先后次序及叙述文字文本等方面作台湾、大陆两个版本。

（一）描写性：所谓"描写性"，即从形、音、义各方面客观描述民族共同语及两岸的差异，不以规范为目的，不以整合统一为前提。

以描述性为主，不以规范为目的，但有两岸语言文字规范专家学者参与，如李行健、李鍌教授等。同时它也在规范与协调之间扮演中介的角色，以提高交流的有效性并避免不必要的误解。

（二）通用性：“通用性”，即考虑两岸语言使用的现状，从实际出发，求同存异，异中求通。

兼收海峡两岸通行字体、读音及语词意义和用法。在字形、词形、注音、释义等方面都将从实际出发，求同存异。例如：

1. 字形、词形上，将充分考虑两岸目前汉字使用的现状，凡有差异的字头和词形，采用并列收录两岸通行字体的办法。如：“體/体”，“體育/体育”之并列。

2. 字音上，在共同读法之外，凡有相异之处，分别记录大陆和台湾的不同读音。标音亦采用注音符号与大陆汉语拼音并列的办法。如：穴穴 xu8/学 xu6，下跌下跌 xi4di6/下參 xi4di5 之并列。

3. 语词收录及释义上，除字形、字音、字义皆同的常用词语之外，特别关注两岸的差异性词语，如：

a. 异词同义：录像机/录象机、雷射/激光、计程车/出租车之类。

b. 同词异义：公车、高考、高工之类。

c. 有同有异：紧张、刮胡子之类。

d. 大陆有台湾无：灰色收入、彩电之类。

e. 台湾有大陆无：法拍屋、红唇族之类。

（三）实用性：“实用性”，即以方便两岸交流及海外华侨、外籍人士学习、使用汉语为目标，不以学术研究为重点。本辞典将以中等以上教育程度的两岸同胞和具有较高中文程度的外国人为其读者对象。

六　工作进度

（一）1995 年 12 月 18 日—1996 年 2 月 28 日　1.制订编纂计划；2.组织编纂队伍；3.确定词目；4.制订编纂体例；5.两岸沟通，并对此计划作出最后确认。

（二）1996 年 3 月 1 日—1996 年 12 月 30 日　1.搜集处理语料；2.培训人员；3.分头撰写词条；4.确定编纂软件。

（三）1997 年 1 月 1 日—1997 年 6 月 30 日　1.完成词条验收工作；2.编辑词典正文；3.召开两岸工作研讨会。

（四）1997 年 7 月 1 日—1997 年 12 月 30 日　1.编辑词典正文；2.两岸交互审查。

（五）1998 年 1 月 1 日—1998 年 8 月 30 日　1.交互审查、修改；2.初稿完成；3.编制附录。

（六）1998 年 9 月 1 日—1999 年 2 月 28 日　1.召开两岸终审会；2.交互审查；3.通读。

（七）1999 年 3 月 1 日—1999 年 9 月 30 日　1.定稿；2.编制索引。

（八）1999 年 8 月 12 日　"两岸辞典"召集人何景贤博士于德国汉诺威市"第六届国际汉语教学讨论会"上向来自世界 33 个国家地区，350 名代表就"辞典的编撰，缘起及未来"做深度报导，获极热烈的欢迎与回响。

（九）1999 年 9 月 15 日—20 日　北京语言大学杨庆华校长亲自率"大陆词典编辑小组"成员出席台北"两岸现代汉语常用辞

典"终结审查会。

（十）2003 年 9 月　辞典召集人何景贤访问北京语言大学与该校校务委员会主任王路江教授、施光亨教授确定大陆方最后校订完成后于年底发布出版。

（十一）2003 年 9 月—2005 年 12 月　本词典北京版问世后，各方意见不一，虽然编辑室耗费十年搜集相关词汇，但随着两岸人民日益交融，特别是最近几年两岸新词语快速累增，仍感不符需要。为因应新时代的要求，台北总编辑室汇聚各方意见，尤其是国际媒体及学术团体建议及联合美籍汉学专家的协助，增录了上千条新增词汇以期满足各界的迫切需要及期始本词典内容更加充实完整。

七　问题与突破

由于两岸分立的编纂小组关山远隔，在意见交换与沟通联系上颇感不便。在编纂过程中，也曾有数次人员往来研讨，但有些问题却仍然无法及时获得解决。

其次，本词典内容，包含正体、简化两种字形，国语注音与大陆汉语拼音两种音标，两岸稿件的来往传递，通过电子邮件，计算机转换的困难，也阻碍了工作的进程。

而编辑工作中最感困难的部分，还是两岸相异字形字义的处理：一个简化字，有时会对照两三个正体字，编辑人员必须正确地分开每个正体字所应对照的字和义。如简化字中的"干"字，对应正体字的"乾、幹、榦"三个字；"发"字对应正体字的"髪"和"發"；"泛"字对应正体字的"汎、氾"等。

还有因为两岸不同版本内容排比顺序的差异，在编辑、校对与交互审查时所发生的种种困难，对编纂工作人员来说，都是一大挑战。

更有令编纂人员伤脑筋的是大陆、台湾特有词汇的界定，有些古老或地区性的词语，大陆还继续保留，而台湾却已经不使用了，如"利索""糊弄"等，不知算不算大陆特有的词汇；尚有一些词汇，在词典编纂的初期，是台湾所独有的，如"运作""整合""保龄球"之类，到了编纂后期，却已成为两岸通用的词语了。

另一方面，随着两岸民间日益交融，各种名词术语日有所增，常用语也不断推陈出新，词典编辑室在整理两岸词汇的同时也总有赶不上新时代的感觉，为克服这些挑战，词典编辑室的编辑工作一延再延。

以上这些问题都必须经过多番推敲和无数次的讨论才能确定。

这部词典主办单位中华语文研习所，在经费有限及人力调控不易的状况下，已将每位参与者的潜能及效率发挥极致，而两岸编审人员仍身兼公职，难免因其他公务而有异动或公出，加上北京、台北两地时空间隔及计算机软件条件不敷使用等状况，使得编辑工作稍受影响。中华语文研习所既负责主导编纂工作，就必须克服以上诸般困难，设法推动整体工作顺利运转，可谓艰苦备尝。

八 修订增补

"两岸现代汉语常用辞典"自 1995 年起，经台北"中华语文研习所"与"北京语言大学"所校协议，由本人负责主持，集中两岸精选汉语文字专家学者联合组成编辑小组,前后历经十年时间,双方往来于两岸间,集中力量凝聚智能终于编纂完成此一历史贡献。

但因碍于政治环境险阻,这本辞典竟拖延至 2003 年 9 月才由北京语言大学出版社首先出版问世。2004 年 3 月经过二版印刷后台北总编辑室汇聚各方意见,尤其是国际媒体及学术团体建议及联合美籍汉学专家,重新增编了日常生活需要的 17 大类附录共1079 条词汇,依衣、食、住、行、娱乐、地名、用品、军事武器、医学、成语及俗语,一般词汇、新语词及流行用语、经济及贸易、气候、政治、咨询及自然环境作有系统地重新汇整,并列出拼音及英文说明部分,提供有兴趣及有需要的各界人士中英对照表。

"增补词条"收录了两岸各种不同性质的词语及现代常用流行语,为因应各种不同需求者使用,如为台湾当地特有语汇,则在备注栏以▲为记,如仅为大陆所通用则以★为记,无▲、★标记的条目为两岸所共享。此部分之词汇选择常见实用字词,特别着重于现代语文活用数据的提供,以满足查阅者认识和表达的双层面向。

大陆改革开放之后,随着两岸交流日益频繁,两岸词汇也不断在融合,越来越多的台湾词语也进入了大陆的常用词汇中。另一方面,台湾也吸收了不少大陆的词汇。面对两岸语言文字"大同小异"的现实,两岸词典编辑群主要目标是"求同存异、异中求通"。

特别是最近几年,两岸新词语通过各种渠道被对方吸收了一小部分,随着不同意识形态的存在和社会发展,两地的新词语还在不断地产生。另一个可喜的现象是,近年来海峡两岸的新词新语通过各种渠道在互相渗透,如"计算机、航天员、认同、共识、整合、层面、目标管理"等台湾首先使用的词语对大陆同胞已不陌生,而"软件、光盘、鸣放、高姿态、领导班子、落实"等大陆人非常熟悉的词语也常见诸台湾书报。

九　成　果

　　这部重新整合增订两岸现代常用的普通话（国语）语汇文字，由两岸汉语界推荐具代表性的语文学者专家近百人集中力量、凝聚智能所编纂的《新编两岸现代汉语常用词典》，预计 2006 年春天即可正式与世人见面，从词典的编制背景与编写过程足以了解，编辑群集思广益、审慎稳健的做法，将使这本经典之作成为一部公正权威的两岸工具用书，绝非坊间商业取向所谓"对照字典"所足（可）比拟。

　　本书出版后定将逐能缩小两岸语言文字歧异，尽扫五十年来种种分离间隔，对世界华人和国际友人在寻根溯源认同及研习中华语文上，更能产生莫大助益。欣幸此辉煌巨典将为国家、社会与中华民族克尽历史性的文化使命。

　　语言是文化的一面镜子，我们尝试编纂这部词典的主要目的也是为使两岸同胞的语言沟通与交流减少障碍，变得更为便捷容易。建议读者最好把这本词典看作是对海峡两岸已经出现的常用词语差别的反映与描写，而不是某种结论或某种规范。词典编辑室也不企图详尽无遗地把握全部两岸常用词汇，事实上也不可能做到。

　　《两岸现代汉语常用词典》的成功出书不仅克服两岸交流中的语言文字障碍，同时也为两岸文化的融通提供了重要的工具和桥梁，也给全球学习汉语的外籍人士、海外华人华侨和学界带来了方便。两岸六十余位专家学者本着"求同存异、异中求通"的原则精诚合作，希望未来两岸有志之士能够继续努力共同规范我们的民族语言，为世界华人与外籍人士提供开启中华文化交流的准绳及促进两岸文化交流作出贡献。

语汇的增加永远在变化中，不可能只停留在某一时空中不发展。由于两岸词汇众多，选词立目、释义编排难免有所疏漏，诚恳希望两岸先进不吝批评和指正。

谨此对于所有参与词典编纂的语文教育学者专家、相关工作同仁多年来的支持尽责与劳心劳力，并对中外读者及各界知音的不吝赐教敬致由衷谢忱。

两岸口语语流韵律比较初探

——以音强及音节时程分布为例

台湾中央研究院语言学研究所　郑秋豫　李岳凌　郑云卿

一　引言

中文口语语流最显著的特征为短语成组（phrase grouping），在口语篇章里最为明显（吴为章、田小琳，2002）。郑秋豫透过量化处理大批口语语料得到的证据，对这个现象提出"阶层式多短语语流韵律架构 HPG（Hierarchical Prosodic Phrase Grouping）"一说，每一层韵律单位对于最终的语流韵律表征都有贡献，而语流韵律则是各层级韵律单元贡献度的总和（Tseng et al，2004，2005）。这个架构最重要的特点，是强调并界定各短语间彼此的韵律关联性，而非各短语的孤立句调。她采用语料库语音学研究方法，从感知角度出发分析口语语流韵律，在声学语音信号（基频走势、音节时长、边界信息、边界停顿和停延段等）上，找到各韵律阶层贡献的证据及声学模板（template），这些模板的存在，是言语链里语言产生和语音处理的关键；也意味着人在连续讲话时，说话人在实时产生与听话人在实时处理语音信号时，都涉及语流的规划单元及声学模板。

阶层式多短语语流韵律架构 HPG 理论也明确说明跨短语之间的韵律关系。不同于传统语言学对语流或句调的看法,这个韵律架构把句群(即意义连贯的语段)中的短语或语句视为彼此之间具有亲属关系的韵律成分,同一层级的韵律单元是姊妹成分,韵律短语的句调一旦进入语段中的特定位置形成语段(言语段落)时,势必将有所调整以达到语流的最终韵律。一个语段可通过其如何开始、如何维持以及如何结束来加以阐明。对韵律组织而言,阶层性韵律单元和对应的韵律边界及边界信息十分重要,并有其相对应的声学韵律特征。而阶层式架构表示上层管辖下层,架构中的韵律单元包括了音段(声母、韵母)、音节 SYL(syllable)、韵律词 PW(Prosodic Word)、韵律短语 PPh(Prosodic Phrase)、韵律句群 PG(Prosodic Phrase Group),以及相对应的五级边界停顿 B1 到 B5,这些韵律单元和边界之间,呈现层级性关系,换言之,在此韵律架构下的韵律单元、韵律边界和边界停顿停延,都有系统性的韵律关系。

我们先前已发现,语流中的时程分布及音节长短上可以由音段成分与韵律组织信息来预测(Tseng et al,2004)。在本研究中,我们想要了解:(1)语流音强组型是否如时程分布一般,可由语料中通过量化程序导出?(2)韵律组型韵律是否可由组织的管辖效应(governing effect of prosody organization)解释?(3)台湾国语与北京普通话在口音上的区分是否表现在韵律组型上?

二　实验设计

(一) 实验语料介绍

本实验分析了三批国语及普通话语料库,其中包括两位台湾国语播音员的朗读语料(一男一女,以下简称 TMS 和 TFS)以及一位北京女性播音员朗读语料(以下简称 BFS)。[①] 朗读文本包含15 段长段落,段落字数从 85 到 981 个音节不等,每一个段落平均字数 377 音节。这三批语料在语速表现上,有很大的不同。其中说得最快的是台湾男性播音员 TMS,平均音节长度为 182ms,平均语速(包含停顿)每秒 4.3 个音节;最慢则为北京女性播音员BFS,平均音节长度为 267ms,每秒 2.8 音节,显示出慢语速的语流韵律特征。三批语料的语速特征摘要如表 1 所示:

表 1　语料语速特征分析

语料 特征	TFS	TMS	BFS
音节总数	5655	5655	5483
音节平均时长(**ms**) (仅考虑音段时长)	202.45	181.84	266.91
语速(**Syllable ＃/sec**) (包含停顿)	4.23	4.33	2.816

(二)语料处理

首先以 HTK Toolkit 程序判定音段成分(声母、韵母)再以SAMPA-T(Tseng et al,1999)自动标记音段边界,然后人工标记感知到的韵律边界。音段边界标记的人工检查和韵律边界标记都是由训练有素的标记员所完成的。

在实验数值截取方面,首先使用 ESPS Toolkit 计算音段RMS 值,每一音段以十帧(frame)为一单位,计算 10 帧的 RMS 平

[①] 本研究承清华大学计算机系蔡莲红教授提供北京女性播音员普通话语料,特此致谢。

均值,少于 10 帧的音段时长则直接取平均数。除此以外,为了排除因为每一段落在录音过程中的些微改变所造成的韵律层级差异,每一段落中的 RMS 值皆经过标准化过程,得到 NRMS 值。如此一来,我们即可将研究焦点放在韵律单元内的音强组型的比率差异,而不是每一音节所取得的绝对音强数值。

(三)分析过程

我们使用在(Tseng et al,2004)的研究中提出的研究步骤及方法,也就是线性回归统计中的逐步回归技术(step-wise regression technique)来分析估算语料。在本研究中,我们发展出的一个四阶层的线性模型来预测发音人的音强及时长组型。此一阶层式的回归模型由下到上、一层一层地往上叠加,依序为:音节层、韵律词层(PW)、韵律短层(PPh)以及韵律句群层(BG),最后把每一层的评估结果加总,得到最后的评估结果,再与实际语料比对,以检视评估的比例是否有意义。全部过程都是要研究自变量(IVs):音段成分(segment identities),韵律架构(prosodic organization)与因变量(DVs):音节时长(syllable duration),NRMS 之间的关系,其分析步骤摘要如下:(1)DVs 直线转换;(2)决定音段成分的分群;(3)建立线性回归模型;(4)删减无效之 IVs;(5)无法预测之残差值(residual)由紧接着的更上层解释之,重复步骤(3)与(5)。

为了能达到更好的预测,DVs 必须尽可能地呈现正态分布。DVs 与其转换值(log, square root, etc)必须使用 N-plot 加以检验、比较何者接近正态分布,最接近正态分布者因而入选。于是,在接下来的回归分析过程中,我们决定使用三批语料原始时长数值以及 NRMS 平方根。

间断数据的线性模型使用 DataDesk 的部分平方和(partial sum of squares)（type3）建立之。在音节层中，将语料中所有的音段分成若干的群组，以减少回归分析的复杂度，是必要的做法。以音强回归预测来说，我们决定分成 10 组辅音群与元音群；而时长回归部分，则分为 8 组。分组的标准是依音节层中每个 IVs 项目的 DV 平均值而决定。换言之，具有相近的时长/ NRMS 平均数之音段分在同一组，音节声母类型、韵母类型以及字调类型则被当作自变项。同时，音节前后位置因素亦是考虑因素之一，另外，我们也考虑了其二因子交互作用，所以音节层之回归分析可用下列公式表示：

$$DVs \qquad\qquad IVs$$

$$Dur\ (ms)/\ Square\ root\ NRMS\ =\ constant\ +\ CTy\ +VTy$$
$$+\ Ton$$
$$+\ PCT+\ PVT\ +\ PrT\ +\ FCt\ +\ FVt\ +\ FlT$$
$$+\ 2\text{-}way\ factors\ of\ each\ factor\ above$$
$$+\ Delta\ 1$$

回归分析之后，将较小影响力的因素（p-value ＞0.1）予以排除，无法由音段成分所预测之残差 Delta 1，则移到在上一层分析。从 PW 层到 BG 层，我们以韵律结构当作自变项，所提取出的系数表示韵律单元在特定音节位置的效应值（时长或音强的增加或减少）。

在 PW 层中，我们的目的在于了解 DV 是否受其在 PW 的位置所影响，因此 PW 层模型之公式表示如下：

$$Delta\ 1\ =\ f(PW\ length,\ PW\ sequence)\ +\ Delta\ 2$$

无法由 PW 结构所预测之 PW 层的残差 Delta 2，在紧接的上一层 PPh 层继续分析。从我们最新的研究中发现,PPh 组织造成的效应,在 PPh 中的第一与最后 4 音节的位置最为显著,因此我们标记少于 8 音节的 PPh 的音节韵律序列信息为[PPh 的长度,该音节在 PPh 中的序列位置],对大于或等于 9 音节者,我们逐一标记前 4 与后 4 音节,而其余中间音节为[M],也就是{[I1],[I2],[I3],[I4],[M]……[M],[F1],[F2],[F3],[F4]}的标记方式。如此一来,我们略过语料中长 PPh 不足的问题。PPh 层之公式表示如下:

$$Delta\ 2\ =f(\ PP\ length\ ,\ PP\ sequence\ )\ +\ Delta\ 3$$

无法由 PW 与 PPh 所预测之 PPh 层的残差 Delta 3,在紧接的上一层 BG 层继续分析。我们标记 BG 中的第一与结尾 PPh,而其余的 PPh 则一视同仁,当作中段的 PPh。在每一个 PPh 中,少于 7 音节的 PPh 的音节韵律序列信息为[PPh 长度,该音节在 PPh 中的序列位置],对大于或等于 7 音节者,我们逐一标记前 3 与后 3 音节,而其余中间音节则一视同仁,于是,BG 内的起首 PPh 的音节位置可标记为{[II1],[II2],[II3],[IM]……[IM],[IF1],[IF2],[IF3]}。而 BG 层之公式表示如下:

$$Delta\ 3\ =f(\ PPh\ I\ |\ M\ |\ F\ ,\ PPh\ length\ ,\ PPh\ sequence\ )\ +$$
$$Delta\ 4$$

采用两项数值评估预测结果:(1) 相关系数(Correlation Co-efficient,r),表示预测结果与原始资料的关联程度。(2) 总残差误差(T. R. E.)为残差平方和与原始资料平方和百分比。T. R. E. 意味着由底层之音节层到目前这一层为止无法说明的残差误差比率。

三　实验结果

本节包括二项实验结果，一为音强比较；一为音节时长预测。我们首先说明音强预测的分析结果，然后是音节时长预测结果。在此二预测过程中，资料皆是由底层的音节层分析到最高的 BG 层。在每一层中，一同比较三批语料的分析结果，以显出其中的差异性。

（一）音强比较

1. 音节层

在这一层中，每一批语料的回归分析使用不同的音段分群，表 2 到 4 描述了每一批语料中在音强回归分析中的音段分群。其分群标准系根据每一音段成分的 NRMS 的平方根数值的平均数，将相近平均数的音段成分分在同一群。语料间的辅音群分群比起元音群分群更加地近似。同时使用单因子和二因子之回归分析，并删减（忽略）p 值大于 0.1 之因素。

表 2　TFS－音强音段分群

Group	Consonant	Group	Vowel
CRMS1	h，s，k，p，s，ts`，t	VRMS1	iau，@，y，ua，ia，U
CRMS2	tj，sj，dj，dz	VRMS2	i，U`，ai，u，a，ou，iE
CRMS3	f，s`，dz`，g	VRMS3	au，yEn，an，iou，iaN
CRMS4	Z`，b，d，l	VRMS4	yE，uai，@`，yn，uan，iEn，aN，uei
CRMS5	m，n	VRMS5	uaN，@n，iN，@N，o
CRMS6	Zero	VRMS6	u@n，uo，oN，in，yoN，ei

表3　TMS－音强音段分群

Group	Consonant	Group	Vowel
CRMS1	ts，s，p，h，dz，tj，ts`，k	VRMS1	y，U，i，u，U`
CRMS2	dj，t，sj，s`	VRMS2	iN，in，@N，iE，yE，@`，yn，iEn
CRMS3	f，dz`，g	VRMS3	lou，u@n，oN，@n
CRMS4	Z`，l，b	VRMS4	iaN，ei，iau，yEn，o，yoN，ou，uei
CRMS5	d，m，n	VRMS5	uan，aN，an，ai，@`，uo，uaN，uai
CRMS6	Zero	VRMS6	ia，au，a，ua

表4　BFS－音强音段分群

Group	Consonant	Group	Vowel
CRMS1	ts，s，h，f，p，dz	VRMS1	@，yEn，U，u，y，iaN，iN
CRMS2	dj，t，ts`，k	VRMS2	yoN，aN，u@n，iEn，i
CRMS3	sj，tj	VRMS3	@N，oN，an，@n，au
CRMS4	g，l，dz`，Z`	VRMS4	U`，iau，ai，uai，ia，in，uan，uaN，ua
CRMS5	m，s`n，d，b	VRMS5	yE，uei，iou，ou，iE，ei，yn
CRMS6	Zero	VRMS6	uo，o，a

表5　三批语料音强预测之全面性评估

Corpus / Layer	TFS T. R. E.	r	TMS T. R. E.	r	BFS T. R. E.	r
Syllable	63.80％	0.616	47.65％	0.732	48.00％	0.724
PW	62.10％	0.621	47.02％	0.736	40.53％	0.737
PP	48.19％	0.666	37.43％	0.766	23.42％	0.775
BG	49.04％	0.693	35.37％	0.787	27.88％	0.814

表6　TFS－时长音段分群

Group	Consonant	Group	Vowel
CDUR1	d,b,g	VDUR1	@,o,U`,U
CDUR2	dz`,l,f	VDUR2	i,u,a,ei
CDUR3	n,Z`	VDUR3	yE,y,@n,in
CDUR4	m,dz,dj	VDUR4	uo,iE,ai,ou,uei
CDUR5	t,p,k,h	VDUR5	@N,oN,iN,an,au
CDUR6	s`,ts`,sj,s	VDUR6	yn,iau,aN
CDUR7	ts,tj	VDUR7	ia,iou,u@n,@`,iEn,ua
CDUR8	Zero	VDUR8	uan,yEn,iaN,uaN,uai,yoN

表7　TMS－时长音段分群

Group	Consonant	Group	Vowel
CDUR1	d,b,g	VDUR1	@,o
CDUR2	dz`,l	VDUR2	o,U,ei
CDUR3	n,f,Z`	VDUR3	i,u
CDUR4	m,t,p,dz,dj,k	VDUR4	a,in,uo,y,@n,iE,yE,ou
CDUR5	h,ts`	VDUR5	uei,iN,ai,@n,yn
CDUR6	ts,sj,tj	VDUR6	oN,iou,au,aN,iau,an
CDUR7	s,s`	VDUR7	ia,iEn,u@n,uaN,uai,ua,uan
CDUR8	Zero	VDUR8	yEn,iaN,yoN

2. PW 层

图 1-3 显示出在三批语料中 PW 层的音强组型。每一条线代表在一个韵律词中特定位置音节所对应之回归系数。Y 轴代表 NRMS 平方根的预测值,正值表示在特定位置音节的音强具大于平均值,负值则表示音强小于平均值。PW 层的一般组型清楚地

显示出语料间的差异。愈长的韵律词,需要的能量越大,起始的音强越大。除此之外,以 2 音节与 3 音节的韵律词来说,TFS 的回归系数范围为 0.016 和 0.019,TMS 的回归系数范围为 0.003 和 0.012,BFS 则是 0.028 和 0.054,显示出两批台湾国语语料在音强方面,较北京普通话低。

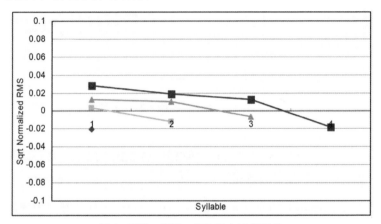

图 1　TFS－音强－PW 层之回归系数

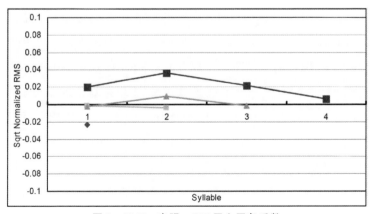

图 2　TMS－音强－PW 层之回归系数

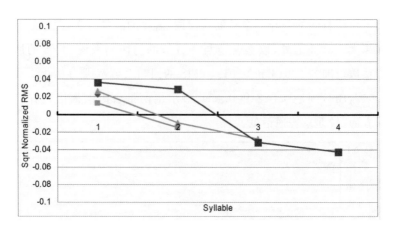

图 3　BFS－音强－PW 层之回归系数

3. PPh 层

图 4-6 显示出在三批语料中的 PPh 音强比率组型。每一条线代表特定音节数之韵律短语的音强组型。超过 9 音节的 PPh 以紫色线条显示,PPh 的中间部分以第 4 音节代表,而清楚地表现出前 4 与后 4 音节的音强组型。

我们发现,愈长的 PPh,需要的能量越多。对超过 9 音节的 PPh 而言,TFS 的系数范围为 0.101,TMS 的系数范围为 0.088,与 BFS 的 0.118。比起 TMS、TFS 和 BFS 皆具有较快的下降斜率。此一 PPh 音强系数下降斜率的差异现象可能导因于男性与女性在呼吸上有些差异,如肺活量、肌肉强度等等。除此之外,也可看出台湾国语与普通话的口音差异。以 PPh 尾来说,BFS 在 PPh 的最后一个音节表现出较强的音强,反观 TFS 与 TMS 在 PPh 的倒数第 2 音节则表现出相当不清楚的突显(prominence)。超过 7 音节的 PPhs 之回归系数范围,TFS 是 0.1,TMS 是 0.073,而 BFS 则为 0.096。超过 7 音节中段位置 PPhs 的回归系数范围，TFS 是 0.081，TMS 是 0.056，而 BFS 则为0.094。

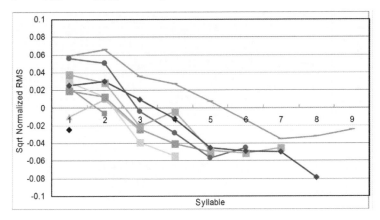

图 4　TFS－音强－PPh 层之回归系数

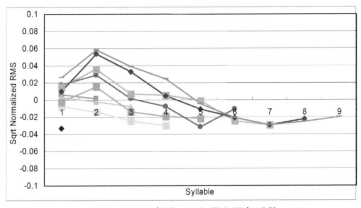

图 5　TMS－音强－PPh 层之回归系数

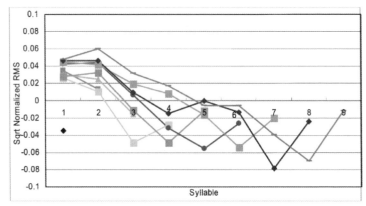

图 6 BFS－音强－PPh 层之回归系数

4. BG 层

在 BG 中，我们假设在 BG 中不同位置的 PPh 的贡献度并不相同，因而进行个别分析。BG 中第一与最后的 PPh 视为起首与结尾 PPh，而其他的则为中段 PPh。

（1）BG 中的起首 PPh（BG-initial PPh）

图 7-9 显示在 BG 中的起首 PPh 音强组型。每一条线代表不同长度 PPh 的组型。超过 7 音节的起首 PPh 以紫色线条显示，我们发现：相对于前文中已出现过的 PPh 组型，当起首 PPh 比较长的时候，它反而没有较强的音强。一般来说，除了第一与最后音节以外，BG 中的起首 PPh 音节和所导出的预测平均值比较起来，具有较强的音强。

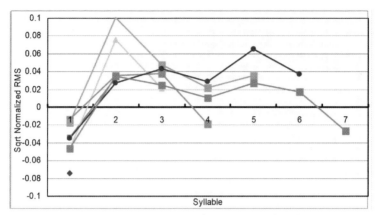

图 7　TFS－音强－BG 中起首 PPh 之回归系数

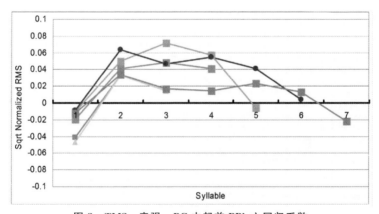

图 8　TMS－音强－BG 中起首 PPh 之回归系数

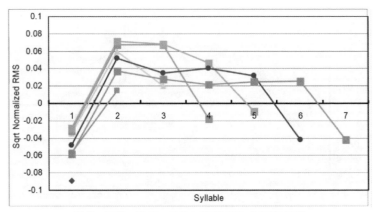

图 9　BFS－音强－BG 中起首 PPh 之回归系数

（2）BG 中的中段 PPh（BG-medial PPh）

图 10-12 显示在 BG 中的中段 PPh 音强组型。与 PPh 层相类似，中段 PPh 有一个相似的下降组型。

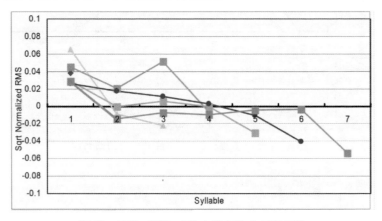

图 10　TFS－音强－BG 中段 PPh 之回归系数

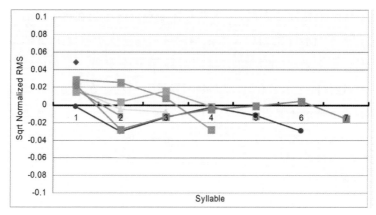

图 11　TMS－音强－BG 中段 PPh 之回归系数

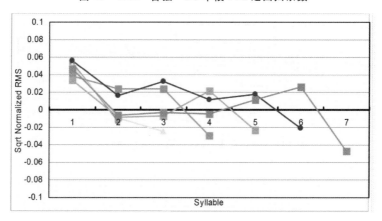

图 12　BFS－音强－BG 中段 PPh 之回归系数

（3）BG 中的结尾 PPh（BG-final PPh）

图 13-15 显示在 BG 中的结尾 PPh 音强组型。所有的语料均显示出，结尾 PPh 并没有表现出如前所见的 PPh 音强减弱，反而呈现一相反趋势：在 BG 结尾伴随着一个较强的音节。较短的结尾 PPh 具有一较宽的系数范围。对超过 7 音节的结尾 PPh 而言，系数范围 TFS 是 0.077，TMS 是 0.059，而 BFS 则为 0.094。

　　比起男性发音人语料,两批女性语料皆显示出在 BG 中的结尾 PPh 具有较宽的回归系数范围。虽然在这层中结尾 PPh 的最后音节是正值,但并不意味着在 BG 结尾 PPh 具有一强劲的结尾音节,这仅能暗示着在这一层级中,这些音节比起在其他 BG 单元里的音节来说还要强一些。若以整体来说,全面性的预测考虑到所有层级的预测值,而 BG 结尾依然是变弱的。

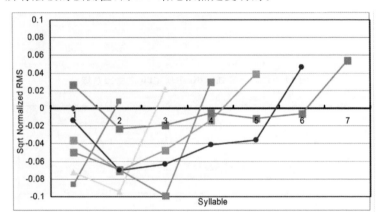

图 13　TFS－音强－BG 结尾 PPh 之回归系数

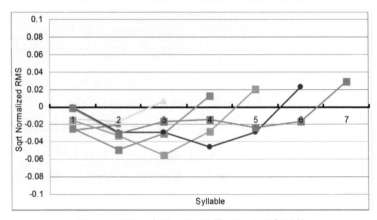

图 14　TMS－音强－BG 结尾 PPh 之回归系数

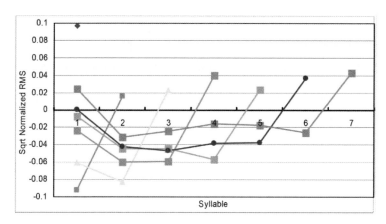

图 15　BFS－音强－BG 结尾 PPh 之回归系数

　　全面性预测之评估如表 8 摘要描述如下。值得注意的是:原始 DV(NRMS 值)与总和预测(预测总和之平方)转换值之间的评估值,因此我们可以推论:残差误差的增加可能导因于此非线性转换过程。另一方面,相关系数 r 意谓着当增加更高一层时,预测力获得了改善。在三批语料中,BFS 具有最好的预测结果(相关系数 r = 0.814),而最差的是 TFS(相关系数 r = 0.693)。

表 8　BFS－时长音段分群

Group	Consonant	Group	Vowel
CDUR1	d,b	VDUR1	@,U,U`
CDUR2	g,l	VDUR2	u,o
CDUR3	n,dz˙,Z`,m	VDUR3	a,l,yE,ou,ua
CDUR4	dz,dj	VDUR4	ei,ai,uo,au
CDUR5	t,p,f,k,h	VDUR5	oN,in,@n,u@n,uaN,@N, an,aN,iE,iN
CDUR6	ts`	VDUR6	uei,y,ia,yn,uan,iau
CDUR7	tj,s`,sj,s,ts	VDUR7	iEn,@`,iaN,iou
CDUR8	Zero	VDUR8	yEn,uai,yoN

(二) 时长预测

在时长预测部分,除了音节层的音段分群外,所有过程都与音强的回归分析一样。以三批语料来说,原始音段时长分布称得上接近正态分布,在回归分析中作为 DV。

1. 音节层

在这一层中,每一批语料的回归分析使用不同的音段分群,表6-8 描述了每一批语料中在时长回归分析中的音段分群。其分群标准系根据每一音段成分的平均时长数值,将相近平均数的音段成分分在同一群。同时使用单因子和二因子之回归分析,并删减(忽略)p 值大于 0.1 之因素。

表 9　TFS－时长音段分群

Group	Consonant	Group	Vowel
CDUR1	d,b,g	VDUR1	@,o,Uˋ,U
CDUR2	dzˋ,l,f	VDUR2	i,u,a,ei
CDUR3	n,Zˋ	VDUR3	yE,y,@n,in
CDUR4	m,dz,dj	VDUR4	uo,iE,ai,ou,uei
CDUR5	t,p,k,h	VDUR5	@N,oN,iN,an,au
CDUR6	sˋ,tsˋ,sj,s	VDUR6	yn,iau,aN
CDUR7	ts,tj	VDUR7	ia,iou,u@n,@ˋ,iEn,ua
CDUR8	Zero	VDUR8	uan,yEn,iaN,uaN,uai,yoN

表 10　TMS－时长音段分群

Group	Consonant	Group	Vowel
CDUR1	d,b,g	VDUR1	@,o
CDUR2	dzˋ,l	VDUR2	o,U,ei
CDUR3	n,f,Zˋ	VDUR3	i,u
CDUR4	m,t,p,dz,dj,k	VDUR4	a,in,uo,y,@n,iE,yE,ou
CDUR5	h,tsˋ	VDUR5	uei,iN,ai,@n,yn

CDUR6	ts,sj,tj	VDUR6	oN,iou,au,aN,iau,an
CDUR7	s,s`	VDUR7	ia,iEn,u@n,uaN,uai,ua,uan
CDUR8	Zero	VDUR8	yEn,iaN,yoN

表 11　BFS－时长音段分群

Group	Consonant	Group	Vowel
CDUR1	d,b	VDUR1	@,U,U`
CDUR2	g,l	VDUR2	u,o
CDUR3	n,dz`,Z`,m	VDUR3	a,l,yE,ou,ua
CDUR4	dz,dj	VDUR4	ei,ai,uo,au
CDUR5	t,p,f,k,h	VDUR5	oN,in,@n,u@n,uaN, @N,an,aN,iE,iN
CDUR6	ts`	VDUR6	uei,y,ia,yn,uan,iau
CDUR7	tj,s`,sj,s,ts	VDUR7	iEn,@`,iaN,iou
CDUR8	Zero	VDUR8	yEn,uai,yoN

表 12　TFS－时长－音节层因素之 ANOVA 摘要表

Source	df	Sums of Squares	Mean Square	F-ratio	Prob	Source	df	Sums of Squares	Mean Square	F-ratio	Prob
CTy	7	615273	87896.1	42.767	<0.0001	CTy*VTy	49	199615	4073.77	1.9821	<0.0001
VTy	7	367437	52491.1	25.54	<0.0001	CTy*FTn	35	140762	4021.78	1.9568	0.0006
Ton	4	109460	27365	13.315	<0.0001	FCT	8	31730.5	3966.32	1.9299	0.0514
Ton*FCT	32	356105	11128.3	5.4146	<0.0001	PCT*PTn	25	95864.1	3834.56	1.8658	0.0056
CTy*Ton	25	183320	7332.81	3.5679	<0.0001	CTy*PTn	35	126427	3612.19	1.7576	0.0039
VTy*Ton	23	152705	6639.33	3.2305	<0.0001	PCT*PVT	49	173919	3549.36	1.727	0.0013
PVT	7	42277.2	6039.59	2.9386	0.0045	PVT*PTn	23	76195.2	3312.83	1.6119	0.0324
PTn	4	23319.3	5829.82	2.8366	0.023	FVT*FTn	23	74873	3255.35	1.5839	0.0377
PCT	8	37596.6	4699.52	2.2866	0.0193	Ton*PCT	31	96176.4	3102.46	1.5095	0.0348
FCT*FVT	56	262766	4692.25	2.2831	<0.0001	VTy*FCT	56	156598	2796.39	1.3606	0.0387
FCT*FTn	29	134237	4628.86	2.2522	0.0001	Const	1	2.31E+08	2.31E+08	1.12E+05	<0.0001
Error	5118	1.05E+07	2055.23			Total	5654	2.40E+07			

表 13 TMS-时长-音节层因素之 ANOVA 摘要表

Source	df	Sums of Squares	Mean Square	F-ratio	Prob	Source	df	Sums of Squares	Mean Square	F-ratio	Prob
CTy	7	175279	25039.9	14.276	<0.0001	CTy*FTn	35	122844	3509.82	2.001	0.0004
PVT	9	74244.5	8249.38	4.7031	<0.0001	PCT*PTn	31	103806	3348.59	1.9091	0.0018
Ton*FTn	20	163881	8194.05	4.6716	<0.0001	PVT*PTn	26	80244.6	3086.33	1.7596	0.01
FCT	8	56309.5	7038.69	4.0129	<0.0001	VTy*FVT	49	148264	3025.8	1.7251	0.0013
FVT*FTn	26	178220	6854.63	3.9079	<0.0001	FCT*FVT	50	146530	2930.6	1.6708	0.0022
VTy	7	45882.4	6554.62	3.7369	0.0005	VTy*PCT	56	148779	2656.77	1.5147	0.0081
VTy*Ton	26	146987	5653.35	3.2231	<0.0001	VTy*FTn	28	72556.2	2591.29	1.4773	0.0504
CTy*VTy	43	226817	5274.82	3.0073	<0.0001	VTy*PVT	49	119575	2440.3	1.3913	0.0373
PTn	4	18084.9	4521.23	2.5776	0.0356	VTy*FCT	56	136265	2433.31	1.3873	0.0301
CTy*Ton	26	116595	4484.44	2.5567	<0.0001	PTn*FCT	39	92503.4	2371.88	1.3522	0.0709
FCT*FTn	29	128627	4435.42	2.5287	<0.0001	Const	1	2.08E+08	2.08E+08	1.19E+05	<0.0001
Error	5030	8.82E+06	1754.03			Total	5654	2.05E+07			

表 14 BFS-时长-音节层因素之 ANOVA 摘要表

Source	df	Sums of Squares	Mean Square	F-ratio	Prob	Source	df	Sums of Squares	Mean Square	F-ratio	Prob
CTy	7	417148	59592.5	14.966	<0.0001	FTn	4	30036.5	7509.13	1.8858	0.11
Ton	4	96536.5	24134.1	6.0609	<0.0001	VTy*FTn	28	197720	7061.43	1.7734	0.0073
CTy*VTy	46	655573	14251.6	3.5791	<0.0001	VTy*PTn	33	223588	6775.41	1.7015	0.0075
FVT	7	85042.7	12149	3.051	0.0033	VTy*FCT	56	371720	6637.86	1.667	0.0014
Ton*FTn	16	184510	11531.9	2.896	<0.0001	FCT	8	53079.5	6634.94	1.6663	0.1013
VTy*Ton	26	294887	11341.8	2.8483	<0.0001	Ton*PCT	32	208780	6524.38	1.6385	0.0132
FCT*FTn	27	298044	11038.7	2.7722	<0.0001	VTy*PCT	56	351417	6275.3	1.5759	0.0041
Ton*FCT	32	312549	9767.16	2.4529	<0.0001	PVT*PTn	30	185741	6191.37	1.5549	0.0275
FVT*FTn	26	235986	9076.38	2.2794	0.0002	PCT*PVT	59	343430	5820.84	1.4618	0.0125
FCT*FVT	44	342737	7789.47	1.9562	0.0002	VTy*FVT	49	262980	5366.94	1.3478	0.0537
CTy*Ton	27	209032	7741.94	1.9443	0.0024	Const	1	3.91E+08	3.91E+08	98096	<0.0001
Error	4865	1.94E+07	3981.94			Total	5482	3.89E+07			

2. PW 层

图 16-18 显示出在三批语料中之 PW 层的回归系数。这些图当中，每一条线代表不同长度的韵律词单元，而 Y 轴中每一点代表在一个韵律词中特定位置音节所得来的回归系数，这些系数表示相较于低一层所获得的预测，该音节时长延长/缩短的程度。PW 层的一般组型像一勺子状曲线——PW 的中间音节缩短而最后音节拉长。在三批语料中，TFS 的延长/缩短效应最小，在四音节的 PW 中最短和最长音节相差 19.68ms 是最为显著的差异；BFS 在 3 音节 PW 则有 39.52ms 的差异。

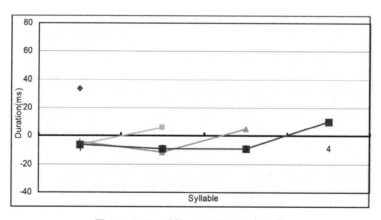

图 16　TFS－时长－PW 层之回归系数

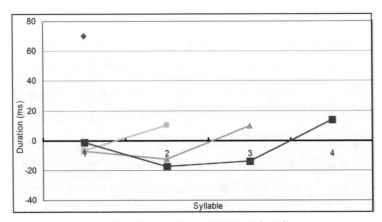

图 17 TMS－时长－PW 层之回归系数

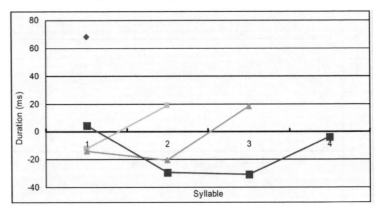

图 18 BFS－时长－PW 层之回归系数

3. PPh 层

图 19-21 显示了三批语料中 PPh 层的回归系数。PPh 层的一般组型可从 PPh 中的最后 4 音节中所看出。不管什么音节长度的韵律短语,从最后倒数第 4 个音节开始皆维持相同的组型,(倒数)第三音节明显最短,而最后音节则拉长,这便是众所熟知的"短语结尾效应"(phrase final effect),其实它就是

不同韵律层级的边界效应。TMS 和 TFS 在短语结尾表现出相同的组型,BFS 则有倒数第 3 音节最短,最后音节却没有拉长的倾向。

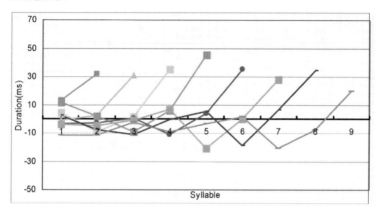

图 19　TFS－时长－PPh 层之回归系数

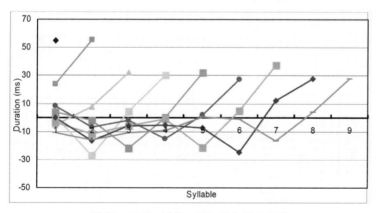

图 20　TMS－时长－PPh 层之回归系数

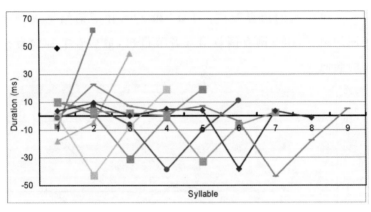

图 21　BFS－时长－PPh 层之回归系数

4. BG 层

（1）BG 中的起首 PPh（BG-initial PPh）

三批语料中，由起首 PPh 所贡献之一般时长组型十分相似。相较于 PPh 的预测，起首 PPh 短语末音节是更加地延长，起首 PPh 的最后音节均被延长了 23.85（TFS）到 29.55ms（BFS）不等的长度。

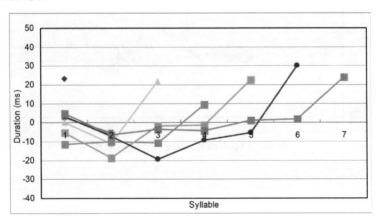

图 22　TFS－时长－BG 中起首 PPh 之回归系数

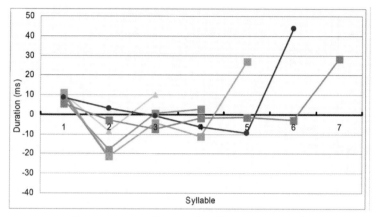

图 23　TMS－时长－BG 中起首 PPh 之回归系数

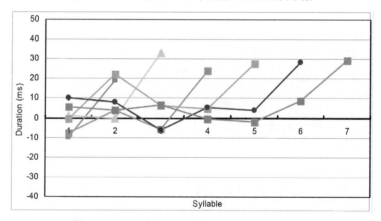

图 24　BFS－时长－BG 中起首 PPh 之回归系数

（2）BG 中的中段 PPh（BG-medial PPh）

除了已知的 PPh 结尾延长外，在这一层中，BG 的中段 PPh 更加地延长。在这里，必须注意起首 PPh 与中段 PPh 之间的差异：（1）起首 PPh 比中段 PPh 多了 10ms 左右，具有较大的延长效应。（2）中段 PPh 的第一个音节时长缩短了 10 ms，这样的现象在起首 PPh 并未发现。

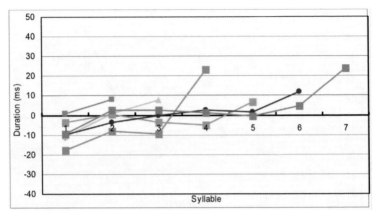

图 25　TFS－时长－BG 中段 PPh 之回归系数

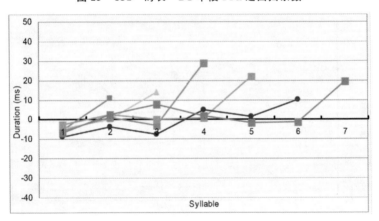

图 26　TMS－时长－BG 中段 PPh 之回归系数

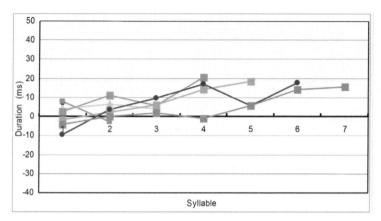

图 27　**BFS－时长－BG 中段 PPh 之回归系数**

（3）BG 中的结尾 PPh（BG-final PPh）

BG 的结尾 PPh 的最后音节并没有如起首与中段 PPh 一样拉长，而是明显地缩短。对超过 7 音节的结尾 PPh，TFS 缩短了 31.3ms，TMS 缩短了 45.55ms，BFS 则为 18.8ms。然而，BG 最后音节的全面性效果应是预测结果的累积总和，其实际韵律表现依然呈现延长现象。

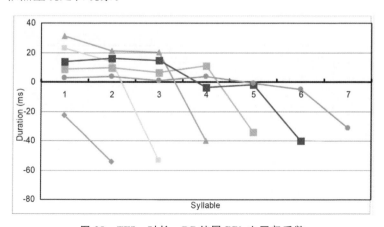

图 28　**TFS－时长－BG 结尾 PPh 之回归系数**

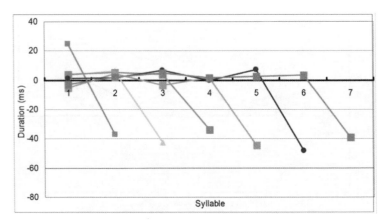

图 29 TMS－时长－BG 结尾 PPh 之回归系数

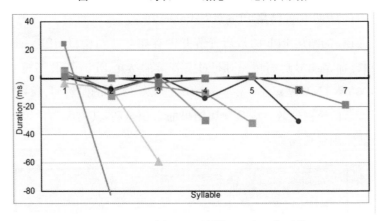

图 30 BFS－时长－BG 结尾 PPh 之回归系数

从以上结果,我们可以了解到:BG 层中不同位置的 PPhs 在已预测的 PPh 层之上贡献了它本身的时长组型。表 15 列出各层的全面性预测评估值,全面性评估值之相关系数 r,TFS＝0.806,TMS＝0.842 以及 BFS＝0.819。

表 15　三批语料时长预测之全面性评估

Corpus Layer	TFS		TMS		BFS	
	T. R. E.	r	T. R. E.	r	T. R. E.	r
Syllable	43.88%	0.749	43.11%	0.754	49.97%	0.709
PW	42.43%	0.759	39.87%	0.776	43.22%	0.755
PP	38.07%	0.789	33.41%	0.822	36.13%	0.803
BG	35.13%	0.806	29.37%	0.842	33.56%	0.819

四　结果分析与讨论

我们发现了在阶层式结构中的典型的韵律组型,如同时长组型一般,音强组型也可从音段成分与韵律结构中得到。除此以外,北京普通话与台湾国语间的差异也可由每一韵律单元层级中看出。在本节中,我们将分别讨论每一层的实验结果。

(一)音节层

从音节层的实验分析结果中,我们可以看到,将近 50% 的预测值可从音段成分因素所获得。以音强预测来说,音节层预测了接近 52% 的原始资料是(T. R. E. = 47.65% in TMS and 48% in BFS),最差的是 TFS,只解释了 36.2%。至于时长预测部分,TFS 已被解释了 56.12%,TMS 56.89% 以及 BFS 50.03%。因此,此一结果证明了为何韵律结果对语音合成在本质上是如此重要,语音合成若是只考虑到音节的串接与过渡,那将因缺少了更上层的韵律阶层信息而听起来不自然。

(二)PW 层

在三批语料中,PW 的时长与音强组型是可预估获得的,音强的逐渐下降与时长像带把勺子状的组型,均显示了韵律词组型之原型(prototype)。比起其他两者,较慢速的 BFS 语料的韵律组型是更加地明显,而且 PW 层韵律组型被解释的比率在 BFS 也是比较多的。以音强预测来说,BFS 的 T. R. E. 减少了将近 8%,反而 TFS 只有 1.7% 与 TMS 的 0.63%。以时长预测来说,BFS 的 T. R. E. 减少了将近6.75%,反而 TFS 只有1.45% 与 TMS 的 2.24%。除此之外,我们也认为北京普通话与台湾国语之间口音上的差异,除了音段成分的差异,也有韵律组型的不同,北京普通话比起台湾国语具有较明显的轻重音与缩短/延长组型。

(三) PPh 层

从三批语料中所取得之 PPh 层的一般韵律组型,清楚地显现出音强的下降与如 PPh 结尾一般的时长终止式(cadence)。当时长组型中可以发现类似的型态时,北京普通话与台湾国语的清楚差异也被发掘。相对于结尾的弱化,BFS 却加强了短语的最后音节;在其时长预测部分,和 PW 层的结果比较起来,PPh 结尾也没有更进一步拉长,反而结果是最后音节的前面一个音节的缩短。在三层韵律层级中(PW,PPh, BG layer),PPh 层在音强与时长的预测上说明了绝大部分在 BFS 的音强预测上,PPh 层将近解释了 17%的 T. R. E. 值。

(四) BG 层

在 BG 的起首 PPh、中段 PPh 与结尾 PPh 都发现了清楚的韵律组型。以起首 PPh 来说,最后音节会拉长,而中间的音节比 BG 其他位置的音节还要念得较为强烈。以中段 PPh 来说,第一音节被加重与缩短,而最后音节则被弱化与延长。至于结尾 PPh,在时长与音强组型上都发现了与 PPh 相反的组型,最后两音节呈现出重音上的轻重组型(weakened-stressed pattern)。除此以外,和相同 BG 的其他 PPh 比较起来,最后音节同时也缩短了。

五　结　语

在本文中,我们通过配合"阶层式多短语语流韵律架构 HPG"的回归统计模型,检验大量语料的声学语音特性,在音强分布和语流中音节在时程配置二方面作预测,发现当上层的韵律单元增加时,预测力也增加。进一步的证明语流的韵律最终输出现象,无论是音强或时程配置,都是各韵律层级分层贡献的总和。通过实验比较两岸口语在语流韵律,我们得到以下的结论:

(1)由各层分析显示,语流由多层次的架构所组合而成,每一层皆有典型的特征,证明口语语流韵律存在着一定的规划性及规则性。

(2)韵律结构中,音强和时长都具有规则性,而以音节长短在时程配置上规则性最是明显,在各阶层间显现类似的边界效应及特征。层层叠加的结果,是口语语流韵律与孤立句的句调在听感上显现极大差异的最主要原因。

(3)两岸虽有口音的差异,在语流韵律的特性上大致还是相当一致的,亦即基本的韵律差异并不大。我们认为,必须进行更进一步的实验,以厘清两岸口音差异还有哪些语音层面,如音段及声调系统,甚或是否还包括了语速差别。

(4)我们通过量化所获得的韵律模型,可当做语音合成的基础,作为语音科技开发方面的应用。

本研究除以上发现外,在研究方法方面,采用语料库语音学,因而大幅增加了语料的量及变异性;并因此配合了量化的处理。

在研究课题方面,走出汉语语音学研究一向重字调或句调、轻韵律及实际说话现象的框架,将口语篇章的特点有系统地带进语音学的研究。

【参考文献】

1. 吴为章、田小琳《汉语句群》,商务印书馆 2002 年。

2. Tseng,Chiu-yu,Pin,Shao-huang and Lee,Yeh-lin. 2004. Speech prosody:Issues,approaches and implications. In Fant,G.,Fujisaki,H.,Cao,J. and Xu,Y. (ed.),*From Traditional Phonology to Modern Speech Processing*(语音学与言语处理前沿). pp. 417-437. Beijing,China:Foreign Language Teaching and Research Press,外语教学与研究出版社。

3. Tseng Chiu-yu,Pin,ShaoHuang,Lee,Yeh-lin,Wang,Hsin-min and Chen,Yong-cheng. 2005. Fluent Speech Prosody:Framework and Modeling. *Speech Communication* (*Special Issue on Speech Prosody*),Vol. 46(3-4):284-309.

4. Tseng,Chiu-yu and Chou,Fu-chiang. 1999. Machine readable phonetic transcription system for Chinese dialects spoken in Taiwan. *The Journal of the Acoustical Society of Japan* (*E*) 20(3):215-223.

台湾国语与普通话的单字调对比研究

中国社会科学院语言所　　熊子瑜　李爱军

摘要：本文采取实验语音学的方法和手段分析台湾国语和普通话中的四声（阴平、阳平、上声和去声）调值，比较台湾国语和普通话中的四声调值是否存在显著差异，并考察台湾地区发音人的方言声调系统是否会对其国语的四声调值产生显著影响。研究结果表明，台湾国语和普通话中的四声调值存在以下差异：（一）台湾国语的声调音域范围相对较窄，平均音域为 7.6 个半音；普通话的声调音域范围相对较宽，平均音域为 12.8 个半音。（二）台湾国语中阴平字的调值大多实现为 44，低于普通话中的阴平调。（三）台湾国语中的上声字多为低降或中降调形，很少出现类似于普通话中的升调尾。（四）台湾地区的发音人在读阳平字的时候，通常会先有一个较大幅度的音高下降，或者出现一段相对较长的音高持平，然后才上升，以至于实际的音高上升点比较靠近调型段的末尾部分。为了考察这些调值差异的产生根源，本文对比分析了台湾地区发音人朗读的闽南方言，分析结果表明发音人的方言声调系统会在一定程度上对其国语的四声调值产生显著影响。

一 引 言

现代汉民族共同用来交际的语言,在中国大陆称为"普通话",在中国台湾地区称为"国语",在新加坡、马来西亚等一些国家的华人社区称为"华语"。尽管在台湾地区所推行的"国语"和在大陆地区所推行的"普通话"都是以北京语音为标准,但由于它们在不同的语言环境和语言政策中相对独立地推行和发展了半个多世纪,各自的语音或多或少地发生了某些变化,从而导致台湾人所说的国语和大陆人所说的普通话在语音方面产生了一些差异。比如说,在台湾人所说的国语里,平舌音和翘舌音、鼻音和边音、前鼻音和后鼻音不太区分,也很少出现儿化韵和轻声现象。还有研究指出,台湾国语和普通话在语句节奏的语音表现上存在一些差异(Xiong et al.,2006)。之所以会产生这些语音差异,主要原因是由于在台湾地区以闽南方言为母语的人较多,占台湾总人口的75%左右,国语在台湾地区的推行过程中难免会受到当地汉语方言和其他语言的影响而发生一些变化。但这些语音方面的变化并不影响交际,以及海峡两岸人民的沟通。

闽方言,又称闽语,主要用于福建、广东、台湾和海南等地。闽方言可大致分为五个方言片:闽南方言,以厦门话为代表;闽东方言,以福州话为代表;闽北方言,以建瓯话为代表;闽中方言,以永安话为代表;莆仙方言,以莆田话为代表。其中,使用人口最多、通行范围最广的是闽南方言,它主要包括福建省内以厦门、漳州和泉州三个城市为中心的一些县市,福建省以外各地通行的闽方言,基本上也都属于闽南方言。闽南方言的源头是漳州话和泉州话,尽管漳州话和泉州话的语音系统有些差异,但相互之间有着严格的对应关系。在台湾地区通行和发展的闽南话跟厦门话非常接近,属于漳州话和泉州话的融合形式,有七个声调:阴平、阳平、上声、阴去、阳去、阴入和阳入,它们的调值和例字如表1所示:

表1　厦门话的声调系统

	阴平	阴上	阴去	阴入	阳平	阳去	阳入
调值	44	53	21	32	24	22	4
例字	君、东	滚、党	棍、栋	骨、督	裙、同	郡、洞	滑、独

而普通话和台湾国语里只有四个声调:阴平、阳平、上声和去声,它们的声调系统跟闽南方言的声调系统存在很大差异,如上表中的阳入字"滑、独"在普通话和台湾国语里读为阳平调,调值为35,阳去字"郡、洞"跟阴去字"棍、栋"在普通话和台湾国语里都被读为去声调,调值为51。另外,即便调类相同,调值也可能存在很大差异,如阴去调在台湾国语和普通话里的调值为51,而在闽南方言里的调值为21。近些年来,围绕着普通话(国语)声调系统的语音实现问题,学界开展了各个层面的研究,并取得了很多成果(沈炯,1985;林茂灿,1988;郑秋豫,1990;Xu,1997;冯怡蓁,1997),但关于"方言—地方普通话—标准普通话"这三个系统中声调特性的对比研究还比较少,而这方面的研究价值逐渐在普通话教学和评测、方言口音的识别等过程中凸显出来。最近国内一些科研机构开始基于语音语料库、采取实验语音学的方法和手段去分析地方普通话的语音特性,如有研究对比分析了厦门普通话和标准普通话的声调调值,结果表明,二者之间在上声调的调形上存在显著差异(Li et al.,2005)。那么同样以闽南方言为母语的台湾人在学习和使用国语时,其母语的声调系统是否会对其所习得

的国语声调产生显著的影响呢？本研究将以普通话的声调系统作为参照物来研究这一问题，相信这方面的研究成果将为普通话教学和评测、方言口音的识别等系统提供客观的语音学依据和数据支持。

二　语料设计和数据采集

为了考察闽南方言的声调系统以及每个声调的调值，本研究以汉字的古声清浊类型和古调类型为分类依据，基于《方言调查字表》选取了 48 个例字组成一个简单的调查表，如表 2 所示，并聘请了四位以闽南方言为母语的成年台湾人（两男和两女）来发音，每位发音人用闽南方言和台湾国语分别对每个例字朗读三遍。

表 2　调查用字表

古调 ＼ 古声清浊	次清声母	全清声母	次浊声母	全浊声母
平	推枪科	收香山	雷能林	从穷田
上	考品草	审板比	演两乳	社树动
去	次抗探	布对照	劳位议	剂治备
入	吃刻测	级国职	立业玉	舌学特

这四位发音人分别标号为 TWM001、TWM002、TWF001 和 TWF002，他们都是出生和成长在台湾地区，其中 TWM002 和 TWF002 来自台中，TWF001 来自金门，TWM001 来自桃园。他们在家里跟长辈交流时一般用闽南方言，而跟平辈交流时通常用台湾国语；在社会上他们通常使用台湾国语进行交际。

录音时，以上这些调查用字按随机排序的方式显示在电脑的屏幕上,发音人对着麦克风逐个读出这些例字来。发音人的声音通过外置式声卡直接录入笔记本电脑,每个例字的录音材料单独保存成一个 wav 格式的声音文件,其采样率为 16000 赫兹,采样精度为 16 位。整个录音过程在安静的室内环境中进行。

　　录音结束后,由一位受过方言学训练的学生对所录制的闽南方言材料进行听音,并对每个例字的声调进行归类;再由一位专业的标音员使用语音分析软件 Praat[①] 中的标注工具对这些录音材料进行了切分,并标注出每个例字的声韵母和声调;最后采用Praat 软件分析出每个例字的基频数据,并由一位语音学专业的学生对自动提取出来的基频数据进行了手工校准。通过这些处理过程,我们在声音文件的基础上分别得到了每个例字的基频数据文件和标注数据文件,这些数据文件为接下来进行声调调值的统计分析提供了基础。

三　调型段的确定和音高数据的提取

　　按照是否具有区别声调类型的功能,我们把音节中的基频数据划分为调头段、调型段和调尾段,也有学者曾把它们称为弯头段、调型段和降尾段(林茂灿,1965;吴宗济等,1989)。所谓调型段是指音节中具有区别声调类型功能的基频数据,调头段是指音节中处于调型段之前的基频数据,调尾段是指音节中处于调型段之后的基频数据。在任何一个有调音节中,调型段是必须具备的,而调头段和调尾段是可选的,并非总会出现。在分析声调的调值时

应把调头段和调尾段的基频数据排除在外,以免影响统计分析的结果。而要想正确地切分出调型段来,首先需要对所研究的语言或方言的声调系统有一定的了解,掌握其各类声调的基本调形,然后基于音节中的基频走势以及某些可能出现的基频扰动等信息来确定调型段和调头段、调型段和调尾段之间的分界。

(一)切除调头段

普通话和闽南方言里都含有一些浊辅音声母,这些浊辅音声母上的音高变化通常不会影响人们对声调类型的感知,因此在分析声调的调值时应该将其排除在外。如图1所示:

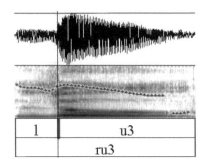

图 1　切除基频段中的调头段〔TWF001\0429. wav(国语)〕

图 1 显示的是台湾发音人 TWF001 发出的上声字"乳"的波形、宽带语图、音高曲拱(叠在宽带语图上的蓝色曲线)和音节及声韵母的标注数据。"乳"的声母是浊辅音,发音时声带振动,这一点可以从图 1 的音高曲拱上看出。另外,观察图 1 的数据,可以看出音高曲拱在声母和韵母之间发生了显著的扰动,这表明韵母段的音高目标值是发音人重新计划的。切除声母部分的声音之后进行听辨,结果表明它的有无对声调类型的感知不会产生显著影响,因此本研究把这段基频数据看作调头段,在分析调值时把它们排除在外。

（二）切除调尾段

在这四位发音人的录音材料里，我们观察到在很多音节的末尾会出现基频数据异常跃起的现象，而这种现象在普通话的录音语料里却很少见。如图 2 所示：

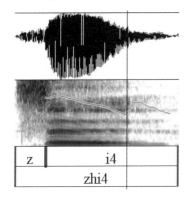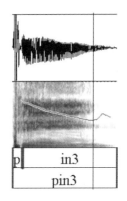

2. 1：TWF001\0443_001. wav（国语）　　2. 2：TWF001\0422_001. wav（国语）

图 2　切除基频段中的调尾段

图 2.1 显示的是台湾发音人 TWF001 发出的去声字"治"的波形、宽带语图、音高曲拱和音节及声韵母的标注数据。可以看到，图 2.1 中的音高曲拱在竖线处发生了显著扰动，改变了原来的降势，从下降变成了上升，之后再继续下降。对比图 2.1 中竖线左右两侧的宽带语图还可以看出，竖线右侧的能量显著低于竖线左侧的能量。切除竖线右侧的声音之后进行听辨，结果表明它的有无对声调类型的感知不会产生显著影响，因此本研究把这段基频数据看作调尾段。图 2.2 显示的是台湾发音人 TWF001 发出的上声字"品"的波形、宽带语图、音高曲拱和音节及声韵母的标注数据，图 2.2 的数据与图 2.1 类似，也存在一段不起区别声调类型作用的调尾段。对于此类不起区别声调类型作用的基频数据，本研究认为在分析声调的

调值时也应该把它们排除在外,否则就可能产生测量误差,甚至会影响我们对声调调形的判断。比如说,在判定上图 2.2 中的上声字"品"的调形时,如果不删除调尾段的基频数据(即竖线右侧的基频数据),那么它的调形就是降升调,而如果删除了调尾段的基频数据,那么"品"的调形就成了降调,二者差别很大。

Fon 等(2004)基于一位台湾地区女发音人的录音语料,统计分析了台湾国语中上声调和阳平调的调值,其结果表明,在上声调的末尾存在一段较短的音高上升阶段,如图 3 所示:

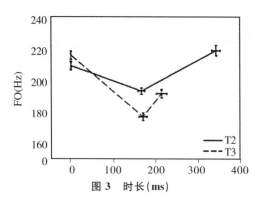

图 3 时长(ms)

在该研究中,他们从每个上声字或阳平字的基频数据中提取出3 个点的基频值:起首的基频最大值、中间的基频最小值和末尾的基频最大值。观察上图的上声调数据,可以看到其上升段的平均时长大约为 40 毫秒,平均升幅大约为 15 赫兹,这跟图 2.1 中的调尾段(从竖线位置到调尾段的基频最大值之间的基频数据)很近似,所以我们认为这一测量结果可能是不准确的,该上升段或许是应该被删除的调尾段。当然,我们并不是要倡导把所有处于上声调末尾的上升段基频数据都不经甄别地剔除掉,而是要特别强调在基于基频数据来分析声调调值时,应该区别对待调头段、调型段和调尾段。

（三）音高数据的提取

根据声韵母切分的结果和校准后的调型段基频数据,我们对每个例字等间距地提取出 10 个点的基频值,这个过程的目的不仅仅在于提取出每个例字的基频数据,更重要的作用是对每个例字的调型段时长进行归一化处理:不论其长短,都等间距地提取出 10 个点的基频值,以比较声调曲拱的形状。调型段的原始基频数据经过归一化处理之后的结果如图 4 所示:

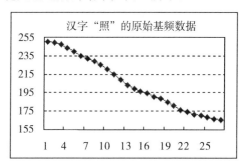

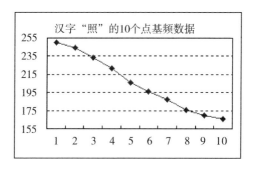

图 4　调型段时长经过归一化处理之后的基频数据

可以看出,调型段时长经过归一化处理之后,提取出来的 10 个基频数据仍然能够较完整地反映出原始基频数据的变化模式,所以在接下来进行数据统计分析时,我们就可以采用归一化处理之后的基频数据,去计算同一调类下多个例字的基频均值,以得出该调类的调值。

四 基频数据统计分析

跟普通话一样,台湾国语有四个声调,即阴平、阳平、上声和去声。在普通话里,这四个声调分别实现为高平(55)、中升(35)、低降升(214)和高降(51),另外,当一个上声调处于另一个非上声调之前时会实现为低降(21)(赵元任,1968)。下面我们运用 SPSS 软件按不同的声调类型统计了这四位发音人的基频数据,分析结果如图 5 所示:

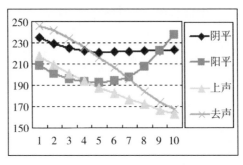

5.1:TWF001(国语)

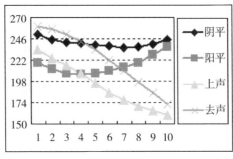

5.2:TWF002(国语)

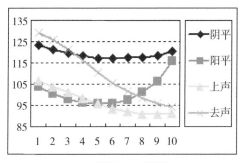

5.3：TWM001（国语）

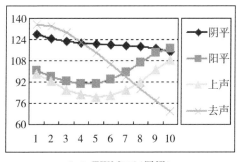

5.4：TWM002（国语）

图 5　台湾国语的四声调值

　　为了对比分析台湾国语和普通话的单字调值，本研究从中国社会科学院语言研究所建立的"普通话单音节语音语料库"①中提取出了一位男性发音人的全部音高数据，并基于该发音人的音高数据分析出普通话的四声调值，具体数据如图 6 所示：

---

　　① 该语音语料库的内容包括 1275 个单音节，基本覆盖了现代汉语的全部有调音节。由出生和生活在北京地区的 15 位成年男性发音人在录音室里录制完成。

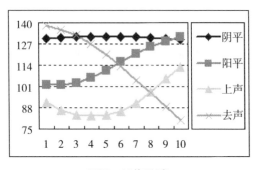

BJM001(普通话)

图6 普通话的四声调值

比较图5和图6中的数据,可以看出台湾国语和普通话中的四声调值存在显著差异:(一)台湾地区的发音人在读阴平字时,其调值大多实现为44,略低于普通话中的阴平调。(二)台湾地区的发音人在读上声字时,大多表现为低降调或中降调,很少出现明显的升调尾。在这四位发音人中,只有TWM002所读的上声字出现了升调尾。(三)台湾地区的发音人在读阳平字时,通常会先有一个较大幅度的音高下降(冯怡蓁,1997;Fon & Chiang,1999),或者出现一段相对较长的音高持平,然后才上升,以至于实际的音高上升点比较靠近调型段的末尾部分(请参见下文的图8),这种现象在鼻韵母的音节中更为常见。另外,由于韵尾部分的能量往往较弱,其上升段有时听起来不够明显,因此会导致阴平调有时会跟其他声调产生混淆。普通话中的阳平调虽然在调首部分也可能会出现一定幅度的音高下降,但其降幅很小,持续的时间很短(林茂灿,1988;吴宗济等,1989)。

比较图5和图6中的数据,还可以看到台湾国语的声调音域范围相对较窄,而普通话的声调音域范围相对较宽。为了考察台湾国语和普通话在声调音域范围方面是否存在显著差异，本研究采取分析音高上限①和音高下限②的方法来确定每位发音人的声调音域范围，并随机从中国社会科学院语言研究所建立的"普通话单音节语音语料库"中统计出四位男性发音人的声调音域范围数据以进行对比。表3给出了台湾地区这四位发音人的声调音域范围，表4给出了北京地区四位发音人的声调音域范围：

表3　台湾地区四位发音人的声调音域范围（台湾国语）

	均值[Hz]	标准差[Hz]	音高上限	音高下限	音域[Hz]	音域[St③]
TWF001	204.5	24.2	246.9	162.4	84.5	7.3
TWF002	225.3	24.1	266.8	179.2	87.6	6.9
TWM001	107.0	12.4	131.1	89.2	40.9	6.7
TWM002	103.6	17.1	136.8	78.3	58.5	9.7

表4　北京地区四位发音人的声调音域范围（普通话）

	均值[Hz]	标准差[Hz]	音高上限	音高下限	音域[Hz]	音域[St]
BJM001	112.7	21.4	152.6	78.8	73.8	11.4
BJM003	127.4	34.7	193.9	79.4	114.5	15.5
BJM005	116.0	23.9	152.3	71.9	80.4	13.0
BJM007	106.8	17.8	138.0	72.8	65.2	11.1

　　比较表3和表4的数据，可以看出：台湾地区的这四位发音人

---

　　① 首先把一个发音人全部基频值按从小到大的顺序进行排列，然后取其第 k [k = int(0.97 * n)，其中 n 为基频值的总个数]个基频值为其音高上限。

　　② 首先把一个发音人全部基频值按从小到大的顺序进行排列，然后取其第 k [k = int(0.03 * n)，其中 n 为基频值的总个数]个基频值为其音高下限。

　　③ 半音，计算公式为：St＝12 * lg(fmax/ fmin)/lg(2)，其中 fmax 为音高上限，fmin 为音高下限。

的声调音域范围相对较窄,平均音域为 7.6 个半音;而北京地区的四位发音人的声调音域相对较宽,平均音域为 12.8 个半音。在台湾地区的 4 位发音人中,TWM002 的声调音域相对较宽。另外,通过比较这两个地区的 6 位男性发音人的声调音域数据,还可以看出,声调音域的差异主要是由于音高上限的差异而引起,台湾地区发音人的声调音域上限相对较低。

根据以上的数据结果,本文认为,在这四位台湾地区的发音人中,TWM002 的声调调值比较接近于普通话,主要表现在以下两个方面:(一)TWM002 读的上声字出现了升调尾;(二)TWM002 的声调音域相对较宽。这表明,在台湾地区的不同发音人之间也存在"国语"水平的高低差异。为了进一步分析这一点,本研究接下来分析了这四位台湾地区发音人跟 BJM001 的音高数据之间的相关性,统计结果如表 5 所示:

表 5　普通话和台湾国语的四声音高数据之间的相关性分析结果

	TWF002(国语)	TWM001(国语)	TWM002(国语)	BJM001(普通话)
TWF001(国语)	0.982**	0.908**	0.842**	0.762**
TWF002(国语)		0.913**	0.796**	0.730**
TWM001(国语)			0.870**	0.762**
TWM002(国语)				0.930**

** Correlation is significant at the 0.01 level(2-tailed)

相关性分析的结果表明,TWM002 跟 BJM001 的音高数据之间的相关性较高,而跟其他三位台湾发音人的音高数据之间的相关性反而较低,这也能在一定程度上说明 TWM002 的声调调值比较标准,更接近于普通话标准音。

五　闽南方言对台湾国语的声调调值的影响

　　本研究在上一部分采取实验语音学的方法和手段对比分析了台湾国语和普通话的单字调,发现它们在音高表现上存在着一些显著的差异,那么这些差异是如何形成的呢? 要回答这个问题,我们希望能够从发音人的方言背景中寻找一些线索。考虑到台湾国语和普通话都只有四个调类:阴平、阳平、上声和去声,因此本文仅对比分析闽南方言中的四个相应调类:阴平、阳平、阴上和阴去,以考察这四个声调在闽南方言、台湾国语和普通话里的同与异。这四个声调在台湾国语和普通话里的音高表现已经在上一节中进行了详细的分析,在这一节中,我们主要考察它们在闽南方言里的音高表现。

　　根据方言声调的归类结果,我们对闽南方言中的阴平、阳平、阴上和阴去的调值进行了统计分析,统计分析的结果如图 7所示:

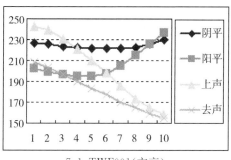

7.1:TWF001(方言)

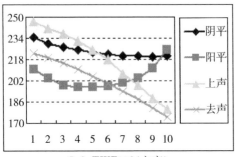

7.2：TWF002（方言）

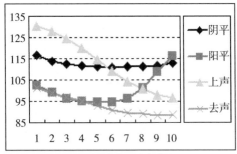

7.3：TWM001（方言）

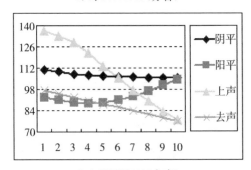

7.4：TWM002（方言）

图7　闽南方言的四声调值

　　根据图7中的数据,我们观察到以下现象:(一)这四位台湾地区的发音人用闽南方言读阴平字时,其调值大多实现为44或

33。这可以用来解释台湾国语的阴平调为什么会比普通话的阴平调要低。（二）在普通话里，去声字读为高降调，上声字读为低降（升）调。这两个调子（高降调和低降调）在闽南方言里的声调系统都已经存在，只不过闽南方言里的高降调被用于阴上字，低降调被用于阴去字，这跟普通话里的情形正好相反。在台湾国语里，发音人进行了声调系统的转换，直接用原有的高降调去读普通话里的去声字，用原有的低降调去读普通话里的上声字，这样一方面很接近普通话里的声调目标值，另一方面不需要重新习得声调，从而降低了学习的难度，因此它更容易被学习者所采

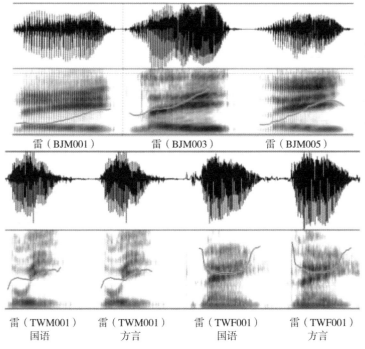

图 8　闽南方言、台湾国语与普通话的阳平调对比

用。(三)这四位发音人用闽南方言读阳平字时,通常也会先有一个较大幅度的音高下降,或者出现一段相对较长的音高持平,然后才出现音高上升,以至于实际的音高上升点比较靠近调型段的末尾部分。这可以用来解释台湾国语中阳平调的声调特性。如图 8 所示:

表 6 考察了闽南方言的声调音域范围,从中可以看出闽南方言的声调音域范围比较窄,声调音域范围平均只有 6.9 个半音,这可以用来解释台湾国语的声调音域范围为什么比普通话的要窄。

表 6　台湾地区 4 位发音人的声调音域范围(闽南方言)

	均值[Hz]	标准差[Hz]	音高上限	音高下限	音域[Hz]	音域[St]
TWF001	206.2	26.1	251.8	158.2	93.6	8.0
TWF002	216.7	18.5	255.5	188.0	67.5	5.3
TWM001	104.5	9.6	126.6	89.8	36.8	6.0
TWM002	101.3	13.1	129.0	79.3	49.7	8.4

六　结　语

本文采用实验语音学的方法和手段分析台湾国语和普通话中的四声(阴平、阳平、上声和去声)调值,比较台湾国语和普通话中的四声调值是否存在显著差异,并考察台湾地区发音人的方言声调系统是否会对其国语的四声调值产生显著影响。研究结果表明,台湾国语和普通话中的四声调值存在以下差异:(一)台湾国语的声调音域范围相对较窄,平均音域为 7.6 个半音;普通话的声调音域范围相对较宽,平均音域为 12.8 个半音。(二)台湾国语中阴平字的调值大多实现为 44,略低于普通话中的阴平调。(三)台湾国语中的上声字多为低降或中降调形，很少出现类似于普通话中的升调尾。（四）台湾地区的发音人在读阳平字的时候，通常会先有一个较大幅度的音高下降，或者出现一段相对较长的音高持平，然后才上升，以至于实际的音高上升点比较靠近调型段的末尾部分。为了考察这些调值差异的产生根源，本文对比分析了台湾地区发音人的方言单字调，分析结果表明，台湾国语和普通话的声调调值之间所存在的这些差异，基本上可以从发音人的方言口音里找到相应的解释。

【参考文献】

1. 冯怡蓁《台湾地区国语四声的声学特质》，台湾大学语言所硕士论文（1997 年）。

2. 林茂灿《普通话声调的声学特性和知觉征兆》，《中国语文》1988 年第 3 期。

3. 林茂灿《音高显示器与普通话声学特性》，《声学学报》1965 年第 2 卷第 1 期。

4. 沈炯《北京话声调的音域和语调》，载《北京语音实验录》，北京大学出版社 1985 年。

5. 吴宗济、林茂灿《实验语音学概要》，高等教育出版社 1989 年。

6. 郑秋豫《国语字调的声学语音研究》，台北中央研究院历史语言研究所 1990 年。

7. 中国科学院语言研究所《方言调查字表》，商务印书馆 1981 年。

8. 周长楫《厦门话音档》，上海教育出版社 1996 年。

9. 周长楫等《厦门方言研究》，福建人民出版社 1998 年。

10. Chao，Y. -R. 1968. *A grammar of spoken Chinese*. University of California；Berkeley & Los Angeles.

11. Fon，J. and W. -Y. Chiang. 1999. What does Chao have to say about tones? — A case study of Taiwan Mandarin. *Journal of Chinese Linguistics* 27(1)：15-37.

12. Fon, J. , W.-Y. Chiang, H. Cheung. 2004. Production and perception of the two dipping tones (Tone 2 and Tone 3) in Taiwan Mandarin. *Journal of Chinese Linguistics* 32(2): 249-281.

13. Li, A.-J. , R.-Y. Xu, X. Wang, and Y.-Z. , Tang. 2005. A contrastive study between Minnan-accented Chinese and standard Chinese. In *Proceedings of International Conference on Speech Databases and Assessment*. Jakarta, Indonesia.

14. Xiong, Z.-Y. , A.-J. Li, J.-S. Zhang, and Satoshi Nakamura. 2006. A case study on rhythmic patterns of prosodic phrasing using ATR four regional accented Chinese speech database. In *Proceedings of the* 2006 *Spring Meeting of the Acoustical Society of Japan*. Nihon University, Tokyo, Japan.

15. Xu, Y. 1997. Contextual tonal variations in Mandarin. *Journal of Phonetics*, 25: 61-83.

两岸汉语的差异与普通话水平测试的标准

暨南大学(广州市)华文学院/海外华语研究中心　郭熙

提要:海峡两岸汉语汉字规范标准的差异给对岸汉语教师资格的认定带来了困难。以大陆现行标准对台湾汉语教师进行普通话水平测试有一定的局限性。标准单一化不利于汉语的国际传播。应加强研究,采取积极措施,鼓励对岸汉语教师为汉语的传播作贡献。

关键词:两岸汉语差异 普通话水平测试 汉语传播

一

中国国际地位的提升所引起的汉语走强也触动了海峡对岸的汉语教师,其中不少人已经开始考虑在汉语国际传播的热潮中寻找一块属于自己的天地。这实在是一件可贺的事情。

与此同时,在国际汉语市场上,对外汉语教学能力资格证书(前称"对外汉语教师资格证书")正在发挥着自己的积极作用。越来越多的用人单位在聘用汉语教师的时候要求应聘者提供相应的资历证书。这是国际汉语市场对这个证书的承认和肯定。

　　然而，对岸的汉语教师却遇到了一个麻烦。按照有关规定，中国对外汉语教学能力证书获得者必须参加普通话水平测试（简称为 PSC），且必须达到二级甲等以上。按理说，对岸的汉语教师是不难达到这个标准的。相当一个时期以来，台湾似乎一直被视为中国推行"国语"（普通话的旧称）最成功的地方。[①] 然而，最近对 41 名汉语教师进行的测试却和一般人的感觉完全不同。表 1 是这些汉语教师普通话水平测试的结果：

表 1　41 位台湾汉语教师普通话水平测试成绩

等级	人数	具体个人得分												
一乙	3	92.7	92.8	92.8										
二甲	13	87	87.6	88.4	88.8	87.1	90.7	88.5	90.5	89.1	88.7	90.5	87	87.4
二乙	25	85.4	84.5	80.5	85.9	82.6	80	83.1	83	85.6	85	82.4	80.1	81.8
		85.2	84.7	85.5	80.3	81.6	85.1	80.1	82.8	81.8	84.7	82.5	85.6	

　　从表 1 可以看出，41 位汉语教师的普通话分数都在 80 分以上。按照现行的规定，就普通话水平而言，其中只有 16 人可以得到汉语教学能力证书，从事相关的汉语教学工作，而另 25 人则因为达不到 87 分的二级甲等要求而与此无缘了。如果说这 25 人真的是语言水平不合格，自然又当别论；现在的问题是，笔者曾和这

---

① 众所周知的是，台湾国语是从大陆直接移过去的。1932 年由国民政府教育部公布的"以北平语音为标准音"的《国音常用字汇》，1947 年台湾省的国民政府公布了完全继承了《国音常用字汇》的《国音标准汇编》。鲁国尧在《台湾光复后的国语推行运动和〈国音标准汇编〉》（《语文研究》2004 年第 4 期）中指出，半个多世纪过去了，但台湾的国语仍是"以北京（北平）语音为标准音"。

些教师有过接触，根据笔者多年参加普通话水平测试的经验，他们中间的多数是应该可以达到二级甲等的。在测试结果和个人感觉之间，我当然更相信测试结果；但同时也觉得有必要对其中的一些问题进行认真的思考。

二

　　出现这类现象的主要原因，除了方言以外，更多的可能是两地汉语标准的差异。因此，我们觉得有必要对相关问题进行进一步的分析和研究。研究这个问题有两种方法：如果就这 41 个人来说，一个简单的方法是把他们的测试的原始记录资料找来进行分析；另一个方法是从整体上就普通话水平测试的标准和对岸标准国语进行比较。由于我们手头没有原始记录，同时也考虑到 41 人的代表性还不足以说明问题，我们下面将采用后一种方式，而在这个方面已经有一些研究成果可以借鉴。

　　李青梅就海峡两岸汉语字音进行了比较。[①]李文以 1990 年版的《新华字典》（该字典已根据 1985 年公布的《普通话异读词审音表》对一些字音进行更改）和台湾 1981 年版的《国语辞典》[②]为材料，比较了大陆公布的《现代汉语常用字表》中的 3500 字和台湾相应字的读音（其中"茬""挎"和"锹"3 字《国语辞典》未收），发现注音相同的 2711 个，不同的 789 个，约占 23％。下面举若干例子加以说明：

---

　　① 见李青梅《海峡两岸字音比较》，《语言文字应用》1992 年第 3 期。
　　② 该词典 1991 年出了重订本，后来，台湾有关当局也经常对汉字的字音进行改动，也加剧了读音的混乱。这里仍以李青梅（1992）的资料为基础。

	癌	吨	击	跌	帆	危	突	蒙（古）	掷	紊	亚	和
普通话	ái	dūn	jī	diē	fān	wēi	tū	měng	zhì	wěn	yà	hé
国 语	yán	dùn	jí	dié	fán	wéi	tú	méng	zhí	wèn	yǎ	hàn

两岸汉字读音差异形成的原因是多方面的，其中主要的原因是两岸在标准音的审定和执行上遵循了不同的标准，客观上拉大了距离。

我们再来看一下普通话水平测试的试卷。按照现有的制卷标准，第一题读单音节字词和第二题读多音节词语均有70％来自《普通话水平测试常用词语表》的表一，30％来自表二；而据统计，表一和表二共出现汉字3795个，其中常用字3321个，常用字之外的通用字471个，通用字之外的3个。[①]显然，《现代汉语常用字表》中的3500个汉字绝大多数都进入了测试范围。再考虑到受试人或多或少会在测前做些准备工作，在第一、二两项测试中向普通话字音靠拢（但他们的习惯读法在后面的说话中仍然会自然暴露出来，下面还会讨论到），我们可以把不同的读法往低处估计，比如说15％，来看看在试卷会出现什么情况。按照评分标准，第一题每错一个扣0.1分，第二题每错一个扣0.2分，这样，即使不出现别的错误，第一题就可能有1.5分的差异性失分，依此类推，第二题则可能达到3分。仅这些差异而言，应试人的失分就已经达到4.5分了。如果将这4.5分分别加给前面提到的25位原测为二级乙等的汉语教师，就有17位可以达到二级甲等以上。

当然，上面说的还不包括轻声和儿化。如果把轻声和儿化加上，情况就更严重了。我们知道，普通话水平测试试卷对轻声和儿

---

① 国家普通话水平测试中心《普通话水平测试实施纲要》，商务印书馆2004年。

化有专门的安排。按照制卷标准,在第二题中轻声词不少于 3 个,儿化词语不少于 4 个。这样一来,又将导致台湾的受测人员失分。据一些学者的对比,两岸汉语在轻声和儿化上也有许多差别。仇志群指出,大多数台湾学者认为轻声在通用的台湾国语里已基本消失。[①]这应该是符合事实的。另一方面,从《现代汉语词典》和《重编国语辞典》的比较可知,台湾不少读轻声的字与大陆很不一致。在儿化方面,台湾地区使用的"国语"也有自己的特点,普遍的情况是几乎没有了儿化。

这种语音上的失分在后面的诸项中还会受到影响。例如,朗读测试项中,一项重要的失分因素是方言语调。什么是方言语调,普通话测试界目前并没有一个确切的定义。宋欣桥提出方言语调的基本范围为 4 个方面,其中把声调(字调)不准确会直接影响到普通话的语调放在第一条。[②]且不说前面谈到的"错字"仍将在朗读中表现出来,就这种声调对方言语调的评判也必然会使受测人进一步失分。

除了语音以外,词汇和语法,尤其是词汇方面,方言词的出现也会影响得分。国家普通话水平测试中心编写的《普通话水平测试实施纲要》中列出了测试的词表。问题在于,该词表的包容性到底如何?不在表内的词是否都不是普通话的词?普通话的词和方言词的界限到底应该如何确定?例如,人们今天当然不会再把"炒鱿鱼"当作方言词了,但像"地道"还是"道地"这样的词如何处理,"道地"是否还应视为方言词?又如,"垃圾"普通话读 lājī,台湾照

---

① 仇志群《台湾 50 年来语文规范化述略》,《语文建设》1996 年第 9 期。

② 宋欣桥《普通话水平测试评分中的几个问题》,《语言文字应用》1997 年第 3 期。

方言本读,注为 lèsè。类似现象对得分的影响也是十分明显的。目前在这方面还缺乏系统研究,拿不出相应的数据来说明具体情况,但据向参加测试的人员了解,这些汉语教师说话中出现所谓"方言词"的情况并非少数。

此外,还有因为简化汉字造成的不同读音。例如,"别"在普通话中有两读:(1)bié,(2)biè,后者在台湾用的是"彆",考生遇到"别扭"时就可能不知道如何读,而就笔者的测试实践,这一用法的"别"恰恰是个"常测字"。

繁体字问题也困扰着参加测试的台湾汉语教师。尽管测试中已经考虑到台湾的实际情况,把试卷改为繁体字了,但因为两岸所使用的繁体也有差别,有的他们无法辨认。他们倒认为可以直接使用简体字,因为对于汉语教师来说,简体字是会使用的。

笔者曾就台湾汉语教师普通话水平问题和主持这次测试的专家进行过讨论。专家认为,这些汉语教师失分,字音只是一个方面,若能经过测前培训,掌握一些测试技巧,这个问题应该不会太严重;主要的问题是这些参试人员在朗读和说话中的方言色彩。这一认识是很有道理的。事实上,普通话和台湾国语读音不同的字中,大多数表现在声调,以及是否有轻声和儿化上。这些现象有的在读单音节或多音节词语时经过测前培训或许可以减少失分,但有经验的测试员都知道,这些字音在朗读,尤其是说话中是很难改掉的;而这些恰恰又是后面影响朗读和说话语调的重要方面。

显然,以普通话水平测试的现行标准对台湾汉语教师进行普通话水平测试是有其局限性的。

三

对上面列举的情况,可以有不同的做法:(1)一仍过去,不予理睬;(2)调整能力证书对普通话水平等级的要求(例如,把二级甲等降为二级乙等),以帮助台湾汉语教师顺利拿到"入场券";(3)调整试卷,即从对岸的实际出发,在字词的选择上进行干预,例如对有关的一些字加以回避,给他们以更多的"宽容"。

上述三种方案中,第一种方案最简单。它最大的好处就是坚持了测试的原则,同时也能够保持测试工作的一致性,有利于巩固普通话水平测试和对外汉语教学能力证书已有的权威,保证推广标准纯正的普通话的理想得以实现。但这是不现实的,将来也不可能实现。我们不应该以正宗标准普通话自居,要求别的华语区来向我们靠拢。这一点我们下面再讨论。

第二种方案也不失为一种好的选择。它的好处是,不涉及普通话水平测试的标准。它既方便了操作,也照顾了台湾的汉语教师。但这样做的结果,很可能会把的确不符合标准的人归入合格者之列,必然会影响到汉语教师队伍的质量。

第三种方案照顾了台湾汉语教师,它可以保证那些普通话很好,但由于两地标准不同而失分的人不至于"落榜"。

上面假定的三个方案中,第二种方案与我们下面将进行的讨论无关,这里略去不论,而第一种方案和第三种方案则有必要进行更深层面的思考。事实上,在我们看来,第一种方案潜在的问题和第三种方案所提出的处理措施在本质上是有密切联系的。就第一种方案来说,我们必须从理论和实践上说明其将要遇到的问题和不可行性,因为对于长期占据人们大脑深处的语言纯洁主义观念来说,这几乎是动了"天条",觉得它会破坏普通话的统一标准和纯洁性;就第三种方案来说,表面上看是试卷的调整,是我们试着从对岸的实际出发,对异读字、轻声字、儿化,以及词汇、语法等采取一种更为宽容的态度,但实际上它已经涉及汉语标准语的标准如何确定的问题。也就是说,一、三两种方案已经给我们提出了一个更深层的问题,即如何看待普通话的地域性变异形式。具体而言,就是如何看待台湾现阶段的"国语";推及海外华人社会,则是如何看待海外华人社会的"华语"。

我们曾经讨论过域内外汉语的差异和关系,提出了追求一体化,维护多样性,做到一体化和多样性的统一,加强协调的基本思路,并以词汇为例探讨了域内外汉语协调的策略和原则。① 按照当时的处理,对岸汉语问题属于"内",由于研究侧重点的不同,我们没有就这个问题专门讨论。但我们当时已经指出:

> 从语言学的角度来看,在这里区分域外汉语和域内汉语并不见得科学。一方面,就所谓"域内汉语"而言,它的内部并不一致,例如台湾目前所使用的"国语"就不能等同于普通话;另一方面,像台湾这样的域内汉语与以北京话为代表的域内汉语在某些方面的差异可能要大于与某些域外汉语的差异,因为在相当长的一个时期里,一些国家的汉语教学主要是受台湾的影响,而还有一些国家,在过去的几十年里,有不少台

---

① 郭熙《域内外汉语协调问题刍议》,《语言文字应用》2002 年第 3 期,以及《普通话词汇与新马华语词汇的协调与规范问题》,《南京社会科学》2002 年第 12 期。

湾居民移居那里。(郭熙,2002a)

　　保护语言的多样性近年来在理论上得到了越来越多的尊重和认可。随着社会发展和人的认识的深入,单一或纯粹标准普通话的理想开始遭遇到各种质疑,也有越来越多的人开始关注"华语"或"大华语"的问题,并对原有的一些观念进行检讨,如周清海等(2002)、徐杰和王惠(2004)、郭熙(2004)、陆俭明(2005)等。因此,我们可以说,第三种方案本身就颇具挑战性。毫无疑问,普通话正在以前所未有的速度得到推广,而随之而来的必然是普通话变异形式的增加。在国外,越来越多的人开始学习汉语,随着国家汉语推广战略的实施,汉语将会在世界范围内得以传播,加上多元化意识的加强,多中心的汉语也在形成。一个必然的结果是,说普通话的人越多,普通话的变异形式就越多,普通话受到的影响也就越多。而单一、纯粹的普通话只能在一定的范围内推行和贯彻。让全社会、全体华人都掌握同样的标准,既无必要,也不可能。对台湾和海外一些华语社会当然就更难适合。在目前情况下,我们恐怕很难让台湾方面完全接受大陆的标准。

　　另一方面,无论从华语维护还是传播的角度来看,过分地强调单一化都是不利的,同时它也有悖于我们进行语言规划的初衷。从国际对汉语教师的需求看,对岸的汉语教师具有积极性,要拿有关的证书,我们理应给予方便。

　　不少学者认识到了其中问题的复杂性,并试图梳理出清晰的脉络。

　　吴英成依据扩散的种类、华语在居留地的社会语言功能域、语言习得类型等因素,把全球华语划分为三大同心圈:内圈、中圈与外圈。①在我们看来,这种划分是符合实际的。按照这样的理念,我们可以把内圈的华语称为"核心区华语",中圈的可以称为"次核心区华语",外圈的则称为"外围华语"。这些不同层次的华语正体现了语言的多样性。

陈重瑜已经意识到标准本身的问题,提出了标准的调整。②她在对《现代汉语词典》、台湾国语日报社《国语日报辞典》和梁实秋《实用汉英辞典》三本权威辞书所收录的轻声词的比较中,发现有高达 87.3% 的比率,不是辞书内部不统一,就是不同辞书之间说法不一致。因此,她对轻重读辨义的真实性提出了质疑,主张辞书中所有的轻读轻声词(亦即除了"的""了""子"等特殊功能词之外的轻声词),都应加注原有声调。周有光也提到"普通话测试标准不应当过于重视轻声、儿化、变调等语音特点",因为"在广播员和电视主持人的口中,这些语言特点正在逐渐趋向弱化"。③当然,在这个问题上学界看法并不一致,例如王理嘉对儿化问题就发表了不同的意见。④我们认为,从汉语国际传播的角度来看,轻声和儿化的调整势在必行。

陈章太在讨论中国语言规划的原则的时候,提出了四项基本原则,每项原则下面又有若干不同的方面:⑤

(1)科学性(含求实性、动态性、人文性、系统性、可行性)

(2)政策性(含政治性、群众性、理论性)

---

① 吴英成《全球华语的崛起与挑战》,《新加坡华文研究会新加坡华文教学论文三集》,泛太平洋出版社(新加坡)2003 年。

② 陈重瑜《华语(普通话、国语)与北京话》,《语言教学与研究》1984 年第 4 期。

③ 周有光《关于大众普通话问题》,《语文建设通讯》(香港)1999 年 4 月,第 59 期。

④ 王理嘉《儿化规范综论》,《语言文字应用》2005 年第 3 期。

⑤ 陈章太《语言规划研究》第 39-47 页,商务印书馆 2005 年。

　　(3)稳妥性(含传承性、宽容性、渐进性)

　　(4)经济性(含简便性、适用性、效益性)

　　显然,其中谈到的求实性、动态性、可行性、传承性、宽容性、渐进性、简便性、适用性、效益性等等,都非常适合处理海峡两岸汉语差异及眼下直接相关的普通话水平测试问题。

　　基于此,我们觉得,应该积极开展对普通话水平测试试卷的调整,而调整中应该表现出更多的灵活性。例如,是否只要是两岸规定的字音标准,都可以视为正确? 对要考的轻声和儿化词也要作出调整,同时对海峡对岸使用的一些词语也多一些宽容。

　　与此同时,我们要引用周清海①的一段话,借以表明我们对两岸汉语以及整个华人社会语言差异处理上的一点希望:

　　在汉语走向国际的时候,尤其是在这个数码资讯时代里,华语地区的语言距离越拉越大,只会给用华语的人带来更大的麻烦,对华语的推广带来不必要的障碍。为了华语的推广和有利于彼此的交流,我们必须更注意华语的"大同",把"小异"限制在最小的范围里。

四

　　如果认可对试卷进行调整以适应对岸普通话水平测试的需要,我们就需要做好以下具体的工作,为专用试卷的制定做好准备:

　　(1)对两岸汉字标准读音进行系统的比较和整理,制定两岸读

---

　　① 周清海《语言与语言教学论集》第 132 页,泛太平洋出版社(新加坡)2004 年。

音差异字表,由两岸专家共同确定适用于对岸的普通话水平测试的字表;

(2)调整普通话水平测试词表,并对测试员进行词汇测试的培训,使测试员树立动态的语言规范观,以正确地把握词语规范的标准;

(3)研究试卷改繁体后可能引起的语言问题,例如上面提到的对岸无对应字或对应字不同的问题;

(4)对两岸所进行的测试结果进行信度检验。

要说明的是,我们的讨论并不适合香港和澳门的情况。由于历史的原因,直到上个世纪 90 年代,我们还认为港台汉语是一致的,实际上并非如此。虽说按照核心区说,港澳台属于同一层面,但其中情况有所不同。普通话在香港和澳门的推广是在其回归以后,没有两种不同标准的普通话存在。当然,香港和澳门普通话推广上困难会大一些,可以参照国内一些方言区的做法,推行单一的标准语,放宽上岗的要求,这应该是可行的。

我们的讨论是从普通话水平测试开始的,但提出的问题远非只是涉及测试本身。事实上,在两岸辞书、编码、华文教学的教材编写等方面都将面临同样的问题。我们希望这一问题的提出具有更广泛的意义,希望两岸学者和有关机构能够深入研究讨论,处理好有利于中华民族的这一事关大局的事业。

【参考文献】

1. 陈章太《语言规划研究》,商务印书馆 2005 年。

2. 陈重瑜《华语(普通话、国语)与北京话》,《语言教学与研究》1984 年第 4 期。

3. 仇志群《台湾 50 年来语文规范化述略》,《语文建设》1996 年第 9 期。

4. 郭熙《域内外汉语协调问题刍议》,《语言文字应用》2002 年第 3 期。

5. 郭熙《普通话词汇与新马华语词汇的协调与规范问题》,《南京社会科学》2002 年第 12 期。

6. 郭熙《论"华语"》,《暨南大学华文学院学报》2004 年第 2 期。

7. 国家普通话水平测试中心《普通话水平测试实施纲要》,商务印书馆 2004 年。

8. 李青梅《海峡两岸字音比较》,《语言文字应用》1992 年第 3 期。

9. 鲁国尧《台湾光复后的国语推行运动和〈国音标准汇编〉》,《语文研究》2004 年第 4 期。

10. 陆俭明《关于建立"大华语"概念的建议》,《汉语教学学刊》2005 第 1 辑。

11. 宋欣桥《普通话水平测试评分中的几个问题》,《语言文字应用》1997 年第 3 期。

12. 王理嘉《儿化规范综论》,《语言文字应用》2005 年第 3 期。

13. 吴英成《全球华语的崛起与挑战》,《新加坡华文研究会新加坡华文教学论文三集》,泛太平洋出版社(新加坡)2003 年。

14. 徐杰、王惠《现代华语概论》,八方文化创作室(新加坡)2004 年。

15. 周清海等《新加坡华语词汇与语法》,玲子传媒私人有限公司(新加坡)2002 年。

16. 周清海《语言与语言教学论集》,泛太平洋出版社(新加坡)2004 年。

17. 周有光《关于大众普通话问题》,《语文建设通讯》(香港)1999 年 4 月,第 59 期。

台湾南投方言词汇的语音变化

——方言接触的音类竞争

台湾新竹教育大学　陈淑娟

摘要　本文主要探讨台湾南投方言词汇的语音变化,描述方音接触融合过程中,各音类的竞争消长。本研究从三方面加以分析描述:(1)音类接触的词汇扩散:方音的竞争并非是一个音系突然取代另一个音系,而是透过词汇扩散进行,因此我们从个别词汇的扩散,分析讨论方音接触融合过程中音类的相互渗透。(2)同音避讳导致个别词汇的语音变化:某些社会禁忌会影响语音变化,使某一组音的某些个别词汇因为社会禁忌而有不同的变化。(3)矫枉过正产生的语音变化:不同音系竞争下,有时候为了维持自己的方音,甚至会有矫枉过正的情况发生,将原本该方言应该说 A 类的音说成 B 类。

关键词：　方言接触 语音变化 南投方言 词汇扩散 台湾闽南语

一　前言

　　台湾闽南语是除了华语之外，[①]台湾使用人口最多的语言，其在早期移民语言的基础上，经过长期的接触，已经产生程度不等的混淆，形成所谓"不漳不泉、亦漳亦泉"的现象。台湾闽南语长期接触融合形成的通行腔，[②]在台湾逐渐扩大其势力范围，大众媒体也广泛使用台湾闽南语通行腔。通行腔以漳州腔为主，混入少部分的泉州腔，[③]它在台湾是最强势的闽南语语音，台湾各地的闽南语方言逐渐受到通行腔的影响，各方言的不同音类，也在接触融合过程中经由词汇扩散彼此竞争、互相渗透。

　　持续接触融合的台湾闽南语，可以让我们了解语音变化的过程。历史语言学家探究语言变化主要靠历史材料，然而要全面了解语言变化的过程，不能仅靠历史材料，还必须借由探究"变化中"的语言了解

---

　　① 台湾的闽南语有台湾闽南语、台语、台湾话、闽南语、闽南话、福佬语、鹤佬语……等不同的称呼，为了兼顾台湾闽南语在台湾的独特发展及历史来源，本文称为"台湾闽南语"。此外，台湾将所推行的以北方官话为基础的共同语称之为"国语"，部分学者有不同的指称（例如华语、中语、中国语、北京话等）。因为"国语"的概念因时而有不同的意涵，日治时期日语运动当时亦称为国语运动，2001 台湾教育部推出的国家语言平等法草案说明："国家语言系包括国内使用中之各原住民族语、客家话、Ho -lo 话（台语）、华语。"为了避免混淆，在尚未找到更合适的用语前，本文以"华语"一词，指称台湾目前官方推行的共同语。

　　② 台湾闽南语逐渐融合形成一种台湾闽南语通行腔，或称之为台湾闽南语优势音、优势腔、普通腔等，本研究称为"台湾闽南语通行腔"，简称"通行腔"。

　　③ 例如漳州腔、泉州腔的连调变化并不相同：漳州腔的阳平变调走向和阴平变调相同；泉州腔的阳平变调走向和阳去相同。通行腔绝大多数的阳平变调同于漳州腔的变调，例如"泉水[tsua^{33}tsui^{21}]"；只有极少部分的变调与泉州腔的变调相同，例如"台北[tai^{21}pak^{32}]"。

其过程(王士元、沈钟伟 1991:16)。因此本研究选择位于台湾中部的南投方言,剖析台湾闽南方言接触融合下词汇的语音变化。

本文主要探讨台湾闽南方言接触融合过程中各音类的竞争与消长,我们将从三方面加以分析描述:(1)音类的词汇扩散:方音的竞争并非是一个音系突然取代另一个音系,而是透过词汇扩散进行的,因此我们从个别词汇的扩散来看方音接触融合过程中音类的相互渗透,研究发现当地的地名以及人际互动罕用的词汇都倾向维持地方方音。(2)同音避讳导致个别词汇的语音变化:某些社会禁忌会影响语音变化,使某一组音的某些个别词汇因为社会禁忌而有异于整个音类的变化,例如南投早期"煮饭"是说"煮饭[tsi^{44} pŋ^{33}]",因为同音避讳的缘故,现在都说"煮饭[tsu^{44} pŋ^{33}]"。(3)矫枉过正产生的语音变化:不同音系竞争下,有时候为了维持自己的方音,甚至会有矫枉过正的情况发生,将原本该方言应该说A类的音说成B类,例如南投方言应该说"重阳[tiɔŋ^{33} iaŋ^{13}]",但是却矫枉过正说成"重阳[tiaŋ^{33} iaŋ^{13}]"。

以下首先简介南投方言,其次说明研究方法,再则逐一论述音类的词汇扩散、同音避讳导致个别词汇的语音变化以及矫枉过正产生的语音变化,最后再总结研究成果。

二 南投方言

南投位于台湾中部,是台湾唯一不靠海的县市。使用人口最多的语言是台湾闽南语。依据过去的历史记载及族谱资料,早期迁居南投的汉人以来自福建漳州的闽南人居多,泉州人甚少,这样的移民背景奠定了南投方言发展的基础。现今的南投方言仍旧呈现偏漳腔的特点,即以漳州腔为主,融入少部分泉州腔的特色。

与台湾闽南语通行腔比较起来,南投方言有几个特点:(1)鹿谷、竹山老辈的闽南语还保有[ui]韵:洪惟仁(1989、1992)以及陈瑶玲(2001)的调查发现南投鹿谷有[ui]韵。[①] 本文的调查发现除了鹿谷之外,竹山老辈的闽南语也有[ui]韵。台湾闽南语通行腔没有[ui]韵,例如通行腔说"酸酸软软[$sŋ^{33}$ $sŋ^{44}$ $nŋ^{44}$ $nŋ^{53}$]",鹿谷老辈的闽南方言说"酸酸软软[sui^{33} sui^{44} nui^{44} nui^{53}]。台湾闽南语除了宜兰、桃园大牛栏、澎湖吉贝及南投的鹿谷、竹山等地还有漳州腔的[ui]之外,其余都已经表现泉州腔的[ŋ],[ui]韵在台湾闽南语是一个非常弱势的语音,在南投[ui]韵也只保留在部分老辈的闽南语中。(2)南投有[iɔŋ]韵、[iaŋ]韵的区别,这组音通行腔一律读[iɔŋ]韵:南投方言与台湾闽南语通行腔都有[iaŋ]韵与[iɔŋ]韵,但是音类的对应不完全一致,表1即为南投方言与台湾闽南语通行腔[iaŋ]韵[iɔŋ]韵的语音对照,其中南投方言说[iaŋ]、通行腔说[iɔŋ]的 A 组音是我们观察的重点,例如南投方言说"相片[$siaŋ^{53}$ $pʰĩ^{21}$]",通行腔说"相片[$siɔŋ^{53}$ $pʰĩ^{21}$]"。

表1 南投方言与台湾闽南语通行腔[iaŋ]韵和[iɔŋ]韵的语音对照

南投方音	台湾闽南语通行腔	举例
A 组音:[iaŋ]	[iɔŋ]	"乡"镇、"彰"化、"相"片
B 组音:[iŋ]/[iɔŋ]	[iɔŋ]	"中"昼、乌"龙"茶、高"雄"
C 组音:[iaŋ]	[iaŋ]	真"凉"、双、"享"受、真"响"

① 陈瑶玲(2001)的调查发现南投水里的老年人有[ui]韵,然而我们所调查的 84 岁世居水里的发音人并没有[ui]韵,可能水里不可移民背景的老辈发音人有的仍保有[ui]韵,有的则没有[ui]韵。

(3)南投的名间、集集、竹山等地将通行腔的[ioŋ][iok]说成[iŋ][ik]；表 1 的 B 组音也是南投方言的特点，通行腔说"中昼[tioŋ³³ tau²¹]""邮局[iu³³ kiok³³]"，名间、集集说"中昼[tiŋ³³ tau²¹]""邮局[iu³³ kik³³]"。①

三 研究方法

本研究先运用传统方言学的字表调查，调查南投方言的音系和词汇。调查时间是 2005 年 7 月到 10 月，使用洪惟仁先生设计的"闽南语方言调查手册"，调查两位世居南投的老年发音人，借以归纳分析南投方言的音系及词汇。此外也记录若干日常用语、谜猜、童谣、褒歌等，以补充字表调查的有限及不足。除了字表调查之外，我们在根据字表调查归纳南投方言的特殊音韵后，还设计了若干词汇，调查南投县市以闽南语为主要语言的各地区，包括南投市、草屯镇、埔里镇、名间乡、竹山镇、鹿谷乡、中寮乡、集集镇、水里乡、鱼池乡等 11 个乡镇，每个乡镇各访问一位 60 岁以上的居民，观察南投方言的语音分布及变化。

四 研究结果与讨论

方言体系各自发展，本是平行的关系。但是如果发生语言接

---

① 由于移民来源不同以及语音变化的程度不一，南投闽南语的方音特点，并非遍布南投，[ui]韵主要分布在鹿谷、竹山老辈的闽南语；区分[goi][gai]主要为南投市及名间乡，其他地区则有程度不等的混淆；[goŋ]、[gok]念成[iŋ]、[ik]的特点，主要分布在名间乡、集集镇及竹山镇。

触,则不同方言的语言变体的音类,就以词汇扩散的方式相互影响。扩散的方式可能是单向,也可能是双向(王士元、连金发,2000)。就台湾各方言与通行腔接触而言,绝大多数都是通行腔向各地方音单向的扩散,鲜有双向的扩散。以下就语音变化的词汇扩散来看各方音如何透过词汇扩散彼此竞争。

(一)音类的词汇扩散

如前所述,台湾闽南语长期接触融合形成的通行腔,以漳州腔为主,混入少部分的泉州腔。语音变化是透过词汇扩散进行的,音类是随着语词变动的,连金发即从语音变化的词汇透视,说明各音类中的语词变化速度不一:

> 事实上音类是语词汇集而成的,音类是随着语词而变动的,因此音类的转变不可能不跟所涵盖的语词产生互动的关系。一组语词是一套动态的实体,不断地在时间的幅度中发展,即使同一类的语词也有不同的背景,不同的背景会影响到它变化的速度(1996:154)。

音类的变化是透过个别词汇进行的,因此讨论台湾闽南语方言接触的音类竞争,也必须透过个别词汇来观察。以下我们讨论南投方言音类的接触竞争是如何透过词汇扩散进行的。

表2是南投方言说[iaŋ],通行腔说[ioŋ]的该组音各词汇的语音,各地十个词汇维持[iaŋ]的比例不均。从这组音向通行腔靠拢的变化,我们看到一个值得讨论的现象,就是有的词汇普遍维持南投方言的[iaŋ],例如表2的"名间'乡'"各地还普遍维持[iaŋ]方音(81.8%),但是有的词汇方音变成通行腔[ioŋ]的比例很高,例如"欣'赏'"只有9.1%说[iaŋ],其他都已经变成[ioŋ]韵了。通行腔在向地方方音渗透的同时,我们看到各个词汇的变化速度不一,究

竟什么是决定词汇语音变化的因素？在各种可能的因素交互作用中，词频常被视为重要因素。Labov 指出当大部分的语音已变，部分常用词的语音就是不变，但并非常用的就会留下，因此语言的演变并非整齐划一的(1992:24)。Hopper（1976）和 Phillips（1984）研究词汇扩散中词频和音变次序的关系，他们研究的结论是：由语言因素造成的音变先影响高频词，由概念因素造成的音变则先影响低频词。Labov 观察到部分常用词比较不会变化，Hopper（1976）和 Phillips（1984）研究却认为：由语言因素造成的音变先影响高频词。他们对于词频与音变关系的观点并不一致。我们以南投方言词汇的语音变化，讨论词频和语音变化的关系。①

表 2　南投各乡镇老辈的 A 组音各词汇的语音

词汇	南投市	草屯	埔里	名间	竹山	鹿谷	中寮	集集	水里	鱼池	中寮	iaŋ次数	iaŋ%
名间"乡"	iaŋ	iaŋ	iɔŋ	iaŋ	iaŋ	iaŋ	iaŋ	iaŋ	iɔŋ	iaŋ	iaŋ	9	81.8%
重"阳"	iɔŋ	iaŋ	iaŋ	iaŋ	iaŋ	iaŋ	iɔŋ	iaŋ	iɔŋ	iaŋ	iɔŋ	7	63.6%
"彰"化	iaŋ	iɔŋ	iaŋ	iaŋ	iaŋ	iaŋ	iaŋ	iŋ	iaŋ	iaŋ	iɔŋ	7	63.6%
影"响"	iaŋ	iaŋ	iɔŋ	iaŋ	iaŋ	iaŋ	iaŋ	iɔŋ	iɔŋ	iaŋ	iaŋ	7	63.6%
受"伤"	iaŋ	iɔŋ	iɔŋ	iaŋ	iɔŋ	iaŋ	iaŋ	iaŋ	iŋ	iaŋ	iaŋ	6	54.5%
"相"片	iaŋ	iɔŋ	iɔŋ	iaŋ	iaŋ/iɔŋ	iɔŋ	iaŋ	iaŋ	iŋ	iaŋ	iɔŋ	6	54.5%
"相"信	iaŋ	iɔŋ	iɔŋ	iaŋ	iɔŋ	iɔŋ	iɔŋ	iaŋ	iɔŋ	iɔŋ	iaŋ	3	27.3%

---

① 目前台湾虽然有一些零星的闽南语词频的研究（例如江永进，1995），但是并未建立台湾闽南语词频的资料库，因此对于闽南语的词频无法有客观的依据。本文关于词频的界定，是根据研究者从事田野工作的观察，以及对当地生活文化的理解，并辅以访谈过程发音人回答该词汇的反应，综合判断该词汇词频的高低。例如部分发音人对于"口～舔[ts ui³³]"这个词汇，要经过思索才说得出来，甚至部分发音人告诉访员：这个词太少讲，以至于一时想不起来怎么讲，这类词我们将其界定为当地的低频词。

（续表）

词汇	南投市	草屯	埔里	名间	竹山	鹿谷	中寮	集集	水里	鱼池	中寮	iaŋ次数	iaŋ%
"上"班	iaŋ	ɡɤŋ	ɡɤŋ	iaŋ	iaŋ	ɡɤŋ	ɡɤŋ	ɡɤŋ		ɡɤŋ	ɡɤŋ	3	27.3%
姑不而"将"	ɡɤŋ	ɡɤŋ	ɡɤŋ	iaŋ	iaŋ	ɡɤŋ	ɡɤŋ	ɡɤŋ	iŋ	iaŋ	ɡɤŋ	3	27.3%
欣"赏"	ɡɤŋ	ɡɤŋ	ɡɤŋ	iaŋ	ɡɤŋ	ɡɤŋ	ɡɤŋ	ɡɤŋ	ɡɤŋ	ɡɤŋ	ɡɤŋ	1	9.1%

在南投方言，我们看到当地的地名比较容易维持地方方音，较少受到通行腔的影响。例如表2的"名间乡[biŋ³³ kan³³ hiaŋ⁴⁴]"。南投有些乡镇 A 类音大多数已经变成通行腔的[ɡɤŋ]，但是这些地方的居民在说到"名间乡""中寮乡"等南投当地地名时，仍保留[iaŋ]韵。当地特有的、常有语词（例如当地地名），因为当地经常使用，又少有外地语音的影响，所以比较容易保留地方方音。

陈淑娟（2002、2004）关于大牛栏方言的调查，也发现当地"特有"的常用词比较容易维持地方方音（陈淑娟 2004：121）。陈淑娟（2004：122）进一步分析当地特有的常用词容易保留原有方音特点的原因："……因当地频繁的使用，以及少有外来语音影响的双重作用下，这类当地特有的常用词汇，在方言接触时，语音变化的速度最慢，倾向顽强地保留原有的方音特点。"我们在南投方言及大牛栏方言词汇的语音变化中，的确看到当地特有的常用词比较倾向维持地方方音。

至于低频词的语音变化，我们从[ui]韵向[ŋ]韵靠拢的变化，发现低频词也可能倾向维持地方方音。我们设计了 10 个词汇调查鹿谷[ui]的变化，结果发现[ui]分布在鹿谷、竹山老辈的闽南语中，中青年已经没有[ui]韵了，唯独"口～舔[ts ui³³]"这个词汇还有部分中青年说[ts ui³³]，①仍然保留[ui]韵。[ui]韵和[ŋ]韵在竞争的同时，为什么词汇扩散没有遍及所有的词汇，[ui]韵为何还残留在"□～舔[ts ui³³]"这个词汇中？不仅在南投的鹿谷、竹山、草屯、中寮发现这样的例证，南投以外的地区，例如台湾的嘉义、云林、台中一代也发现这样的现象，这是一个值得探究的现象。

当[ui]韵已经几乎全面被[ŋ]韵取代时，[ui]只残留在"□～舔[ts ui³³]"这个词汇中，可能跟"□～舔[ts ui³³]"这个词汇是一个人际互动时罕用的词有关，当这组音的词汇都变成[ŋ]时，词汇扩散并未扩及人际互动时罕用的词"□～舔[ts ui³³]"，人们很少会在面对面的对话时习得其他方言的"□～舔[tsŋ³³]"，所以这个词汇还保有[ui]韵。另一个可能是早期移民语言的遗留，某一支移民的语言，原本就是只有"□～舔[ts ui³³]"保有[ui]韵，其他都变成[ŋ]，后代子孙继续习得这个词汇的语音，迄今仍然一直沿用先人的说法。不过这个假设必须对只剩下"□～舔[ts ui³³]"的人的祖籍及先祖移民路线有全面的讨论，才能确定这种说法是否成立。

在其他台湾闽南语的变化中，我们也看到类似的结果。例如陈淑娟（1995、1996）调查关庙方言将一般闽南语的[tsʰ]读同[s]特点的变化，20个词汇中，青年组40人中，26人已经完全失去关庙方言将[tsʰ]读同[s]的特点，而全部变成通行腔的[tsʰ]，另外14人只有"擤鼻[siŋ⁵³ pʰ⁻i³³]"这一个词汇还保有关庙将[tsʰ]读同[s]的特点，其余各词汇已经完全变成通行腔的[tsʰ]。"擤鼻[siŋ⁵³ pʰ⁻i³³]"保留[tsʰ]读同[s]的特点，这与[ui]只残留在"□～舔[ts ui³³]"的情况类似，"擤鼻[siŋ⁵³ pʰ⁻i³³]"也是人际互动时很少使用的词汇，

---

① [ts ui³³]因为找不到合适的本字，因此以"□"表示，其语意相当于华语的"舔"。

当地居民比较没有机会透过人际互动学习到通行腔的"擤鼻[tsʰiŋ⁵³pʰi³³]"，因此倾向维持地方方音。

（二）同音避讳导致个别词汇的语音变化

我们发现两组平行的方音在彼此竞争时，某一音类虽然透过词汇扩散逐渐取代另一组音，但是也有个别词汇因为社会禁忌而有异于同音类的变化。在南投方言我们就看到一个有趣的例子。南投部分中古遇摄合三等字（鱼、虞韵字），多同漳州腔读[i]，少数赞成厦门腔的[u]。我们调查的这组词汇，大多数都读成漳州腔的[i]，尤其比较口语的词汇都读漳州腔的[i]，例如"老鼠[niãu⁴⁴ tsʰi⁵³]"、"选举[suan⁴⁴ki⁵³]"、"国语[kɔk⁵⁴gi⁵³]"、"蕃薯[han³³ tsi¹³]"等。但是其中几个比较文言的词汇则大多读成[u]，例如"争取[tsiŋ³³tsʰu⁵³]"、"考虑[kʰo⁴⁴lu³³]"等。

特别值得一提的是"煮饭"虽然是很口语的词汇，但是却不说"煮饭[tsi⁴⁴pŋ³³]"而说"煮饭[tsu⁴⁴pŋ³³]"。这个词汇何以跟这个音类的变化不同，而有特殊的语音变化呢？南投市、名间、草屯、竹山、中寮、集集等地的老辈发音人都说过去长辈讲"煮饭[tsi⁴⁴ pŋ³³]"，后来才改成说"煮饭[tsu⁴⁴pŋ³³]"。

例1　老年男性谈论"煮饭"的两种方音

tsi⁴⁴pŋ³³tsu⁴⁴pŋ³³lɔŋ⁴⁴u²¹laŋ³³kɔŋ⁵³

[tsi⁴⁴pŋ³³][tsu⁴⁴pŋ³³]拢有人讲，

iŋ⁴⁴kue⁵³a⁵³lɔŋ⁴⁴kɔŋ⁴⁴tsi⁴⁴pŋ³³tsiɔk⁵⁴pʰãi⁴⁴tʰiã⁴⁴

永过仔（过去）拢　讲[tsi⁴⁴pŋ³³]足　歹　听，

gua⁵³tsip⁵⁴ma⁵³kɔŋ⁴⁴tsu⁴⁴pŋ³³kʰa⁵³ho⁴⁴tʰiã⁴⁴

我这马（现在）讲[tsu⁴⁴pŋ³³]较好听。

许多受访者表示，因为"煮饭[tsi⁴⁴pŋ³³]"的第一个音[tsi⁴⁴]与闽南语女性阴部[tsi³³bai⁴⁴]的第一个音节发音类似，同音避讳，所以中古遇摄合口三等字（鱼、虞韵字），虽然南投方言和台湾通行腔口语多读漳州腔[i]，但是"煮饭[tsi⁴⁴pŋ³³]"这个词汇却因为同音避讳的缘故，而有异于该组音的变化。可见使用者的社会心理也会影响各个词汇的语音变化。

（三）矫枉过正

在两个音类的竞争中，我们也观察到部分词汇因为矫枉过正而产生特别的语音变化，有些词汇的矫枉过正是普遍的情况，大部分南投居民都说矫枉过正的说法，有些则是少数发音人的说法。如前所述，南投方言有[iaŋ]韵，例如"乡镇[hiaŋ³³tin²¹]"；也有[iɔŋ]韵，例如"勇敢[iɔŋ⁴⁴kam⁵³]"。通行腔这两组音都说[iɔŋ]韵。表1的A组音有南投[iaŋ]、外地[iɔŋ]这样的对应关系，表1的B组音南投方言和通行腔则都读[iɔŋ]。我们发现有些词汇属于表1的B类，南投方言原本应该读[iɔŋ]韵，南投人却因为矫枉过正而将之读成[iaŋ]韵。例如"重阳[tiaŋ³³iaŋ¹³]"，南投应该说"重阳[tiɔŋ³³iaŋ¹³]"，但是因为外地说"重阳[tiɔŋ³³iɔŋ¹³]"，南投与外地有[iaŋ]、[iɔŋ]的对应，"重阳"的"阳"，通行腔说[iɔŋ¹³]，南投说[iaŋ¹³]，然而"重阳"的"重"不管是通行腔或南投方言都应该是[iɔŋ]韵，有些人矫枉过正就把南投的[iɔŋ]全都转化成[iaŋ]，把"重阳"说成[tiaŋ³³iaŋ¹³]。为了区分南投方音与外地音的不同，却把南投本来是[iɔŋ]的音也转化为[iaŋ]，南投"重阳"这个词汇矫枉过正说成"重阳[tiaŋ³³iaŋ¹³]"的情况十分普遍。

有些词汇矫枉过正的现象并不普遍，只是零星地出现在部分南投老年人的闽南语中，例如"中风"不论是通行腔或南投方言都应该是说"中风[tiɔŋ⁵³hɔŋ⁴⁴]"，但是有的南投居民却说成"中风

[tiaŋ⁵³hoŋ⁴⁴]"，这也是[iaŋ]、[ioŋ]的对应桥枉过正的结果，不过这个词汇矫枉过正的现象，并不像"重阳[tiaŋ³³iaŋ¹³]"这个词汇那样普遍。

此外，"口口～肮脏[la⁵³sap͟³²]"在南投方言应该说[la⁵³sap͟³²]，但是有少数人却说成[dza⁵³sap͟³²]，这也是矫枉过正的结果。南投方言有[dz]声母，与其他许多无[dz/z]声母的闽南方言有[dz/z]、[l]的对应，[dz]声母变成[l]或[g]是台湾闽南语普遍的变化，洪惟仁做过许多调查与讨论（2002：187-198，2003：389-415），他认为因为[dz]声母的功能负荷低、音系结构的空音以及有标性高，所以无法抵抗并入其他声母的音变趋势。我们的调查发现，南投方言的[dz]声母大体还保留得十分完整，少有[dz]声母变成[l]或[g]的现象，这跟台湾闽南语的发展趋势不同。因为南投方言有[dz]声母，外地有[l]与之竞争，发音人将这个对应过度运用，矫枉过正的结果，将[la⁵³sap͟³²]说成[dza⁵³sap͟³²]。

矫枉过正的现象在关庙方言也看得到，例如关庙方言具有将[tsʰ]读成[s]的特点，通行腔的[tsʰ]，关庙方言说[s]，部分居民为了习得闽南语通行腔分别[tsʰ]、[s]两个音，却矫枉过正，将台湾闽南语一般讲[s]的音也说成[tsʰ]，例如将"选举[suan⁴⁴ki⁵³]"说成"选举[tsʰuan⁴⁴ki⁵³]"、"荀仔[sun⁵³a⁵³]"说成"荀仔[tsʰun⁵³a⁵³]"（陈淑娟，1995、1996）。不过这只是出现在部分中年人的日常口语中，并没有全面地出现在关庙方言里。两个音类竞争的同时，语言使用者有时候因为无法清楚地区别两类音所统摄的词汇，以至于张冠李戴，将原本应该属于A类音的词汇说成与之对应的B类音。

五 结 语

本文从音类的词汇扩散、同音避讳导致个别词汇产生异于整个音类的语音变化，以及矫枉过正产生的语音变化，描述分析台湾闽南语方音接触时，音类的相互竞争与渗透。音类透过个别词汇逐步扩散，词汇扩散时，存在着方音与接触语音两类语言变体，各个词汇保留地方方音或变成通行腔的比例各不相同。从南投方言中，我们看到当地地名，由于当地频繁使用，加上较少接触通行腔语音，因此较易维持地方方音，例如"名间乡[biŋ³³ kan³³ hiaŋ⁴⁴]"仍大量保留[iaŋ]韵；相对的，人际互动罕用的词汇，由于很少接触到外地语音，因此也比较容易维持地方方音，例如"囗～舐[tsʰui³³]"还保留[ui]韵。除了词频之外，语言使用者的社会心理也会影响词汇的语音变化，我们看到有些词汇（例如"煮饭"），因为同音避讳的缘故，而有异于同音类的语音变化。另外，我们也看到音类互相竞争时，有时候反倒矫枉过正，将原本地方方音该说 A 类的音说成 B 类。有些个别词汇矫枉过正的说法普遍被使用，有些则是个别发音人两个音类的混用。

【参考文献】

1. 陈淑娟《关庙方言"出归时"的研究》，台湾大学中国文学研究所硕士论文，1995 年未刊。

2. 陈淑娟《台湾关庙方言——一个具"出归时"特点的闽南方言》，*Yuen Ren Society Treasury of Chinese Dialect Data*，217-256. Seattle：The Yuen Ren society treasury of Chinese dialect fieldwork，1996.

3. 陈淑娟《桃园大牛栏闽客接触之语音变化与语言转移》，台湾大学中国文学研究所博士论文,2002 年未刊。

4. 陈淑娟《桃园大牛栏方言的语音变化与语言转移》,台湾大学出版委员会 2004 年。

5. 陈瑶玲《台中南投地区闽南语次方言语音及词汇调查研究》,国科会计划成果报告 90-2411-H-126-013,2001 年。

6. 洪惟仁《台湾诸语言之分布与融合消长之竞争力分析》,《台湾风物》1989 年第 39.2 期。

7. 洪惟仁《台湾方言之旅》,前卫出版社 1992 年。

8. 洪惟仁《变化中的汐止音:一个台湾社会方言学的个案研究》,《第二十届全国声韵学学术研讨会论文集》第 176 - 198 页,成功大学中文系 2002 年。

9. 洪惟仁《台湾话 j 声母的衰退:一个社会方言学的调查研究》,《第八届国际暨第二十一届全国声韵学学术研讨会论文集》第 389 - 415 页,高雄师范大学 2003 年。

10. 江永进《台语口语常用词频率 e 调查报告》,国科会计划成果报告 84-2121-M-007-001,1995 年。

11. 连金发《方言变体、语言接触、词汇音韵互动》,石锋、潘悟云编《中国语言学的新拓展》第 150 - 177 页,香港城市大学出版社 1996 年。

12. 王士元、沈钟伟《词汇扩散的动态描写》,《语言研究》1991 年第 1 期。

13. 王士元、连金发《语音演变的双向扩散》,王士元著《语言的探索——王士元语言学论文选择》第 70 - 116 页,石锋等译,北京语言文化大学出版社 2000 年。

14. Hooper, Joan. 1976. Word frequency in lexical diffusion and the source of morphophonological change, *Current Progress in Historical Linguistics*, (ed.)by William M. Christie, Jr., pp. 95-105. Amsterdam:North Holland.

15. Labov, William. 1994. *Principles of Linguistic Change : Internal Factors*. Oxford and Cambridge:Blackwell.

16. Phillips, Betty. 1984. Word frequency and the actuation of sound change. *Language*,(60):320-342.

新加坡华语和普通话的差异与处理差异的对策

南洋理工大学国立教育学院　周清海

一　新加坡华语和普通话的差异

华语区,指新加坡,马来西亚,中国大陆、香港、台湾以外用华语交际的地区。这些地区的华语,在中国大陆改革开放之前,都没有或者很少受到中国大陆普通话的直接影响。各地区都在自己社区交际需要的基础上,发展自己的华语。

各华语区华人的主要母语方言各不相同,各地区的高层行政语言也不相同,又没有经历过像中国大陆社会所经历的那些变化,因此,各地区的华语之间出现差距,各地区的华语和普通话之间也出现差距。各华语区的华语和普通话的差距,既表现在语音上,也表现在词汇和语法上。

这里,我们只注重观察新加坡华语和普通话的差距。这些差距大致可以分为几方面来叙述。

(一)新加坡华语的发音

尽管新加坡华语的发音,以普通话为准,在新中建交之前,华语的发音一律根据《现代汉语词典》的注音,也接受《汉语拼音方案》,但因为没有标准语的口语为基础,新加坡华语的发音就出现了一些特点,如没有儿化,缺少轻声,句子里也没有轻重音等等。①《现代汉语词典》对新加坡华语的贡献很大。我常常在公开场合说:新加坡的华语是在没有普通话口语直接影响之下发展起来的。新加坡和中国没有外交关系相当久,新加坡华语在发音、构词和用法等方面,几乎都以《现代汉语词典》为依据。《现代汉语词典》在维持华语核心的一致性方面,起了非常大的作用。

但是,新加坡华语里的一些词,仍保留旧的读音,如"假期""休息",尽管在语文教育方面,我们以《现代汉语词典》的注音为标准,但旧的读音仍然相当程度地保留在中老年人的口中。"滑稽"的"滑"仍然有不少人读"骨"。但整体看来,新加坡华语比其他地区的华语更接近普通话。

(二)新加坡华语的词汇特点

1. 新加坡特有的地区新词②

新加坡地区存在的特有事物,或新出现的事物,需要表达,而普通话里却没有适当的与之相应的词语,因此就不得不创造新词,如"红毛丹、奎龙、清汤、嘉年华、固本、组屋、用车证/周末用车、财路"等等,都是由于新事物或新制度的出现,因表达需要而创造的新词语。我们一般都根据汉语的构词方式创造新词,如果有的没有办法根据汉语构词法造词,就采用音译或意译的办法。通过这三种方式造出来的新词,各华语区都有,而以第一种,即用汉语构

---

① 陈重瑜《华语研究论文集》第 249-282 页,新加坡国立大学华语研究中心 1993年。

② 田小琳把各华语区的特有词语叫作社区词,见《香港中文教学和普通话教学论集》,人民教育出版社 1997 年。

词方式创造的新词语最多。

新加坡、中国香港和台湾等地区都有"自助餐",大陆的《现代汉语词典》直到 2002 年版,才在"自"字下收了这个词作为独立的词条。因为大陆有了"自助餐"这个新事物,就从华语区引进这个词。到了 2005 年版的《现代汉语词典》,又增加了"自助"这个词条,除了在"自助"下面举了"自助餐、自助旅游"为例之外,也保留了"自助餐"作为独立词条。

一种新事物也在其他地区出现,就使词语得到扩散传播的机会,使得地区性的词语成为华语的共同用词。2005 年版的《现代汉语词典》收了"双赢","垃圾虫、垃圾股、垃圾邮件"等等,这些词进入普通话,都是地区性华语词语向普通话扩散的例子。

但是,"组屋、固本、用车证/周末用车"之类的新加坡特有词语,如果其他地区没有出现这些新事物,就没有机会扩散,也就可能将永远是新加坡的特有用词。

2. 同实异名的词语

华语区都有的事物,各地区的取名却不相同。这些词语,仍然用着共同的汉语构词方式。如台湾的"捷运、爱死(滋)病、安老院、速食(即食)面"等等,香港、新加坡等地的"烂尾(楼)、蓝领"(《现代汉语词典》2002 年版才开始收录此词)、"三文治、货柜、火患、乐龄"等等,都是同实异名的词语。这些词语,也是社区词。同实异名的词语,对华语区之间的交际,可能造成不必要的负担。

华语区之间频繁的交流,使得同实异名的词语逐渐趋同了。新加坡的"手提电话",香港的"大哥大",逐渐被中国大陆的"手机"所替代;华语区的"电脑"显然有更强的生命力,逐渐取代了中国大陆的"计算机"。新加坡的"乐龄"显然比"老龄"文雅。难怪这几年来，中国大陆的刊物也有以"乐龄"为刊名的。和"乐龄"有关的事物，如"乐龄村"、乐龄俱乐部"、乐龄周"等等，显然有扩散的趋势。新加坡的"客工"比"外劳"更具人道精神，也逐渐扩散了。新加坡的"特别"用来修饰形容词、动词，也逐渐让位给大陆的"特"。新加坡学校华文老师用"特好""特大""特想"的，这些年来，大量增加。

3. 方言词对华语的渗透，成为华语用词

"阿兵哥"是用闽南方言的构词法造的词，用了词头"阿"和词尾"哥"。"阿兵哥"在台湾指"现役军人"，在新加坡却趋向于指"国民服役军人"，尤其是刚开始国民服役的军人。"怕输、瞽伯、好采（好在）、心知肚明"等等，也都是方言词进入华语的。新加坡的华语之所以有许多方言词，是因为语音的标准化比较容易掌握，而在缺乏交流的情况下，将方言词汇用标准的语音说出来，就出现词汇的差异。

"色"在普通话里是不独用的，普通话只说"颜色"。但新加坡华语却说"这是什么色？"新加坡华语里的"这条马路很阔"，依据普通话的用法，就应该换用"宽"或者"宽阔"。普通话里没有"今次""今期"的说法。新加坡的部分书面语以及香港的书面语，受到粤语的影响，出现了"今次"和"今期"的说法。按照普通话，都应该说成"这（一）次"和"这（一）期"。普通话只说"观察""观看"，而香港的书面语却说："开学初的第一个星期的观课……"，"观课"就是"课堂观察"；而"开学初的第一个星期"更是粤语口语的表达方式。"几时"是古汉语，保留在南方方言里，因此新加坡、香港以及台湾，无论口语或书面语，都用"几时"，少用"什么时候"。

"面"，在普通话里是半独立语素，构成的词有"面目、面额、面色、面对"等，一般不再用来造新词。"脸"是词，除了独用外，也用来造新词，如"脸盆、脸色"等。南方方言里没有"脸"这个词，只有"面"，新加坡华语受南方方言习惯的影响，将"脸盆"说成"面盆"，并且有"面纸、面市"的说法。如果以普通话作为规范的标准，就该用"脸盆"、"纸巾"和"上市"。

（三）虚词和语法的差距

普通话表示未来的重复只用"再"，新加坡华语却趋向用"才"：

(1) 关税申报单刚巧用完了，打算在飞机上领了才填写。（黄孟文《安乐窝》）

(2) 现在不要说，等他吃饱了才说。

新加坡华语有一些常见的说法，如"比较兴趣、很兴趣、很个人、非常抒情、非常营养、很青春、最礼貌"等，在普通话里上面这些名词，是不能受程度副词修饰的。"礼貌、兴趣、奇迹、绅士"等名词，新加坡华语里也用来修饰动词，如"礼貌地和我握手"、"兴趣地看着他"、"绅士地吻一吻她的手"等等，普通话里都没有这样的用法。[①]

无论单音或双音的动词，普通话都可以在后边加上"一下"，表示动作时间短暂：看一下、想一下、讨论一下、研究一下。新加坡华语里，动词重叠之后，可以再加"一下"："其实给父亲骂骂一下又有什么关系……"，"你们彼此先认识认识一下"。普通话里动词重叠不能再加"一下"。[②]

除了"一下"之外，一般动词重叠之后后面也不能带上其他表

---

① 陆俭明《新加坡华语语法的特点》，《南大语言文化学报》，1996 年第 1 卷第 1 期，第 24 页。

② 陆俭明《新加坡华语语法的特点》，《南大语言文化学报》，1996 年第 1 卷第 1 期，第 16-17 页。

示数量的单位,新加坡华语却有如下的说法:

> (3)你别太累了,<u>休息休息一会儿</u>再做吧。(普通话只用"休息一会儿"。)

> (4)<u>谈谈几次</u>,就可以约她去拍照。(普通话只用"谈了几次之后"或"谈了几次"。)

"比较"作为副词,表示具有一定的程度,如"比较客观"、"比较热烈"。否定式不能用"比较",只能用"不怎么",如"不怎么客观"、"不怎么热烈"、"不怎么好"等等。新加坡华语也将"比较"用于否定:

> (5)我们可以规定"华语"的语音是以北京语音做标准。语法呢?比较不好办。(卢绍昌《华语论集》47页[①])

张志公认为:"'这列火车从不从上海来'不成话,正确的说法是'这列火车是不是从上海来的'。近年来,有的介词有被这样用的情形,但是这样用法的规范性还是一个有待研究的问题,因为,纵然有人问:'你往不往公园去',回答的人也不会单说'往'或者'不往',而是说'去'或者'不去'。"[②]新加坡华语里对这类提问的回答,视所用介词的不同而有差别。"在"、"往"、"从"之类,肯定的回答,可以单用"在"、"往"、"从",否定的回答是"不在"、"不往"、"不从"。这些都是反语法化的现象。[③]

动宾结构的动词,多数不能带宾语,除了"打岔、献身"之外,"泄气、效力、问好、吃亏"等动宾结构的动词都不能带宾语,都是不及物动词。这是语法体系里含糊的地带。贺国伟认为:"一般的动

---

① 萧国政《汉语语法研究论》第 192 页,华中师范大学出版社 2001 年。
② 张志公《汉语语法常识》第 152 页,广东教育出版社 1991 年。
③ 在语法研究里,近年来都只注重语法化现象,对反语法化现象注意得不够。

宾式……不带宾语,这是一般的规则。很口语的一部分动宾式如
'劳驾、起草'等却可以带宾语,说成'劳驾您、起草文件',这是口语
化影响下的特殊规则。同时,一些相对书面语化的动宾式如'平
反、问鼎'也可以带宾语,如'平反冤狱、问鼎冠军',这是书面语化
形式影响下的特殊规律。"①究竟哪些动宾结构的动词可以带宾
语,哪些动宾结构的动词不可以带宾语,界线是模糊的。这种模糊
的现象,使得动宾结构的动词再带宾语的现象不断扩展。新加坡
华语没有口语基础又没有普通话的影响,因此扩张的现象更为广
泛,如"启程上海、投书报社、陷身险境、作客他乡"等等,都是类推
扩展的结果。这种现象,在中国也非常普遍。

二 处理差异的对策

　　语言自身的变异和区域的变异是难免的。但为了达到交流的
目的,语言就必须保持相对的稳定、保留共同的核心。我们认为,
华语的应用和发展,不决定在新加坡,而是决定在中国大陆。因
此,在处理差异时,我们的对策是既强调尽量向普通话靠拢,尽量
以中国的规范为标准,以保留共同的华语核心;同时也强调加强交
流,让语言比较自然地融合。我们认为处理差异应该从下面几个
方面着手:

　　(一)在政策上,在语言的标准方面

　　我们以中国(大陆)的标准为依归,无论在语音、词汇或是语法
方面,都尽量让华语向普通话靠拢,让华语和普通话保留共同的核

---

① 贺国伟《汉语词语的产生与定型》第 65 页,上海辞书出版社 2003 年。

心。我们认为,在改革开放的形势下,在全球化的趋势下,普通话扩大影响力,是难以避免的。普通话扩大影响力对各地华语的相互靠拢,使华语原来具有的共同核心更加坚实,这对华语的发展来说,应该说是非常有利的。

频繁的交流使语言互相影响,互相吸收,这和以前的相互隔离的局面,大不相同。普通话对各地华语的影响越来越大,这是交流中难以避免。新加坡华语里近来出现了"出了状况"的"状况","对口单位"的"对口",甚至不说"概括得很好"而说"概括性很强"等等用法;大陆应用文里的"尊敬的 XX"的用法,越来越为华语区所接受。这些都是普通话对各华语区的影响。新加坡华语里用的"第一时间",是受香港书面语的影响,大陆传媒用"第一时间"的也不少。语言交流的结果,就会出现你中有我,我中有你的现象。

中国改革开放之后,因为应用的需要,和外面华语世界的语言接触频繁,普通话和其他地区的华语差距正在逐渐拉近。各华语区的新词新语大量涌入普通话中,新的表达方式逐渐出现在大陆的书面语中,这也使普通话出现了新的面貌。

但是,变异又是难免的。因此,在语文教育方面,包括语文教科书、师资培训,以及大众传媒等方面,我们强调趋同,让华语保留共同的核心,避免出现差异。也就是说,具有大面积影响的,我们都严格把关。我们聘请大陆专家作为语文课本顾问,引进普通话语文教育人才、传媒人才,鼓励向普通话倾斜,尽量向普通话靠拢。

(二)加强对华语的研究

要趋同,就必须先知道差异在哪里,才可能处理差异,把握趋同的方向。就在这种需要下,我们展开了华文教师的语音培训,也开始了华语词汇、语法的研究。近期的研究成果,就有《时代新加坡特有词词典》(汪惠迪编著)、《新加坡华语词汇语法》(周清海编著),也在大专学府开设新加坡华语课程,提高语文教育工作者对语言差异的认识。我编著的《华语教学语法》就特别注重比较华语和普通话的语法差距,让从中国来新加坡执教的语文教师,以及本地出身的语文教师,都了解这些差距,知道在教学中应该如何处理这些差距。

中国培养的对外汉语教学人员,也必须有这方面的认识,才能在汉语走向世界的新局面下,更好地为汉语教学服务。我们的汉语人才,以后可能在不同的华语区生活工作,他们也必须对各地的华语有适当的认识。过去,中国的语文研究人员,对各地的华语也不甚了解,《现代汉语词典》只收"榴莲",就是一个典型的例子。"大汉语"的概念,现在被提出来,也受到重视,是一个好现象。希望这个概念能具体化,贯彻到语文教材编纂、汉语教师培训的实际工作中去。

(三)编辑《全球华语词典》

中国语文词典过去偏重于强调规范性,相当程度地忽略了词典的描写性与实用性的需要。辞书编纂者的目光集中在普通话上,缺乏对中国境外华语的关注,思维还局限在"小汉语"上,而不是"大汉语"。这种思维,对汉语的发展是不利的。

中国改革开放之后,许多现代科技、政治、经济、教育、财务、法律等等新词汇,都从各华语区大量流入内地。怎样处理这些新词语,怎样对待境外华语,都必须站在全球化的位置来观察。这是在维持华语和普通话共同核心方面,中国语言工作者应该考虑的问题。

处在这样的新局面,我以为在规范性的《现代汉语词典》之外,应该编一本世界汉语词典,以适应"查考的需要"为主要任务,大量地收入各华语区的相对稳定的社区词语,这对华语区之间的交往,将起巨大的作用。这本词典所收的词语,如果广泛应用,稳定了之后,《现代汉语词典》就可以考虑收入,成为现代汉语的核心词汇。

我非常高兴,这项编辑《全球华语词典》的工作,已经得到中国国家语委、教育部以及北京商务印书馆的支持,相信在促进华语区的交流,以及让华语向共同的核心靠拢方面,这部词典将起积极的作用。这部词典除了记录各地华语语音、词汇、语法方面的差距外,同时也提供融合与规范的线索。

(四) 编写现代汉语语法长篇

语言的语法是比较稳定的,但是并不是没有发展的。各地华语如果要向普通话靠拢,就必须知道普通话的表达方式是怎样的。但是,现阶段对普通话的语法描写,却是不完整的,很多语法现象,没有办法在现行语法书里找到答案。在现阶段,我们需要一本参考语法,或者说一本现代汉语的语法长篇。①

例如"把"组成的介词短语和"在(到)"组成的介词短语,经常连用,如"我把帽子戴在头上。""他把你的地址写在笔记本子里。"但是,"在(到)"组成的介词短语能不能用在动宾短语的后边?下面的用法是不是规范的?

(1) 敖弟占了是男孩的便宜,有时外祖母会暗暗<u>塞水果到他的被窝里</u>。(《李敖快意恩仇录》页5)

还是必须说成:

---

① 多年前在新加坡的一个研讨会上,李宇明先生曾提及这样的一部语法长篇。

(2)敖弟占了是男孩的便宜，有时外祖母会暗暗把水果塞到他的<u>被窝里</u>。

记得中央电视台国际第四台(CCTV4)的"快乐中国学汉语"节目，景德镇的一辑里有这样的两句话：

(3)景德镇……<u>连舞蹈也跟瓷器有关系</u>。

(4)你<u>连他们也</u>不认识。

在短短的十分钟里，编教材的人想通过对话，介绍"连……也"的用法，却不了解外语学习者所面对的语法困难，也可能没有意识到"连……也"的语法结构存在着歧义。

第一句话里，"连舞蹈也跟瓷器有关系"，使用"连……也"来强调主语"舞蹈"。"舞蹈跟瓷器有关系"，"校长来了"等句子，都可以通过"连……也"来强调"舞蹈"和"校长"，说成"连舞蹈也跟瓷器有关系"、"连校长也来了"。

如果要强调宾语，如"我没有一分钱"，"我不认识一个人"的"一分钱"和"一个人"，可以说成"我连一分钱也没有"，"我连一个人也不认识"。

但是，无论强调主语或是强调宾语，只要动词是可以带宾语的二价动词，就会出现歧义。

(5)连鱼也不吃了。

可能是"我们连鱼也不吃了"，也可能是"连鱼也不吃东西了"。[①]

因为"吃"可以是"吃东西"，也可能是"被吃"。"快乐中国学汉语"的"你<u>连他们也</u>不认识"，就是可能是"你不认识他们（孩子

---

① 赵元任和吕叔湘都曾提及这个现象。

们）"，也可能是"他们（孩子们）连你也不认识"。把结构相同而所表达的意义有歧义的句子放到一起，作为 10 分钟的对外汉语教材，是失当的。

如果我们能编一本汉语语法长篇，给编汉语教材的编写人员、汉语教学人员参考，而他们不必依赖于自己的语感，相信汉语教材的编撰会更合理。

成语"马到功成"，大陆常见的说法是"马到成功"，连微软的中文软件都只收"马到成功"。"成功"常用，使得"马到功成"都改变了说法。其实，"马到"和"功成"都是主谓结构。正像"功成名就"、"功成身退"、"水到渠成"等主谓结构并列一样。把"马到功成"，说成"马到成功"，是不了解语法结构而造成的错误。

"惹是生非"很多人误写成"惹事生非"，误写的例子在网上可真不少。除了"是"和"事"同音之外，"惹事"也是一个词，因此造成了错误。但如果从语法上分析，"是非"、"好歹"、"冷热"都是并列偏义词，意义偏在"非"、"歹"、"热"。利用并列结构如"生死"、"天地"、"山水"等，而构成的成语是"出生入死"、"跋山涉水"、"顶天立地"。"惹是生非"就是用"是非"构成的成语。对语法有所了解，可以解决许多语文的难题。

我们强调建立与维持汉语的共同核心，这不只包括语音、词汇，更包括语法。在语法方面，编写更详尽的汉语参考语法，对维系这个核心是必要的。

从语文政策的高度，强调与维持共同的语言核心，在语文教学和大众传媒方面，特别注重这个核心，使我们的华语走得出去，这是我们的目的。我们同时也提倡交流，互相吸收，提倡建立"大汉语"的概念。这些做法，对我们这个只有人力资源的小国，是必要的;对于汉语的发展,汉语走向世界,我想也是必要的。

【参考文献】

1. 陈重瑜《华语研究论文集》,新加坡国立大学华语研究中心 1993 年。

2. 郭熙《中国社会语言学》,浙江大学出版社 2004 年。

3. 汤志祥《当代汉语社区词汇的共时状况及其嬗变》,复旦大学出版社 2001 年。

4. 田小琳《香港中文教学和普通话教学论集》,人民教育出版社 1997 年。《现代汉语教学与研究文集》,香港商务印书馆 2004 年。

5. 汪惠迪《时代新加坡特有词语词典》,联邦出版社 1999 年。

6. 云惟利编《新加坡社会和语言》,南洋理工大学中华语言文化中心 1996 年。

7. 周清海《新加坡华语词汇语法》,玲子传媒 2002 年。《华语教学语法》,玲子传媒 2003 年。

全球华语视角下的华语词汇

新加坡报业控股华文报集团　　汪惠迪

提要： 在全球华语或"大华语"的视角下考察词汇，应当聚焦在大陆同境外和海外各华人社区的差异上，同时留意境外和海外各华人社区存在的反映当地特有的事物或现象的词语（地区词）。

我们在整合词汇因变异而产生的差异时，应贯彻规范与协调相结合的原则；在进行词汇规范时，应处理好"自调节"与"他调节"的关系，并且尽可能让语言系统自身的调节机制发挥效能；在协调不同国家或地区之间的词语差异时，宜根据"双向互动，求同存异，兼容并蓄"的原则进行。

关键词： 全球华语 大华语 词汇 规范与协调

一

互联网的出现改变了世界，加速了全球化的进程，地球日趋城市化。

截至 2006 年 6 月底，中国大陆的互联网用户数已达 1 亿 2300 万，每 13 个人就有 1 个走进了虚拟世界。跟现实世界相比，虚拟世界的生活多姿多彩,甚至在某些方面超过了现实世界。

互联网的出现影响甚至改变了许多人的工作、学习和生活的方式,整个社会的运作已经走上了互联网高速列车运行的轨道。但是,互联网是为人类服务的,就像列车是人们的交通工具一样。所以我们看到,网上网下信息能够保持高度的一致。"现实世界的生活越来越依赖虚拟世界,虚拟世界也越来越深地介入现实世界。"①"虚拟空间也有语言生活,虚拟空间的语言生活,也是人类语言生活的组成部分,而且从发展趋势来看,其地位还越来越重要。"②人们长年累月地频繁穿梭于这两个世界之中,其语文观难免打上虚拟世界的烙印。

随着互联网接入带宽的增加和信息通信服务能力的提升,话音、数据和视频服务可以由互联网方便地承载,网络融合的趋势日益明显,于是又出现了一些新兴的媒体,例如博客(blog)、播客(podcasting)、手机电视等。

另一方面,经过将近 30 年的努力,中国的经济体制进行了重大的改革,经济持续发展,综合国力不断增强。在国际事务中,中国奉行多边主义,并在 2005 年的亚非峰会上首次提出和谐世界理念,将和谐理念延伸到处理国际事务的实践之中。这对人们的语文生活无疑将产生深远的影响。

经济腾飞,教育发展,科技进步,中国的社会面貌和人们的价值观随之发生深刻的变化,所有这些变化迅速地反映到语言中,特

---

① 李宇明《中国的话语权问题——在第四届全国语言文字应用学术研讨会开幕式上的发言》,2005 年 12 月 17 日。

② 李宇明《构建健康和谐的语言生活》,《中国语言生活状况报告》上编第 1 页,商务印书馆 2006 年。

别是语言的词汇中;而人们价值观的改变直接地影响了语用观。

今天,中国人民的语文生活跟改革开放前相比有很大的不同,其特点是越来越草根化,越来越多样化,呈现出千种姿态,万般风情。人们的语用态度从来没有像今天这样潇洒地张扬个性,语言用户从来没有像今天这样淋漓尽致地发挥创意。因此,一个又一个语言应用尤其是词语应用中的问题凸现出来,需要语言文字工作者给出答案。词汇学界的学者专家也许从来没有面对这么多课题,从来没有遇到这么大的挑战。下面举例来说。

关于"愿景"的争论。2005 年 4 月 26 日至 5 月 3 日,时任中国国民党主席的连战访问大陆,连战所到之处开口"愿景",闭口"诉求",使"愿景"这个词儿顿成热词。4 月 29 日,胡锦涛与连战共同发布会谈新闻公报,题目就是《两岸和平发展共同愿景》。其时,《现代汉语词典》修订第 5 版即将付印,在"愿景"不绝于耳的大环境下,词典编者在付印前两天连忙增补了"愿景"和"诉求"。

2006 年夏天,天津的高考作文用"愿景"二字命题。天津考生在考场"邂逅这样一个怪词",许多人因不明其义而无从下笔,命题者跟考生开了一个"致命的玩笑"。楚山孤先生写了一篇文章,题目叫《"愿景",你是谁啊?》作者质疑"愿景"的造词质量,质疑《现代汉语词典》应否如此神速地收录"愿景"。①

关于"七月流火"的争论。2005 年 7 月 12 日,台湾新党主席郁慕明一行访问中国人民大学,校长纪宝成在向到访的贵宾致欢迎词时说:"七月流火,但充满热情的岂止是天气。"就这么一句话,

---

① 《咬文嚼字》2006 年 8 月号;又,郝铭鉴:《文字的味道》第 132-134 页,上海人民出版社 2006 年。

让许多人在媒体上,尤其是网络媒体上,对"七月流火"的用法争得不可开交。同年 7 月 22 日,新加坡《联合早报》言论版发表了拙文《纪宝成"七月流火"用得好!》,结果网上又传来一片聒噪声。

关于"小姐"的争论。为了探究"小姐"这个称谓,中国语言学界的学者专家已经忙乎了至少 10 年。有的通过文献回溯,作历时研究;有的通过调查,作共时研究。论文发表了一篇又一篇,可是问题并没有解决。2006 年 10 月上旬,"小姐"问题被北京语言大学校长崔希亮教授带到了德语国家汉语教学大会上。

10 月 8 日,中新网转发了德国欧览网的报道,新闻说在 10 月 6 日第 14 届德语国家汉语教学大会上,北京语言大学校长崔希亮教授颇为尴尬地说:"如果我在北京街头向一位陌生女士问路,那我肯定不能叫她小姐,否则会挨骂","如果在深圳,看到陌生年轻女士,我只能叫小妹,但绝不能称呼小姐。以前客人称女服务员为小姐很普遍,但在今天却是禁忌。在大众场合不可随便称小姐,但在五星级酒店却是例外"。其实,不光是"小姐","太太"也曾遭遇尴尬。[①]

崔教授说,在北京街头向陌生女性问路,肯定不能叫人家"小姐",以免挨骂。可是,到南京,"小姐"是"目前南京市民用来称呼陌生年轻女性的最主要称呼语","年轻人和受教育程度高的人都有把'小姐'称呼语作为泛称的趋势"。[②] 南京的情形跟台湾省相同,跟港澳特区相同,跟新马泰等东南亚国家的华人社区相同,跟北美西欧大洋洲等华人社区相同。而且即使在中国大陆,也不是

---

① 汪惠迪《"太太"好叫口难开》,新加坡联合早报副刊,2003 年 7 月 24 日。
② 葛燕红《南京市"小姐"称呼语调查分析》,《中国社会语言学》2005 年第 2 期。

南京一地如此。令人惊讶的是首都北京,这个国际大都会怎会连向陌生女性叫声"小姐"都会"挨骂"呢?明年奥运会就要在北京举行了,麻烦岂不大了?深圳在中国改革开放的最前沿,怎么在"小姐"的称呼上好像还没有开放,非要人改口叫"小妹"呢?人们所遇到的这种尴尬到底是怎么产生的呢?笔者猜测根由在"三陪"。

"三陪"是个新词,虽然中国大陆的"三陪"现象相当普遍,可是《应用汉语词典》(2000 年 1 月)、《现代汉语词典》(2005 年 6 月)和《现代汉语规范词典》(2004 年 1 月)都不收这个词。《新华新词语词典》(2003 年 1 月)收了,释义是"指在某些娱乐场所年轻女子陪唱、陪酒(或陪吃)、陪舞等带有某种色情成分的服务",英译为 illegal sexual services。中国大陆的网络时评家撰文说,"三陪"跟"小姐"一组合,"小姐"这个称谓就被玷污、被亵渎了,因此须将"三陪小姐"扫进垃圾堆,代之以"三陪女"。于是我们看到了一道独特的风景:

在中国中部某省城,餐馆的女服务员拒绝接受"小姐"的称谓,而代之以"翠花";在珠三角,女服务员躲着"小姐"走,顾客只得改口叫"靓女"或"小妹"。

把"三陪小姐"扫进垃圾堆,让"三陪女"取而代之,然而我想"女"的玷污面和亵渎面不是更大吗?

从全球华语的视角来看中国大陆的"小姐"称谓问题,我相信,"翠花"、"靓女"、"小妹"之类最终是不能替代"小姐"的,除非"三陪"现象在生活中消失,否则,人们还是要把年轻的"三陪"女子叫做"小姐"的。

中国大陆的语文词典对"小姐"解释得最好的,笔者认为当推《应用汉语词典》,它比其他同类词典更贴近社会,贴近生活,也符合境外和海外华人社区的语用实际。《应用汉语词典》给"小姐"列了五个义项,后三项是:(1)对以单身出现时的女子的尊称,不受年龄限制,六七十岁仍可称为小姐;(2)选美比赛中的优胜者,例如香港小姐、世界小姐;(3)称担任某种工作的妇女,例如导游小姐、礼仪小姐、空中小姐。

根据这样的解释,"按摩小姐"可以对号入座,归入义项(3)吗?也许还行,因为按摩有完全不"带有某种色情成分"的,它是一种工作或职业,以前就有,叫"推拿",现在赶时髦,几乎都叫"按摩"了。可是"三陪"就麻烦了,因为中国大陆迄今尚未公认"三陪"是一种工作或职业,《新华新词语词典》也还只说它是一种"服务",并通过英译告诉读者那是一种既 illegal 又 sexual 的"服务"。这样处理可谓用心良苦。

遭遇"愿景"、"七月流火"和"小姐",我们该给出怎样的答案呢?

二

李宇明先生说:"今天讨论学术,必须考虑中国走向世界这个大背景。"①我认为研究词汇,既需考虑这个大背景,也需着眼于华语的大环境,即在全球华语或曰"大华语"的视角下展开我们的研究工作。下面谈几点看法,就正于方家。

在东南亚,当地华人几乎不用"汉语""中文""普通话"这类概

---

① 李宇明《中国的话语权问题——在第四届全国语言文字应用学术研讨会开幕式上的发言》,2005 年 12 月 17 日。

念,都习惯用"华"字头的词语,如华族、华裔、华人、华语、华文、华校、华教、华乐、华商、华社等。今天,这个名称在中国大陆日渐流行,在中央电视台国际频道(CCTV4)上,使用频率高了起来。

什么叫华语?李宇明先生说:"华语,是以普通话为基础的现代全世界华人的共同语。"①这个定义告诉我们,华语和普通话基本上是相同的,否则,它就不可能成为"全世界华人的共同语"。但是,境外和海外的华语与普通话还是存在差异的,因此,当我们以全球华语为视角来考察它的词汇时,我们应当聚焦在普通话同境外和海外各华人社区的差异上,特别是那些同中有异的词语。

普通话词汇同境外和海外华人社区词汇的差异主要表现在以下两个方面:

第一,境外和海外各华人社区都存在着一部分反映当地特有的事物或现象的词语,这类词语可称之为地区词(也有人叫社区词)。地区词打上了地区的烙印,它的特点是具有浓郁的地域色彩,勾画了当地族群的文化图像,成为族群认同的标志。在境外和海外华人眼中同样存在着一部分反映大陆特有的事物或现象的词语,"双规"就是个典型。

笔者估计,单是中国大陆、台湾、港澳,地区词起码有 6000 条,新、马、泰等东盟 10 国保守的估计约有 2500 条。如果精细地调查的话,整个"大华语"地区少说也有 1 万条。数量的多寡,同调查的广度、深度和取舍的尺度有密切的关系。

---

① 李宇明《中国的话语权问题——在第四届全国语言文字应用学术研讨会开幕式上的发言》,2005 年 12 月 17 日。

第二,境外和海外各华人社区都存在着一部分在词形、词义和词用上跟普通话有异同关系的词语。细分起来,有以下几种类型:

(一)同形异义

1. 词形相同,词义不同

2. 词形相同,义项不同

(二)异形同义

1. 汉语词

2. 外来词

(三)同形异用

1. 指大与指小

2. 褒义与贬义

3. 口头与书面

4. 旧词与沿用

5. 历史与传承

为省篇幅,本文不举例详论,有兴趣的朋友请参阅拙作。[①]

迄今还没有一部辞书收录全球各主要华人社区(包括大陆)的特有词语,并描写上述种种差异。由商务印书馆牵头,通过跨国跨地区合作,正在编纂的《全球华语词典》(暂名)将填补这项空白。

---

① 汪惠迪《新加坡华语词汇的风情和姿彩》,向汉语词汇学第二届国际学术讨论会暨第六届全国研讨会(2006 年 8 月 6-9 日,长春)提交的论文(将发表)。

汪惠迪《编纂〈全球华语地区词词典〉的构想》,谭慧敏主编《汉语文走向世界》,新加坡南洋理工大学中华语言文化中心 2006 年。

汪惠迪《〈全球华语地区词词典〉:全球华社地区词的大整合》,《词汇学理论与应用》(三),商务印书馆出版 2006 年。

汪惠迪《新加坡华语特有词语探微》,周清海编著《新加坡华语词汇与语法》,新加坡玲子传媒体私人有限公司 2002 年。

汪惠迪《新加坡华语特有词语词典》,新加坡联邦出版社 1999 年。

这部词典将为全球华人的相互沟通提供方便，并有助于汉语的国际传播，对一些国家的语文职能部门和华语词汇研究工作来说，是珍贵的参考资料。

<h1 style="text-align:center">三</h1>

中国的台湾、香港、澳门以及新加坡和马来西亚在地域上接近，都实行资本主义制度，价值取向相同，因此形成了一个华语语用圈。由于科技发达，信息传播便捷，民间交往频密，因此语言长期处于活跃的互动、互补状态，词语的交流广泛、快捷、频繁。五区之中任何一地所产生的新词新语，立刻通过媒体或影视作品等传播到其余四个地区，通常都能在当地落户，为当地语言用户所接受，成为五区共用的词语。当然，也有许多单区独用词语和双区、三区或四区共用词语。

新中国成立后的大约 30 年间，大陆人民同境外和海外华人基本上处于隔绝状态，接触与交往甚少。普通话的推广与使用局限在大陆的范围内，大陆人民对境外和海外华人社区的语文生活缺乏了解。

自从中国国门大开之后，大陆人民同境外和海外华人交往日益频繁，普通话同境外和海外华语碰撞、互动、互补。大陆词语流传到境外和海外华人社区，有些融入当地的华语中；境外和海外华人社区的词语流传到大陆，有些融入普通话中。台湾、香港、澳门、新加坡和马来西亚的五区共用词语大量流入大陆，成为六区共用词语，甚至已经成为"大华语"的共用词语。"大华语"的词汇越来越丰富，共同成分越来越多；"大华语"的基底越来越厚实，表现力越来越强大。

　　前几年,大陆出版了好几部港台词语词典,今天,我们多半只能笼统地说是港台词语,分不清到底哪些是香港词语,哪些是台湾词语。

　　计算起来,改革开放已经快 30 年了,最早进入大陆的一批曾长期在境外和海外华人社区通行的词语,人们几乎已经忘了它的来头,比如"公关、超市、创意、担纲、纸巾、度假村、上班族、暗箱操作、单身贵族"等等。与此同时,大陆词语流传到境外和海外,丰富了各华人社区华语的词汇,增强了各地华语的表现力。例如"人均、同比、手机、互联网、电子邮件"(电邮)等已先后在各地华语中落户了。

　　词语的碰撞、交流、互动、互补,减少了炎黄子孙在沟通时的障碍,增强了沟通的亲和力,促进了和谐世界的构建。

四

　　在以全球华语为视角来考察它的词汇时,不能忽略规范与协调的重要性。

　　长期以来,在新、马两国,只要媒体上一出现名同实异、名异实同词语或方言词语,当地关心华语的受众脑海里立刻浮现"规范"问题。比如在新加坡,就有人建议应当把"胡姬"(orchid)规范为"兰花",其实二者并不相同,就像中国大陆有许多人认为"紫荆"和"洋紫荆"一样,应该把"洋"字去掉。在马来西亚,甚至有人提出规范应以中国为标准甚至以《现代汉语词典》为标准。这样做行得通吗? 郭熙教授在考察了新马华语同普通话的差别之后提出了规范与协调的观点。① 这是一个重要而具有现实意义的语言规划的原则。

所谓"规范",是指在一个国家或者地区的范围之内进行的对语言使用标准的干预,它的对象是本国或者本地区的共同语。就中国大陆来说,对象就是普通话;就台湾省来说,对象就是国语;就新加坡或马来西亚来说,对象就是新加坡或马来西亚华语。

所谓"协调",是指在国家与国家或地区与地区之间进行的对语言使用标准的干预,它的对象是不同国家或地区的共同语。就中国同新马两国来说,就是新马两国的华语同中国普通话之间的协调。协调有助于构建和谐的华语世界。

"规范"的目的是为了解决一个国家或者地区内部在用共同语沟通时所产生的问题,"协调"的目的是为了解决全球华人各社区在用华语沟通时所产生的问题。例如在大陆进行词汇规范可以由国家语文职能部门进行,它所制定的标准或法规对台湾、港澳和别的国家的华人社区,没有约束力,他们愿意参照,当然会受欢迎。最近几年,大陆和台湾的科学家频繁地进行学术交流,双方通过友好协商,就某些学科的名词术语的统一问题取得共识,于是发布标准,共同遵照执行,笔者认为两岸的科学家为协调树立了榜样。这就不是谁规范谁的问题了,而是平等协商,相互协调了。所以我们说,"规范"与"协调"的出发点、运作平台与操作方法是不同的,它所服务的对象也不相同。"规范"与"协调"反映了两种不同的语言观。

---

① 郭熙《域内外汉语协调问题刍议》,《语言文字应用》2002 年第 3 期。

郭熙《普通话词汇和新马华语词汇的协调与规范问题——兼论域内外汉语词汇协调的原则和方法》,http://www.huayuqiao.org/articles/guoxi/guxi02.htm。

五

语言是一个系统,自身有一种调整功能;语言系统自身进行调整,可叫做"自调节"。① 当 internet、hand phone、e-mail 刚出现时,在全球华语社区内,华文译名可谓多矣。1999 年 4 月起,"手机"的使用频率越来越高,于是境外和海外媒体纷纷跟进,采用"手机"。internet 和 e-mail 也都采用中国名词委的定名"互联网"和"电子邮件"(电邮)。没有人下命令,也没有人强行推广,三个新的科技译名基本上在"大华语"的范围内统一了,这是"自调节"发挥了无形而巨大作用的非常典型的例子。这证明没有什么不可以翻译,我们需要的是创意和耐心,而不是懒惰和焦躁。

辅以人为因素而进行的调整则叫做"他调节"。

在新加坡,就有学者提出:

我们认为,华语的应用和发展,不决定在新加坡,而是决定在中国大陆。因此,在处理差异的对策方面,我们既强调尽量向普通话靠拢,尽量以中国的规范为标准,以保留共同的华语核心;我们也强调加强交流,让语言比较自然地融合。

(我们)鼓励向普通话倾斜,尽量向普通话靠拢。②

"鼓励向普通话倾斜,尽量向普通话靠拢",就需进行引导。这就是"他调节"。笔者向来认为,普通话和境外、海外华语词汇应当

---

① 施春宏《语言调节与语言变异》,《语文建设》1999 年第 4、5 期。
② 周清海《新加坡华语和普通话的差异与处理差异的对策》,《联合早报》2006 年 3 月 21、23 日。

"双向互动,趋同存异,兼容并蓄"。①

六

在全球华语的视角下考察它的词汇时,我们应当把目光集中在各华人社区词语的变异上;在处理词汇因变异而产生的差异时,我们应当将规范与协调结合起来;在进行词汇规范时,我们应当处理好"自调节"与"他调节"的关系,并且尽可能让语言系统自身的调节机制发挥效能;当我们协调不同国家或地区之间的词语应用问题时,或可参照"双向互动,求同存异,兼容并蓄"的原则进行。

---

① 汪惠迪《双向互动,兼容并蓄——新马华语词汇规范的路向》,新加坡《联合早报》2001 年 1 月 23 日言论版;又,王晓娜主编《新时期的语言学》,中国文联出版社 2002 年。

后　记

　　2005 年是海峡两岸良性互动的一个年份。从当年五六月份开始,全国语言文字标准化技术委员会汉语语汇分技术委员会和语音与汉语拼音分技术委员会在国家语委和教育部语言文字信息管理司的直接领导下开始筹备召开海峡两岸现代汉语问题学术研讨会。经过近半年的紧张筹备,2005 年 11 月 4 日至 7 日由中国社会科学院语言研究所和南开大学联合主办,南开大学文学院承办,商务印书馆协办的首届海峡两岸现代汉语问题学术研讨会在南开大学成功召开,有来自祖国大陆、台湾、香港、澳门及新加坡两岸四地、华语五区的 38 位学者携 20 余篇论文参加了此次盛会。大会为两岸学者提供了相互了解、相互理解的学术平台,也为两岸学者携手共推汉语提供了一个相当良好的契机。海峡两岸血脉相连,血浓于水,语言的统一与沟通,有利于各方经济、文化、社会的发展,符合中华民族的根本的整体利益。代表们普遍认为,数十载的睽隔导致我们共有的母语在众多方面产生了差异,作为语言工作者,我们应该义不容辞地担负起使汉语逐步弥合差异、走向统一的历史重任。

　　首届海峡两岸现代汉语问题学术研讨会的成功召开,为第二届海峡两岸现代汉语问题学术研讨会的举办提供了经验。2006年 11 月 13 日至 14 日由澳门科技大学、澳门语言学会、中国社会科学院语言研究所、南开大学、澳门辛亥黄埔协进会等五家单位联合主办的第二届海峡两岸现代汉语问题学术研讨会在澳门科技大学成功召开。来自祖国大陆、台港澳以及新加坡和日本的30多位专家学者汇聚濠江，参与是次盛会。学者们带来近30篇高水平的学术论文进行交流和研讨，议题主要围绕汉语词汇问题展开。其中汉语词汇的社会和地区差异、汉语词汇的语用研究、汉语词汇的变异三个中心问题尤其引起学者们的强烈兴趣和关注。相当一部分论文在发现两岸词汇差异并分析差异产生的原因的基础上提出建设性的建议和改革方案，希望求同存异，逐步弥合差异，促进民族语言的和谐发展。第二届海峡两岸现代汉语问题学术研讨会之所以选择于2006年11月13日至14日在澳门举办，主要是因为2006年是孙中山先生诞辰140周年纪念的年份，澳门是孙中山先生的第二故乡，是他生前开展革命活动的重要场所。与会学者在缅怀伟人孙中山先生的同时，表达了融合两岸汉语发展态势，促进两岸良性互动和民族共同发展的强烈愿望和期盼。

首届研讨会结束后不久我们即开始了论文筛选工作。由于第二届研讨会在第一届研究会闭幕仅仅一年之后即又隆重召开，我们遂决定将两届研讨会上宣读的论文合并起来进行筛选，以使这第一部论文集分量更重更足。这样一来两届研讨会上宣读的50余篇论文因篇幅所限总共只有30篇被选收入本书，它们大致代表了海峡两岸汉语研究和语言生活研究的方方面面。海峡两岸的语言和语言生活问题愈益引起有识者的关注，大家希望海峡两岸现代汉语问题学术研讨会能够一届一届地开下去，希望这部论文集能够一辑一辑地出版下去。海峡两岸要实现"三通"，不可忽略另一个"通"，即语言通。两次研讨会海峡两岸有众多的学者与会，学者们提交并宣读了高水准的学术论文,说明了大家对语言通的共识。我们深信,通过两岸学者的共同努力,造成海峡两岸汉语离心式发展的因素将会愈来愈少,我们祖国的语言——国语——大一统的日子将愿景可期!

周荐

2007 年 10 月 1 日

首届海峡两岸现代汉语问题学术研讨会集体照

第二届海峡两岸现代汉语问题学术研讨会集体照